KB262120

한국 현대시와 시론의 구조

한국 현대시와 시론의 구조

저자 ▮ 문혜원

제주 출생으로 서울대 국문과 및 동대학원을 졸업했다. 「한국 전후시의 실존의식 연구」로 서울대학교에서 박사 학위를 받았고, 현장에서 활동하고 있는 문학평론가이기도 하다. 현재 아주대학교 국어국문학과 교수로 재직하고 있다.
저서로 『한국 현대시와 모더니즘』, 『한국 현대시와 전통』, 『한국근현대시론사』와 평론집 『흔들리는 말, 떠오르는 몸』, 『돌멩이와 장미, 그 사이에서 피어나는 말들』, 『우리 시의 넓이와 깊이』, 『문학의 영감이 흐르는 여울』, 『비평, 문화의 스펙트럼』 외 다수의 공저가 있다.

한국 현대시와 시론의 구조

인 쇄 2012년 10월 20일
발 행 2012년 10월 30일
지은이 문혜원
펴낸이 이대현
편 집 박선주
디자인 이홍주
펴낸곳 도서출판 역락
       서울시 서초구 동광로 46길 6-6(문창빌딩 2F)
       전화 02-3409-2058(영업부), 3409-2060(편집부)
       팩시밀리 02-3409-2059
       이메일 youkrack@hanmail.net
       등록 1999년 4월 19일 제303-2002-000014호
ISBN 978-89-5556-004-6 93810

정 가 20,000원

* 잘못된 책은 구입처에서 바꾸어 드립니다.

한국 현대시와 시론의 구조

문 혜 원

역락

머리말

한국 문학에서 시는 오랫동안 자연적이고 즉흥적인 것으로 여겨져 왔다. 그러나 시는 단순한 감정적 배설물이 아니다. 워즈워스는 ‘시란 강렬한 감정의 자발적인 넘쳐흐름’이라고 말했지만, ‘자발성’에는 그것이 자연스럽게 표출되게 하는 계기나 정황이 있고, ‘강렬한 감정’은 아무 동인 없이 불쑥 싹트는 것이 아니며, ‘넘쳐흐름’은 고일만큼 고여서 더 이상 어쩔 수도 없을 때 결과적으로 나타나는 현상이다. 모든 시는 창작의 과정과 의도를 가지고 있다. 시인이 자신의 창작 과정을 인식하고 있든 그렇지 않든 마찬가지다. 시론은 그러한 창작의 동기와 방법, 의도를 담고 있는 중요한 자료이다.

1부에는 『한국근현대시론사』 출간 이후 쓰여진 시론 연구 논문들을 모았다. 그 중 서정주, 전봉건, 이형기의 시론은 넓은 의미의 낭만주의 시론 연구에 해당하고, <현대시> 동인, 김종길, 문덕수의 시론은 모더니즘 시론 연구에 해당한다. 한국시론사를 완성하기 위해서는 리얼리즘 시론과 낭만주의 시론을 보완해야 하지만, 선행 연구를 연결하여 진행하는 과정에서 자연스럽게 모더니즘 시론들을 더 첨가하게 되었다.

서정주, 전봉건, 이형기의 시론은 시론사의 전체 구도를 모더니즘 시론, 낭만주의 시론, 리얼리즘 시론으로 나눌 때 두 번째 주제에 해당하는 낭만주의 시론 연구이다. 『한국근현대시론사』에서 ‘낭만주의 시론’이라는 시론(試論)적인 성격의 글을 내보낸 적이 있는데, 이들 연구는 그 후속 작업인 셈이다. 연대기적으로 본다면 식민지 시기의 김소월, 정지용, 김환태의 시론에 대한 연구가 먼저 이루어져야 할 것이지만, 비슷한 시기에 있는 경향이 다른 시론들을 비교하며 연구하는 것도 시론을 체계화하는 데 유용한 방식일 수 있다. 서정주의 시론은 정치한 이론이라기보다는 자신의 창작에 대한 해설과 보충 설명인 경우가 많고, 정치적인 입장 표명인 경우도 있어서 독립적인 시론이라고 하기에는 어려운 면이 있다. 역사만이 아니라 우주에 대한 통찰력까지 갖춘 '깨달은 자[覺者]'로서의 시인은 서정주 자신이 소망하는 자화상이라고 할 수 있다. 전봉건의 시론은 논리적이고 체계적이라기보다는 감성적인 성격이 강하다. 그는 시가 현실을 반영하고 시대에 동참해야 한다는 참여론에는 반대했지만, 시가 대중들에게 희망을 보여주어야 하고 즐거움을 주어야 한다고 생각했다. 그의 시론을 관통할 수 있는 주제는 즐거움 즉 쾌락이다. 이것은 '에로스'라는 개념으로 귀결되면서 그의 창작의 주제와도 연결된다. 이형기의 시론은 이론적인 정리라기보다 비평적 성격이 강하다. 그는 비평이 비평가 자신의 심미적인 감상을 최대한 살린 주관적인 글이라야 한다고 주장함으로써 인상비평적인 생각을 드러낸다. 이는 그의 순수문학론과 연결되고 창작론의 방향으로 열려 있다.

이상 세 시인의 시론들은 개인의 체험에 바탕한 창작론에 가깝다는 공통점이 있다. 때문에 연구를 진행하면서 난감한 상황에 부딪치기도 했다. 논리화되기를 거부하는 텍스트를 논리적으로 설명해야 하는 것 자체가 모순인 데다 텍스트 자체의 논리적 정합성도 확보되지 않아서 연구 논문으로 성립될 수 있을지가 문제였다. 그렇다고 해서 이들의 시론을 배제한다면 낭만주의 시론의 범위는 너무 협소해지고 시론적 자료들 또한 상실될 수밖에 없는 형편이었다. 이 시론들은 그만큼 많은 고민을 안겨주었지만, 시론 연구에 새로운 시각과 발상의 전환이 필요하다는 깨달음을 준 텍스트들이기도 했다. 창작론이나 감상론처럼 체계가 다른 분류가 필요하고, 접근 방법이나 서술 방식 또한 달라질 수도 있을 것이다. 특히 창작론은 언젠가 정리해보고 싶은 매력적인 주제이다.

　<현대시> 동인은 산업화와 정치적 억압이라는 시대 상황 속에서 존재론적인 관심과 내면 탐구, 리리시즘을 시론적 주제로 꼽고 있다. 이들의 시론은 실존주의를 바탕으로 한 존재론적인 관심에서 내면 탐구와 주체를 강조하는 방향으로 변화되어 간다. 특히 생성적이고 창조적인 주체의 내면을 강조함으로써 산업화 시대의 개인이라는 시적인 주제를 밑받침하고 있다. 김종길의 시론은 신비평과 역사비평을 결합한 독특한 형태이다. 그는 신비평적인 작품 분석을 통해 본격적인 시 비평의 길을 열었고 여기에 역사전기적인 연구를 결합하여 완결된 이론을 정립하고자 했다. 작가와 작품, 내용과 형식을 통합하는 그의 시론은 풍격론으로 귀결된다. 문덕수의 시론은 1930년대와 전후 주지주의 시론의 연장선상에 놓여있다. 그는 이미지란 사물을 인식하는 방법이라고 보고 그 과정에서 상상력이 중요한 역할을 한다고 설명한다. 이미지는 기계적인 모사가 아니라 사고와 결합된 '심상사고'이다. 그는 심상사고와 무심상사고가 공존하는 중층묘사를 주지시의 바람직한 형태라고 말하고 있다. 이는 동시대의 김광림, 김규동의 이미지 시론과 비교가 가능하며 김춘수, 오규원의 시론과 더불어 이미지 시론이라는 주제로 특화될 수 있을 것이다. 기회가 된다면 모더니즘 시론들을 '이미지'라는 특정 주제로 체계화하는 작업을 해 볼 생각이다. 이것으로

전후와 196,70년대의 모더니즘 시론 연구는 대략 마무리되는 셈이다.

2부는 개인적으로 관심이 있는 주제로 연구한 논문들을 모았다. 환상성, 영화, 여성성은 그것만으로 한 권의 책을 엮을 수 있는 주제들이다. 이것들을 조합하여 여성시와 환상, 시적인 환상과 영화, 영화와 여성시인 등 이차적인 주제가 생겨날 수도 있을 것이다. 여기 실린 논문들 중 「이장희 시에 나타나는 환상성의 특징 연구」와 「한국 근대시의 시적 전환과 영화 체험의 상관성」, 「문맥적 읽기와 장면적 읽기」 등 세 편은 시에 나타나는 환상적 요소와 영화의 상관성을 주제로 한 것들이다. 영화에 대한 관심은 모더니즘 시 연구에 특히 많은 시사점을 준다. 그러나 그것은 시인들의 문화 체험을 기술하는 문화사적인 자료 정리와는 다르다. 시 연구는 어디까지나 작품의 내적인 구조에 대한 충실한 이해로부터 출발해야 한다. 이상의 세 편의 논문은 그러한 입장에서 연구된 것들이다.

「이장희 시에 나타나는 이미지의 특징과 기능」은 원래는 「이장희 시에 나타나는 환상성의 특징 연구」와 같이 연구가 진행된 내용이었다. 그러나 이장희 시를 연구하는 과정에서 환상성과 이미지라는 두 가지 주제가 추출되었고, 적어도 이장희의 시에서 두 가지 이질적인 주제를 하나로 융합시킨다는 것은 불가능해보였다. 환상성을 영화와 접목시키는 과정에서 두 가지 주제는 전혀 다른 내용으로 분리되었고, 그 결과 이장희 시에 대한 서로 다른 논문 두 편으로 마무리되었다. ‘이장희 시 연구’라는 커다란 제목 하에 같이 묶을 수 있는 성격의 글들이다. 「1960년대 여성시의 도약과 전환」은 원래 ‘1960년대 여성시에 나타나는 일탈의 욕망’이라는 제목으로 발표했던 논문이다. 내용은 크게 달라지지 않았지만 당시 가장 독특한 시를 보여주었던 왕수영과 노영란의 시 분석 부분을 좀더 보강했다. 1960년대는 한국 여성시가 독립된 시사적 맥락을 형성하게 되는 전환점에 해당한다. 그럼에도 불구하고 당시 여성시에는 식민지 시대 노천명의 갈등과 고민이 반복되어 나타나기도 한다. 이 시기 여성시에 주목했던 것은 이러한 상관관계를 중심으로 한국여성시의 성립과 발전, 변화 양상을 일목요연하게 보여줄 수 있는 여성시사를 쓰고 싶은 욕심 때문이었다. 여성시사 연구나 개별 시인론 등 선행 연구가 전혀 없는 것은 아니지만, 한국여성시사를 주체적이고 독립적인 시각으로 체계화한 연구는 아직 나오지 않은 실정이다. 「고정희 연시의 창작 방식과 시적 의미」는 이러한 생각을 보다 넓은 차원으로 연결시키는 계기가 된 논문이다. 여성투사의 이미지가 강한 고정희의 시를 '연시'라는 측면에서 연구하면서 사랑, 모성, 타자, 연대와 같은 진부한 키워드들이 새롭게 다가오기 시작했고, 대중성, 독자, 소통과 같은 비학문적이라고 생각했던 주제들이 새롭게 보이기 시작했다. 창작의 문제만이 아니라 감상의 문제도 연구 주제에 포함될 수 있다는 생각을 하게 된 것도 이 연구 덕분이다.

많은 생각과 고민을 하면서 쓴 글들을 정리하며, 연구하고 싶은 주제들과 해야 하는 주제들이 얼마나 많은지 새삼스럽게 깨닫는다. 아마노 분에 넘지는 욕심일 것이다. 초심으로 돌아간다는 말은 오히려 상투적이다. 대신 나에게 주어진 시간과 능력 만큼이라는 말이 맞겠다. 주어진 만큼 꾸준히, 찬찬히 연구를 계속할 것이다.

2012년 8월

문혜원

▌차례▌

1부 한국 현대 시론의 양상

천재로서의 시인과 깨달은 자로서의 시인 – 서정주의 시론 | **15**

    1. 낭만주의 시론과의 유사성 • 15

    2. 시인이라는 존재와 독자 • 18

    3. 시적 체험과 시 • 22

    4. 시적 언어의 구상성 • 25

감상의 쾌락과 에로스의 사회적 효용성 – 전봉건의 시론 | **31**

    1. 감성적이고 중도적인 글쓰기 • 31

    2. 창작의 기쁨과 장인 정신 • 34

    3. 감상을 통한 대리만족의 즐거움 • 38

    4. 생명의 리듬 에로스의 저항성 • 42

비평의 창조성을 강조하는 인상비평 – 이형기의 시론 | **49**

    1. 시 창작의 위기와 비평의 선택 • 49

    2. 창조적인 비평가, 심미적 비평 • 53

    3. '허무'의 주제론과 순수문학론 • 62

    4. 창작론으로의 확산 • 69

내면탐구와 새로운 주체의 생성 – 〈현대시〉 동인의 시론 연구 | 73

1. 전후 모더니즘의 지양과 참여시와의 대립 · 73
2. 존재론적 인식과 언어철학 · 78
3. 현실의 억압에 대한 대응으로서의 내면 탐구 · 87
4. 생성하는 주체와 창조적 주관성 · 92

통합의 비평과 풍격론 – 김종길의 시론 | 99

1. 한국 현대시와 신비평 · 99
2. '지적인 서정시'론 · 104
3. 신비평적인 분석과 역사전기비평의 결합 · 110
4. 작가와 작품, 내용과 형식을 통합한 풍격론 · 121

이미지를 통한 사고와 중층묘사 – 문덕수의 시론 | 131

1. 주지시론의 성립과 전개 · 131
2. 사물 인식 방법으로서의 이미지와 상상력의 기능 · 136
3. 형이상적 인식과 중층묘사가 결합된 주지시 · 144

2부 한국 현대시의 구조 읽기

이장희 시에 나타나는 이미지의 특징과 기능 | 157

1. 이장희 시와 이미지즘 · 157

2. 대상의 묘사와 이미지 창출 · 160

3. 이미지의 복합성 · 166

4. 이미지의 시적 기능 · 169

이장희 시에 나타나는 환상성의 특징 연구 | 177

1. 한국 근대시와 환상 · 177

2. 1920년대 시에서의 환상의 발생 요건 · 182

3. 이장희 시의 환상의 구성 방식 · 187

4. 창작 방법으로서의 환상 · 199

한국 근대시의 시적 전환과 영화 체험의 상관성 | 201

1. 영화 체험과 근대 문학 · 201

2. 카메라적인 시선과 이미지즘 시 · 205

3. 영화의 기법과 시의 환상성 · 213

문맥적 읽기와 장면적 읽기 - 이상, 「오감도시제십일호」 해석 | 221

1. 나란히 있는 사기컵과 해골 · 221

2. 나비와 절단된 팔의 환상 · 227

3. 석고조각과 해골의 상관성 · 233

1960년대 여성시의 도약과 전환 | 237

1. 한국 여성시사의 성립 · 237

2. 닫힌 공간에서의 탈출, 여행과 외출 · 240

3. 여성 성욕의 과감한 표출 · 245

4. 환상의 교직과 내면의 발견 · 252

고정희 연시의 창작 방식과 시적 의미 | 257

1. 연시집 『아름다운 사람 하나』의 발행 동기 · 257

2. 의미의 확장을 통한 일반화 · 259

3. 선택과 반복을 통한 강조 효과 · 267

4. 공감의 확대와 타자성의 승인 · 273

● 참고문헌　285

1부
한국 현대 시론의 양상

천재로서의 시인과 깨달은 자로서의 시인

1. 낭만주의 시론과의 유사성

한국 근현대시사에서 시론적 입장이 선명하게 구별되는 것은 1930년대의 기교주의 논쟁에서이다. 산발적으로 흩어져 있던 시에 대한 입장들은 기교주의 논쟁에서 만나고, 논쟁을 통해 각각의 시론적인 입지점을 보다 분명히 하게 된다. 박용철과 임화의 논쟁으로 시작된 기교주의 논쟁은, 사실상 임화의 리얼리즘 시론과 김기림의 모더니즘 시론, 박용철의 낭만주의 시론의 대립으로 볼 수 있다. 임화가 현실을 시의 제재 및 주제로 선택해야 한다고 강조하는 데 대해, 김기림은 시의 내용은 이미 모두 말해진 것이므로 그것을 말하는 새로운 방법을 고안해야 한다고 주장한다. 박용철은 두 가지 입장에 모두 반대하면서 시를 쓰는 이유는 오늘의 시인의 '전(全) 생리'가 선인(先人)의 그것과 다르기 때문이라고 주장한다. 임화가 시의 내용에 초점을 맞추고 있다면, 김기림은 그 내용을 어떻게 표현하는가에 집중하고 있고, 박용철은 그것을 쓴 시인이라는 존재가 어떤 것인지를 규명하는데 힘쓰고 있다. 그러므로 엄밀히 말하면 기교주의 논쟁은 논점이 정확히 일치하지 않는 논쟁이다. 그러나 논의를 확대시키면, 이들의 입장은 시적인 소재와 방법, 시인, 독자 등 기본적인 시의 구성 요소를 바라보는 데서도 확연한 차이를 가지고 있다는 것을 알게 된다.

리얼리즘 시론에서 가장 중요한 것은 세계이다. 시인은 시를 통해 독자에게 세계의 부조리를 보여주고 그것을 해결할 것을 종용한다. 중요한 것은 시적인 기술의 혁신이 아니라 그것을 통한 세계의 개혁이다. 낭만주의 시론의 가장 큰 특징은 시를 시인의 주관적인 감정이 표출된 독립된 유기체로 본다는 것이다. 시인은 천재 혹은 영감을 부여받은 특별한 자로 인식되며, 세계는 시인에게 영감을 줄 때만 의미가 있다. 독자는 천재가 발화한 시를 이해할 수 있는 극소수에 한정된다. 모더니즘 시론에서 시는 감정의 발화가 아니라 시인의 세계 인식에 상응하는 지적인 발언이다. 리얼리즘 시론이 세계 자체에 초점을 맞추고 있는 데 반해, 모더니즘 시론은 그러한 세계를 어떻게 표현하는가 하는 시적인 방법론을 중시한다. 독자가 그것을 이해할 수 있는지는 우선적인 고려의 대상이 아니다.

이렇게 볼 때 서정주의 시론은 크게는 낭만주의 시론의 맥락에 있다. 그는 식민지 시대의 카프의 정치주의를 비난하고, 시론의 또 다른 축인 주지주의 시론에 대해서도 일관되게 비판적인 입장을 취하고 있다. 그러나 정치주의에 대한 입장은 혐오에 가까우면서도 실질적인 작품 비평이나 이론적인 비판은 거의 찾아볼 수 없다. 이는 정치주의시의 질이 비평을 할 만한 수준에 이르지 못한다는 판단도 작용했겠지만, 카프로 대표되는 정치주의가 이미 소멸되고 난 후라는 점이 더 큰 이유로 작용하고 있는 듯하다. 해방이 되고 이데올로기가 고정되는 과정에서 사회주의 문학이 소멸되자 식민지 시대에 형성되었던 리얼리즘 시론은 잠시 소강상태에 놓이게 된다. 리얼리즘 시론이 다시 이론적인 틀을 모색하게 되는 것은 김수영부터이고 이것은 1970년대에 본격적인 이론화 작업을 거치게 된다. 서정주의 시론이 대부분 주지주의 비판에 집중되어 있는 것은 이같은 시대적 상황이 가장 큰 원인으로 작용했던 것으로 보인다.

시인이나 시론가의 입장에 따라 크고 작은 차이는 있지만, 낭만주의 시론의 일반적인 특징은 다음과 같다. 시는 계산된 의도 하에 인위적으로 만들어지는 것이 아니라 시인에 의해 자연스럽게 흘러나오는 '자연적인 것'이다. 그러므로 낭만주의 시론은 작품을 창작하는 시인의 내적인 충동과 상상력, 내면 심리 등을 중시하게 된다. 또한 시는 제작된 것이 아니라 자연스럽게 흘러나온 것이므로 그 자체가 살아있는 유기체와 같아서, 함부로 수정하거나 삭제할 수 없다. 독자는 시를 창작하는 과정에서는 일단 배제된다. 시는 독자를 위해서 만들어지는 것이 아니라 시인의 자유로운 정서 상태의 표현일 뿐이며, 그 결과물인 시가 독자에게까지 자연스럽게 영향을 미치게 되는 것뿐이다. 극단적인 경우, 독자는 시인의 시에 공감할 수 있는 특별한 소수에 한정되기도 한다. 서정주의 시론은 이상과 같은 낭만주의 시론의 특징을 대부분 포함하고 있다. 여기서는 서정주의 시론을 낭만주의 시론의 대표적인 비평가였던 박용철의 시론과 비교하며 간략하게 고찰해보기로 한다.

2. 시인이라는 존재와 독자

낭만주의 시론에서 시인은 태어날 때부터 강렬한 감수성과 민감한 유전적 성질을 가진 특별한 존재이다. 한국 근대 시론에서 이러한 관점은 황석우, 유춘섭, 정지용, 박용철 등의 시론에서 나타난다. 황석우와 유춘섭의 시론에서 시인은 '천재'에 비유되지만, 정지용과 박용철의 시론에서 시인은 천재라기보다는 창작의 고통을 참고 다스릴 줄 아는 자에 가깝다.

> 시인은 진실로 우리 가운데서 자라난 한포기 나무다. 청명한 하늘과 적당한 온도 아래서 무성한 나무로 자라고 장림(長霖)과 담천(曇天) 아래서는 험상궂인 버섯으로 자라날 수 있는 기이한 식물이다. 그는 지질학자도 아니요, 기상대원일 수도 없으나 그는 가장 강렬한 생명에의 의지를 가지고 빨아올리고 받아들이고 한다. 기쁜 태양을 향해 손을 뻗치고 험한 바람에 몸을 움츠린다. 그는 다만 기록하는 이상으로 그 기후를 생활한다. 꽃과 같이 자연스러운 시, 꾀꼬리같이 흘러나오는 노래, 이것은 도달할 길 없는 피안을 이상화한 말일 뿐이다. 비상한 고심과 노력이 아니고는 그 생활의 정을 모아 표현의 꽃을 피게 하지 못하는 비극을 가진 식물이다.[1]

인용된 박용철의 시론에서 시인은 고생스럽게 꽃을 피우는 나무에 비유된다. 주변의 환경이 좋으면 무성하게 자랄 수 있지만 궂은 환경에서는 전혀 다른 형태로 클 수도 있는 것이 시인이다. 즉 시인은 태어날 때부터 비상한 재능을 부여받은 천재가 아니라 주위 환경의 영향을

---

1) 박용철, 『박용철 전집』 2, 시문학사, 1940, p.8.

받으며 고통스럽게 노력하는 존재가 된다. 시인천재설에 비해 시인의 인간적인 측면을 훨씬 더 강조하는 것이다.

서정주의 시론에서 시인은 '각자(覺者)', 즉 '깨달은 자'이다. '깨달은 자'란 "시에서 통달한 근본 이념을 가지고 어느 부문으로건 맘대로 출입하며 작용할 수 있고 가능하면 교훈할 수도 있는 사람의 경지"2)를 말한다. 그는 시에 세 층의 발전 단계가 있다고 전제하고 첫 번째 단계를 감각의 표현 단계, 두 번째 단계를 정서 표현의 단계, 그리고 세 번째 단계를 예지(叡智) 혹은 묘법(妙法)의 단계라고 말한다. 첫 번째 단계인 감각의 표현이란 기쁨과 서러움, 차고 덥고 달고 쓰고 밉고 이쁜 "모든 색, 성, 향, 청, 촉의 감각 형태를 감각적인 효과 그대로 전달하기 위하여 표현하려고 애쓰는 것"이다. 즉 우리가 느끼는 감각적인 느낌을 말로써 살려내는 것인데, 그 대표적인 예로 정지용의 시를 들 수 있다. 그러나 이러한 단계는 감각을 표현하는 기교에 치우친 나머지 시가 말초화될 위험이 있다. 두 번째 단계인 정서의 표현은 감각 표현이 순간적인 향락정태(享樂情態)를 표현하는 것에 비해 비교적 지속적인 정태를 표현하려고 한다. 대표적인 예로 김소월과 김영랑의 시에 나타나는 회고적이고 서러운 정서를 들 수 있다. 두 시인의 시에 나타나는 정서는 순간적인 것이 아니라 오랫동안 무수한 감각을 반추한 끝에 얻어진 것이다. 세 번째 단계인 묘법의 단계는 모든 정서를 종합하고 축적한 것으로서 민족과 인류의 정서까지를 통달한 것이다. 이 말이 "어업에 참으로 통달한 어부는 어업 이외의 전 직업에 대해서도 정당한 이해자일 수 있고, 거문고를 통달하면 인간사의 전반에 대해서도 통달

---

2) 조지훈 · 서정주 · 박목월 · 강우식 공저, 『시창작법』, 예지각, 1982, pp.65~66.

할 수 있다는 가정"에서 나왔다는 설명으로 볼 때, '깨달은 자'는 철학적 종교적으로 일정 경지에 오른 사람이라기보다는 한 분야에 능통함으로써 다른 것들까지를 꿰뚫어볼 수 있는 '장인(匠人)' 혹은 '대가(大家)'의 개념에 가깝다. 서정주는 아직 이러한 경지에 있는 시인을 찾지 못했다고 말하고 있지만, 실제로 이것은 서정주 자신이 꿈꾸는 자화상이라고 볼 수 있다.

'장인' 혹은 '대가'라는 개념이 시인의 존재를 예술적인 차원에서 최상의 자리에 올려놓은 것이라면, 서정주의 시론에서 시인의 존재는 여기서 더 나아가 역사와 우주에 대한 통찰력까지를 갖춘 더욱 우월한 존재로 의미를 부여받고 있다.

> 시인에게는 반드시 요구되는 정적(靜寂)의 수준이라는 것이 있는 것으로서, 이 정적의 수준을 이탈할 때 그는 그만 뿌리 없는 혼란자가 되고 마는 것이다. (중략) 역사가 갖는 가장 근본적이고 또 가장 내용적인 의미와 정서들의 본적이 있게 되는 이 정적의 수준은 그러므로 한 시대나 한 지역적 구획 안에 있을 수는 없는 것이고 필연 역사나 우주의 중심에 위치할 밖에 없다. (중략) 시인이면 그러지 말고 언제나 역사의 전(全)시간적인 영원의 바로 중심에 위치한다는 각성된 의식을 늘 가져야 하며, 또 세계나 우주 참여의식에 있어서도 늘 그 중앙에서 회임(懷妊)하는 자라는 의식을 가져야 하기 때문이다.[3]

'정적'의 수준은 변하지 않는 어떤 본질적인 것, 현실의 시공간의 논리를 초월한 영원에 해당하는 것이다. 서정주는 이것을 예수의 감람산에 비교하고, '과거와 미래를 가장 잘 통할 수 있고 모든 것을 통찰할

---

3) 서정주, 『서정주문학전집』 2, 일지사, 1972, p.43. (이하, '『전집』 2'로 표시함)

수 있는 한 지점'이라고 설명하고 있다. 그것은 종교적으로 신성한 경지, '영원의 중심'이다. 시인이 이 수준에 있다는 것은 이미 영원을, 세상의 본질을 꿰뚫고 있다는 것이다. 이때 시인은 재능을 타고난 '천재'보다도 위에 존재하는 신적인 지위를 부여받게 된다. 그러나 시인을 일반인과는 다른 능력을 가진 존재라고 본다는 면에서, 이 입장은 낭만주의 시론의 일반적인 특징과 크게 다르지 않다. 다만 그것이 예술가적인 장인성을 강조했던 것에서 철학적이거나 종교적인 경지까지를 포함하는 것으로 확대됐을 뿐이다.

그렇다면 이처럼 비상한 존재인 시인의 시를 이해할 수 있는 독자는 그 역시 비상한 사람이 아니면 안된다. 앞에서 말한 바와 같이, 그렇기 때문에 낭만주의 시론에서 독자는 소수이거나 극단적일 경우 시인 자신만일 수도 있다. 이에 비할 때 서정주의 시론은 독자의 존재를 좀더 의식하는 것처럼 보인다. 주지주의시의 관념성이 시의 감동 전달을 방해한다고 비판하는 것이 그 증거이다. 이는 서정주가 시가 '전달'되는 것임을 전제로 하고 있음을 말해준다. 그러나 다음 부분을 보면, 그의 주장이 일반 독자의 이해를 기준으로 하여 시를 쉽게 써야 한다거나 시가 많이 팔려야 한다는 '대중성'과는 전혀 다른 것임을 알 수 있다.

우리가 한 편의 시를 쓰기 위한 시상(詩想)을 이루어 가지는 경우, 문자 표현에 앞서 우리는 먼저 시의 독자를 염두에 두어야 하는데, 이 예상된 시의 독자라는 것은 민주 선거에 있어서의 다수표와는 달라서 시적 감동의 발광력을 감수(感受)할 수 있는 일부 소수의 제한된 층에 한정되게 되는 것이다. 이 한정된 층이라는 것은 비교적 가까운 비유로 말하자면 예수 그리스도의 십이사도와도 방불한 것이어서, 기독의 말씀이 십이사도를 통해서 일반 민중에게 보급되기 비롯했듯이, 시도 별로

많지 않은 어떤 한정된 독자층을 통해서만 일반에게 이해시켜지기 마
련인 것이다.[4]

‘민주 선거의 다수표’와 다르다는 것은 독자의 수가 많고 적음이 문
제가 아니라는 것이다. 즉 그가 말하는 독자는 일반 독자가 아니라 ‘깨
달은 자’의 시를 느끼고 받아들일 수 있는 극히 일부의 사람들이다. 이
는 낭만주의 시론의 독자에 대한 입장과 같은 맥락에 있는 것이다.

3. 시적 체험과 시

그렇다면 비상한 존재인 시인이 시로 표현하게 되는 것은 무엇인가?
낭만주의 시론에서 시상(詩想) 혹은 시적인 내용이라고 할 수 있는 그것
은 시인의 ‘체험’이다. 신식이나 이은상, 양주동의 이론에서 그것은 ‘영
감’과 거의 동일한 개념으로 사용된다. 박용철의 시론에서 ‘체험’은 부
여된 영감을 품고 시를 탄생시키기까지의 과정이라고 할 수 있다.

> 영감이 우리에게 와서 시를 잉태시키고는 수태를 고지하고 떠나다,
> 우리는 처녀와 같이 이것을 경건히 받들어 길러야 한다. 조금이라도 마
> 음을 놓기만 하면 소산해버리는 이것은 귀태이기도 하다. 완전한 성숙
> 이 이르렀을 때 태반이 회동그란이 돌아 떨어지며 새로운 창조물 새로
> 운 개체는 탄생한다. 많이는 다시 영감의 도움의 손을 기다려서야 이
> 장구한 진통에 끝을 맺는다.[5]

---

4) 서정주, 『한국의 현대시』, 일지사, 1969, pp.238~239.
5) 박용철, 앞의 책, p.5.

시의 씨앗은 시인이 찾아나서는 것이 아니라, 외부에서 시인에게 주어지는 것이다. 체험은 '영감'이라는 씨앗이 생겨난 순간부터 그것이 자라 한 편의 시로 탄생하기까지 겪는 창작의 과정을 의미한다. 이것이 생명이 탄생하는 과정에 비유되고 있는 것이 인상적이다. 그것은 시를 살아있는 유기체로 보는 근거가 되기도 한다.

이와 비교하면 서정주의 시론에서 시적 체험은 갑자기 주어지는 영감에서 시작되는 것이 아니라 인생을 살아가는 데서 얻어지는 것이다.

> 그렇기 때문에 시는 남의 것을 외거나, 유행을 따라 많이 유행되는 것을 무작정 본따거나 하는 데서 되는 것이 아니라, 자기 인생을 살아가는 데서 얻어질 것이다. 자기 인생을 살아가는 동안에 우리는 나이가 적으면 적은 대로 많으면 많은 대로 간절히 감동하지 않을 수 없는 일을 겪으며 살아가고 있다. 우리가 인생을 살아가는 동안에 '야!'하고 마음 속에서 감동되는 느낌이나 '이해'가 시의 내용—즉 시상(詩想)이 되는 것이다.6)

이 때 '체험'은 시인이 겪은 감동의 느낌이나 이해다. 그것은 현실과는 무관하게 천재들에게 퍼뜩 떠오르는 '영감'이 아니라 인생에서 직접 경험되는 것이다. '마음으로 직접 경험하여 간절하게 감동된 것'이라는 부분에 주목할 필요가 있다. 경험은 경험이되 몸이 겪은 생활 차원이 아니라 마음으로 겪은, 즉 마음이 움직인 어떤 체험을 말하는 것이다. 그러므로 그것은 천부적으로 부여받은 영감과도 다르고, 몸으로 겪는 현실 속의 체험과도 다르다. 한마디로 '인생의 경험'이라고 할 만한 그것은 서정주를 비롯한 인생파의 창작의 주제이기도 하다.

---

6) 『시창작법』, p.170.

사람의 기본적 가치의식 그 권한의식—이런 것 때문에 질주하고 저돌하고 향수하고 그 원시회귀하고 하는 시인들의 한때가 왔다. 그들은 그들이 왜 그러는지의 역사적 의의를 두루 체득하고 그런 것이라고는 생각되지 않지만, 마치 자연히 그리 된 것처럼 1930년대 후반기의 일제 치하 민족의 최후 질곡이 시작될 무렵, 나체로서 일어서 있었던 것이다. 1936년에 발간된 『시인부락』지의 김동리, 오장환, 필자 그리고 『생리』지의 유치환 등에겐 누가 누구에게 영향한 바도 아니지만 그런 공통의 정신들이 있었다. 김동리의 여하한 문화의 남루도 다 벗어버린, 영원만 가진 자로서의 임리(淋漓)한 향수, 오장환의 저돌과 피상(被傷)과 육성의 통곡(慟哭), 유치환의 원시생명에의 희구, 자기가 자기 설명하는 건 않기로 하는 방침이어서 생략하거니와 필자의 처녀시집 『화사집』이 내포하고 있는 바의 것들-이런 것들은 사람의 값을 다시 한번 가장 근원적인 것으로 성찰하기 시작한 점에서는 일치하는 것이라고 생각한다.[7]

그가 말하는 인생파 혹은 생명파의 특징은 '사람의 기본적인 권한을 부르짖는 것'이라고 요약된다. 사람의 기본 권한은 철학적 이론이나 삶의 현실에 기초한 것이 아니라 자명한 것이다. 이런 면에서 본다면 서정주의 '시적 체험'은 박용철의 그것에 비해 보다 보편적인 인간의 문제에 근접한 것이라고 볼 수 있다.

나아가 '시적 체험'은 '지혜와 감정이 결합된 전 정신의 체험'이라고 설명되고 있다. 그것은 "울음이나 환희의 마지막인 것인 농시에 그뿐만이 아니라 또한 제일로 잠 잘 깬 밝은 눈의 이해", 즉 "백 퍼센트의 감동과 백 퍼센트의 앎[知]이 합해진 상태"[8]이다. 이것은 다른 말로 정신이 고양되고 정화된 상태인 '신명'이라고 표현되는데, 이것은 "정서, 정조의 고양과 지혜의 결집과 의지의 분류(奔流)를 함축"[9]한 것이다.

---

7) 『한국의 현대시』, p.23.
8) 『전집』 2, p.18.

여기서 주목되는 것은, 그가 시적인 체험의 영역에 감정적인 측면만이 아니라 지성적인 것까지를 포함하고 있다는 점이다.[10] 그는 시의 종류를 주정적(主情的)인 내용을 담은 시와 주지적(主知的)인 내용을 담은 시, 주의적(主意的)인 내용을 담은 시로 분류하여 설명하고 있다.[11] 박용철을 위시한 낭만주의 시론이 감정과 정서, 열정 등 인간의 감정적인 측면을 표현하는 것에 초점을 맞추는 데 비해, 서정주는 지성과 감정 영역 모두가 소재로 사용될 수 있다고 보고 있다. 문제가 되는 것은 시적인 소재로 쓸 수 있는 내용이 정해져 있는 것이 아니라, 그것을 어떻게 표현하는가에 따라 시와 비시의 구별이 생겨난다는 것이다.

4. 시적 언어의 구상성

그렇다면 시와 비시를 구별하는 기준은 결국 시의 언어의 문제로 귀결된다. '어떻게 표현하는가'는 시의 언어를 어떻게 사용하는가의 문제로 대체될 수 있다. 언어에 대한 서정주의 생각은 여러 가지로 나타난다. '신시'의 기준을 한자어가 아닌 국어로 쓰여진 시라고 할 때 '언어'는 표기 형식을 말하는 것이고, 토착어 혹은 이디엄을 사용해야 한다

---

9) 위의 책, p.66.

10) "감정으로 느낀 감각이나 정서로도 우리는 시를 쓸 수 있고, 지성으로 이해한 내용을 가지고도 시를 쓸 수 있다. 다만 '실감이 있어야 한다'는 뜻은 시의 내용 그것이 쓰는 사람 스스로가 마음으로 겪고, 스스로가 감동하고 있는 것이어야 한다는 말이다. 감정으로 느낀 것이건 지성으로 이해한 것이건, 그것은 어디서 구어다가 머리빡과 손끝으로만 따져서 꾸며낸 게 아니라, 자기 몸소 마음으로 직접 경험하여 간절하게 감동된 것이라야 한다는 말이다." –『시창작법』, p.170.

11)『전집』 2, pp.82~98.

고 할 때는 언어의 특정한 의미와 색깔을 강조하는 것이다.

시의 구성 요소의 하나로서의 '시어'에 대한 그의 생각은 '구상어(具象語)'라야 한다는 것이다. 구상어는 추상어 혹은 개념어, 추상관념어의 반대말이다. 이는 주지주의시가 '시적 이해를 철학적 개념어를 통한 의미 설명'으로 만들어버린 것에 대비되는, 구체적인 상(像)을 그릴 수 있는 언어를 말한다. 그것은 "우리가 간절히 체험한 시상에 언어의 살을 주어 상화(像化)"[12]하는 것이다.

풀어 말하면 '상화(像化)'한다는 것은 시상을 이해할 수 있도록 이미지화한다는 것이다. 이런 맥락에서 서정주는 이미지를 중시한다. 낭만주의 시론은 시의 음악성을 중시하고 따라서 청각적인 이미지가 핵심인 데 비해서, 서정주의 시론에서 중시되는 것은 시각적 이미지이다. 그는 김영랑의 시의 운율의 효과를 높이 평가했지만, 인간 정신을 체험하는 가장 중요한 감각은 시각이라고 생각했다.[13]

> 이 시는 두말할 것도 없이 소년의 심상, 소년의 한 폭의 아름다운 마음 속 그림을, 소년이 가지고 있는 미묘한 마음의 뉘앙스를 잘 그린 것이다. 이 시에는 좋은 상징의 성공이 보인다. 사랑의 신비하고도 낭만적인 동경에 사는 소년의 손금에는 강물이 흐르고, 강물 속에 순이가 어리고 하여, 아직 발현되지 않은 신비 속에 황홀의 눈을 감고 있는 소년의 상이 보이고 있다. 한 폭의 이미지의 그림으로서 대단히 아름다운 것이다.[14]

---

12) 위의 책, p.22.
13) "시의 상들의 조직이 아무래도 시인 자신을 더 없을 정도로 감동시키기 전엔 선불리 음악성에 편승하지 말 일이다. 상의 허약한 조직자가 편승하고 말면 유행가 비슷한 것이 되기가 쉽다. 포올 베를레에느의 허약도 바로 말하면 여기에 있었다."—같은 책, p.51.
14) 『한국의 현대시』, p.230.

윤동주의 시 「소년」을 평가한 대목이다. 이 시가 아름다운 것은 설명할 수 없는 소년의 미묘한 마음을 강물이 흐르고 순이가 어리는 것으로 표현하여 보여주고 있고, 또한 그러한 생각을 하며 눈을 감고 있는 소년의 상을 그려 보여줌으로써 시적인 정황이 선명하게 나타나게 하고 있기 때문이다. 이처럼 이미지는 생각을 구체화하는 상인 것이다.15)

이미지가 있음으로 해서 독자는 시인의 경험을 추체험하게 된다. 그런 면에서 이미지는 "독자에게 주어 상상시킴으로써 작자 자신이 체험한 데 방불하게 독자를 체험시키려는 노력"이라고 할 수 있다. 이 맥락에서의 '상상'이란 결국 시를 추체험할 수 있도록 하는 정신과 마음의 흐름 같은 것이라고 설명될 수 있을 것이다. 독자에게 상상을 시키려면 이미지가 구상적이라야 한다. 그가 주지주의를 집중 공격하는 것과는 대조적으로 초현실주의에 대해 온건한 입장을 취하고 있는 것은 이 때문이다.

서정주는 초현실주의가 잠재의식을 표현하면서도 관념어들을 빌리

---

15) 이는 이미지에 대한 상식적인 이해 수준의 것으로 주지파의 '제작되는 이미지'와는 전혀 다른 것이다. 이미지는 1930년대의 김기림의 시론에서 현대시의 특징으로 주목된 후, 주지주의 시론을 대표하는 키워드가 된다. 서정주가 전후 주지주의파라고 비판했던 김규동의 『새로운 시론』이 발간된 것은 1956년이다. 김규동은 이 책에서 이미지의 논리성을 설명하고 영상과의 결합을 통한 이미지의 확대를 주장하고 있다. 이외에도 이미지의 초현실성을 설명한 문덕수의 시론이나 주지성에 서정성을 결합한 이미지를 생각했던 김광림의 시론 등이 이미지 시론의 대표적인 예이다(졸고, 「전후 주지주의 시론의 특징」, 『한국근현대시론사』 참고). 이미지에 대한 서정주의 시론은 이러한 시론들에 비해 체계성이 떨어지고 논리적으로 일관되어 있지도 않다. '이미지'는 '심상'이라는 시적인 요소 외에, '단편적인 기억, 인상'이라는 일반적인 의미로 사용될 때도 있고, '원형'과 동일시되거나 '암시성'과 같은 의미로 사용되기도 한다. 이에 대한 구체적인 분석은 다른 지면으로 미루기로 한다.

지 않고 은유와 상징을 빌려서 상상을 시켰으므로 성공했다고 본다.[16] 서정주는 초현실주의 중에서도 특히 이상의 시에 대해 긍정적인 평가를 내리고 있다. 그가 이상의 시를 고평하는 이유는, 주지적인 성격이 개념으로 나타나는 것이 아니라 상상을 통해 표현되기 때문이다. 그 이전의 시들이 사물의 대개의 윤곽성만을 표현하는 것에 비해, 이상은 내면으로 들어가 내심(內心)을 구체적으로 나타낸다는 것이다.[17] 그러므로 서정주가 생각하는 시어는 결국 시상을 어느 만큼 구체화할 수 있는가에 따라 성공 여부가 결정되는 것이다.

이것을 시인과 독자의 역할과 연결시켜 보면, 서정주가 관심을 가지는 부분은 시상이 시인을 통해 시로 표현되는 과정이라는 것을 알 수 있다. 독자로 하여금 상상하게 만든다고 할 때, '독자'는 자신의 시를 바라보는 시인의 또 다른 눈이라고 해석하는 것이 옳다. 시상을 어떻게 표현할 것인가를 생각하려면, 그것이 제대로 떠오르는지를 독자의 입장에서 비추어볼 필요가 있기 때문이다. 결국 이것은 다시 창작 태도의 문제로 연결된다.

그는 시문학파의 공적이 시를 영감의 천재적 기록이라고 믿어온 재래의 낭만파 시인들의 시작태도와는 달리 '언어 회태(懷胎)와 그 분만의 사업'에 집중한 것이라고 말한 바 있다.[18] 언어를 품고 다듬는 과정이 중요함을 지적한 것이다. 이를 '각자(覺者)' 혹은 '정적의 순간'이라는 말과 연결시켜 본다면, '깨달음의 경지 혹은 정적의 순간은 천부적으

---

16) "초현실주의의 잠재의식의 시들일수록, 이미지의 구상의 제시가 풍부했던 것을 우리는 다시 한번 상기할 필요가 있다. 그들은 그들의 잠재의식의 복잡다단한 것을 전달하기 위해서는 독자를 향한 상상의 관문을 최대한으로 이용할 밖에 딴 길이 없었던 것이다." -『전집』 2, p.23.
17)『한국의 현대시』, p.202.
18) 위의 책, p.18.

로 주어진 것이 아니라 언어를 숙련하는 고통의 과정을 거쳐서 이르게 되는 인간적인 노력의 결과'라는 결론에 이르게 된다. 결국 서정주가 강조하는 것은 천재성이 아니라 오히려 시인으로서의 전문성이며, 그 전문성은 노력을 통해 얻어진다.

따라서 서정주의 시론은 사실상 창작 과정에 대한 것으로 요약할 수 있다. 흔히 '타고난 시인'의 전형이라고 여겨지는 서정주의 시의 이면에 오랜 숙달과 조탁의 과정이 있었음을 암시하는 부분이다. 창작의 고통을 의무화한 다음 대목은 현재의 시인들에게도 여전히 유효한 발언이다.

> 자기에게 감동을 크게 준 시상이 생겨 이것을 한 편의 시로 표현하도록 되려면, 여기에는 시상 그것에 대한 한동안의 반성기가 필요하다. 시상의 감동이 아직 흥분 상태에 있을 때는 그 흥분 그것의 불안정성 때문에 감동한 시상 그것에 대한 자세한 재고려나 시 언어 조직의 치밀한 일이 잘 되어지지 않는 게 보통이다. 그러므로 우리는 한동안 반성기를 가지고 천천히 그 동안의 흥분을 가라앉혀서 마음을 출렁이다 잔잔히 가라앉은 호수같이 하여서, 잘 안정된 호면(湖面)의 거울에 시상 그것을 다시 비춰 빈틈없이 살펴볼 수 있도록까지 되어야 한다. 이렇게 해서 비로소 우리는 흥분 속에 대강대강 보고 마는 위험을 떠나서 우리 시상의 마지막 머리카락만한 것 하나까지 빠뜨리지 않고 볼 수 있는 마음 속의 시력을 얻는다.[19]

•「천재로서의 시인과 전문가로서의 시인」, 『현대시』, 2008. 8. (보완)

---

19) 『시창작법』, p.171.

감상의 쾌락과 에로스의 사회적 효용성

1. 감성적이고 중도적인 글쓰기

전봉건은 1950년 『문예』에 시 「원(願)」, 「사월(四月)」, 「축도(祝禱)」 등으로 추천을 받아 등단했다. 1957년 김종삼, 김광림과 함께 합동시집 『전쟁과 음악과 희망과』를 발간한 이래 총 일곱 권의 시집과 여섯 권의 시선집, 다섯 권의 산문집, 한 권의 시론집을 발간했다.

시작 활동이 꾸준히 이루어진 것에 비해, 그의 시론은 문예지에 발표된 것이 40편 안팎, 시론집 1권으로 분량이 많지 않고, 시기상으로도 특정한 시기에 집중되어 있는 것이 특징이다. 유일한 시론집인 『시를 찾아서』는 1961년에 발간되었고, 그 외 문예지에 발표된 글들은 대부분 1950~60년대에 쓰여졌다. 1970년대에 쓰여진 시론은 1973년 일 년 동안 『현대시학』에 게재된 이승훈과의 대담 형식으로서 특정한 주제를 놓고 시에 대한 원론적인 입장을 정리한 것이다.

확인된 자료로 볼 때, 그의 첫 번째 시론은 1953년에 『문예』에 발표한 「시의 비평에 대하여」이다. 당시 문단은 전후라는 상황적 요인에 힘입어 실존주의가 유행했고 현대성과 세계성, 전통성 등이 중요한 문학적 주제로 부각되었다. 이러한 주제는 1960년 4·19를 기점으로 해서 순수 참여논쟁으로 변화된다. 그러나 전봉건의 시론은 당시의 비평적 주류와는 거리를 두고 있다. 그는 한국전쟁에 직접 참가했고 그 경험을 시로 쓰기도 했지만, 비평에서는 실존주의에 대한 논의에 가담하지 않았고 모더니즘과 전통주의의 어느 한편을 지지하지도 않았다. 또한 1960년대에는 김수영과의 논쟁 때문에 순수론의 대변인처럼 인식되었지만, 실상 그의 이론은 시와 사회의 관계 자체를 부정하는 일반적인 순수론과는 다르다.

전봉건의 시론에 대한 연구가 많지 않은 것은 이상의 특징과 관련이 있다.[1) 우선 시론의 분량이 많지 않고 쓰여진 시기 또한 집중되어 있기 때문에 시론의 변화와 발전, 심화 과정을 살피기에 어려움이 있다. 시론의 내용 또한 논리적이고 체계적이라기보다는 감성적인 성격이

---

1) 전봉건의 시론에 대한 기존의 연구로는 이승훈, 「전봉건의 시론」, 『한국현대시론사』, 고려원, 1993 ; 김지연, 「전봉건의 시론과 시에 관한 연구」, 『어문연구』 26권 4호, 1998. 12 ; 한수영, 『한국현대비평의 이념과 성격』, 국학자료원, 2000 ; 박슬기, 「전봉건 시론에 있어서 시의 현대성」, 『관악어문연구』 30, 2005. 12 등이 있다. 이승훈의 글은 전봉건의 시론을 독립적으로 언급한 최초의 연구이지만 본격적인 연구라기보다는 단편적인 소개에 그치고 있다. 김지연의 글은 전봉건의 시론과 장시 「춘향연가」의 상관성에 초점을 맞추고 있다. 그러나 시론을 체계화했다기보다는 「춘향연가」를 해석하는 데 시론을 부분적으로 대입시키고 있는 듯한 인상을 준다. 또한 한수영의 글은 전봉건의 시론을 전후 모더니즘 시론에 포함시켜 설명하고 있지만, 한국현대비평을 개괄하는 가운데 일부분으로 포함되어 있어서 본격적인 연구라고 보기 어렵다. 전봉건 시론에 대한 본격적인 연구는 박슬기의 글이 거의 유일하다. 이 글은 전봉건의 시론을 당시 문단적 상황과 연관시켜 '현대성'이라는 측면에서 설명하고 시론의 전체적인 내용을 소개함으로써 전봉건 시론의 독자적인 성립 가능성을 열어놓고 있다. 그러나 당대성을 강조하다 보니 시론 자체에 대한 치밀하고 체계적인 분석이 미흡한 편이다.

강해서 선명한 이론적 입장을 추출해내기 어렵다는 것도 이유이다. 예컨대 시론집『시를 찾아서』는 시를 남녀 간의 연애에 비유하여 설명하고 있는데, 산만하고 불필요한 부분들이 많아서 이론의 정합성을 떨어뜨리는 요인이 된다. 또한 그의 시론은 경향상으로도 어느 한편에 속하지 않아서 정확한 위상을 설명하기 어렵다. 그는 현실을 직접적으로 반영하고 시대에 동참하는 것이 시의 임무라고 생각하는 참여론적인 입장에는 반대했지만, 시가 대중들에게 희망을 보여주어야 하고 즐거움을 주어야 한다고 생각했다. 그런가 하면 그는 모더니즘의 기교주의를 비판했지만, 난해한 시는 독자에게 시를 해독하는 즐거움을 주므로 긍정적인 것이라고 평가했다. 이와 같이 그의 시론적 입장은 참여와 순수, 리얼리즘과 모더니즘사이의 중도적 입장에 있다. 이러한 이유로 해서 그의 시론은 독립적인 평가를 받지 못했던 것으로 보인다.

그의 시론은 넓은 의미의 효용론으로서 '쾌락주의'라는 말로 요약된다. 그는 '시＝쾌락'이라는 커다란 전제 하에 시인과 독자, 작품과 세계를 설명하고 있다. 이 때 쾌락은 일반적인 의미의 기쁨 혹은 즐거움과 같은 것으로서, 아리스토텔레스적인 의미에서 카타르시스를 가져다준다.[2] 이 쾌락은 창작자인 시인과 시를 읽는 독자 모두가 경험하는 것이다. 그의 시론은 효용성을 바탕으로 하는 가운데 개인적·사회적 욕구의 충족, 정신적인 고양감과 에로스적인 희열 등을 '쾌락'이라는 용어로 묶어 설명함으로써 독특한 시론사적 지위를 차지하고 있다.

---

2) "이제 우리의 예술은, …나의 시는 인간을 그가 처한 현실에서 인간으로서의 자기의 이름다움을 믿을 수 있는 그 가능성으로 개방해줄 수 있는 것이어야 한다고 생각합니다. 그러기 위해서 나는 나의 시의 본질과 기능과 효용은 감정의, 의식의 정화작용 즉 카타르시스이어야 한다는 것입니다. (~) 왜냐하면 예술이란 인간의 생명의 근원에서부터 멀리 떨어져나간 사랑과 현실이 그 근원에 복귀하려는 운동이었겠기 때문입니다." – 전봉건, 「시 예술, 사랑」,『문학예술』, 1955. 8.

2. 창작의 기쁨과 장인 정신

전봉건의 시론에서 쾌락은 즐거움, 재미, 만족 등의 의미와 유사하게 사용된다. 창작의 주체인 시인의 입장에서 볼 때 쾌락은 창작의 기쁨 혹은 즐거움과 동일한 것이다. 그는 시인을 미치광이나 창조주에 비교한다. 시인이 미치광이와 유사한 점은 상식으로는 이해되지 않는 세계를 그려낸다는 것이다. 그는 이상의 「육친의 장(肉親의 章)」의 일부분과 정신과 환자의 꿈 이야기를 나란히 놓고 상식적인 세계[3]를 벗어났다는 점에서 두 가지는 동일하다고 본다. 양자의 차이점은 스스로 자신의 행위를 인식하는가에 있다. 미치광이가 스스로 아무런 의식이나 느낌 없이 행동하는 것에 반해, 시인은 자신의 행위를 뚜렷이 인식하고 있을 뿐만 아니라 그 행위에서 더없는 쾌락을 느낀다. 시인은 자신이 시를 쓴다는 행위 자체에 확고한 프라이드를 가지고 있으며, 이것이 그를 시인일 수 있게 한다.[4] 시인은 시를 쓰는 행위에서 최고의 쾌락을 맛보게 되는데, 이러한 경험은 창조주의 그것에 비교된다.

> 이와 같이 '놀라움'을 시인은 시를 만들면서 동시에 새로이 창조해내는 것인데, 새로운 놀라움을 새로이 창조해내는 그 행위보다 더 높고 아름답고 강력한 '쾌락'은 이 세상에 없을 것입니다. 최초의 새로운 놀

---

3) 전봉건은 현실과 시의 세계를 구분해서 각각을 '그쪽의 현실'과 '이쪽의 현실'이라는 말로 지칭하고 있다. 보통 사람들이 살아가는 일상의 세계를 '그쪽의 현실'이라고 한다면, 시인의 마음 혹은 생각을 포함한 시의 세계는 '이쪽의 현실'이다. ─전봉건, 『시를 찾아서』, 청운출판사, 1961, p.23 참고.

4) "적어도 자기가 시인이라는 일에 관해서 푸라이드를 아니가지는 사람은 없습니다. 시인은 이 푸라이드를 확고하게 의식하고 유지해 나가지 않고서는 시를 만들어낸다는 무상(無償)의 행위를 할 수 있는 특권을 행사하지 못하는 것입니다." ─위의 책, p.44.

라움이 틀림없는 천지(天地)를 창조하면서 의식하면서 느끼고 지닌 신의 '쾌락'이었다면 우리가 그것을 짐작할 길은 새로운 놀라움을 새로이 창조해내는 시인의 행위, 즉 시인의 '쾌락'을 통하는 이외엔 없는 것입니다.[5]

새로운 놀라움을 창조한다는 것은, 지금까지 있어온 것들을 마치 처음 발견하는 것처럼 모두가 알고 있는 사건과 사실을 새롭게 발견하는 기쁨이다. 창작의 기쁨은 신이 천지를 창조하면서 느꼈던 기쁨에 비교된다. 그것은 "최초의 인간의 눈에 비치인 최고의 사상(事象)"을 발견한 기쁨이자 환희와도 같은 것이다. 얼핏 보기에 이 부분은 시인의 창조성을 강조하는 것 같지만, 여기서 창조주에 비교되는 것은 창조성 자체가 아니라 창조의 기쁨이다. 즉 창작의 쾌락이 얼마나 큰 것인지를 말하는 것이다.

실제 시 창작 과정을 설명하는 부분에서 전봉건은 시를 만들어내는 장인정신의 중요성을 강조하고 있다. 그는 김광림의 시 「양지(陽地) 3」의 개작 과정을 상세하게 설명하면서 한 편의 시를 쓰기 위해 시인이 얼마나 많은 노력을 기울이는지를 직접 보여주고 있다.[6] 시인이 여러 번 퇴고를 하는 이유는 잘 짜여진 한 편의 시를 만들기 위한 것이다. 전봉건은 "훌륭한 시란 바꾸어 말하면 티끌만한 틈도 없이 째여진 시"[7]라고 말하는데, 다른 말로 하면 이것은 치밀하게 계산되어 한 치의 오차도 없는 시를 의미한다. 시인이 한 편의 시를 완성시키기까지는 수차례의 퇴고가 이루어져야 하고, 이러한 과정에서 시인은 치밀한 계산

---

5) 위의 책, p.47.
6) 위의 책, pp.84~93 참고.
7) 위의 책, p.97.

을 한다.

> 계산, 분명히 나는 시 쓰기, 시 만들기를 계산을 하듯이 한다. 한편의 시를 만드는데 있어서 동원하는 모든 문자는 내 펜으로 해서 어김없이 계산된다. 이 경우 1+1=2이다. 절대로 1+1=0이거나 3이 되어서는 안된다. 어떤 상(像)을 빚어내는 여러 개의 문자와 문자의 관계와 연락을 내 자신이 입으로 어김 없이 설명할 수 있어야 한다. 한편의 작품 속에 이루어져 있는 계산은 그토록 선명한 것이어야 한다.[8]

전봉건에 따르면 시는 1+1=0의 세계이다. 즉 1+1=2의 계산법이 적용되는 일상적인 시각에서 보면 거짓말이고 이해할 수 없는 세계인 것이다. 인용문에서 시 쓰기를 할 때의 계산이 1+1=2라야 한다는 것은, 창작을 할 때 시인은 일상적인 논리를 고려해야 한다는 것을 강조한 것이다. 완성된 시는 1+1=0처럼 일상과는 다른 차원의 언어를 사용하는 것처럼 보이지만, 시인은 이것을 1+1=2의 차원에서 설명할 수 있어야 한다. 전봉건은 김종삼의 「돌각담」을 예로 들고, 시에서 계산이 얼마나 중요한 것인가를 설명하고 있다.

> 이 시에서 우리는, 시를 위해서 더 이상 필요한 어떤 언어를 생각할 수 없습니다. 다시 말하면 이 시에서는 더 이상 어떤 언어가 들어가 앉을 수 있는 여유가 없다는 것입니다.
>
> 돌담이무너졌다다시쌓
> 았다쌓았다쌓았다돌각

---

8) 위의 책, p.108.

이 두행에 어쩌면 '쌓았다'를 한번 더 넣어서 세 번 되풀이한 것을 네 번 되풀이해도 무방할 것 같습니다. 사실 무방한 것입니다. 그래도 뜻이 통하는 얘기임에는 변함이 없으니까 말입니다. 그러나 '쌓았다'가 한번 더 삽입되면 이 시의 전체의 바란스는 흩어지고 맙니다. 이 작품은 파괴되고 맙니다. 이 시의 토온은 아르뻬지오의 그것입니다. 호흡이 짧고 가볍습니다. 그리하여 이 시는 압축될 대로 압축된 작품입니다.

'쌓았다'가 세 번 이상 있어서는 이 시의 호흡이 그 대목에서 중뿔나게 길어집니다. 압축될대로 압축되어야 하는 이 시는 거기서 전체적인 바란스를 잃고 파괴되고 마는 것입니다. 이 시에는 이 시에 동원된 언어 이외의 다른 어떠한 언어도 비집고 들어가 앉아서 이 작품에서의 존재 이유와 가치를 지닐 수 있는 티끌만한 틈도 없는 것입니다.[9]

이 시가 티끌만한 틈도 없이 잘 짜여졌다고 평가하는 이유는, 아르페지오의 토운을 유지하는 전체적인 시의 분위기에 어울리게 언어들이 배치되어 있기 때문이다. '돌담이 무너졌다. 다시 쌓았다'는 일상적인 내용을 가진 평이한 발화이다. 이 일상적인 발화는 시에서 차곡차곡 쌓아놓은 돌각담처럼 두 개의 행으로 나뉘어 쌓여있다. '쌓았다'를 세 번 반복한 것은 돌을 쌓는 행위가 반복되는 것을 표현함과 동시에 시의 호흡과 형태를 맞추기 위한 것이다. 시를 계산한다는 것은 의미 내용만이 아니라 시의 전체적인 분위기와 형태와 호흡의 길이까지를 모두 고려하는 것이다. 가장 자연스러워 보이는 시라 할지라도 그 이면에는 이와 같은 시인의 계산이 감추어져 있는 것이다. 그러므로 '시를 읊는다'고 말하는 것은 시대착오적 발상이 아닐 수 없다. 시인은 그만큼 자신의 시의 창작 과정을 뚜렷이 의식하고 있으며 거듭된 퇴고 과정 속에서 즐거움을 맛보는 것이다. 창작의 쾌락은 이처럼 잘 짜여

---

9) 위의 책, pp.99~100.

진 한 편의 시를 만들기 위해 퇴고에 퇴고를 거듭해가는 과정에서 얻어지는 것이다.

시인이 누리는 창작의 쾌락의 이면에는 일상성에 대한 환멸이 있다.[10] 시인은 실제 생활에서 일반인이 느끼는 세속적인 성공에서는 별다른 기쁨을 느끼지 못하는 존재이다. 그들은 항상 '이쪽의 현실'에 있으며 그 세계에서의 가치와 진실을 믿는다. 전봉건의 시와 시론이 때로 순수문학적인 것으로 평가되는 이유는, 현실세계와 시의 세계를 명확하게 구별하는 이러한 태도 때문이기도 하다.

3. 감상을 통한 대리만족의 즐거움

이러한 과정을 거쳐 만들어진 시는 시인뿐만 아니라 독자에게도 쾌락을 준다. 잘 짜여진 시는 창작 과정에서 시인에게 쾌락을 안겨주지만, 그것을 감상하는 독자에게 또한 즐거움을 주기 마련이다. 독자는 한 편의 시를 읽고 감상하는 과정에서 시인의 창작 과정을 추체험하며 쾌락을 얻는다. "'우리들의 생생해지는 감각의 제기능을 다시 한번 스스로 느껴'본다는 얘기는(~) 모든 시를 대하는 독자의 기본적이고 공통적인 태도"[11]인 것이다. 한 편의 시를 감상한다는 것은 그 시 이면에

---

10) "…재미가 없는 '그쪽의 현실'에 살면서 마치 제법 재미가 있는 듯이 열심히들 살고 있는 무수한 사람들의 얼굴이 분주한 네거리에서 시인의 '무재미'는 더욱 깊어지고 아파집니다. 두리번거리던 그는 드디어 움직일 수 없는 '그쪽의 현실'이 있듯이, 움직일 수 없는 '이쪽의 현실'이 있는 것을 발견합니다."―위의 책, p.56.
11) 위의 책, p.49.

있는 계산을 제대로 이해한다는 것이다. 다음은 박성룡의 「정원(庭園)」에 대한 설명 부분이다.

이 시의 경우 우리가 설명하고 해설할 수 있는 것은 각 련에 동원된 계산된 문자들의 관계와 연락입니다. 그리고 또한 우리는 그 각 련의 시행이 우리의 '이쪽의 현실'에 그려낸 개개의 상이 어떠한 것인가를 알아 맞출 수 있습니다. 제일연 이행의 상은 육감적이기까지도 한 신선한 꽃입니다. 제이연 사행의 상은 햇살보다도 눈부신 이슬입니다. 제삼연 사행의 그것은 다시 탐스럽고 신선한 꽃이고, 제사연 육행의 상은 태양보다도 찬란한 꽃나무입니다. 제오연 칠행의 상은 그늘마저 이슬처럼 눈부시게 궁구는 어떤 현란한 상태입니다. (중략)

이 시의 경우 우리는 자연에 대한 경이감을 새로이 합니다. 이 경이감은 곧 무엇보다도 신선하고 무엇보다도 강력한 즐거움이고 쾌락입니다. 이 시를 대하는 우리는 어느덧 햇살보다도 더 찬란한 빛깔에 젖습니다. 꽃보다 더 향기로운 내음을, 향기로운 살코기처럼 입으로 씹으면서 그늘과 이슬이 내는 이상하게도 아름다운 소리를 듣습니다. 그것은 어떤 악기도 낼 수 없었던 영롱한 소리입니다.

우리의 전신 전령은 어느덧 이 소리, 이 빛깔, 이 내음에 젖어 이 세상에서 처음으로 발을 들여놓는 현란한 즐거움과 쾌락의 '정원', 그 신선하기만 한 '경이의 정원'에 있습니다.

어느덧 그렇습니다. 어느덧 잘 만들어진 시는 보는 사람으로 하여금 이와 같은 경지에 안내해줍니다. 그러나 시의 독자를 이와 같은 경지에 이르게 해주는 편리한 계단이나 다리는 없습니다. 이와 같은 경이의 경지는 한편의 시에 동원된 문자, 종이나 원고용지라는 현실에 실재하는 문자들이 이룩하는 것이 아니라 이 문자들이 빚어낸, 이미 육안으로 볼 수 없는 여러 상이 어울려서 이루는 것이기 때문입니다.[12]

---

12) 위의 책, pp.117~118.

　인용문에서 전봉건은 독자가 시를 감상하면서 어떻게 쾌락을 얻게 되는지를 설명하고 있다. 시에 나오는 상들은 시인의 의도에 의해 선택되고 배치된 것으로서 서로 결합되면서 시 전체의 느낌을 형성한다. 독자들은 우선 각각의 상의 느낌을 받아들인 후 이것이 결합되어 만들어내는 시 전체의 상을 얻게 된다. 즉 계산된 문자들의 관계와 연락을 파악함으로써 시인의 계산을 되짚어 보는 것이다.[13) 독자는 이러한 감상의 과정에서 정신적인 기쁨을 누리게 되는데, 이것이 바로 독자의 쾌락이다.

　전봉건은 이같은 이유로 해서 난해시를 긍정적으로 평가한다. 아무리 알기 어려운 시라도 그것이 정확하게 계산된 문자들로 구성된 것이라면 충분히 의미가 있는 것이고, 그것을 읽는 과정은 그 자체가 독자에게 기쁨을 주기 때문이다. 이 때 독자가 느끼는 쾌락은 고차원의 정신 운동에서 얻어지는 만족감이다.[14)

　한편 독자가 느끼는 쾌락에는 실제 현실 생활의 문제를 다룬 시를

---

13) 그러나 전봉건은 이렇게 계산된 것만이 시를 이해하는 전부는 아니라고 본다. 문자의 계산이 끝나는 곳에서 시인은 또 다른 계산을 하는데, 이것은 설명도 해설도 불가능한 것이다. 즉 문자의 계산이 그려낸 상에서 나온 것. 이것이 독자로 하여금 경이의 경지에 이르게 한다. "빛깔과 소리와 내음을 지니는 그 확고하고 절대의 상태, 시인의 능력이 육안에 보이지 않는 여러 상을 한데 어울리게 하는 상상 속에서의 계산이 결과하는 것", 이것이 바로 1+1=0 혹은 1+1=3의 결과를 만들어내는 것이다. 이 1+1=0의 결과가 바로 '경이의 경지'이다. 물론 이 경이의 경지는 엄밀하게 계산된, 꼭 짜여진 시만이 가질 수 있는 것이다.

14) "알기 어려운 시, 난해시라고 빈축하거나 나무라는 사람은 내가 보기에는 고급한 정신의 유희, 그 쾌락을 모르는 무식한에 불과합니다. (…) 시가 난해하면 할수록 그것을 알게 된 독자의 기쁨과 쾌락은 더욱 더 큰 것입니다. (…) 난해한 시는 조금도 독자에게 손해를 끼칠 일이 없는 것입니다. 아니 어렵게 이해되는 시일수록 독자의 정신적인 운동을 높이고 풍부하게 한다고 할 것입니다. 높고 풍부한 정신의 운동, 이것은 곧 인간의 건강을 약속합니다. 요는 '해한 시'와 아무리 해도 알 수 없게 계산이 잘못된 문자들로 이루어진 '엉터리 시'를 구별할 일입니다."-위의 책, pp.113~114.

감상할 때 얻어지는 대리만족도 있다. 폭압적인 정치에 대한 비판이나 잘못된 현실에 대한 비판을 담은 시를 감상할 때가 그렇다. 전봉건은 그 예로 1959년 악법 통과에 반대하여 조지훈이 신문지상에 발표한 「우리 무엇을 믿고 살아야 하는가」를 들고 있다.

> 백성을 배신한 독재의 주구(走狗) 앞에 연약한 民主主義의 忠犬은 咬殺되었다.
> 온 나라의 마을마다 들창마다 새어 나오는 소리 없는 울음 소리.
> 사랑하는 동포여 서러운 형제들이여 목을 놓아 울어라. 땅을 치며 울어라. 네 가슴에 응어리진 원통한 넋두리도 이제는 다시 풀 길이 없다.
> (중략)

이 시에 대해서 무슨 설명같은 얘기를 한다면, 새삼스러운 얘기가 됩니다. 그만큼 이 시는 단순하고 뚜렷합니다. 어떤 특징의 목적의식으로 해서 이 시는 만들어졌기 때문입니다.

이 시에 있어서의 목적의식이란 말할 것도 없이 현실, 사회에 관한 문제입니다. 어떤 눈 먼 정치의 포악이 현실 사회에서 자유를 유린하는 데 대한 저항이 그것입니다. 그런데 현실 사회에서 자유를 학살하려 드는 포악한 것에 대하여 저항하고, 그 자유를 지키려는 뚜렷한 목적의식으로 해서 한 편의 시가 만들어졌으면 그때만큼 그 시인이 보통 일반 사람들이 지니는 1+1=0의 쾌락을 강력하게 믿는 때가 없는 것이며(아니, 그때의 시인은 보통 일반 사람들이 지니는 1+1=0의 쾌락에 매어달려 있다시피 하는 것인지도 모릅니다) 그 시는 오직 그들의 1+1=0의 쾌락으로 해서 받아들여지기를 간절히 원하고 있는 것입니다.

시인의 저항의 마당은 그가 바로 다름 아닌 시인으로 해서 그가 지니는 1+1=0의 쾌락이고, 그리고 여하한 시일지라도 그것을 받아들이는 능력을 가지는 것은 받아들이는 측이 지니는 1+1=0의 쾌락이기 때문입니다.[15]

이 시는 당대 현실에 대한 직접적인 비판과 항의를 담고 있다. 이
때 1+1=0의 쾌락은 시인만이 아니라 시를 읽는 독자도 동일하게 느끼
는 것이다. 시인은 시를 통해 현실을 비판하는 과정에서 쾌락을 느끼
고, 독자는 자신이 하고 싶은 말을 대신하고 있는 시를 감상하면서 대
리만족을 느낀다. 시인의 기대와 독자의 기대가 합치되는 것이다. 이
때 시인은 보통 사람들과 구별되는 비일상적 존재가 아니라 독자의 대
변인이 된다. 이 부분에서 전봉건이 말하는 1+1=0의 쾌락은 억압된
사회적 욕구를 간접적으로 분출하는 데서 오는 만족감과 같은 것이다.
이처럼 독자가 경험하는 쾌락은 정신적인 고양감일 수도 있고, 억압된
사회적 욕구를 분출하는 좀더 적극적인 것일 수도 있다.

4. 생명의 리듬 에로스의 저항성

앞에서 시인과 독자의 입장에서의 쾌락이 어떤 것인지를 살펴보았
다. 여기서 주목할 점은 시인과 독자에게 쾌락을 주기 위해서는 우선
시가 잘 만들어져야 한다는 것이다. 시의 내용이나 경향이 어떤 것인
지에 상관없이, 제대로 된 계산에 의해 만들어진 시만이 쾌락을 줄 수
있는 것이다. 따라서 전봉건의 시론은 자연스럽게 시 자체의 예술성을
강조하는 것으로 연결된다. 그의 시와 시론에 나타나는 탐미적 성격
혹은 예술지향주의적 성격은 이러한 맥락에서 설명될 수 있다. 그러나
이는 예술을 인간보다 우월한 위치에 놓고 아름다움을 숭배하는 예술

---

15) 위의 책, pp.74~75.

지상주의와는 다르다. 그는 전쟁 속에서도 아름다움이 여전히 가치가 있고, 그것이 전쟁의 참혹함을 이길 수 있다고 믿었다.[16] 아름다움은 인간을 삭제한 것이 아니라 인간이 현실을 살아갈 수 있는 하나의 방편으로 모색된 것이다. 현실의 비인간성과 폭력성을 견딜 수 있게 하는 아름다움은 예술의 성격인 동시에 그것 자체가 현실의 억압에 대한 저항일 수 있다. 전봉건의 시론은 이런 맥락에서 현실에 대한 참여적인 성격을 갖는다.

전봉건은 김수영과의 '사기(詐欺)' 논쟁을 통해서 자신이 생각하는 참여가 어떤 것인지를 밝히고 있다. 그가 김수영을 비판하는 가장 큰 이유는 김수영의 시가 대중과 괴리되어 있으며 패배의식에 빠져 있기 때문이다. 그는 김수영의 대표작인 「거대한 뿌리」가 김수영 자신이 직시해야 한다고 주장하는 현실의 사람들과 괴리가 있다고 지적한다. 즉 "그 속에 끼어들어야 한다고 주장하는 그 층의 사람들의 이해를 거부하는 방법을 택"함으로써, 실제로는 이론과 시가 맞지 않다는 것이다.[17] 김수영에 대한 비판은 「토대 없는 참여의 시」(『세대』, 1967. 8)에서 참여시 일반으로 확대된다. 여기서 전봉건은 김수영의 「거위 소리」, 「강가에서」, 「꽃잎(삼)」을 참여시의 대표적인 예로 들고, 이 시들이 대중과 괴리되어 있고 무기력과 패배의식에 사로잡혀 있다고 지적한다. 참여시가 현실에 참여하는 것이라면 현실의 가장 많은 부분을 구성하고 있는 대중에게 어필해야 하는데 김수영의 시는 어려워서 오히려 대중과

---

16) "······ 음악이여. // 너는 전장을 포복하는 군단의 불면이 겹 쌓여/ 탄피와 같이 굳어진 나의 눈시울 그 속에도 살았다. / 그리하여 마침내 총알 맞아 쓰러졌던 내가 / 다시 깃발처럼 일어서면서 눈저리게 똑똑히 보았느니/ 그것은 머리에서 별빛 냄새가 나는 처녀의/ 둥근 빛무리 같은 알몸이었다." – 전봉건의 시 「음악」 부분.
17) 전봉건, 「사기론(詐欺論)」, 『세대』, 1965. 2.

괴리되어 있고, 무기력한 상실감과 패배의식에 빠져 있다는 것이다. 그는 이러한 비판 끝에 참여시가 갖추어야 할 요소를 다음과 같이 정리하고 있다.

> 이제 참여를 생각하고 참여를 부르짖어 온 대부분의 사람들은 새로운 눈을 뜰 필요가 있다고 나는 생각한다.
> 아무리 참여의 시라고 해서, 테마가 앞설 수는 없다는 일에 대해서. 테마와 작품이 똑같이 중요하게 다루어지는데서 훌륭한 참여의 '시'는 탄생한다는 사실에 대해서, 참여의 시도 어디까지나 시라는 사실에 대해서, 시 없이 '참여의 시'가 이뤄질 수 없다는 이 너무나도 상식적인 일에 대해서.
> 그리고 그들이 지금 얻고 있는 것은 무기력한 상실감 감상적인 패배의식, 어두운 좌절감이요, 잃고 있는 것은 시라는 사실에 대해서.
> 침묵은 시인의 참여가 아니라는 사실에 대해서 또 우리의 참여의 시는 우리의 현실에 맞는 기법으로 만들어져야 한다는 사실에 대해서.[18]

그가 강조하는 것은 참여시는 첫째, '시'가 되어야 하고, 둘째, 패배의식을 극복해야 하며, 셋째, 우리 현실에 맞는 기법으로 새롭게 만들어져야 한다는 것이다. 참여시가 우선 '시'가 되어야 한다는 것은 참여에 대한 그의 기본적인 입장이 어떤 것인지를 드러낸다. 그가 생각하는 참여는 현실의 문제에 직접 개입하거나 현실을 바꾸는 것이 아니라 어디까지나 문학내적인 것이다. 즉 시는 현실과 직접적인 관련을 맺는 것이 아니다.

> 시인에게 있어서 그의 시작은 자신의 비현실적인 염원이 행위화한 것이고 원시인에게 있어선 주문을 외이거나 물을 뿌리며 구름이나 우

---

18) 전봉건, 「토대 없는 참여의 시」, 『세대』, 1967. 8.

레나 태풍의 흉내를 내는 일이 그들의 비현실적인 염원의 행위화인 것입니다. (~) 원시인들은 자신의 주술이 실은 효력 없는 것임을 미리 알고서 그 거짓을 즐겨했던 것이 아닐까 하는 것과 시인의 비현실적인 염원의 행위화인 시작이 결코 실제의 현실이 바라는 바와 같이 개조되느냐 아니냐 하는 문제와는 직접적인 관계를 가지지 않는다는 일입니다.19)

시는 실제 현실과는 다른 세계를 향한 염원의 표현이기는 하지만, 시인은 그 염원이 비현실적인 것이라는 점을 이미 알고 있다. 그 염원이 실제 현실을 개조시키는가 하는 것과는 별개라는 것은, 시의 효용이 실제적인 사회적 가치를 지니는 것은 아니라는 말이다. 결국 그것은 '이쪽의 현실'에서 진실성과 효용 가치를 가지는 것이다.

그렇다면 그가 생각하는 '이쪽의 현실'에서의 시의 효용 가치는 무엇일까? 이것은 패배의식을 극복하는 것과 관련이 있다. 패배의식은 현실과의 대결의식이 없는 것이며 따라서 현실 극복의 의지 또한 없는 것이다.20) 진정한 참여시는 패배의식을 극복하고 대중에게 현실을 넘어선 꿈을 보여주어야 한다. 그가 생각하는 시인의 양심은 "현실에 대해서 외면 안할 뿐만 아니라 현실에 얽매어 허덕이는 사람들에게 이길 수 있는 힘이 될 꿈, 그것을 만들어서 주는 일"21)이다. 시인이란 "현실

---

19) 전봉건, 「시인과 독자의 광장」, 『자유문학』, 1957. 9.
20) 이러한 생각은 참여시만이 아니라 후반기 동인의 시나 박두진의 「夏日」을 비판할 때도 적용되었던 기준이다. 그는 후반기 동인의 시를 "현실이란 이름의 허울을 쓴 센티멘탈리즘"이라고 비판하고, 박두진의 시 또한 현실에 완전히 패배하는 모습을 보임으로써 결국 센티멘탈리즘으로 떨어져 버린다고 평가한다. 두 비판에서 공통점은 현실을 표방하되 그것을 넘어서지 못했다는 점이다. 그가 말하는 센티멘탈리즘은 패배의식에 사로잡혀 현실을 극복하는 힘을 주지 못하는 것을 의미한다.
21) 전봉건, 「현실이란 것」, 『현대문학』, 1966. 10.

이 아닌 꿈, 현실에는 없는 바로 그 꿈 자체"[22]이다. 따라서 시인은 현실을 있는 그대로 그려 넣는 것에 만족하지 말고 현실에 존재하는 '꿈'으로서의 자신의 의무를 다해야 한다. 결국 '이쪽의 현실'에서의 시의 효용은 대중에게 현실을 넘어서는 꿈과 희망을 제시하는 것이다.

전봉건은 이러한 조건을 갖춘 '우리 현실에 맞는 기법을 가진 참여시'로서 생명의 리듬을 살린 에로스의 시론을 주장한다.[23] 시인이 궁극적으로 지향하는 것은 "지배의 논리가 없는 세계, 생명에 대한 위협이나 억압이 없는 인생"[24]이다. 즉 억압이 없는 자유로운 상태, 생명이 스스로의 생명됨을 자유롭게 표출할 수 있는 세계인 것이다. 전봉건은 생명의 리듬을 '에로스'라고 하고, 예술은 에로스가 살아있는 상태를 지향하는 것이라고 본다. 에로스는 그것 자체가 자연스러운 생명의 리듬이므로, 생명의 밝고 자연스러운 영위가 억압을 당하는 사회나 현실에서는 그것에 맞서는 모습까지를 지니게 된다. 예를 들어 「춘향전」은 춘향의 싱싱하고 건강한, 천진난만한 에로스가 억압된 것에 대한 저항으로 해석할 수 있다. 인간의 생명을 억압하는 것 즉 에로스를 억압하는 것에 대한 저항이 당시의 폐쇄적 사회에 대한 저항으로 나타나는

---

22) 전봉건, 「꿈이란 것」, 『현대문학』, 1966. 12.
23) 그는 초기부터 시가 근원적인 생명에 관한 일이라는 것을 강조한 바 있다. - "현대의 위기는 바로 우주적인 거시고 그리고 시란 예술이었으며 예술이란 다만 인간이나 사회나 역사적인 현실의 또 사상의 표현이나 반영에 그치는 것이 아니라 그것은 시공을 초월하여 항상 끊임없이 집요스럽게 보다 아름다운 인간이려고 욕망하는 현실의 인간의 근원적인 생명 - 그 생명의 근원에서부터 가장 멀리 이탈하여 떨어져나간 사상과 현실이 그 근원의 생명으로 복귀하여 끊임없이 보다 아름다운 세계에 사는 인간이려고 하는 스스로의 생리를 획득하려는 운동인 것이기 때문이며 그리고 우리는 우리가 오늘과 현대의 한국의 시인으로써 지니는 그 생태의 특권과 의무를 다하기 위해서는 오늘 피어서 가치 있고 아름다운 우리의 꽃들을 꽃피울 수 있어야 하고 꽃피워야만 하는 것이기 때문이다." - 전봉건, 「오늘과 시인의 모습」, 『예술집단』, 1955. 12.
24) 전봉건, 「시와 에로스」, 『현대시학』, 1973. 9.

것이다. 따라서 춘향은 열녀라는 관념적인 이미지가 아니라 에로스를 가진 여인으로서 부각되어야 한다. 이 때 에로스는 성욕이나 섹슈얼리티와는 다른 것으로서 성적인 것인 동시에 영혼적인 것이며, "사랑(성)을 통해서 혹은 그것과 함께 더욱 높은 인간적 가치에로 스스로를 승화시키고자 하는 꿈과 신념"[25]을 담은 사상의 차원으로 승격된다. 그것은 생의 확대 작업이자 생명의 찬가인 것이다.

이런 면에서 에로스의 시론은 전봉건의 쾌락주의 시론이 집결된 형태라고 할 수 있다. 그는 『시를 찾아서』에서 시를 남녀 간의 연애에 비유하여 설명하고, 산문집 『시와 인생의 뒤안길에서』에서 세계의 연애시를 소개한 바 있다. 이는 남녀 간의 사랑이라는 가장 대중적인 주제를 내세움으로써 독자의 호기심을 자극하고자 하는 것이다. 에로스는 남녀 간의 연애가 보다 구체적인 것으로 형상화된 것이라고 볼 수 있다. 여기서 나타나는 성은 자연스러운 생명의 리듬이면서 새로운 생명의 잉태를 통해 미래에 대한 희망을 제시한다. 에로스란 성적인 것과 영혼적인 것을 모두 포함한 생명의 자연스러운 리듬으로서 이에 대한 갈망은 인간 본원적인 것이다. 생명이 억압되는 현실에서 에로스는 그것 자체가 저항적인 것이며 현실을 넘어선 희망을 제시하는 것이다. 또한 그것은 남녀 간의 사랑에 실체를 부여한 형태로서 독자의 관심을 끄는 가장 대중적인 주제이기도 하다. 따라서 그의 에로스 시론은 독자의 쾌락을 고려한 적극적인 효용론이며 그가 생각하는 문학의 참여 방식이다.

● 「전봉건의 쾌락주의 시론 연구」, 『비교문학』 49, 2009. 10.

---

25) 전봉건, 「속 시와 에로스」, 『현대시학』, 1973. 10.

비평의 창조성을 강조하는 인상비평

1. 시 창작의 위기와 비평의 선택

시 「낙화」로 널리 알려진 이형기는 『적막강산』(1963), 『돌베개의 시』(1971), 『꿈꾸는 한발』(1976), 『보물섬의 지도』(1985), 『심야의 일기예보』(1990) 등의 시집을 출간했다. 또한 그는 1960년대 순수문학논쟁에서 순수문학을 옹호한 대표적인 비평가로서 그 후에도 지속적인 비평 활동을 통해 순수문학을 이론적으로 지지하고 뒷받침하는 역할을 해왔다. 그러나 이러한 자료의 분량에 비해 이형기의 문학에 대한 연구는 그리 활성화되어 있지 않다. 시인이 작고(2005)한 지 얼마 되지 않아서 시 세계에 대한 총체적 평가가 이루어지기에는 이르다는 점, 첫 시집과 두 번째 시집 이후의 경향이 편차가 커서 연구가 하나로 통일되기 힘들다는 점, 문학에서 개인주의와 귀족주의를 고집했던 점 등이 그 이유가 될 것이다. 이형기의 비평에 대한 연구는 더욱 드문데,[1] 이는 이형기를 시

---

[1] 이형기의 비평에 대한 본격적인 연구로는 황종연, 「현대성, 또는 허상(虛像)의 폐허」,

인이라고 보는 선입견이 강하게 작용하기 때문이다. 아울러 그의 비평
행위가 시가 아닌 소설에서 시작되었고 비평의 내용 또한 객관적인 분
석보다 주관적인 인상과 생각이 자주 개입되어 있기 때문이기도 하다.

그의 비평집은 『감성의 논리』(1976), 『한국문학의 반성』(1980), 『시와 언
어』(1987), 『당신도 시를 쓸 수 있다』(1991), 『시란 무엇인가』(1993) 등 총 다
섯 권이고, 이외에도 비평집에 실려 있지 않은 비평문 다수와 시집에
실려 있는 에스프리 형태의 글들이 있다. 이 중에서 『당신도 시를 쓸
수 있다』, 『시란 무엇인가』는 시창작법을 이론화한 것으로서 창작 이론
서에 해당한다. 그러므로 본격적인 비평집이라고 할 수 있는 것은 『감
성의 논리』, 『한국문학의 반성』, 『시와 언어』 등 세 권이다.

이형기는 자신이 비평을 하게 된 것은 첫 시집인 『적막강산』을 출간
하고 난 후 시인으로서 위기의식을 느꼈기 때문이라고 말한 바 있다.
시가 막힌 시기에 돌파구로서 비평을 시작했고 그렇기 때문에 소설을
비평의 텍스트로 선택하게 되었다는 것이다.[2] 이렇게 시작된 이형기의
초기 비평은 텍스트에 대한 객관적인 이해와 분석보다 비평가의 주관
적인 인상과 감정을 중시하는 인상비평[3]적인 성격이 강하다. 이는 정

『현대시』, 1993. 6 ; 허혜정, 「이형기 시론 연구」, 『어문논총』 42호, 2006. 6 등이 있
다. 그 외의 글들은 대부분 이형기의 시를 설명하는 가운데 이형기의 비평들을 단
편적으로 언급하고 있을 뿐이다.

2) "50년대 말부터 60년대 중반까지 나는 그렇게 이론서를 읽노라고 시는 손을 놓다
시피 했다. (…) 그래도 자신의 문학생활에 '내부 수리중 휴업'이라는 팻말을 내세
우기는 싫어서 나는 그 무렵 소설에 대한 평론을 썼다. 시는 아직 오리무중이었기
때문에 꿩 대신 닭으로 소설을 택한 것이다" — 이형기, 「허무로 가는 꿈꾸기」, 『현
대시』, 1993. 6, pp.59~60.

3) 인상비평은 영미의 매슈 아놀드나 월터페이터 등에 의해 주도된 비평의 중요한
한 갈래이다. 여기서는 비평을 작품에 대한 이차적 행위로 보는 것이 아니라 작품
을 매개로 하여 발생하는 일종의 재창조 행위로 간주한다. 이런 면에서 인상비평
은 해석과 평가보다 창조적인 측면을 강조한다. 심미적 비평, 주관적 비평, 창조적

론비평이나 분석비평이 주류를 이루는 한국 비평사에서 흔하지 않은 예이다.

그가 인상비평에 관심을 가지게 되는 것은 일차적으로 고바야시 히데오나 월터 페이터 등 인상비평가들의 영향 때문이다. 그러나 그 이면에는 시대적인 상황도 중요한 요인으로 작용하고 있다. 이를 설명하기 위해서는 영국에서 인상비평이 대두되었던 때의 시기적 특징을 검토할 필요가 있다. 인상비평은 동요와 회의의 시대의 산물이다. 월터 페이터가 비평 활동을 한 시기는 빅토리아조의 관습을 숭상하면서 한편으로는 물질주의가 지배하던 시기로서, 인상비평은 빅토리아조 중류층의 물질주의와 속악한 취미와 근엄한 일상생활의 태도에 대한 회의를 표시하는 것이다. 즉 영속적인 가치 기준이 뿌리째 뒤흔들린 결과 예술가들이 자기의 감각과 주관적인 인상에 폐쇄적으로 의존해야 했던 시대의 산물인 것이다.[4]

이형기의 인상비평 또한 이와 유사한 상황 인식에서 선택된 것이다. 1960년대는 한국전쟁의 상흔 위에 4·19 혁명과 5·16 군사정변이 겹치면서 사회적으로 혼란하고 변화가 극심한 시기였다. 한국전쟁으로 인해 기존의 가치관이나 질서는 무너졌고, 4·19 혁명이 실패하면서 새로운 질서를 건설하려는 공동체의 움직임은 좌절되었다. 이형기가 인상비평을 선택하게 되는 것은 이러한 시기적인 특징을 반영하고 있다. 그는 당시의 현실을 절대적이고 객관적인 가치 기준이 상실된 시기로 진단하는데, 이러한 시각은 비평의 태도와 방법에도 영향을 미친다. 작품을 평가하는 객관적이고 절대적인 기준이 없다면 비평이 할 수 있는

비평 등이 유사한 개념으로 사용된다.
4) 이보영, 「Walter Pater 연구 - 그의 인상비평을 중심으로」, 전북대 대학원, 1975, p.19.

일은 작품을 전적으로 수용하고 공감하는 것뿐이다. 작품은 비평가(독자)의 감수성을 자극하여 대상을 새롭게 바라보고 해석할 수 있게 하는 계기를 제공하고, 비평가는 그것에 의해 촉발된 주관적인 감상과 생각을 표현할 뿐이다.

이러한 상황 판단은 비평의 방법만이 아니라 주제에도 영향을 미치고 있다. 그의 문학적인 주제인 '허무'는 모든 것이 불확실하고 고정되지 않은 시대적인 특징을 반영한 것이다. 절대적 진실이나 가치 등이 과연 존재하는 것인지는 확인할 수 없다. 그것이 있다고 믿고 그것을 추구하는 인간의 노력이 있을 뿐이다. 절대에 이르기 위해 인간은 목표를 세우고 그것을 이루기 위해 매진하지만 목표에 도달하는 순간 다시 새로운 목표가 생겨난다. 그러므로 절대에 도달한다는 것은 불가능한 일이다. 예술가는 그것을 알면서도 절대를 추구하는 존재들로서, 애초부터 자신들의 행위가 허무로 끝날 것임을 알고 있다. 이형기는 초기 비평에서 허무가 나타나는 작품과 작가에 공감하고 그것을 옹호함으로써 자신의 비평적 주제를 강화하고 있다.

비평의 텍스트가 소설에서 시로 변화하면서 인상비평적인 태도는 신비평적 분석비평으로 바뀐다. 이형기의 초기 비평5)은 이러한 모순적

---

5) 비평이 쓰여진 시기로 나눌 때, 『감성의 논리』는 1963년~1973년 정도까지의 비평을 싣고 있고, 『한국문학의 반성』은 1977년~1980년까지 그리고 『시와 언어』는 1981년 이후 1987년까지 쓰인 비평을 싣고 있다. 각 비평집에 실린 글들은 서로 다른 성격을 가지고 있다. 『감성의 논리』의 글들이 논쟁적이고 뚜렷한 비평적 테마를 가지고 있는 것에 비해 『한국문학의 반성』은 문학일반론과 한국 시사를 개관하는 글이 많고, 『시와 언어』는 시에 대한 객관적인 분석이 주를 이룬다. 이형기의 초기 비평이란 1970년대 중반까지의 글을 모아놓은 『감성의 논리』에 실린 글과 이 시기까지 쓰인 다른 지면의 비평들을 지칭하는 것이다. 1970년대 후반에는 비평이 활발하게 쓰여지지 않았고 이후 1980년대에 쓰인 글들은 이전의 비평과는 전혀 다른 성격을 가진다.

인 변화를 설명할 수 있는 비평적 근원으로서 의미를 갖는다. 이형기의 순수문학론은 자신의 문학관과 유사한 작가와 작품에 대한 지지이자 옹호이다. 이는 인상비평의 입장에서 보면 지극히 자연스러운 일이다. 따라서 이형기의 인상비평을 검토하는 것은 후일의 순수문학론의 근거를 살펴보는 일이다.

2. 창조적인 비평가, 심미적 비평

이형기는 초기 비평에서 비평이 작품에 대한 충실한 감상이라고 보고, 작품에 대한 객관적인 분석보다 비평가 자신의 주관적인 감상을 독창적으로 제시하는 것이 비평이라고 주장한다. 비평은 비평가의 세계관이나 문학적 선호를 나타내는 것으로서 편파적이고 주관적일 수밖에 없다. 그는 이런 의미에서 자신의 비평을 '정실(情實)비평'이라고 전제한 후 그것이 자기고백적이며 내적 체험에서 비롯된 자기 감동을 재구성하는 것이라고 말한다.[6]

이같은 입장은 이어령과의 논쟁을 통해 선명하게 드러난다. 이형기가 「문단인상파론」(『현대문학』, 1963. 5)에서 이어령의 「오해와 모순의 여울목」(『사상계』, 1963. 3)을 비판하면서 시작된 논쟁은 이어령의 반박(「사시안의 비평」, 『현대문학』, 1963. 7)과 이형기의 재반박(「우정 있는 반환」, 『현대문학』, 1963. 8)으로 이어지며 전개된다. 이 논쟁은 신비평적 분석에 바탕을 두고 객관적인 비평을 강조하는 이어령과 비평의 창조성을 중시하는 이

---

6) 이형기, 「정실비평론」, 『신사조』, 1963. 2, pp.124~126 참고.

형기의 대립이었다. 이는 비평의 역할과 기능에 관한 원론적인 논쟁으로서 중요한 의의를 갖는다. 논쟁에서 이형기는 지식의 중요성을 강조하는 이어령의 입장에 정면 반박하며, 비평가에게 있어서 중요한 것은 "사물에 대해 깊이 감동할 수 있는 능력"7)이라고 주장하고 있다. 그것은 비평을 자신이 공감하는 대상에 대한 지지이자 옹호이며 비평가 자신의 문학적 선호를 표명하는 것이라고 보는 것이다.

이형기의 창조적인 비평관은 그가 탐독했던 고바야시 히데오와 월터 페이터의 영향 아래서 형성된 것이다. 비평 활동을 시작할 무렵 그는 고바야시 히데오와 티보데 등의 글을 읽으면서 본격적으로 비평에 관심을 두기 시작한다.8)

고바야시 히데오의 비평은 인상비평 혹은 주관비평으로 불린다. 그는 프롤레타리아 문학을 강력하게 비판한 것으로도 널리 알려져 있다. 그는 다양한 숙명을 가지고 있는 예술가들에게 하나의 목적의식을 가지라고 하는 것은 모순이라고 지적한다. 또한 시대의식을 특별히 강조하는 것도 우스운 일인데, 모든 시대는 자연스럽게 그 시대 특유의 색채와 음조를 가지는 법이기 때문이다. 중요한 것은, 우리가 확실하게 볼 수 있는 것은 그 시대의 풍경이 아니라 그것의 색채와 음조가 낳은 다양한 표상일 뿐이라는 점이다.9) 또한 고바야시는 예술지상주의도 비판하고 있다. 예술은 이 세상과 동떨어진 미와 진리의 세계를 보여주는 것이 아니라 어디까지나 인간의 정열을 담은 것이다. "예술은 항상 가장 인간적인 유희이며, 인간미의 가장 역설적인 표현이다."10) 예술가

---

7) 이형기, 「우정 있는 반환」, 『현대문학』, 1963. 8, p.251.
8) 윤재웅, 「허무에 이르는 길」, 『현대시』, 1993. 6 참고.
9) 고바야시 히데오, 「각양각색의 의장」, 『고바야시 히데오 평론집』, 소화, 2003, pp.17~21 참고.

들에게 중요한 것은 예술의 구조를 설명하거나 예술이 출현하는 법칙을 도식화하는 것이 아니라 하나의 작품을 만들어내는 과정이요 실천이다.[11] 요약하면, 그는 예술을 특정한 목적을 위한 수단으로 생각하거나 인간의 삶과 동떨어진 영원의 세계에 가두는 것 모두를 거부하는 것이다. 예술작품에서 중요한 것은 그것이 표현하고 있는 인간의 정열이다. 예술은 한 인간으로서의 예술가의 정열과 감성, 인생의 모든 것이 표현되는 것이고, 비평은 그러한 것들을 찾아내고 공감하는 행위이다.

고바야시의 비평관은 이형기에게도 많은 영향을 준 것으로 보인다. 이형기 또한 문학이 외부적인 현실에 종속되고 그것을 위해 봉사하는 것에 반대한다. 그는 기본적으로 문학의 무용성을 주장하는데 이같은 생각은 문학의 정치적 도구화에 대한 반대로 귀결된다. 또한 그는 세련된 형식과 언어적인 기교를 갖춘 시보다 다듬어지지 않은 시, 날 것의 시, 인생이 그대로 드러나는 시, 원시적 생명력을 갖춘 시 등을 옹호한다. 30년대의 모더니즘을 원시적 생명력이 결여되었다고 비판하고 유치환과 서정주를 높게 평가하는 것이 단적인 예이다. 유치환의 시가 원시의 생명력을 비정의 의지로 표현했다면, 서정주의 초기 시는 넘쳐나는 청춘의 생명력을 통곡과 몸부림으로 보여주었다는 것이다.[12] 그가 김동리의 '인간성 옹호'를 지지하는 것도 동일한 이유 때문이다. "올림푸스 산상의 뮤즈를 버리고 혼탁과 오예(汚穢)에 물든 지상의 인간의 삶을 더 소중하게"[13] 여겨야 한다는 것은 인생을 담은 예술을 지지

---

10) 위의 책, p.22.
11) "그들에게 중요한 것은 새로운 형태가 아니라, 새로운 형태를 창조하는 과정인데 이 과정은 각자의 비밀에 싸인 암흑이다" – 위의 책, p.24.
12) 이형기 외, 「한국대표시인론」, 『현대문학』, 1968. 1, p.314 참고.

하는 고바야시의 주장을 연상시킨다. 고바야시의 비평은 이처럼 이형기의 문학적 세계관과 비평적 주제를 형성하는 데 중요한 영향을 미친 것으로 추정된다.[14)]

고바야시의 비평이 이형기 비평의 전체적인 방향을 형성하는데 영향을 미쳤다면, 이것이 구체적인 비평의 태도로 정착되는 데는 월터 페이터의 영향이 결정적이었다.

> 그래도 비평에 있어서 중요한 것은 '지식'이 아니라 '사물에 대해 깊이 감동할 수 있는 능력'이라는 것을 나는 이 자리에서 밝혀두고 싶습니다. 이러한 비평의 기초 이론은 이씨가 '기분나는 대로 멋대로 비평한다는 뜻으로 받아들여지고 있다'고 '인상적으로 추리'해 본 그 인상비평의 창시자 월터 페이터의 말입니다. 참고삼아 정확하게 인용하면 "비평가는 지성을 만족시키는 거와 같은 정확한 미의 정의를 갖는 것을 필요로 하지 않는다. 그보다도 도리어 일종의 기질 즉 미적 대상과 부딪쳐서 깊이 감동하는 능력을 갖는 것이 필요하다"(「문예부흥기의 연구』 서문)는 것입니다.[15)]

이어령의 글에 대한 반박인 위의 글에서 강조되는 것은 비평가의 감상 태도이다. 비평가가 갖추어야 할 것은 객관적인 미적 기준에 근거한 평가가 아니라 '감동할 수 있는 기질'이다. 미적 대상에 부딪쳐서

---

13) 이형기, 「두 육순 시인의 시집」, 『현대문학』, 1968. 6, p.279.
14) 이형기가 고바야시의 비평적 영향을 받았다는 것은 김동리와 고바야시의 관계를 통해서도 추정해볼 수 있다. 김윤식은 김동리가 추구했던 '구경적 생의 형식'이 실상은 고바야시의 생각에 바탕을 둔 것이었다고 설명한 바 있다(김윤식, 『일제 말기 한국 작가의 일본어 글쓰기론』, 서울대학교출판부, 2003, pp.15~20 참고). 이형기와 김동리, 서정주, 조연현 등 순수문학론을 주장했던 문인들과 고바야시 히데오의 상관관계에 대한 연구는 추후에 진행되어야 할 과제이다.
15) 이형기, 「우정 있는 반환」, pp.250~251.

감동할 수 있는 기질이라는 것은 마치 시인이나 작가가 대상을 대하고 감동하는 것과 흡사하다. 시인이나 작가가 대상을 보고 그것에서 일어난 느낌과 생각을 작품으로 만들어내듯이, 비평가는 미적 대상 즉 작품을 일차적 대상으로 놓고 그것에서 얻은 주관적인 인상을 쓰는 것이다. 그러기 위해서는 당연히 미적 대상을 바라볼 때 감동을 얻는 일이 전제가 된다. 대상을 보고 그것에서 영감을 얻어 문학작품을 창조하는 일차적인 행위를 창작이라고 할 때, 비평은 그 창작물을 텍스트로 하므로 이차적인 창조 행위이다. 그러나 작품을 대하는 비평가의 태도는 대상을 바라보는 시인이나 작가와 동일하다. 말하자면 비평은 작품을 대상으로 한 또 하나의 창조행위인 것이다.

> 창조된 미의 질서는 일체의 설명이나 해부를 허락지 않고 다만 감동의 대상이 될 뿐이다. 이 감동이 비평이라는 형식을 빌어 재현될 때 창조적 비평은 탄생하는 것이다. 이러한 비평은 작품을 분석하거나 또는 작품에 주석을 달려고 하지 않는다. … 이 비밀을 알고 있는 비평가는 작품에서 얻은 자기의 감동 그것만을 비평 활동의 유일한 기둥으로 삼을 것이다. 그는 비평을 통해 자기 감동을 재구성한다. 그리하여 비평가가 한 작품에서 얻은 감동은 리얼리티를 갖춘 또 하나의 창작으로서 햇빛을 보게 되는 것이다.[16]

여기서 강조되는 것은 비평의 창조성이다. 비평은 텍스트를 대상으로 삼기는 하지만 텍스트와는 무관하게 텍스트가 대상으로 삼은 소재나 주제에 대한 비평가의 생각과 반응을 담을 수 있는 것이 된다. 즉 텍스트는 비평가의 개인적 관심을 촉발시키는 하나의 계기가 되는 것

---

16) 이형기, 「장님의 영광」, 『감성의 논리』, pp.42~43.

이다. 이같은 생각은 월터 페이터의 다음 부분을 연상시킨다.

> 심미적 비평가의 직무는 그림이나 풍경이나 또는 인생과 책 속에 담긴 매력 있는 인물이 이 독특한 미적 인상과 쾌락인상을 유발시키는 근본이 되는 장점을 발견하여 분석하고 이것을 그 부속물로부터 분리하여, 나아가서 그 인상의 원인이 무엇인가, 어떠한 상태에서 그것이 체험되는가를 밝히는 일이다.[17]

심미적 비평가가 하는 일은, 자신이 받은 미적 인상과 쾌락의 원인이 무엇인지 그리고 그것이 어떠한 상태에서 체험되었는지를 밝히는 일이다. 달리 말하면 그것은 작품의 어느 부분이 인상적이었는지를 말하고 그것이 왜 그렇게 느껴졌는지, 비평가 자신이 그 작품을 감상할 때 어떤 상황이었는지를 세세히 말하는 것이다. 중요한 것은 어떠한 예술 작품이 나에게 어떤 효과를 생성하고 어떤 쾌감을 주는지 그리하여 나의 본질이 어떻게 변화하는지를 살피는 것이다.[18] 이러한 내용을 갖춘 비평은 비평가 자신이 글을 쓰게 된 동기를 서술하고, 작품과 비평가 사이에 공감이 일어나는 대목을 감정적이고 주관적으로 서술하는 형태가 된다. 레오나르도 다빈치의 글에 대한 월터 페이터의 다음 비평문이 좋은 예이다.

> 후세의 작가들은 1백년 후 프랑스인 라파엘 드 푸레느가 레오나르도의, 기묘하게 오른쪽으로부터 왼쪽으로 써내려간 ― 그는 언제나 그렇게 썼다 한다 ― 복잡한 원고를 편집하여 이루어놓은 질서정연한 회화론을 보고, 레오나르도의 연구에는 엄격한 질서가 있다고 상상했다. 그러나

---

17) 월터 페이터(이덕형 역), 『르네상스』, 문예출판사, 1982, p.5.
18) 위의 책, p.4.

> 필자의 생각으로는 그러한 엄격한 질서란 언제나 동요하는 레오나르도의 성품과 일치하지 않았으리라고 확신한다.
>
> (중략 – 인용자)
>
> 때로 그의 호기심은 미에의 동경과 충돌했다. 그의 호기심은 그를 채찍하여 예술의 시발점이며 동시에 종착역인 사물의 표면 이하로 너무 깊이 파고 들게 하는 경향이 있었다. 한편으로는 이성 내지 관념이 있고 또 한편으로는 관능 내지 미에의 동경이 있어 이 양자의 충돌은 밀라노에서의 그의 생활, 즉 그의 불안, 그의 끝없는 수정, 색채에 대한 기괴한 실험으로 점철된 그의 생활을 이해하는 열쇠가 된다. 얼마나 많은 작품을 완성짓지 못한 채 내버려두었는가? 또 얼마나 많은 작품을 처음부터 다시 그리기 시작했을까?[19]

페이터는 레오나르도 다 빈치의 전기적인 사실을 기술하면서 그의 자유로운 태도와 풍부한 인성이 작품에도 반영되어 있다고 말한다. 인용된 위의 대목은 이러한 레오나르도의 기질적 특징이 작품 창작에 미친 영향을 논한 것이다. 레오나르도의 과학적 연구를 가능하게 했던 '사물의 표면 이하로 깊이 파고 드는 능력'은 이성과 관념의 세계와 연결되어 있다. 그러나 레오나르도에게는 그러한 기질 못지않게 관능과 미를 추구하는 끝없이 요동치는 동경이 있었다. 페이터는 그러한 레오나르도의 양면적인 성격을 지적한 후, 양자의 충돌이 작품을 미완성으로 끝나게 하는 원인이 되었다고 결론짓는다.

일반적인 시각으로 본다면 위의 글은 작품에 대한 비평이 아니라 평전에 가깝다. 페이터는 자신의 생각과 추리를 섞어서 레오나르도 다 빈치의 삶과 작품을 엮은 하나의 픽션을 만들어내고 있다. 페이터가 생각하는 인상비평이란 이처럼 작품에 즉하여 그것과 공감하면서 비

---

19) 위의 책, pp.105~110.

평가 자신의 생각과 감정을 전면적으로 드러내는 것이다. 그는 어떤 문장에 형태를 주는 분석적인 지성인 'mind' 외에 그 글의 분위기에 색깔이나 향기(color or perfume)와 마력적인 공감을 불러일으키는 요소를 'soul'이라고 하여 그것까지를 비평에 포함시켜야 한다고 보았다.[20] 즉 자신의 인상과 감동의 내용을 시적인 산문으로 써내고자 하는 것이다.

이형기의 초기 비평 역시 이와 비슷한 성격을 가지고 있다. 그것은 분석이라기보다 공감과 동조 혹은 지지에 가깝다.

나는 가끔 「팡세」를 읽는다. 아무 데고 맘 내키는 대로 들춰서 몇 줄 읽노라면 세상살이의 여러 가지 괴로운 일들이, 문면(文面)에 약동하는 더 큰 괴로움과 공포에 눌려서 절로 고개를 숙이는 듯이 느껴진다. 그리하여 얻어진 이 야릇한 위안 속에서 때로 나는 청마 유치환을 연상하는 수가 있다.

그것은 청마의 정신세계가 파스칼의 그것과 흡사하기 때문은 아니다. 양자의 사이에는 오히려 범신론과 유일신론의 뛰어넘을 수 없는 장벽이 높이 솟아있다. 그러나 두 사람은 다 같이 세인의 상식과 이성을 전적으로 뒤엎는 배리(背理)의 시선으로서 절대자의 모습을 발견하고 있다. 「팡세」를 읽으면서 문득 청마를 연상케 되는 것은 이 고독한 배리의 시선이 절대자를 파악하는 그 방법의 유사성 때문이라 생각된다.

(중략-인용자)

인간에 대한 열애로써 우주와 신에 맞서는 청마, 그는 하찮은 인간이 아니라 올림푸스 산상에 자리잡은 한 신으로서 스스로 자부하고 있는지도 모른다. 그러고 보니 왕년의 작품에 자기 가족들을 올림푸스의 제신에다 비유한 것이 있었던 것 같다. 어찌 가족뿐이랴. 모든 인간이 청마에게는 제우스요 아폴로요 또한 뷔너스이며 큐피트였던 것이다.

마땅히 영생불멸이어야 할 이 신들에게 터무니 없이 죽음이 덮칠 때

---

20) 이보영, 앞의 책, p.36.

청마는 울분을 참을 수 없었다. 아니 그보다는 그러한 죽음 앞에 굴복하여 생명을 뺏기는 무리들이 가증하기 짝이 없었다고 해야 옳을 것이다. 작품 「조장(鳥葬)」은 이 통분과 증오를 노래한 일련의 소작(所作) 가운데서 백미에 속한다.[21]

이 글은 객관적인 비평에는 있을 수 없는 비평가 자신의 사담으로 시작된다. 이 부분은 페이터가 말하는 인상비평의 요건 중에서 '어떠한 상태에서 작품에서 얻은 인상이 체험되는가'를 밝히는 일이다. 이형기는 『팡세』를 읽고 숙연해지면서 유치환의 시를 떠올린다. 그가 파스칼과 유치환을 유사하다고 생각한 이유는 '이 때와 이 장소가 어째서 하필이면 내게 배당되었는지' 즉 실존에 대한 질문을 던지고 있기 때문이다. 유치환 시의 '독특한 미적 인상과 쾌락인상을 유발시키는 근본이 되는 장점'은 유한성 앞에서 인간의 생명을 지킬 수 없는 것에 대한 울분의 토로에 있다. 이형기는 유치환이 인간 삶의 허무함을 깨닫고 울분을 느꼈고 그것이 작품 「조장」을 쓴 동기였을 것이라고 추측한다. 여기서 느껴지는 울분은 유치환뿐만 아니라 그것을 감상하는 이형기의 정서가 이입된 것이기도 하다. 즉 작품을 통해 비평가 개인의 감상과 생각을 개진하는 방식 즉 "남의 작품을 빌려 자기를 말하는"[22] 것이다.

이는 인상비평이 성립하는 기본 조건이다. 인상비평은 기본적으로 비평가와 작품 사이의 감정적인 공감대가 형성되었을 때 가능한 것이다. 즉 비평가가 그 작품에 감동해서 정서나 심리적인 변화를 일으켰을 때 비로소 인상비평이 시작되는 것이다. 달리 말하면 이것은 비평

---

21) 이형기, 「유치환론」, 『감성의 논리』, pp.114~125.
22) 이형기, 『한국문학의 반성』, 백미사, 1980, p.206.

가와 작품(작가) 사이에 정서나 사상, 주장의 공통성이 있어야 한다는 것을 의미한다. 따라서 이형기가 공감을 느끼고 인상비평을 시도하는 작품들은 대부분 이형기 자신의 문학적 취향이나 주제를 담고 있을 것이라는 추정이 가능하다.

3. '허무'의 주제론과 순수문학론

이형기에게 있어서 인상비평은 작품을 분석하는 방식일 뿐만 아니라 자신의 비평적 주제를 강화하는 것이기도 했다. 그는 시와 시론을 통해 꾸준히 '허무'를 주장해왔다. 그는 인간의 삶을 본질적으로 절망의 연속이라고 생각한다. 목적을 세우고 그것을 성취했다고 하더라도 그 순간 다른 목적이 또 생겨나고 인간은 그것을 달성하기 위해 다시 애써야 한다. 목적은 끊임없이 변하고 인간은 그 다양한 목적을 위해 애쓰다 죽는다.[23] 내일이라고 해서 행복이 있기 때문에 살아가는 것이 아니라 내일 또한 절망의 연속이라는 것을 알면서도 살 수밖에 없는 것이 인간이다. 여기서 허무가 발생한다. 허무는 문학적 가치가 아니라 인간의 삶 자체의 본질인 것이다. 이형기는 이것을 자각하는 것이 문학인이고 이것을 소재로 하는 것이 문학의 역할이라고 주장한다.[24]

---

23) "설령 문학이 '목적'을 위한 효과적 수단이 될 수 있다고 하더라도 그 '목적'의 수행으로써 인간의 난제가 해결된다고 생각할 정도로 우리는 옵티미스트가 될 수는 없다. 하나의 '목적' 다음에는 또 하나의 '목적'이 설정되고, 그리하여 영원한 목적의 산맥이 가로놓일 것이다. 문학은 거기에 끊임없는 등산을 계속할 수밖에 없다고 말하는 것은 이른바 '목적문학'의 불완전안 변호에 지나지 않는다. 라고 하는 것은 그러한 '목적'의 영원한 도열 자체가 벌써 목적 수행의 비참한 도로를 증명하는 것이니까, 다."-이형기, 「문학의 기능」, 『감성의 논리』, p.33.

앞 장의 내용과 연결해서 말한다면, 그가 유치환의 시에 공감하는 이유는 그것의 주제가 이형기 자신의 문학관과 일치하기 때문이다. 실존에 대한 답변을 얻을 수 없음에도 불구하고 허무를 직시하며 굴하지 않는 강인한 의지야말로 이형기가 주장하는 문학의 역할이며 존재 이유인 것이다. 이형기가 김동리의 작품을 고평하는 것 또한 그의 소설이 허무로 귀결되는 인생의 면면을 소재로 하고 있기 때문이다. 그는 김동리의 소설을 어차피 죽음을 향해 있는 삶에서 오는 허무의 문제를 다룬 것이라고 해석한다.

> 억쇠와 득보라는 역발산의 두 장사가 타고난 그 절세의 힘을 한번도 유용하게 써보지 못하고 마치 여의주를 잃은 한 쌍의 용처럼 서로 물고 뜯으며 탕진해 버린다는 이야기가 이 소설의 줄거리를 이루고 있다. 두 장사에게는 그 힘이야말로 생의 보람이다. 생의 의미다. 그러나 이 힘을 그들은 다만 맹목의 유혈을 위해 낭비하고 있으니, 그 인생에 무슨 보람이 있고, 또 무슨 의미가 있는가. 무의미한 인생이 아닐 수 없다. 무의미한 인생, 바꾸어 말하면 철저한 허무의 세계인 것이다. 김동리는 「황토기」를 통해 그러한 허무의 심연을 제시하고 있다. 그리고 그 속에 몸을 던지고 있다.[25]

그는 「황토기」의 두 거인이 싸움으로 힘을 소비하다가 죽는 것이 인생의 허무를 상징적으로 드러낸 것이라고 해석한다. 인생이 이처럼 허

---

24) "시를 쓰는 것은 또 다른 의미에서 허무를 자각하는 여정이다. 시를 쓰는 것은 진짜 포에지를 잡기 위한 노력인데, 실제로 시인은 포에지가 영원히 생포될 수 없다는 것을 알고 있다. 그럼에도 불구하고 그것을 영원히 뒤쫓는 것이 시인이다, 따라서 시를 쓰는 것은 그 자체가 삶의 허무를 경험하는 일이 된다." – 이형기, 「우로보르스의 시학」, 『이형기 시선』, 도서출판 선, 2003 참고.
25) 이형기, 「김동리론」, 『감성의 논리』, pp.106~107.

무한 것이라면 그것의 논리적인 귀결은 자살이겠지만, 실제 자살을 선택하는 사람은 많지 않고 대부분의 인간은 무의미한 삶을 계속한다. 이형기는 김동리가 이러한 인간 삶의 무의미성을 '운명'이라는 말로 표현하고 있다고 본다. 김동리의 「까치소리」, 「역마」, 「홍남철수」 등의 작품은 모두 '운명'이라는 공통적인 주제로 설명할 수 있으며, 운명을 받아들여 거기서 성실을 다했을 때 운명을 극복할 수 있다는 것을 보여준다는 것이다. 이렇게 해서 이형기는 자신이 생각하는 '허무'를 김동리의 '운명'과 연결시킨다. 표면상으로는 김동리의 소설에 대한 비평인 것 같지만, 사실상 초점은 '허무'라는 자신의 문학적 주제를 강화하고 있는 것이다.

이형기의 인상비평은 강은교의 시를 설명하는 부분에서도 거의 동일하게 반복되고 있다. 그는 강은교의 『허무집』을 '허무'라는 주제로 읽어내면서 "숙명이 한계 의식이 우리에게 전신 연소적인 삶을 가능케 한다는 사실이다. … 그 전신 연소적인 삶은 타인의 용훼를 허락하지 않는 하나의 완결이다"[26]라고 설명하고 있다. 이 부분은 김동리의 「무녀도」에서 모화의 죽음을 사상을 지키기 위한 순교자적 죽음으로 해석하는 것과 거의 흡사하다. 대상이 되는 텍스트가 바뀌어도 그에 대한 이형기의 비평 내용은 서의 비슷하다는 것을 알 수 있다. 이같은 현상은 이형기의 비평이 비평가 자신의 주관적인 감상과 생각을 전달하는 인상비평이기 때문에 나타나는 것이다.

그는 여기서 한 걸음 더 나아가 강은교의 시에 나타나는 '전신 연소'를 자신이 생각하는 '파멸' 혹은 '퇴폐'라는 개념과 연결시키고, "파멸

---

26) 위의 책, p.230.

을 통해 새로운 가치는 창조되고 퇴폐를 통해 새로운 모럴은 건설된
다. 파멸과 퇴폐를 모르는 정신은 건강이 아니라 사실상 정체할 뿐인
것이다"라고 말하고 있다. 이는 마치 비슷한 시기에 쓰여진 이형기 시
의 '퇴폐와 파멸'이라는 주제를 비평으로 재확인하는 것과도 같다.[27)]

박목월의 시를 설명할 때 역시 마찬가지다. 그는 박목월의 「무제」에
서 발견되는 남은 여생에 대한 시인의 겸허한 태도를 "자기 인생의 한
계에 대한 자각이 빚어내는 허무의식이 깔려" 있는 것이라고 해석한
다. 즉 박목월의 시에서 허무와 성실은 '표리일체의 관계'를 이루는 것
이다. 이 때 허무의식 혹은 허무라는 것은 모든 것을 무화시키는 것이
아니라 그것이 있음으로 해서 살아갈 이유가 되는 것이다. 이같은 생
각은 "다같은 허무라 해도 완전히 허무 그것뿐인 허무, 그러니까 절대
적인 허무는 우리의 의식마저 부정한다는 뜻에서 논의의 대상이 될 수
없다. 바꾸어 말하면 우리가 논의하는 허무는 이미 어떤 조절장치를
거친 허무인 것이다"[28)]라는 말에 집약되어 있다. 그것은 방법론적 허
무이며 건설을 위한 파괴이다. 그러나 건설되는 새로운 세계가 어떤
것인지는 구체적으로 제시되지 않는다. 설령 새로운 세계가 건설된다
하더라도 그것은 또한 부정되어야 할 것이므로 그것 자체가 목적이 될
수 없다. 중요한 것은 인간의 삶 자체가 결여를 향해 있다는 것을 알면
서도 끊임없는 부정과 파괴를 통해 새로운 세계를 지향하는 과정 자체
이다. 김동리의 소설이나 유치환, 강은교, 박목월의 시는 이형기가 생

---

27) 「전신연소의 시」는 1972년 3월에 발표된 글이다. 이형기의 시는 두 번째 시집『돌
　　베개의 시』(1971)부터 변화를 보이다가 세 번째 시집『꿈꾸는 한발』(1976)에 이르
　　면 허무와 파멸의 미학이 전면적으로 나타난다. 강은교의 시를 전신연소와 파멸
　　로 해석하는 것은 이형기 자신의 창작적인 주제와 긴밀하게 연결되는 것이다.
28) 이형기, 「허무와 성실」, 『감성의 논리』, p.250.

각하는 허무가 잘 드러나는 작품들로서 인상비평의 계기를 제공하는 텍스트인 셈이다.

홍미로운 것은 이러한 비평관이 1960년대 초반의 순수문학논쟁과 무관하지 않다는 것이다. 이형기는 순수문학론측의 논자로서 이 논쟁의 한 측면을 담당하고 있다.[29] 그는 김병걸의 「순수와의 결별」, 김우종의 「유적지의 인간과 그 문학」, 김진만의 「보다 실속 있는 비평을 위하여」 등이 순수문학을 부정한다고 말한다. 그들이 순수문학을 비판하는 이유는, 순수문학이 절박한 현실을 외면한다고 생각하기 때문이다. 그러나 이형기는 순수문학은 현실과 절연되어 있지 않으며 현실을 대하는 태도가 다를 뿐이라고 말한다.

> 17,8년 전에 한창 불꽃을 튀겼던 순수 논쟁은 좌익문인들의 '정치주의'를 배격함으로써 그와는 대치되는 또 하나의 정치적 입장을 수호하려는 싸움이었다. 어떤 정치적 목적의 수행을 위해 문학을 그 도구시하는 것을 정치주의라고 말한다는 정도의 용어 풀이는 이제 너무나 새삼스럽다. '당의 문학'에 항거하여 외쳐진 '인간성 옹호의 문학'은 소용돌이치는 좌우투쟁의 물결 속에 적극적으로 뛰어드는 참여행위이기도 했던 것이다. 문학이고 예술이고 할 것 없이 모조리 정치적 목적을 위해 도구로서 동원해도 무방하다는 정치가 있는 것과 마찬가지로, 그런 수 없다는 정치도 있다. 순수는 이 두 가지 가운데서 후자의 정치를 지지한 문학이론이다. 그것이 어째서 '정치와의 절연' 또는 '현실외면'으로 단정되어야 하는지 나는 그 까닭을 알 수 없다.[30]

위의 글에서 이형기는 순수문학이 현실을 외면하거나 정치와 절연

---

29) 당시 순수문학논쟁에 대해서는 김영민, 『한국현대문학비평사』, 소명출판, 2002, pp.258~261 참고.
30) 이형기, 「문학의 기능」, 『감성의 논리』, pp.30~31.

된 것이 아님을 주장하고 있다. 순수문학은 그것 자체가 현실에 대한 입장 표명이며 또한 정치적인 것이다. '당의 문학'을 주장하는 것이나 '인간성 옹호'를 주장하는 것이나, 현실에 대한 문학의 참여를 주장했다는 면에서는 동일하다. 차이점이 있다면 그것은 현실에 대한 관심이 있고 없음에 있는 것이 아니라 문학을 도구로 생각하는가 아닌가에 있다. 좌익문인들이 문학을 정치적인 목적을 달성하기 위한 도구로 생각하는 것에 대해 순수문학자들은 문학을 도구로 보는 것에 반대한다는 차이가 있을 뿐이다. 문학을 정치적인 목적으로 사용하는 것에 반대하는 순수문학자들의 태도 또한 현실에 대한 참여의 형태라는 것이다. 이 때 '참여'란 '문학은 인간의 삶을 다루고 있으므로 어떤 식으로든지 인간의 삶과 연결되어 있을 수밖에 없다'는 의미의 일반적인 의미의 차원이다.

　이러한 생각은 김동리의 사회 참여에 대한 생각과 매우 유사하다. 그는 사회 참여의 본질이 휴머니즘에 있다는 것을 전제로 하고, 휴머니즘 가운데서 가장 중요한 것이 인간성 탐구와 인간성 옹호라고 말한다. 인간성 탐구는 작품상의 성격 창조를 말하고 인간성의 옹호란 그러한 탐구를 가능하게 하는 사회적인 상황을 요구 혹은 전취하려는 운동이다. 인간성 옹호는 인간을 억압하는 모든 것에 대해 저항하는 것이다. 예를 들어 르네상스 때는 신이나 교회 같은 절대적인 권위나 형률에서 인간성을 옹호하고, 자본주의에서는 금권에서, 현대에는 나치나 볼세비키의 독재에 대해 인간성을 옹호하는 것이다. 그런 면에서 인간성을 옹호하는 것은 사회 참여의 한 형태가 된다.

　'사회 참여'라는 것은 인간성 옹호보다 더 큰 차원의 개념이다. 그는 "그 시대의 어떤 사회적 권위에 대해서 적극적으로 반발하는 것도 참여고, 적극적으로 지지하는 것도 참여"[31]라고 말하고 있다. 즉 참여라는 것은 억압이나 권위에 대해 저항하는 것만을 의미하는 것이 아니라 사회적 억압이나 권위에 대해 특정한 입장을 표명하는 것 자체를 의미하는 것이다. 이같은 맥락에서 김동리는 해방 전에 자신이 독립운동을 하지도 않고 문인보국회에 가담하지도 않은 것 또한 참여의 한 방식이라고 주장한다. "'침묵도 행동'이라는 사르트르의 말대로 한다면, '관망'은 마땅히 '침묵'에 해당하는 '행동'"[32]이라는 것이다. 이는 순수문학 또한 현실에 대한 입장 표명이라고 주장한 이형기의 논지와 그대로 일치한다.

따라서 이형기가 김동리의 소설을 지지하는 것은 문단 정치적인 목적이나 개인적인 친분 때문이 아니라 자신의 문학적 세계관에 가장 부합되는 작가와 작품을 옹호하는 것이라고 보아야 한다.[33] 인상비평의 입장에서 볼 때 그것은 대상이 되는 작가에 대한 지지가 아니라 비평가인 이형기 자신의 문학적 선호와 지향점을 표명하는 것이다.

---

31) 김동리 외, 「근대소설·전통·참여문학」, 『신동아』, 1968. 6, p.396.
32) 김동리, 「작가와 현실 참여의 문제」, 『문학춘추』, 1965, p.21.
33) 이형기가 1992년에 쓴 「조연현의 감성논리」(『한국문학연구』 15집)는 이같은 사실을 더욱 분명하게 뒷받침해준다. 이 글에서 이형기는 조연현의 비평이 자기표현의 방식인 동시에 창작성을 중시하는 '감성의 논리'에 바탕하고 있다고 설명한다. 이형기 첫 비평집 제목이기도 한 '감성의 논리'는 조연현만이 아니라 이형기 자신이 표방하는 비평적 특징이기도 하다. 결국 이형기는 조연현에 대한 메타비평을 통해 자신의 비평관을 다시 한번 확인하고 있는 셈이다.

4. 창작론으로의 확산

이형기의 비평은 후기로 가면서 비평의 대상이나 관점에서 이질적인 성격들을 드러낸다. 비평의 대상에서 볼 때『감성의 논리』가 소설비평에 치우쳐 있다면『시와 언어』는 시 비평에 국한되어 있다. 또한 비평의 관점으로 본다면『감성의 논리』가 인상비평을 중심으로 하는 것에 반해『시의 언어』는 그 자신이 비판했던 신비평적 분석에 의거하고 있다.[34]『한국문학의 반성』은 그 중간 지점에 놓여있다. 일면 모순된 것처럼 보이는 이러한 변화는 시 비평의 특수성에 기인한 것이다.

초기에 그가 주장했던 인상비평은 작품에 대한 정확한 이해보다 주관적인 감상을 중시하는 것으로서 작품을 재창조하는 것과 같은 것이다. 작품에 대한 분석보다 감상하는 주체의 느낌과 생각이 중요한 것이다. 따라서 비평의 강조점은 작품에서 감상 주체의 심리나 정서로 옮겨지게 된다. 이런 면에서 시 텍스트는 인상비평이 가장 잘 어울리는 장르이기도 하다.[35] 시 텍스트의 경우 감상 행위는 일차적으로 시

---

34) 『시와 언어』에 실려 있는 시 분석들은 대부분 형식주의적인 방법에 바탕하고 있다. 이러한 비평 방식은 이형기 자신의 다음과 같은 발언에 의해서도 증명된다. "시는 시인으로부터도 일단 분리되어 하나의 완결된 언어 조직으로 남는다. 완결된 언어 조직인 만큼 그때의 시는 부분들의 구조적 결합에 의한 유기적 통일체가 아닐 수 없는 것이다. 그러므로 우리의 시에 대한 접근은 그 유기체의 부분들을 분석하고 그리하여 그 결과를 또 전체적 의미의 조명이란 방향으로 종합해 나가게 되어야 할 것이다" (이형기, 「존재의 조명」, 『시와 언어』, 문학과지성사, 1987, p.235) 황종연은 이형기의 시론이 비로소 체계화되는 것이『시와 언어』부터라고 지적하면서 그의 시론이 기본적으로 영미 시론의 경험주의적 모형에 의거한다고 설명하고 있다.(황종연, 앞의 글)
35) 이형기 또한 이러한 특징을 의식하고 있었음을 다음에서 확인할 수 있다. -"석재의 문학적 특성에 대해 김동리가 지적한 또 하나의 원인도 문학의 여러 장르 가운데서 시가 갖는 가장 강한 주관성과 또 그 필연적 귀결인 가장 높은 감성 의존도에 비추어 석재의 비평을 인상주의로 이끌어가는 매우 중요한 요인이라 하지

적 화자와 감상 주체의 동일시에서 시작된다. 즉 시를 감상하기 위해서는 먼저 시를 말하고 있는 목소리와 자신을 일치시키고 '회감 (Erinnerung)'의 상태에 놓여야 하는 것이다. 그런 의미에서 감상은 일차적으로 창작 과정을 추체험하는 일이 된다. 시 텍스트에 대한 공감과 지지는 결국 시 창작과 유사한 상태에 놓이게 되는 것이다.

그러나 이 대목에서 이형기는 역설적으로 비평과 창작의 근본적인 차이를 발견하게 된다. 그것은 시 창작이 기본적으로 자연발생적인 것이 아니라 허구이기 때문이다. 그는 자연발생적으로 쓰여지는 시를 부정하고 시인을 천재나 영감의 소유자로 보는 시각에도 반대한다. 시는 직접적인 체험을 변형시킨 허구의 것[36]이고 객관화된 형식을 거쳐 나타난다고 보는 것이다.

> 중요한 것은 체험 그 자체가 아니라 그 체험이 지닌 의미를 인식하고 그리하여 그것을 객관화시키는 일이다. 표현은 이러한 객관화의 다른 이름이다. 그 표현은 스스로 완결되어 있는 어떤 형식을 만들어낸다. 형식이 없는 곳엔 표현도 없다. 그 형식이 그 나름의 질서를 갖는다는 것은 상식이다.[37]

시가 시인의 체험의 직섭적인 표현이 아니라 객관화된 형식을 통해 나타나는 것이라면 시를 이해하기 위해서는 형식에 대한 이해가 우선되어야 하는 것은 당연한 일이다. 동시에 시인의 창작이 의식적인 것

않을 수 없다." (「조연현의 감성 논리」, p.48)

36) "시가 독자의 감동의 유발을 노리고 있는 것은 틀림없는 사실이지만, 그렇다고 그것이 시인의 개인적 감동의 표현물-더구나 그 직접적인 표현물은 아니라는 생각을 나는 하고 있다."-이형기, 「허구로서의 시」, 『시와 언어』, p.312.

37) 위의 책, p.317.

이라면 시를 추체험하는 것은 창작의 동기 및 과정 등을 따라가는 일이 된다. 결국 시 비평은 시인의 창작 과정을 밝히는 일과 창작된 시의 형식과 질서를 설명하는 일을 겸하는 것이다. 이형기의 시 비평이 창작론과 분석론으로 나뉘게 되는 이유는 이 때문이다. 작품이 만들어지기까지의 과정을 설명하는 것이 창작론이라면, 만들어진 작품의 형식과 질서를 설명하는 것은 분석론에 해당한다. 『당신도 시를 쓸 수 있다』, 『시란 무엇인가』는 창작론을, 『시와 언어』는 분석론을 보여주는 것이다. 결국 90년대에 출간된 창작이론서들은 초기 인상비평의 확산인 것이다. 따라서 이형기 비평의 핵심은 인상비평에 있으며 초기 비평은 그 비평적 근원을 보여준다.

• 「이형기 초기 비평의 인상비평적 성격에 관한 연구」, 『한중인문학연구』 30, 2010. 8.

내면탐구와 새로운 주체의 생성

1. 전후 모더니즘의 지양과 참여시와의 대립

〈현대시〉가 동인지로서의 성격을 가지게 되는 것은 1964년 11월 『현대시』 6집을 발간하면서부터이다. 동인지 〈현대시〉는 1972년 3월까지 9년여에 걸쳐 21권의 동인지를 발행하고 26집 발행을 끝으로 해체하였다. 이후 1994년에 〈현대시 동인회〉의 이름으로 재집결하여 동인 활동을 하고 있지만,[1] 이 시기의 활동은 동인으로서의 성격보다는 독립적인 시인들의 모임과 같은 성격이 강하므로 60년대 동인지로서의 〈현대시〉의 활동은 26집으로 일단 완결된 것으로 볼 수 있다.

〈현대시〉가 동인지로서 재출발을 하게 된 데는 신동집, 전봉건 등 50년대 모더니즘 시인들의 권유가 큰 역할을 했다.[2] 『현대시』 6집에 신동집의 시론이 실린 것을 비롯하여 김종삼, 전봉건 등의 시가 초대

---

1) 〈현대시〉의 결성과 해체, 동인들의 변화 과정은 이창용, 「1960년대 〈현대시〉 동인 연구」, 한양대 석사논문, 1999에 상세히 설명되어 있다.
2) 고명수, 「60년대 〈현대시〉 동인의 문학적 성격」, 『문학과 창작』 32, 1998. 4 참고.

시단 형식으로 들어가 있는 것은 이런 연유 때문이다. 이는 <현대시>가 출발점에서부터 전후 모더니즘 시와 밀접한 영향 관계에 놓여 있었다는 것을 암시한다. 이들은 전후 모더니즘과의 연관성을 인정함으로써 모더니즘 시사의 맥락에 자신들을 위치시키고 그것과 변별성을 부각시킴으로써 독립적인 지위를 확보해야 하는 모순적인 상황에 놓여 있었던 것이다. 따라서 시사적인 측면에서 볼 때 <현대시>의 위상은 전후 모더니즘을 어떻게 계승하고 극복하는가에 초점을 맞춰 설명될 수 있을 것이다.[3]

시기적으로 볼 때 <현대시> 동인이 활동한 1960년대는 4·19와 5·16이라는 역사적 사건들을 경험하면서 문학의 사회성에 대한 요구가 어느 때보다 강조된 시기였다. 문단에서는 순수 참여논쟁이 본격화되고, 논쟁에 가담하지 않는 문인들도 참여라는 시대적 이슈에서 자유로울 수 없었다. 실제로 <현대시>는 당시 사회적 참여를 강조했던 <신춘시>에 대한 대응의식을 가지고 결성되었다.[4] 전후 모더니즘의 지양과 참여시와의 대립이라는 두 가지 과제는 <현대시>의 성립 배경이 된다.

---

3) 기존의 연구들 역시 <현대시>를 모더니즘시의 계보에서 파악하고 있다. 이승훈은 한국 모더니즘을 1세대인 30년대 식민지 모더니즘, 2세대인 <후반기> 동인 및 김춘수, 김수영 등의 전후 모더니즘, 3세대인 <현대시> 동인의 근대화 혹은 산업화 초기 모더니즘으로 구별한다. 그는 1960년대를 경제적인 측면에서는 근대화를 지향하고 정치적인 측면에서는 퇴행하는 아이러니의 시기라고 규정한다. 농경적 삶의 원리가 사라지고 산업화의 논리가 전경화되는 이러한 시대에 젊은 시인들을 사로잡은 것은 내면적 딜레마이고, <현대시> 동인의 모더니즘은 이러한 시대적 특징을 반영한 3세대의 모더니즘이라는 것이다. ─이승훈, 「전후 모더니즘 운동의 두 흐름」, 『문학사상』, 1999. 6 참고.

4) "이들의 시운동은 … 통시적으로는 <후반기> 동인들과의 차별성, 공시적으로는 참여시의 한 지류를 이끌어갔던 <신춘시> 동인들의 참여성에 대한 대립에서 촉발된 것이다. 이들은 당대 신춘문예 당선자들이 주축이 된 참여시파에 대한 대립을 공공연하게 의식하고 있었다." ─허혜정, 「60년대 동인들의 시운동과 시사적 위치」, 『현대시학』, 1996. 6, p.107.

이러한 배경을 바탕으로 성립된 <현대시>의 특징을 시론의 측면에서 고찰해보기로 한다.5) <현대시> 동인들은 6집 후기에서 "시업자(詩業者)로서의 이론적인 전개는 결국 비시적 상태로 자신의 시를 이끌게 될 뿐이라는 감성적인 판별 그 시작태도에 대한 부정을 증명"하겠다고 함으로써 시론 발표에도 매진할 것임을 선언하고 있다. 실제로 이들은 매번 시론을 게재하지는 않았지만 '엣세이' 혹은 '노트' 등의 이름으로 비정기적으로 산문을 게재했다. 『현대시』 6집부터 26집까지 실린 산문 목록을 정리하면 다음과 같다.

게재지	필자	제목	명칭	비고
6집(1964. 11. 20)	신동집	시를 위한 빵세 Ⅱ	엣세이	
	이유경	뽈 끌로델 시고	엣세이	
	정진규	동인지로서의 현대시	후기	선언문
9집(1965. 7. 5)		포에지의 적극성	공동연구과제	선언문
10집(1966. 7 .5)	이승훈	현대시의 내면성	엣세이	
12집(1967. 4. 3)	김영태	Note	엣세이	창작노트
	이승훈	의미의 연상적 구조	엣세이	
13집(1967. 6. 26)	전봉건	토기에 붙여	기고	인물평
	김규태	시작노트	엣세이	창작노트
14집(1967. 10. 15)	김종해	나의 시	엣세이	창작노트
	이승훈	현실과 아이러니	엣세이	서평
15집(1968. 2. 15)	이유경	정착의 좌표	엣세이	
	박의상	쓰기	엣세이	창작노트
	마종기	언어의 폭과 색깔	인물스냅	인물평
	이성부	내면에 대한 신뢰	인물스냅	인물평
16집(1968. 6 .5)	이우석	인물뎃상	기고	인물평

5) <현대시>에 대한 기존의 연구들은 대부분 시에 치중되어 있고 시론에 대한 연구는 거의 없는 실정이다. 시론에 관한 연구는 이창용의 앞의 논문에서 일부 이루어지고 있을 뿐이다.

게재지	필자	제목	명칭	비고
	이승훈	시어의 해석 방법론	엣세이	
17집(1968. 8. 5)	박의상	읽기	엣세이	창작노트
	박의상	시와 제목	엣세이	
	이유경	언어의 광맥을 찾는 노동	시집 평	서평
18집(1968. 10. 20)	김종해	언어의 식민지에서의 해방	엣세이	
	박의상	시와 자유	엣세이	
19집(1968. 12. 25)	이승훈	현대시의 Idea 문제	엣세이	
20집(1969. 4 .30)		현대시 카르테		선언문
21집(1969. 9. 30)	이유경	상징주의 어록	번역	번역
22집(1970. 2. 25)	이유경	역사의식의 시	엣세이	
	이승훈	무엇이 문제인가	엣세이	
23집(1970. 8. 10)	이해녕	시와 현실 문제	동인엣세이	
26집(1972. 3. 10)	이유경	세 소시민적 방황	엣세이	
	이승훈	비판과 자기 비판	엣세이	

　　여기에는 동인의 지향하는 바를 밝힌 선언문 형태의 글도 있고 개인적인 견해를 밝힌 것도 있다. 6집 후기와 9집, 20집에 실린 산문이 <현대시>의 동인지적 지향점을 표명한 것이라면, '에세이'에는 시론과 개인의 창작 단평이 섞여 있다. 시론의 필자는 김영태, 김규태, 박의상, 김종해, 이승훈, 이유경, 이해녕 등 동인들 다수이나. 이 중 김영태, 김규태, 김종해, 박의상의 글은 본격적인 시론이라기보다 창작과 관련된 개인의 소회를 밝히는 내용이고 시론의 분량 또한 많지 않다. 분량과 내용면에서 볼 때 본격적인 시론에 해당하는 것은 주로 이승훈과 이유경에 의해 쓰여지고 있다는 것을 알 수 있다.6)

---

6) 이승훈과 이유경은 『현대시』뿐만 아니라 다른 지면에도 활발하게 시론을 발표하고 있는데, 발표 시기와 주제 면에서 『현대시』에 발표한 내용을 반복 확대하거나 연장시키는 경우가 많다. 따라서 이들이 다른 지면에 발표한 글 중에서 <현대시>

<현대시> 동인들 스스로가 표명한 시론적인 주제는 존재론적인 관심과 내면 탐구, 리리시즘으로 집약된다. 존재론적인 탐색과 내면 탐구는 『현대시』6집 후기의 "종래의 하이덱거의 존재론적인 취향을 지녔던 일부의 우리 시들이 소품적 질서의 감각성에서 더 앞서지 못했으나 우리는 내면의 레아리떼를 좀더 아픈 땀의 집적으로 포착하려 하고 있다고도 보아질 것이다"는 말에 분명하게 나타나 있다. 여기서 "종래의 하이덱거의 존재론적인 취향을 지녔던 일부의 우리 시들"은 전후 모더니즘 시를 지칭하는 것이고, 이들의 시가 '소품적 질서의 감각성'에 머무르고 있다는 것은 그것이 실존의 문제를 감각적인 차원에서만 받아들였음을 비판하는 것이다. 이들이 새롭게 '내면의 레아리떼'를 포착하겠다는 것은 실존을 개인의 내면의 문제와 연결시키겠다는 것이다. 이것이 이들이 말하는 존재론적인 관심의 내용이다. 이들에게서 '내면'은 예외적인 개인의 특성이 아니라 시대 상황에 대응하는 하나의 방식으로 자리 잡는다는 것이 특징이다.

또한 이들은 『현대시』9집에서 "리리시즘은 모든 예술의 원천이며 시의 발생 근거다. 현대시에 우리는 그 변형적 조형을 실험한다"라고 하여 리리시즘을 중요한 지향점으로 설정하고 있다. 리리시즘은 이수익, 오탁번 등의 시에 나타나는 특징이기도 하다.[7] 시론에서 리리시즘을 주장하는 것은 이유경의 「정착의 좌표」가 거의 유일하다. 이 글에서 리리시즘은 한국 현대시사를 이끌어온 주류의 경향으로 설명된다. 그러나 리리시즘이라는 개념 자체에 대한 설명이 없고, 이것과 자신들

가 표방했던 시론적인 지향과 유사한 입장을 보여주고 있는 것은 연구 범위에 포함시키기로 한다.

7) 고형진, 「현대시의 중심 잡기와 방법적 갱신」, 『현대시학』, 1996. 6, pp.94~97 참고.

의 시적 지향이 어떤 관계에 있는지를 말하고 있지도 않다. 따라서 리리시즘은 <현대시> 동인들의 시에 나타나는 시적 특징일 수는 있지만 시론의 특성이라고 말하기는 어렵다. 리리시즘은 이들이 의식적으로 추구한 시적 지향이 아니라 이미 잠재해있는 자연스러운 성향이다. 이것을 어떻게 새롭게 변형하고 활용할 것인가에 대한 논의는 발견되지 않는다. 그러므로 <현대시>의 시론은 크게 존재론적인 관심과 내면 탐구라는 두 가지의 주제로 좁혀진다.

2. 존재론적 인식과 언어철학

동인지로서의 출발을 선언한 『현대시』 6집에 신동집의 시론이 실려 있다는 것은 상징적인 일이다. 신동집은 김춘수와 더불어 존재론적인 시론을 대표하는 시인으로서, 6집에 실린 「시를 위한 빵세 Ⅱ」에서 역시 시에 사용되는 언어가 도구적인 것이 아니라 그것 자체가 존재성을 가진다는 것을 강조하고 있다.[8] 언어는 무언가를 전달하는 수단이 아니라 그것 자체를 목적으로 한다는 것이다. 이러한 신동집의 글을 동인지로서의 출발을 알리는 자리에 싣고 있다는 것은, 동인들의 관점 또한 이것에서 크게 다르지 않다는 것을 암시한다.

이유경은 「뽈 끌로델 시고」에서 사물의 근원을 이루는 것은 의식에 대한 것이고, 단지 타성화된 사물로 취급되는 현존하는 오브제들의 근

---

8) "시의 기술이란 시에 관한 기술이 아니라 시 그 자체의 기술이다. 언어를 도구로 생각할 때 시의 기술은 시에 관한 기술로 떨어진다. 시의 기술을 디자인의 기술로 혼동하지 말라"—신동집, 「시를 위한 빵세 Ⅱ」, 『현대시』 6집, 1964, p.233.

원을 밝혀 보이는 것이 존재론적인 문제라고 말하고 있다.

> 모든 사물의 실체가 신이라고 해서 신의 언어를 통해 그 실체를 개진시킬 수 있느냐 하면 그렇지가 않다. 앞서도 잠깐 말했거니와 인간적인 동시에 신적인 위대한 모험으로 말미암아 깊은 뜻을 부여하지 않으면 안된다. 보다 구체적인 모험 그리고 시련의 고뇌로서 자기를 해방시키고 사물 자체에 깊은 애정을 불어넣고 비로소 트이는 개화를 의식화시켜나가야 한다는 말이다.9)

그는 사물의 실체를 개진하는 것이 신이 아니고 인간이며 인간이 사물에 대한 애정을 가졌을 때 사물이 '개화'된다고 보고 있다. 사물을 개화시키는 역할을 하는 것은 시인이다. 그는 이러한 시인의 역할을 랭보의 '견자(見者)'라는 개념으로 설명하고 있는데, 이것은 사물의 본질 즉 "사물의 저쪽에 있는 미지(未知)"를 꿰뚫어볼 수 있는 사람을 의미한다.10)

또한 그는 포에지를 인간 존재의 신비적인 의의를 표현하는 것이라고 생각한다. 포에지는 상상에 의해 쓰여지는데, 포에지에서 상상의 세계가 중요한 이유는 "유한의 세계인 현실과 자연에서 무한의 세계 절대의 세계 혹은 존재 세계를 구명"11)해낼 수 있기 때문이다. 이 부분에서 강조되는 것 또한 현실 너머에 있는 존재의 세계 곧 본질의 세계이다.

이러한 생각은 하이데거의 존재론적 언어 철학과 만나면서 좀더 구

---

9) 이유경, 「뽈 클로델 시고(試考)」, 『현대시』 6집, 1964. 11. 20, p.260.
10) 정효구는 사물의 내면세계에 대한 탐구를 <현대시>의 특징 중 하나로 꼽은 바 있다. ─정효구, 「한국 1960년대 동인지 현대시 연구」, 『개신어문연구』 16집, 1999. 12, p.293.
11) 이유경, 「상징주의 어록」, 『현대시』 21집, 1969. 9. 30, p.830.

체화된다. 이유경은 사물의 본질에 대한 문제를 언어와 연결시켜서, 시는 "언어라는 도구를 가지고 인간 내면이 여러 경험과 이미지와 그리고 사물을 이룩하고 있는 존재 세계를 환기시키는 것"[12]이라는 결론에 도달한다. 즉 시는 사물의 존재를 환기시키는 역할을 하며 그 때 사용되는 것이 언어라는 것이다. "개개의 시어들은 드라이한 효과를 지니고 있을 뿐 아니라 사물 자체를, 사물의 저쪽에 있는 애매한 것(존재 자체)을 의식화시켜준다"[13]라는 구절 역시 마찬가지다. 여기서 시어는 사물의 존재를 드러내는 역할을 한다.

시어가 사물의 존재를 드러낸다는 것은 하이데거의 언어관의 바탕을 이루고 있는 생각이다. 오늘날 언어에 관한 철학적 고찰은 세계를 반영하는 도구로서 언어를 파악하는 '분석적 언어철학'과 인간이 자기 자신을 내보이는 현상으로서 언어를 이해하는 '존재론적 언어철학'의 두 방향으로 구별된다. 분석적 언어 철학이 논리적 기호로서의 언어와 모사되는 세계의 관계를 분석하는데 치중한다면, 존재론적 언어 철학은 기호 자체가 모사할 수 없는 언어 형식 즉 인간과 세계의 존재론적 관계를 이해하고자 한다. 하이데거의 존재론적 언어 이해는 후자에 해당한다.[14]

하이데거는 『존재와 시간』에서 인간이 사물과 만날 수 있는 가능성의 조건을 현존재의 '개시성(Erschlossenheit)'이라고 규정한다. 본질적으로 세계내존재인 현존재가 세계를 향해 개시되어 있기 때문에 사물을 발견할 수 있다는 것이다. 현존재는 자기 자신과의 관계 속에서 비로소

---

12) 이유경, 「언어의 광맥을 찾는 노동」, 『현대시』 17집, 1968. 8. 5, p.596.
13) 위의 글, p.602.
14) 이진우, 「하이데거와 언어의 존재론적 이해」, 『철학 연구』 29, 1991 참고.

존재하게 되는데, 이러한 현존재의 존재 방식이 바로 ‘실존’이다. 현존재는 항상 어떠한 기분 속에 젖어있는데 이것이 ‘처해 있음’이다. 처해 있음은 현존재의 모든 관계 방식의 조건으로서, 현존재가 자기의 관계를 시작할 때 항상 이미 스스로가 작용하고 있다. 이것은 현존재의 존재 이해가 존재자에 의존하고 있음을 의미한다. 즉 존재자인 사물들의 본질은 감각을 통해 이차적으로 얻어지는 것이 아니라 존재 이해 이전에 이미 개방되어 있는 것이다. 현존재는 피투성을 근거로 해서 자신의 존재와 존재자 전체와 관계해야 한다. 그는 이 존재 관계를 각기 나름대로 상이하게 변형시킬 수도 있고 그의 관계를 이렇게 또는 다르게 기획투사할 수도 있다. 이처럼 현존재가 하나의 가능성에로 자신을 기획투사하는 것을 ‘이해’라고 한다. 이 ‘처해있음’과 ‘이해’는 현존재를 구성하는 두 개의 등근원적인 방식이며 이것은 ‘말(Rede)’에 의해 규정되어 있다. ‘말’은 ‘처해있음’과 ‘이해’를 규정하는 실존 범주로서 이러한 말이 밖으로 발언된 것이 바로 ‘언어’이다.15) 우리가 관계하는 모든 존재자에 대한 이해의 온갖 내용은 오직 언어의 본질을 통해서만 밝혀지며 개방된다.

그러나 후기 철학에서 하이데거는 현존재가 언어를 가지고 있다는 전기의 입장을 단념하고 현존재는 단지 언어가 말하는 현장(Da)일 뿐이라는 견해를 수립하고자 한다. 인간이 말하는 것이 아니라 인간 언어의 근원인 (존재)언어가 말하는 것이며, 인간이 언어를 가지고 있는 것이 아니라 반대로 인간이 언어에 속해있다는 것이다. 언어는 존재를 드러낸다는 도구적 의미뿐만 아니라 존재를 개시하는 장이자 환경이

---

15) 이기상, 『하이데거의 실존과 언어』, 문예출판사, 1991 참고.

며, 존재자로서가 아니라 그것에 의해 모든 것이 존재하게 되는 하나의 지평이다. 그러므로 이제 언어는 존재의 집이자 인간 본질의 거처가 된다. 즉 언어의 부름이 사물(존재자)로 하여금 그 사물로 있게 하며, 사물은 언어로 인하여 비로소 그 사물로 존재하게 되는 것이다.16)

김춘수의 「꽃」에 대한 이승훈의 분석은 『존재와 시간』에 나타나는 하이데거의 언어관을 그대로 반영하고 있다. 그는 "내가 그의 이름을 불렀을 때/ 그는 나에게로 와서/ 꽃이 되었다."라는 구절을 다음과 같이 분석한다.

둘째 연은 이렇게 무명(無名)의 존재요 돌 속의 삶인 가자아(假自我) -일상적 자아에 시인이 이름을 붙일 때 그 가자아는 비로소 진자아(眞自我)로 부각된다는 것을 내용으로 한다. 말하자면 무명의 일개 사물에 지나지 않던 식물인 '꽃'도 '꽃'이라고 명명되어야 비로소 '꽃'이라는 존재성을 띠는 것이다. 자기의 현존재를 확증하게 되는 것이다. (중략-인용자) 따라서 명명이란 단순히 이름붙인다는 뜻이 아니라 앞에서도 언급했듯이 사물의 본질을 구명함으로써 그것을 존재로 정립시킴을 의미한다. 그러므로 하이덱거의 표현을 따르자면 이때의 존재는 존재자(현

---

16) 배상식, 「하이데거의 언어론」, 『철학논총』 25, 2001 참고. 이 내용은 하이데거의 「횔더린과 시의 본질」 부분에 다음과 같이 나와 있다. "언어는 인간의 소유물이다. 인간은 경험과 결의와 기분을 전달하기 위하여 언어를 사용한다. 언어는 이해시키는데 소용된다. 그 때문에 유용한 도구로서의 언어는 '재보(財寶)'다. 그러나 언어의 본질은 이해의 도구가 된다는 것으로 다하는 것은 아니다. 이러한 규정으로써는 언어의 본질과는 만나지 못하며, 다만 그 본질의 하나의 귀결이 유도된 데 불과하다. 언어는 인간이 다른 모든 것과 함께 그것도 또한 소유하고 있는 한갓된 도구가 아니다. 오히려 언어가 비로소 존재자의 한복판에 설 수 있는 가능성을 주는 것이다. 언어가 있는 곳에서만 세계가 있다. (중략-인용자) 언어는 인간이 역사적인 것으로서 존재할 수 있기 위한 보증을 주고 있다. 언어는 인간이 자의로 처리할 수 있는 도구가 아니라, 인간 존재의 최고의 가능성을 좌우하는 생기(生起)다."-마르틴 하이데거(소광희 역), 「횔더린과 시의 본질」, 『시와 철학』, 박영사, 1989, pp.48~49.

존재)의 진리다.17)

　시인이 사물의 본질을 구명함으로써 그것을 존재로 정립시킨다는 것은, 대상의 도구적인 성격을 넘어선 존재 자체를 환기시킨다는 것을 의미한다. "존재는 존재자(현존재)의 진리"라는 말에서 존재자가 눈앞에 존재하고 있는 개별자로서의 사람과 사물을 뜻한다면 존재는 그것들의 본질을 뜻한다. 시인은 존재자의 이면에 가려 있는 존재를 호명하는 사람으로서 그 호명 행위가 바로 '시'인 것이다. 존재를 태어나게 하는 언어, 존재를 개시하는 언어는 바로 이와 같은 언어의 특성을 말하는 것이다. 이 때 언어는 '현존재의 개시성의 실존론적 구성틀'로서 현존재의 실존을 구성하는 것이다.

　또한 이승훈은 김춘수의 「나목과 시」를 분석하면서 하이데거의 「횔더린과 시의 본질」을 인용하여 '존재의 집으로서의 언어'라는 개념을 사용하고 있다. 그러나 '언어가 존재의 집'이라는 하이데거의 말은 철학적인 고찰이 뒷받침되지 않은 채 "하이데거식으로는 존재자의 본질을 규정하는 언어, 즉 존재의 집으로서의 언어요, 싸르트르식으로는 사물화되는 언어요, 발레리식으로는 춤의 언어"18)라고 하여, 사르트르나 발레리의 말과 동일한 것으로 설명된다. 후기 하이데거의 언어관에 대한 이해가 깊이 있게 이루어지지 않고 있는 것이다. 하이데거와 사르트르, 발레리는 시의 언어가 일상 언어와는 달리 그것 자체로서 의의가 있다는 생각을 한다는 공통점만으로 동일한 선상에 놓여있다. 그 예로 이승훈은 시의 언어가 관념과 감각을 동시에 파악하는 것으로서

---

17) 이승훈, 「시의 존재론적 해석 시고」, 『춘천교육대학논문집』, 1967. 12, pp.10~11.
18) 위의 글, p.8.

다의성을 지니고 있다고 하면서, 이 다의적 언어가 "이미 사르트르가 기호로서가 아니라 사물로 간주하는 시적 태도라고 이름붙인 경향의 언어"[19]라고 말하고 있다.

사르트르에 대한 언급은 이승훈만이 아니라 이해녕의 글에서도 발견된다. 이해녕은 사르트르의 말을 빌려서 "시에서의 언어는 기호로서가 아니라 사물로서 파악되어야 한다. 언어는 그 자체가 하나의 소우주이며 시인은 작문을 하는 것이 아니고 한 대상을 창조하는 것이다"[20]라고 말한다. 언어가 사물로서 파악된다는 것은 '실제적 이해관계에 사용되는 무미건조한 언어(일상의 언어)'와는 다른 차원의 언어를 가정하는 것으로서, 시의 언어가 일상의 언어와는 다르다는 사르트르의 견해를 반영하고 있는 것이다.

사르트르는『문학이란 무엇인가』에서 시의 언어는 회화나 조각, 음악과 같은 것으로서 언어를 실용적인 도구가 아니라 사물로서 본다고 설명한다. 시인에게 있어서 언어는 외적 세계의 구조이다. 시인은 언어를 이 세계의 양상을 나타내는 어떤 기호로 보는 것이 아니라 그 속에서 이미지만을 본다. 이에 비해 산문의 언어는 사물이 아니라 도구로서 의미를 갖는다. 산문의 언어는 '여섯째 손가락이며 셋째 다리'[21]에 비유될 수 있을 만큼 의사소통의 중요한 수단 역할을 한다. 그러나 사물로서의 성격이 강한 시의 언어는 이같은 기능을 수행할 수 없으며 따라서 시에 참여적인 성격을 기대하는 것을 불가능하다. 더 나아가 의사소통의 수단인 언어는 시에서 오히려 소통을 불가능하게 하는 원

---

19) 이승훈, 「시어의 해석방법론」, 『현대시』 16집, 1968. 6. 5, p.560.
20) 이해녕, 「시와 현실문제」, 『현대시』 23집, 1970. 8. 10, p.912.
21) 장 폴 사르트르(정명환 역), 『문학이란 무엇인가』, 민음사, 1998, p.28.

인이 되기도 한다. 이러한 생각은 시의 언어를 도구가 아닌 독립적인 것으로 본다는 면에서는 하이데거와 동일하지만 그것에 대한 평가는 상반된 것이다. 하이데거에게서 시의 언어는 사물을 개시하고 존재를 드러내는 지평이지만, 사르트르에게서 시의 언어는 참여성을 가질 수 없는 한계를 가지고 있다. 사르트르가 문학의 참여를 주장한 것은 주지의 사실이며, 이 때 그가 염두에 두었던 것은 산문의 언어이다.

<현대시> 동인들의 글에서는 이러한 차이가 간과된 채 오직 시어와 일상 언어가 다르다는 것만을 근거로 하여 하이데거와 사르트르가 나란히 언급되고 있다. 그 결과 문학의 참여를 강조하는 사르트르를 근거로 하여 시어의 존재론적 성질과 비참여성을 설명하는 모순을 빚고 있다. 이는 존재론적인 관심을 언어의 문제와 깊이 있게 결합시키지 못한 데서 오는 한계이다.

이유경은 현대시의 영역이 유한의 세계인 현실과 자연에서 무한의 세계인 절대와 실체의 세계로 옮겨갔다고 본다. 그것은 눈에 보이는 나무나 돌 같은 사물의 현상을 넘어선 "사물들을 이룩하고 있는 근원적인 힘이나 요소"에 대한 관심이고, "이성과 과학으로서는 도저히 해체할 수 없는 레알리떼(실체)가 사물의 저편에 번쩍이고 있다고 믿"는 것이다. 과학으로서 설명할 수 없는 사물의 레알리떼 그것이 바로 사물의 내면이고 사물의 내면성이다. 이유경은 그러한 사물의 내면을 밝히고자 하는 것을 '형이상학적 고뇌'라는 말로 설명한다.[22] 표면적으로 이러한 생각은 하이데거가 말한 '사물의 존재를 개시하는 언어'를 연

---

22) "형이상학적 고뇌의 눈을 뜨고 바윗속에 번쩍이는 금광을 캐내듯이 실체를 찾아 내려 극심한 정신의 시련을 진행시키는 것" – 이유경, 「뽀에지의 세계와 역사의식」, 『현대시학』, 1970. 2, p.89.

상시키지만, 이에 대한 철학적인 논의는 더 이상 진전되지 않는다. 그 후 이유경은 사물에 대한 상식과 관념을 깨뜨리고 새로운 시각으로 사물을 보게 하는 방법으로 '유모어'를 들고 시에 대한 작품 분석을 시도하고 있다.[23] 이에 이르면 사물을 새롭게 바라본다는 것은 사물의 사물성을 드러내는 존재론적인 탐구가 아니라 사물을 어떻게 표현할 것인가 하는 창작의 테크닉에 관한 문제로 변화된다.

이승훈 또한 관심을 돌려서 '존재를 드러내는 것으로서의 언어'보다 '드러난 현상으로서의 언어'를 분석하는 것에 집중한다. 그는 사르트르의 언어관을 설명하는 지면에서 울만의 언어 이론을 제시하기도 하고, 그 외에 사피어, 소쉬르, 루이스 등 다양한 언어학 이론들을 언급하고 있다. 특히 그는 실제 비평에서는 신비평에 바탕을 둔 형식주의적 방법을 선택한다. 예를 들어 그는 「의미의 연상적 구조」에서 엠프슨의 애매성 이론을 거론하며 "내가 시도해보고 싶은 것은 시인의 심적 상태 내적 상태의 표현인 어구상의 디테일의 고찰이며 이것은 한편의 시가 얼마나 분석에 견딜 수 있는가 분석에 견딜 수 있는 시가 참으로 훌륭한가 즉 정서적 효과가 지대한가"[24]라고 말하고 있다. 이는 하이데거의 존재론적 언어관이 실제 작품을 분석하는 데는 한계가 있다는 점을 사각한 결과로 보인다. '존재를 개시하는 언어'나 '언어는 존재의 집'이라는 하이데거의 명제로 설명할 수 있는 것은 김춘수나 이상의 시 일부에 불과하기 때문이다. 형식주의 비평 방법은 시가 외부적인 요건들과 분리되어 있다는 것을 전제로 하므로 시의 언어가 일상의 언

---

23) "오규원의 시는 현실이 주는 일체의 관념을 뒤집어 버리고 상식의 세계가 가지는 둔탁한 정신에다 놀라움의 한 단면을 제시해 놓으려 했다…"—이유경, 「유모어와 시」, 『현대시학』, 1970. 6.

24) 이승훈, 「의미의 연상적 구조」, 『현대시』 12집, 1967. 4. 3, pp.437~438.

어와는 다르다는 사르트르의 생각을 만족시키고, 동시에 작품을 실제로 분석하는 방법으로 활용될 수 있다는 면에서 선택된 것이라고 할 수 있다.

3. 현실의 억압에 대한 대응으로서의 내면 탐구

'내면 탐구'는 『현대시』 6집에서 동인들 스스로 밝힌 것으로서 이후 <현대시> 동인의 가장 큰 지향점이 된다. 내면에 대한 정의나 표출 방식은 각각 다르지만, 이들이 내면에 치중하게 된 근본적인 원인이 외부적인 상황 때문이었다는 점은 동일하다.

이유경은 <현대시> 동인들을 주축으로 하는 60년대 시인들을 어린 시절에 전쟁을 겪고 성년기에는 4·19 혁명을 겪음으로서 비합리적인 현실을 경험한 데서 출발한 세대라고 규정한다. 따라서 그들의 시가 비합리적인 것은 당연한 것이다. 그 결과로 그들은 시에서 일체의 의미를 배제하고, 현실세계와 무관한 환상적인 이미지를 보여주는가 하면, 타락한 관념을 대수롭지 않게 다루고, 인간 운명에 대한 신경질적인 집념의 시를 보여준다. 이러한 특징들은 현실에 대한 자아의 절망감과 소외감을 반영한 것이다.[25]

김규태는 보다 직설적으로 내면 탐구가 외적인 상황을 견디기 위한 것이었음을 밝히고 있다. 그는 초기에는 현실 참여 문제에 관심이 많았으나 현실을 향한 관심과 자아추구의 지향이라는 두 가지 방향이 상

---

25) 이유경, 「햄리트적 딜레마의 시」, 『아세아』, 1969. 3, p.269 참고.

충되면서 순수시 쪽으로 옮겨갔다고 말하고 있다. 그가 추구하는 언어
적인 시도들은 "분열된 자아의 재편성"을 의도하거나 "가눌 수 없는
자기내적 의식의 조건들이 다시 조형되고 장식될 것"을 바라는 데서
비롯된 것이다.[26] 즉 내면 탐구는 외부적 상황의 억압이나 충격을 견
디고 내적 균형을 유지하려는 하나의 방편이었던 것이다.

김종해 또한 내면의 세계로의 이행이 외부생활에서 받는 심리적 구
속감과 불안감에 기인한 것이라고 밝히고 있다. 외부 상황에서 비롯된
충격으로 인하여 시인은 내면으로 들어가게 되고 그 속에서 구원을 발
견한다. 그는 "그 자신 속에 구축된 의식의 세계 속에서 투쟁의 표적
물이 된 제왕이 되기도 하고 개인적 종교의 교주가 되고 때로는 거인
이 되어 있어 바깥세상과의 거래와 통화에서 완전히 두절된 상태에서
정신적 생활을 지탱"[27]한다는 것이다. 이상과 같은 발언들은 이들의
내면 추구가 외부적인 억압에 대한 개인적인 대응책으로 선택된 것임
을 말해준다.

한편 박의상은 오히려 내면을 파고 들어가는 것을 중지하고 내면이
결여된 인간을 표현함으로써 현대인의 상실을 드러내려고 한다. 시를
쓰는 것을 연애와 같은 것으로 생각하는 것은 전통적인 서정시의 전제
이나. 현내에 시는 사랑 놀음도 아니고 생활보다 우위에 있는 것도 아
니고, 단지 시는 시일뿐이다. 시와 현실이 완전히 분리되어 있는 것,
그것이 바로 현대인 것이다. 그는 이러한 상황에 처한 내면의 복합적
이고 불명료한 상태를 정반대로 단순하고 건조하게 그려낸다.[28] 그것

---

26) 김규태, 「NOTE」, 『현대시』 13집, 1967. 6. 26, p.473.
27) 김종해, 「나의 시」, 『현대시』 14집, 1967. 10. 15, p.501.
28) "내 시(특히 「금주에 온 비」, 「전화」)는 무표정하다는 것을 보여준다. 놀라지 않고
　　(놀래지 않게 되어버렸으니까) 그 놀라운 것을 보고 생각하는 것이라고 할까" -

이 기계적이고 비인간적인 것을 특징으로 하는 현대에 대응하는 양태이기 때문이다. 이러한 입장은 현실과의 단절을 전제로 한다는 면에서는 다른 동인들과 동일하지만 그것을 표출하는 방식에서는 이질적이다.

이렇게 시작된 내면탐구는 참여시와 대립적인 위치에 서면서 보다 적극적인 것으로 변화된다. 이유경은 내면 탐구가 자아의 절망과 소외를 반영하는 것이긴 하지만, 그것은 개인적 선호가 아니라 시대적인 조건들을 가장 진솔하게 반영한 것이므로 그것 자체가 역사의식에서 나온 것이라고 본다. 내면에 대한 탐구는 <현대시> 동인 이전에도 있었지만 <현대시>가 이전의 시와 다른 점은 "내면세계에 대한 응관(凝觀)을 주축으로 해서 현실적인 여러 가지의 외연을 다시 한번 인식케 만들어준다"[29]는 것이다. 그가 말하는 '역사의식'은 참여시의 주제인 역사와 시대에 대한 관심이 아니라, 현실과 이상의 갈등이라는 딜레마를 표현하고 그 지향점을 절대의 세계로 돌릴 줄 아는 감각이다. 현실의 상황을 인식하고 미래의 방향을 설정할 수 있는 기본적인 감각을 의미하는 것이다.

동인들 중에서 비교적 현실비판적인 경향을 나타내는 박의상 역시 참여라는 것은 결국 개인의 자유를 확장하는 것이라고 주장한다.

> 순수냐 참여냐의 결단이 요즈음에 와서만 요구되었던 것은 아니고 세계의 역사를 통해 꾸준히 시인의 양심과 정렬을 괴롭혀 주었던 것이며 순수냐 참여라는 것도 인간의 자유의 내면적 추구 또는 외면적 추구가 되는 것이므로 한국시의 역사는 한국적 상황 또는 역사를 통해 한국

박의상, 「쓰기」, 『현대시』 15집, 1968. 2. 15, p.528.
29) 이유경, 「정착의 좌표」, 『현대시』 15집, 1968. 2. 15, p.532.

인의 자유를 확장하고 심화하는 한국 예술의 역사의 한 부분이 되는 것
이다. (중략—인용자) 정치가의 길은 새로운 세계의 창조의 길이며 이
창조에의 욕망은 시인이 자기 시 속에서 실현하려고 하는 자유의 확대
라는 욕망과 다를 것이 없다.[30]

여기서 순수와 참여를 구분하는 기준은 현실에 대한 참여 여부가 아
니라 인간의 자유를 어떻게 추구하는가 하는 것이다. 순수는 자유를
내면적으로 추구하는 것인 반면 참여는 외면적으로 그것을 추구하는
것이다. 두 가지는 인간의 자유를 확장하려 한다는 점에서 공통점을
가지고 있다. 따라서 순수와 참여를 나누고 순수를 현실과 무관한 현
실도피로 그리고 참여를 현실에의 직접적 참여라고 보는 것은 잘못된
것이라는 주장이다.

이승훈은 60년대 시인들이 내면의 세계에 천착하게 된 이유를 "모든
신념을 상실했다는 사실에의 인식, 일체의 의사 전달이 오늘날에 와선
믿을 수 없게 되었다는 딜레마"[31]를 자각하기 때문이라고 본다. 이전
세대가 중시했던 관념이나 모랄, 의미가 사라진 시대에 대한 대응책이
라는 것이다.[32] 시대 혹은 사회 현실은 인간의 외부에 존재하는 객관
적인 환경이 아니라 개인에게 미치는 구체적이고 개별적인 것으로서
의미가 있는 것이다. 현실이 개인에게 미치는 영향이나 의미는 각각
고유하고 상이한 것이다. 중요한 것은 현실이라는 외부 세계 자체가
아니라 개개인에게 받아들여진 개별적이고 구체적인 현실이다. 그것을
결정하는 것은 결국 개인의 내면이다. 내면성은 '실재하지 않는 세계

---

30) 박의상, 「시와 자유」, 『현대시』 18집, 1968. 10. 20, pp.638~639.
31) 이승훈, 「부동하는 언어의 의미」, 『월간문학』, 1969. 9, p.219.
32) 이승훈, 「현실인식의 두 경향」, 『현대시학』, 1972. 2, p.68.

즉 unreality’[33])로서 실재하는 현실의 세계가 아니라 인간의 내면에 있는 어떤 것이다. 시의 언어는 이러한 내면성을 반영한다. 그러므로 시의 효용은 현실적인 것과는 무관하며, 시가 줄 수 있는 구원은 환상적 만족에 불과하다.[34] 이런 맥락에서 그는 현실 참여를 둘러싼 논의들이 근본적인 오류를 저지르고 있다고 비판한다. 이처럼 이들은 역사의식이나 시대성을 의식하기는 하지만 그것은 참여론적 입장과는 다른 개념이라는 것에 주목할 필요가 있다.

이에 비해 이해녕은 순수와 참여를 일반적인 의미 그대로 받아들인 후 시의 참여에 대해 직접적인 반대의사를 표명하고 있다.

> 시는 누구에게 필요해서 쓰는 것도 아니며 또한 누구를 위해서 쓰는 것도 아니다. 예술은 어떠한 구속과도 상관이 없는 것이다. 예술의 자유는 행동자의 그것과는 다르다. 예술에는 하등의 당위도 없으며 하등의 책임도 없다. 그래야만 예술에는 실제적 조건의 구속이 없는 무한한 가능의 세계가 열리는 것이다. 예술의 자유는 예술적 행동의 발견 내지 그 존재방향에 조응하는 것이며 어떠한 형식의 요청도 받지 않는 순수한 자유인 것이다.[35]

예술에는 어떠한 당위나 책임도 없다는 것은 예술을 유희로 보는 관점을 적극적으로 표명한 것이다. 예술은 오직 순수한 자유를 추구하는 것인데, 그 내용은 “타락한 관념을 파헤쳐 그 이면에 있는 감각과 환상의 실체를 파악하고 현상을 무형화하여 그 진면목을 밝혀”내는 것이다. 이러한 생각들은 내면 탐구가 외부 현실의 억압을 견디는 소극적인 것

---

33) 이승훈, 「현대시의 내면성」, 『현대시』 10집, 1966. 7. 5, p.387.
34) “한편의 시에서 우리가 얻을 수 있는 것을 구원이나 힘에 둔다면 그것은 환상적 만족이나 내부와 외부의 평형상태를 동경함으로써 얻어지는 힘일 뿐”–이승훈, 「의미의 연상적 구조」, p.440.
35) 이해녕, 「시와 현실문제」, 『현대시』 23집, 1970. 8. 10, p.909.

에서 적극적인 동인의 지향점으로 변모하고 있다는 것을 보여준다.[36]

4. 생성하는 주체와 창조적 주관성

<현대시> 동인의 시론에서 중요한 것은 내면에 대한 강조가 결국 주체에 대한 재발견과 강조로 귀결된다는 점이다. 이것이 사물에 대한 객관적 인식을 강조했던 전후 주지주의 시론[37]과의 차이점이다. 이들이 중시한 것은 객관적인 외부 세계 자체가 아니라 그것이 개인의 내면에 맺힌 상이고 따라서 중요한 것은 대상을 바라보는 주체이다.

서양의 인디비듀알리즘에 대립하는 것이 동양예술이었으며, 따라서 동양예술에선 '자아' 곧 '나'의 문제가 말하여지지 않았다고 한 마리땡의 말은 오늘 퍽 그럴듯하게 받아들이지 않으면 안될 것 같다. 왜냐하면 60년대 후반의 젊은 몇몇 시인들의 작품을 자세히 살펴보면 너무나 자주 우리들은 그들이 초자연 특히 자연과 사물의 비의(秘義)라는 이제 까지의 시적 태도를 처부수고 짙은 주관이 개입되는 '나'를 말하고자 하기 때문이다. 그러나 문제는 이러한 이들의 오브제로서의 자아가 아

---

36) 허혜정(앞의 글)은 이들의 내면 탐구를 단순 현실 도피가 아니라 60년대의 한국 사회에 대한 미적 저항이라고 해석하고, 이창용(앞의 글) 또한 이러한 견해에 동 의하고 있다. 이러한 생각은 <현대시> 동인의 시가 4·19 실패라는 현실에 대한 절망적 인식이라는 점에서 사회적 응전력을 가지고 있다고 본 김현(「1971년의 문 학적 상황」, 『상상력과 인간/시인을 찾아서』, 문학과지성사, 1993, pp.326~327)의 생각을 좀더 발전시킨 것이다.
37) 주지주의는 시적인 중심을 인간 중심에서 사물 중심으로 전환한다. 이에 따라 감 정과 본능에 가려서 발견되지 못했던 사물의 질서 또는 본질에 대한 탐구를 중 시한다. 이러한 관점을 보여주는 대표적인 전후의 시인은 김규동과 문덕수이다. ―졸고, 「전후 주지주의 시론의 특징」, 『한국근현대시론사』, 역락, 2007, pp.205~ 208 참고.

닌 썹젝트로서의 자아를 표출하려는 노력이 아직은 너무나 스테레오타
입적이라는 데에 있다.[38]

‘오브제로서의 자아’가 시의 소재로서의 자아라면 ‘서브젝트로서의
자아’는 어떠한 사건이나 사물을 의미를 읽어내고 해석하는 주체로서
의 자아라고 할 수 있다. 이 두 가지 자아를 표출하려는 노력이 스테레
오 타입적이라는 것은 두 가지 자아가 결합되지 못하고 분리되어 있음
을 비판하는 것이다. 즉 자아를 시적인 소재로만 생각하고, 사물의 의
미를 예술적인 것으로 변용시키는 주체로서의 자아에 주목하지 못하
고 있다는 것이다.

시적 소재로서 자아의 내면을 다룬 예는 1930년대 이상의 시에서 이
미 발견된다. 현대의 젊은 시인들에게 요구되는 것은 “사물의 내적 의
미가 예술가의 자아를 통하여 교묘하게 파악되며 그 둘이 모두 작품
속에 실현되어야 하는 과정” 즉 사물의 내적 의미가 주체를 통해 파악
되고 해석된 것을 표현하는 것이다. 그는 어떤 사물을 인식한다는 것
은 대상의 고유성을 단순히 바라보는 것이 아니라 주체의 고유성과 대
상의 고유성 사이에 벌어지는 싸움이라고 설명한다.[39] 칸트가 ‘물 자
체’라고 이야기한 사물의 세계는 인간의 인식 능력으로는 인식될 수
없다. 사물을 인식한다는 것은 결국 사물을 바라보는 주체인 ‘나’의 문
제이며 이것이 바로 ‘서브젝트로서의 자아’인 것이다.

이승훈은 현대시를 체험과 상상력, 표현기교라는 측면에서 나누고,
현대시는 내적 체험을 소재로 한다고 본다. 일상적인 자아의 행위 속

---

38) 이승훈, 「현대시의 Idea 문제」, 『현대시』 19집, 1968. 12. 25, pp.667~668.
39) 이승훈, 「현대시와 인식」, 『시문학』, 1976. 8, p.95.

에서 얻어지는 산문적인 경험이 외적 체험이라면, 내적 체험은 "이제까지 익숙해 있던 사물들로부터 나의 감격이 새삼스럽게 포착하게 되는 놀라움이나 진실"[40]에서 오는 신비스런 체험이다. 그것은 일상적인 경험이 아니라 사물의 내면에 나의 감각을 접촉시켜 생겨나는 새로운 감각적 체험이며, 따라서 사물에 대한 해석적인 성격을 띤다. 이것이 그가 말하는 서브젝트로서의 자아가 작용하는 '창조적 주관성'[41]이다. 그는 '창조적 주관성'이 주체의 시선을 배제하고 사물만을 묘사하는 것과 다르며 전적으로 주관적인 것과도 다르다고 말한다. 그것은 '창조적 관념'의 세계이며, 인식적인 것도 아니고 표현적인 것도 아닌 '생성적인 것'이다.

이는 자끄 마리땡이 말한 '존재론적 의미의 주관성'을 염두에 둔 개념이다. 마리땡은 시에서 본질적인 것이 시인의 주관성임을 강조하면서, 이것을 "영혼의 영성(靈性)이 그 자체의 내재적 행위를 통해서, 자기 자신을 포용할 수 있도록 만들며, 그가 대상으로 인식한 모든 주체의 중심에서 자기 자신만을 오직 주체로써 파악하는 그 자체 독립적인 하나의 우주"[42]라고 설명한다. 대상을 파악하고 해석하기 위해서는 먼저 해석의 주체인 시인 자신의 고유성을 파악해야만 한다. 이를 바탕으로 해서 시인이 대상을 파악하는 방식은 "사변적인 인식 법칙에 따라서 그 자신과는 다른 어떤 것으로서가 아니라, 그 반대로 그 자신이나 그 정감과 불가분의 것으로, 그리고 진실로 그 자신과 일체가 된 것으로서 식별하고 예측하는 것"[43]이다. 즉 주체가 대상을 해석하는 것은, 대

---

40) 이승훈, 「이미지·시의 위대성」, 『현대시학』, 1971. 5, p.35.
41) 이승훈, 『현대시의 Idea 문제』, p.670.
42) 자끄 마리땡(김태관 역), 『시와 미와 창조적 직관』, 성바오로출판사, 1982, p.129.
43) 위의 책, p.131.

상과 분리된 상태에서 그것을 객관적으로 인식하는 것이 아니라 대상과 정감적인 일체를 이룬 상태에서 그것을 식별하는 것이다. 따라서 대상에 대한 해석은 그것 자체가 객관적일 수 없다. 이승훈이 말하는 '창조적 주관성'이 전적으로 주관적이거나 객관적일 수 없는 것은 이와 동일한 이유 때문이다. 이러한 생각은 자연스럽게 사물의 사물성 자체보다 그것을 해석하는 주체의 내면을 중시하는 '내면 탐구'로 연결된다.

이승훈은 창조적 주관성이 발현된 예로 김춘수의 「처용단장」을 들고 있다. 김춘수의 「나목과 시」가 이성의 세계를 표현한 것이라면 「처용단장」은 여기에 상상력을 첨가하여 이성과 상상력의 조화를 보여주고 있다고 평가된다.[44] 거기에는 유일의 세계로 파악되는 이데아의 세계와 여럿의 세계 즉 일상의 세계라는 이원적인 상대성을 종합하려는 노력이 나타난다. 이승훈이 「나목과 시」 보다 「처용단장」을 높게 평가하는 것은 '내면'의 복합적이고 주관적인 성격을 잘 포착하고 있기 때문이다. 「나목과 시」가 객관적인 사물의 세계를 드러내고 개시하는 존재론적인 인식을 보여주는 것이었다면, 「처용단장」은 객관 세계를 바라보는 복합적이고 주관적인 주체의 정신적이고 심리적인 내면을 잘 표현하고 있다. 즉 대상을 해석하는 주체의 생성적인 측면, 창조적 주관성이 잘 드러나는 것이다.

이처럼 주체의 내면을 강조하는 경향은 <현대시> 동인의 전반적인 특징이기도 하다. 이러한 입장은 '이미지'를 규정하는 데서도 잘 나타난다. 이유경은 50년대 시인들이 사물을 있는 그대로 묘사하는 것에

---

44) 이승훈, 「목월과 춘수」, 『현대시학』, 1970. 7, p.54.

반해서 60년대 시인들은 사물을 의식 속에서 변형시키고 자아를 노출하는 방향으로 재편성한다고 본다. 전자가 사물이 자아를 충동시켜주기를 기다리면서 이미지네이션하는 힘을 기른다면, 후자는 내면의 딜레마 상태를 해소하기 위해 사물을 동원하여 이미제네이션으로 조작하고 있으며 근본적으로는 사물보다 자아에 더 집착한다는 것이다.[45] 이러한 생각은 김광림의 「석쇠」와 이승훈의 「내면」을 비교한 부분에서 선명하게 드러난다.

> 이 시(김광림, 「석쇠」 – 인용자)를 조금 전의 시 「내면」과 비교해보라. 이 시는 굉장히 이미지 중심이다. 한 마리의 물고기가 도마를 거쳐 석쇠 위에 굽혀지는 과정을 마치 그림처럼 기술해놨다. 단일한 영상을 제시한 것이다. 그러나 「내면」의 경우 '나무', '파도', '기량' 복합해서 전혀 나무도 파도도 기량도 아닌 아주 미묘한 정신의 혼미함을 노출시키고 있는 것이다.[46]

그는 김광림의 시가 단일한 영상을 제시한 것에 비해 이승훈의 시는 이질적인 언어들을 결합시켜 미묘한 정신의 혼미함을 노출한다고 평가한다. 즉 사물에 대해 관심을 가지고 있는 것은 마찬가지이지만, 60년대 시인들에게서 중요한 것은 사물을 단순히 묘사하는 것이 아니라 재구성한다는 것이다. 그것은 사물을 재구성하는 주체(내면)의 문제로 자연스럽게 연결된다. 따라서 사물 자체가 아니라 사물을 읽어내는 시인의 인식에 초점을 맞추고, 이미지 또한 사물에 대한 묘사가 아니라 사물에서 이미지를 도출해내는 시인의 내면의 문제로 귀결되는 것이다.

---

45) 이유경, 「사물·눈·자세」, 『현대시학』, 1969. 4, p.68.
46) 이유경, 「정착의 좌표」, p.533.

이승훈 또한 이미지를 단순히 대상을 회화적으로 묘사하는 것이 아니라 지적·정적으로 복합적인 내용을 재현하는 것이라고 본다. 말하자면 대상의 외부적인 형상을 묘사하는 것이 아니라 대상의 내면을 들여다보고 그 체험을 재현해내는, "눈에는 보이지 않으나 있다고 믿어지는 내면적인 그 무엇을 나타낸 것"[47]이 이미지인 것이다. 그 예로 박남수의 『새의 암장』에 나타나는 '새'는 객관적인 생물인 '새'가 아니라 '원야(原野)를 그리워하는 외로운 개체'의 이미지로 나타난다, 이 때 이승훈이 말하는 이미지는 개인이 창조해낸 '상징'에 가까운 개념이다.

　＜현대시＞ 동인의 시론은 이처럼 실존주의를 바탕으로 한 존재론적인 관심에서 내면 탐구와 주체를 강조하는 방향으로 변화되어 간다. 존재론적인 관심과 내면 탐구는 처음에는 유사한 개념으로 사용되고 있지만 점차 객관적인 세계에 대한 고찰과 주체의 내면 강조라는 상반된 개념으로 분리된다. 이는 자신들의 시사적 위치를 정립하고자 하는 노력의 자연스러운 결과라고 볼 수 있다. 실존주의 혹은 존재론적 인식은 전후 모더니즘의 주제로서 이미 익숙해진 것이었다. ＜현대시＞가 새로운 동인지로서 위상을 정립하기 위해서는 전후 모더니즘과 구별되는 자신들만의 주제를 찾아야 했고, 그것이 바로 내면탐구였던 것이다. 이처럼 ＜현대시＞의 시론은 존재론적인 언어관을 보여주면서, 생성적이고 창조적인 주체의 '내면'을 중요한 시적 주제로 정립하고 있다.

「＜현대시＞ 동인의 시론 연구」, Comparative Korean Studies 18권 1호, 2010. 4.

---

47) 이승훈, 「이미지·시의 위대성」, p.35.

통합의 비평과 풍격론

1. 한국 현대시와 신비평

　한국 현대 비평이 본격적으로 자리를 잡기 시작하는 것은 1950년대 중반부터이다. 한국전쟁 후 한국 문단은 전쟁의 영향으로 실존주의에 대한 관심이 높아진 가운데 모더니즘과 전통론, 정신분석학 이론, 신비평 이론 등을 바탕으로 한 다양한 비평들이 이루어졌다. 특히 이 시기는 영문학, 불문학, 독문학 등 외국문학을 전공하는 비평가들이 다수 생겨나면서 서구의 이론을 직접 소개하는 일이 가능해졌고, 이들에 의해 한국 문학 작품에 대한 실제 비평이 이루어진 시기이기도 했다. 프랑스 문학에서 까뮈와 사르트르, 보들레르 등이 소개되었고, 독일 문학에서는 키에르케고르, 하이데거, 릴케 등 주로 실존주의 철학에 대한 소개가 이루어졌다. 영미문학에서는 T.S. 엘리엇과 I.A. 리차즈를 비롯해서 미국의 신비평이 새롭게 소개되었다.[1] 이 중에서 한국 시론과 시

---

[1] 전후에 소개된 외국 문학 작품과 작가에 대해서는 김병철,『한국근대 서양문학 이

비평에 직접적인 영향을 미친 것은 엘리엇과 리차즈 그리고 신비평가들의 이론이었다. 엘리엇은 1930년대부터 현대성과 모더니즘을 대표하는 시인이자 이론가로서 소개되어 왔고, 리차즈 또한 김기림과 최재서, 이양하와 같은 모더니즘 비평가들에 의해 번역·소개된 바 있다. 엘리엇과 리차즈는 전후의 한국 비평에서도 현대성을 설명하는 중요한 근거로 제시되고 있다. 이들의 이론이 현대를 바라보는 전반적인 태도와 기준에 영향을 미쳤다면, 신비평은 시를 직접 분석하고 설명하는 구체적인 이론적 근거를 제공했다. 한국 시 비평이 단편적인 인상을 나열하거나 감정을 이입하는 단계를 넘어서 작품을 객관적으로 분석하는 데까지 이르게 된 데는 신비평의 영향이 컸다.[2]

김종길은 김용권, 송욱과 더불어 영미 신비평을 소개하고 그것을 작품 분석에 적용함으로써 한국 시 비평에 중요한 전기를 마련한 비평가이다.[3] 그는 단어 하나하나가 전체 시 구성에 어떤 영향을 주는지를

입사 연구』, 을유문화사, 1980 ; 김병철, 『한국현대번역문학사연구 상·하』, 을유문화사, 1998 ; 전기철, 『한국 전후 문예비평의 전개양상에 대한 고찰』, 서울대 박사논문, 1992 ; 이건우 외, 『한국근현대문학의 프랑스 문학 수용』, 서울대학교 출판문화원, 2009 등을 참고할 수 있다. 김병철의 책은 개화기부터 1985년에 이르기까지 우리나라에 번역 소개된 해외 각국의 작가 및 작품들을 서지적으로 정리한 것이고, 전기철의 책은 전후 문학 비평에서 가장 중요한 테마였던 실존주의 번역과 소개 양상을 설명하고 있다. 이건우 외의 책은 특히 프랑스 문학의 수용 양상과 영향 관계에 초점을 맞추고 있다.

2) 우리 비평사에서 신비평은 특히 1960년대 전후에 시 비평의 중요한 틀로 사용되기는 했지만 철학적인 바탕이나 문학관에서 동의가 되었던 것은 아니다. 그 예로 이어령은 신비평적 이론을 사용하여 소설을 분석하고 있지만 문학의 참여적 성격을 강조하고 있다. 신비평은 외부적인 기준이 아닌 작품의 내재적인 측면을 분석하는 실제적인 도구 역할을 했다. 따라서 당시 신비평이 유행했던 것은 작품 외적인 것을 중시한 나머지 정작 작품 자체에 대한 분석은 미흡했다는 비평의 자기반성의 결과였다고 설명될 수 있다. 이런 면에서 신비평은 한국 비평의 발전 혹은 정화의 의미를 가지고 있다고 볼 수 있다.

3) 당시에 소개된 신비평에 대한 연구로는 백철, 「뉴크리티시즘에 대하여」, 『문학예

설명할 만큼 실제 비평에서 탁월한 분석력을 보인다. 그 결과 그의 비평은 한국 시 비평을 객관적이고 분석적인 것으로 끌어올리는 데 결정적인 공헌을 하고 있다. 흥미로운 것은 김종길이 신비평적인 분석에 능통하면서도 한편으로 동양적인 사상이나 유교적인 전통 같은 작품 외적인 특질들을 강조하고 있다는 점이다. 그는 꼼꼼한 작품 분석과 아울러 시인의 전기적·사상적 특질을 밝히는데 주목하고 있는데, 특히 이육사, 조지훈, 유치환 등 유교적인 특징이 강한 시인들을 지지한다. 또한 그는 절대적으로 순수한 시는 없으며 순수와 참여는 시 자체의 차이라기보다 시의 사회적 기능 내지 임무에 대한 견해의 차이일 뿐이라고 말하고 있다.4) 그가 객관적인 작품 분석을 시도하면서 한편으로 주체성의 회복을 강조하는 것은 이 맥락에서 나온 것이다. 표면상 이것은 모순된 현상처럼 보인다. 신비평은 작품 분석에서 작품 외적인 요인들을 배제하는 것을 전제로 하는데, 시인의 전기적·사상적 특징을 밝히는 것은 비평에 작품 외적 상황을 개입시키는 것이기 때문이다. 주체성의 회복을 강조하는 것 또한 비평의 범위를 작품 내적인 것에 한정하는 신비평의 원칙과는 다른 것이다.

김종길의 비평은 이처럼 서로 모순되는 대립항들을 하나로 통합하려는 경향을 보인다. 그것은 역사전기비평과 신비평적 특징이 어우러진 가운데, 동양과 서양, 고전과 현대, 모더니즘의 지적인 측면과 서정

술』, 1956. 11 ; 문덕수, 「비평의 수입 문제와 반항의 윤리」, 『현대문학』, 1959. 8 ; 유종호, 「영미 현대비평이 한국비평에 끼친 영향」, 『동시대의 시와 진실』, 민음사, 1982 ; 김정자, 「뉴크리티시즘과 한국적 수용 현상, 『전후문학연구』, 삼지원, 1995 ; 송왕섭, 「전후 '신비평'의 수용과 그 의미」, 『성균어문연구』 32집, 1997 등이 있다.
4) 김종길, 「주체성의 발견」(1970. 10), 『진실과 언어』, 일지사, 1974, pp.10~11 참고. 이하, 비평문의 성격을 시기적으로 살펴보기 위해서 각 비평문이 발표된 시기를 병기한다.

성 등 서로 상대되는 것들을 결합하는 통합하는 방식으로 전개된다. 그는 초기 비평부터 루이 언터마이어가 편집한 『현대영미시집』에서부터 연암의 『녹천관집 서』에 이르기까지 서구와 동양의 이론들을 다양하게 언급하고 있다. 이러한 특징은 이후에도 계속되어, 대표적인 서구 시인인 예이츠의 시와 동양적 사상에 바탕한 이육사·조지훈의 시를 나란히 설명하는가 하면,5) 한국시에서의 비극성을 설명하면서 황매천의 시를 예로 들고,6) 조지훈의 시를 한시와 연결시켜 설명하기도 한다.7) 또한 현대성을 지지하면서도 전후 모더니즘 시가 기교 위주였음을 비판하고 지적인 서정시를 주장하기도 한다.8)

이는 그의 개인적인 환경과 밀접한 관련이 있다. 그의 고향은 유교적 전통이 뿌리 깊게 자리 잡고 있는 안동이다. 덕분에 그는 어릴 때부터 한시를 접할 기회가 많았고, 이러한 성장 환경은 그의 기본적인 정신적 성향을 형성하게 된다.9) 문학 작품을 작가의 인간적 면모와 연결시키는 비평적 태도는 이 때 자연스럽게 익힌 동양적 문학관의 영향인 것으로 추정된다. 이는 나중에 언지(言志)를 바탕으로 한 풍격론을 정립시키는 기본 바탕이 된다.10) 한편 그는 대학에서 영문학을 전공했는데,

---

5) 김종길, 「한국시에 있어서의 비극적 황홀」(1973), 『진실과 언어』.
6) 위의 글.
7) 김종길, 「조지훈론」(1968), 『진실과 언어』.
8) 김종길, 「시와 지성」(1963. 9), 『시론』, 탐구당, 1965.
9) 김종길·김흥규 대담, 「원로 김종길 시인과의 만남」, 『유심』 5호, 2001. 6 참고.
10) 김종길 비평에 대한 기존 연구로는 김우창, 「감성과 비평」, 『궁핍한 시대의 시인』, 민음사, 1977 ; 김우창, 「염결성의 미학」, 위의 책 ; 유종호, 「영미 현대비평이 한국비평에 끼친 영향」, 『동시대의 시와 진실』, 민음사, 1982 ; 최동호, 「심미적 이성의 견고성과 비평 의식」, 『현대비평과 이론』, 1995, 가을~겨울 ; 오형엽, 「김종길 비평의 연속성 연구」, 『한국문학논총』 34집, 2003 등이 있다. 이 중에서 김종길의 비평을 유교적 전통과 연관시켜 설명하고 있는 것은 김우창의 「염결성의 미학」과 최동호의 글이다. 특히 최동호는 김종길의 「한국시에 있어서의 비극적 황홀」

영문학에서 얻은 지식은 그의 실제 비평의 바탕을 이루고 있다.[11] 자신의 전공인 영문학과 한국 시 비평을 병행하는 상황에서, 영문학에서 얻은 지식이 실제 비평에 활용되었을 것이라는 점은 쉽게 추측할 수 있는 사실이다. 이처럼 그의 비평은 언지를 특징으로 하는 동양적 문학관과 영문학적 배경을 근간으로 하고 있다.

김종길의 비평적 특징은 일차적으로 이상과 같은 개인적인 환경 요인에 기인한 것이지만, 그 자신이 의식적으로 추구한 것이기도 했다. 역사전기적인 비평 방법과 신비평적인 방법은 대개의 경우 하나의 비평문에서 동시에 적용되고 있다. 이육사의 가계의 특징과 사상사적인 변모 등을 설명한 후 시를 분석하거나 조지훈의 인물평을 행하다가 시를 분석하는 방식이 그것이다. 그의 비평은 실제 작품을 분석할 때는 신비평적인 방법을 활용하면서 전체적으로는 한 시인의 전기적 생애와 사상적 특징을 아우르는 시인론의 성격을 지향하고 있다. 신비평은 작품을 분석할 때 필요한 도구적인 지식이었던 셈이다. 그가 궁극적으로 추구했던 비평은 시인과 시대, 작품의 관계를 한꺼번에 설명할 수 있는 총체적이고 통합적인 행위이다.

이러한 통합의 노력은 다양한 주제로 변주되며 지속된다. 초기 비평에서 그는 당시 문단의 화두인 현대성을 전통과 연결시켜 설명하고 모더니즘의 지적인 측면에 서정성을 결합하려고 했고, 시인론에서는 역사전기적인 방법과 신비평적 방법을 병행했다. 또한 작품을 설명하는

을 중점적으로 비평하면서 '풍격'과 '지조'가 김종길 비평의 정신적 지주였음을 밝히고 있다.

11) 이는 외국문학을 전공하는 비평가들이 한국문학작품을 분석할 때 가지게 되는 자연스러운 현상이다. 특히 외국문학 전공자가 한국 시 비평을 하는 경우가 많은데, 영문학 전공자로서는 송욱, 유종호, 김종길이 대표적이고 불문학 전공자로서 김현과 오생근, 정과리, 황현산 등을 들 수 있다.

데 있어서도 서구적인 특징과 동양적인 특징을 아우르려고 시도했다. 전체적으로 볼 때 그의 비평은 서구적인 것/신비평적 것에서 동양적인 것/역사전기적인 것으로 무게중심을 옮겨간다. 김종길이 통합지향적인 비평이 어떤 양상으로 변주되어 나타나는가를 살펴보기로 한다.12)

2. '지적인 서정시'론

1950년대 후반 문단에서 가장 중요한 비평적 화두는 현대성과 전통이었다. 한국전쟁은 한국의 상황을 세계사적인 시각에서 바라보게 하는 동시에 동시대적인 의미에서 '현대성이란 무엇인가'라는 문제를 제기하게 했다. 모더니스트들은 현대적인 것을 서구적인 것과 동일시하고 그것을 지향함으로써 전후의 침체된 상황을 극복하고자 한 반면, 전통론자들은 민족적인 전통을 복원함으로써 전후의 위기를 극복하고자 했다.

흥미로운 것은 모더니즘과 전통론 모두 공통적으로 엘리엇을 거론하고 있다는 점이다. 이들이 공통적으로 주목한 것은 엘리엇의 '전통' 개념이었는데, 그것은 과거의 것에 대한 묵수가 아니라 "현재에 반영되어 그 현재에 영향을 줄 수 있는 역사적 요소로서의 전통"13)이다. 전

____

12) 한국시에 대한 비평을 싣고 있는 시론집은 『시론』(1965), 『진실과 언어』(1974), 『시에 대하여』(1986), 『시와 시인들』(1997), 『김종길 시론집 Ⅴ』(2005) 등 다섯 권이다. 이 중 이 글의 텍스트가 되는 것은 세 번째 시론집인 『시에 대하여』까지의 글들이다. 나머지 두 권의 시론집은 이전에 발표한 비평의 내용 일부분을 반복하거나 짤막한 단평이나 사견(私見) 등을 싣고 있어서 정치한 비평 텍스트로 보기에는 무리가 있다.
13) 이봉래, 「전통의 정체」, 『문학예술』, 1956. 8.

통은 현재에 영향을 미치는 것으로서 현대를 살아가는 이정표로서 가치를 가지는 것이었고, 엘리엇은 이런 맥락에서 양측 모두에서 거론되고 있는 것이다.

김종길 또한 엘리엇에 대해 여러 편의 글을 남기고 있다. 그는 『시론』에서 'T.S. 엘리어트'를 하나의 장으로 분리시키고 「엘리어트의 추억」, 「엘리어트의 인간」, 「엘리어트에 있어서의 예술과 전통」, 「시인으로서의 엘리어트」, 「엘리어트와 현대시」, 「엘리어트와 우리 현대시」 등 엘리엇에 관해 쓴 글들을 모아놓고 있고, 이외에도 「한국 현대시에 끼친 T.S. 엘리어트의 영향」, 「엘리어트와의 대화」(『진실과 언어』), 「엘리엇의 음성」(『시와 삶 사이에서』) 등을 통해 엘리엇에 대한 특별한 관심을 표하고 있다.

「엘리엇의 음성」(2001. 9)을 제외한 나머지 글들이 모두 첫 번째와 두 번째 시론집에 실려 있다는 것은, 엘리엇이 김종길의 비평적 태도와 가치관을 형성하는데 상당한 영향을 미쳤음을 시사한다.[14] 예를 들어 그는 『시론』의 맨 첫 번째 글에서 현대시가 "예민한 역사적인 감각과 의식적인 노력을 요한다"[15]고 주장하는데, 이것은 다분히 엘리엇의 전통과 역사적 감각을 연상시킨다. 실제로 그는 「엘리어트에 있어서의 예술과 전통」에서 엘리엇의 '전통' 개념을 설명하고 있고, 「시인으로서의 엘리어트」, 「엘리어트와 현대시」에서는 엘리엇의 시에 대한 짧은

---

14) 김종길은 당시 엘리엇에 대한 소개가 활발했던 이유로, 해방 후 대학마다 영문과가 생겨나서 현대 영시 강의가 개설된 점, 1948년 엘리엇이 노벨상을 수상하면서 시집 『황무지』가 번역되었고 이를 시작으로 해서 50년대 후반에는 엘리엇의 작품과 평론의 태반이 번역되고 출판된 점 등을 들고 있다. 아울러 자신의 시 「주점서장(酒店序章)」이 엘리엇의 시를 의식하면서 쓴 것이라고 밝히고 있다. – 김종길, 「엘리어트와 우리 현대시」(1965), 『시론』, p.287 참고.

15) 김종길, 「현대」(1957. 가을), 『시론』, p.11.

설명을 덧붙여놓고 있다.

여기서 눈여겨볼만한 글은 「엘리어트와 현대시」, 「엘리어트와 우리 현대시」 두 편으로서, 이 글들은 엘리엇에 대한 단순한 소개가 아니라 엘리엇이 우리 현대시에 어떠한 영향을 미치고 있는가를 설명하는 가운데 시에 대한 김종길 자신의 기본적인 생각을 표명하고 있다.

> 그러나 무엇보다도 중요한 그들(라포르그, 꼬르비에르의 상징시, 엘리자베스조 후기의 극, 형이상학파시 – 인용자) 사이의 공통점은 '관념을 감각으로 변질시키고 관찰을 심적 상태로 변형시키는 동일한 본질적인 특질'이다. 다시 말하면 관념을 관념으로서 서술하고 심적 상태를 그대로 토로하는 것이 아니라 관념도 감각할 수 있게 표현하고 심적 상태도 객관적이오 구체적인 관찰의 내용-그 자신의 말을 빌리면 '특정한 정서의 형식이 되는 한 묶음의 사물, 하나의 정황, 일련의 사건들을 발견함으로써' 표현하는 방법이다. 엘리어트가 '지적인 시'라는 것은 이러한 방법으로 쓰여진 시를 말한다. 그리고 이러한 뜻에 있어서 엘리어트는 지적인 시를 쓴 시인이다. 그러나 그가 말라르메나 발레리와 같은 비개성의 순수시 내지 절대시를 쓰지 못한 것은 그가 그들처럼 '시 그 자체'를 추구한 것이 아니라 표현할 관념이나 심적 상태를 '시 밖에' 가지고 있었기 때문이다. 즉 그는 '시' 이외에 실제적인 썹직트와 모랄을 가지고 있었던 것이다. 따라서 엘리어트가 주장한 시의 비개인성은 그 내용에 있어서 발레리나 밀라르메에 있어서의 그것과는 자연히 거리가 있게 되는 것이다.[16]

위의 인용에서 주목할 부분은 관념이나 심적 상태를 객관적이고 구체적인 것으로 감각할 수 있게 표현한다는 것이다. 추상적인 영역에 속하는 관념이나 심적 상태를 표현하기 위해서는 그것을 구체적인 사

---

16) 김종길, 「엘리어트와 현대시」(1965. 2), 『시론』, pp.278~279.

물이나 정황, 사건들을 빌어서 나타내야 한다. 이것이 바로 엘리엇의 '객관적 상관물'이라는 개념이며, 엘리엇이 말하는 '지적인 시'란 이를 두고 하는 말이다.

또 하나는 엘리엇이 순수시를 주장하는 것이 아니라 시를 통해 전달하고자 하는 주제와 모랄을 가지고 있었다는 점이다. 즉 엘리엇이 말하는 '지적인 시'는 문학 외적인 것과 차단된 언어 실험이나 '시 자체'에 주목하는 존재론적 시가 아니라, 시를 쓰는 방법이 지적인 시 즉 객관적 상관물을 사용하여 추상적인 것들까지 구체적으로 표현해내는 시인 것이다.

김종길이 이를 강조하는 것은 그의 비평적 태도가 문학 외적인 것을 차단하고 현실도피적 성향을 보였던 신비평가들의 그것과는 애초부터 달랐음을 증명하는 것이다. 그는 시인이 그가 몸담고 있는 현실의 문제들과 분리될 수 없으며 그러한 문학 외적 주제들을 다루어야 한다는 것을 당연한 전제로 받아들이고 있다.

또한 객관적 상관물은 김종길의 초기 비평의 중요한 잣대가 된다. 그는 허만하의 「지층(地層)」이라는 시를 예로 들고 이것이 '사고를 감각하는 것'이라고 설명하고 있는데, 인용된 시는 다음과 같다.

> 이 잔모래는 그 때의 내 살이었다.
> 백금(白金)처럼 비말(飛沫)지던 내 프시케는
> 끝 없는 시간의 유사(流砂)에 묻힌
> 그 저부(底部)에서 아직 내 살은
> 풀리지 않는 무기(無機)한 돌의
> 집괴(集塊)에 지나지 않았다.
> 시시각각 물살처럼 붕괴(崩壞)해 가고 있는 내 싱싱한 목숨의 광맥(鑛

脈)을
　　나는 지금 내 잔해(殘骸)를 쫒(啄)고 있는 저 불길한 새 울음 만치도
기억(記憶)할 수 없다.

　　김종길은 이 시의 장점이 "사상의 知覺(파악)에 있어서의 새로움과 독창성"[17]에 있다고 지적한다. 사상은 딜런 토머스나 변영만의 에세이 「원사(原死)」, 고대의 윤회사상에서 볼 수 있는 것이므로 새로울 것이 없지만, 이 관념을 어떻게 형상화하고 시어의 밀도를 높이는가 하는 점에서 주목할 만하다는 것이다. 이 시에 나타난 사상이 윤회사상이라고 한다면 이 시의 특징은 그 윤회사상을 '잔모래', '무기한 돌의 집괴' 등의 구체적인 사물로 표현했다는 것이다. '잔모래'와 '무기한 돌의 집괴'는 엘리엇이 말한 '객관적 상관물'에 해당한다. 그럼으로써 이 시는 사상을 감각적으로 드러낸 지적인 시가 된다.

　　그는 이같은 유형의 시를 '지적인 서정시'라는 말로 표현하고 있는데, 그 내용은 이지(理智)와 노래가 조화를 이루고 지적인 느낌을 주면서도 소박하고 따뜻한 시이다. 대표적인 예인 민재식은 이지와 서정이 조화되었을 뿐만 아니라 한국의 현실을 주제로 하고 있다는 면에서 더욱 엘리엇적인 시인이다. 민재식의 시적인 관심은 한국의 현실뿐만 아니라 세계의 현실, 오늘날 인류의 경험뿐만 아니라 모든 시기의 인류에게 해당될 수 있는 관심으로 확대되고 있다. 그런 의미에서 민재식은 지성과 현대성을 갖춘 대표적 현대 시인이라고 평가된다.[18]

　　이러한 김종길의 평가는 영문학적인 지식에 바탕을 둔 것이다. 그는 20세기 후반의 영미시가 20세기 전반에 나타났던 난해성과 모더니즘

____

17) 김종길, 「음악과 조형」(1963), 『시론』, p.83.
18) 김종길, 「시와 지성」(1963. 9), 『시론』, pp.72~73 참고.

적 취향을 탈피했다고 본다.19) 현대시는 천재나 영감을 중시했던 19세기 전반까지의 낭만주의에 대해 반발하면서 의식적이고 비평적인 성격을 띠었으나, 오늘날에 와서는 이것이 다시 새로운 반성기에 접어들고 있다는 것이다. 김종길은 그 예로 영국 시단에서 1930년대를 풍미했던 오든 그룹에 대해 반발했던 딜런 토머스가 새로운 고전이 되고, 오든 그룹에서도 가장 예외적인 스펜더의 시가 젊은 시인들의 지지를 받고 있는 것을 증거로 든다. 그것은 '선수' 혹은 '기술자'로서의 시인에 만족하는 것이 아니라 "그 인간과 생활이 그의 기록에 보다 더 깊게 관련되는 선수"20)를 높이 평가한다는 것이다.

예로 든 시인들은 모두 현대의 문명을 드라이하게 재현하는 것을 넘어서 모더니즘에 서정적인 감성을 추가했다는 공통점을 가지고 있다. 이로 미루어 볼 때, 김종길이 생각하는 '서정성'이란 단순히 감정적인 측면을 말하는 것이 아니라 인간적이고 생활적인 측면까지를 포함한다는 것을 알 수 있다. 그는 같은 맥락에서 해방 후 모더니즘시를 비판하고 서정주, 박성룡, 민재식 등의 시를 우수하다고 평가한다. 해방 후 모더니즘시를 비판하는 이유는 소재를 현대 문명의 표면에서 구했을 뿐 현대적 관념과 사고, 현대적 의미 파악의 방식에 익숙하지 못했기 때문이다. 문제는 소재가 현대적인 것인가가 아니라 소재를 바라보고 표현하는 방법이 새로운가 하는 것이다.

이상의 논의를 요약해 본다면, 김종길이 지지하는 '지적인 서정시'란 일차적으로는 모더니즘시의 이지적인 측면에 서정성을 결합한 시로서, 이것이 새로운 이유는 사상이나 정서를 객관적 상관물을 통해

---

19) 김종길, 「현대시의 난해성」(1973. 2), 『진실과 언어』, p.33.
20) 김종길, 「시인이라는 것」(1955), 『시론』, pp.66~67.

구체적으로 표현해내기 때문이다. '서정'이 시인의 인간적인 측면을 지칭한다면 '이지' 즉 지성은 그것을 드러내는 표현의 방식이다.

그러나 이것만으로 지적인 서정시의 조건이 충족되는 것은 아니다. 그것은 동시에 현대적이고 현실적인 주제를 담아야 한다. 지적인 서정시는 시의 표현상의 문제일 뿐만 아니라 이차적으로는 우리가 살고 있는 현실과 어떤 형식으로든지 결합되어 있어야 하는 것이다.[21] 따라서 지적인 서정시는 그 자체가 이성과 감정, 시적인 것과 비시적인 것의 결합을 지향하는 것으로서, 김종길의 비평이 초기부터 통합지향적 성격을 가지고 있었음을 보여주는 증거가 된다.

3. 신비평적인 분석과 역사전기비평의 결합

김종길이 엘리엇의 영향을 많이 받았음은 앞장에서 설명한 바 있다. 엘리엇이 객관적 상관물의 개념을 주창한 것은 미국 신비평이 발생하기 이전의 일이지만, 실제 이 개념은 신비평적인 분석의 길을 열어주는 중요한 길잡이 역할을 했다. 엘리엇뿐만 아니라 김종길 비평에 자주 등장하는 I.A. 리차즈의 '포괄의 시/배제의 시'라는 개념 또한 신비평의 선구적 역할을 하는 개념이다. 실제 이러한 개념들은 신비평의

---

21) 대상을 어떻게 인식하고 표현할 것인가의 문제는 전후 주지주의 시론의 중요한 테마이기도 했다. 김종길의 '지적인 서정시'라는 개념은 서정성에 주지성을 결합한 이미지를 강조한 김광림의 '주지적 서정시'나 객관적인 묘사와 추상적인 진술을 중층으로 묘사하여 관념을 구체화하려 한 문덕수의 '형이상시'와 일맥상통하는 측면이 있다. ―졸고, 「김광림의 이미지 시론 연구」, 『비교문학』 31집, 2003. 8. 31 ; 「문덕수의 주지시론 연구」, 『한국시학연구』 24호, 2009. 4. 15 참고.

소개와 더불어 우리 문단에 알려지면서 본격적인 비평 용어가 된다.

두 번째 시론집인 『진실과 언어』에서 김종길은 본격적으로 신비평의 개념들을 독립적인 하나의 부로 설정하여 설명하고 있다. 그는 '시의 언어'라는 장 아래 시어, 구조, 이미지, 운율 등에 대해서 간략하게 설명하고 있는데, 이는 Brooks & Warren의 Understanding poetry와 Alex Preminger의 Encyclopedia of Poetry and Poetics, R.S.Crane의 The Languages of Criticism and the Structure of Poetry 등에 근거를 둔 것이다.22) 이 책들은 Wellek & Warren의 Theory of Literature 와 함께 신비평의 고전으로 읽혔던 책들로서, 특히 시를 분석하는 구체적인 도구를 제공함으로써 이후 시 비평의 필독서가 되어온 것들이다.23)

여기에 묶여있는 글들은 그 자체가 신비평의 영향을 받았음을 보여주고 있다. 시의 언어와 과학의 언어를 각각 '함축 connotation'과 '개념 표시 denotation'으로 설명하거나24) 시의 구조를 "말의 배열에 대조되는 것으로서의 삽화(插話), 진술(陳述), 정경(情景) 및 행동의 세부의 배열과 그것들 사이의 관계" 혹은 "문학적 전체의 여러 부분 상호간의 관계의 총화"25)로 보는 것, 운율을 말소리만이 아니라 말뜻의 문제까지를 포함시켜 설명하는 것26) 등이 그 예이다.

---

22) 「현대시의 구조」, 「운율의 개념」, 「산문시란 무엇인가」 등에 이 책들에 대한 언급이 직접적으로 나와 있다.

23) 대표적인 예로서 김종길의 후배 평론가인 김용직의 『현대시원론』 또한 신비평의 중요 개념을 정리해놓고 있다. 그는 원전을 구체적으로 제시하면서 신비평의 개념들을 정리하고, 그것을 원용하여 한국시를 직접 분석하고 있다.

24) 김종길, 「시의 언어」(1966), 『진실과 언어』, p.50. 이같은 생각은 I.A.Richards, Principles of Literary Criticism, Londnon : Routledge & Kegan Paul(1955)에 근거를 두고 있다.

25) 김종길, 「현대시의 구조」(1969), 『진실과 언어』, p.58. 김종길은 이 부분에서 Brooks & Warren의 Understanding poetry, New York : Holt, Rinehart and Winston, 1976와 Alex Preminger의 Encyclopedia of Poetry and Poetics, Princeton Univ. Press, 1965를 인용하고 있다.

26) 김종길, 「운율의 개념」(1974), 『진실과 언어』, p.84. 이 부분에서 언급된 책들은 H.리

김종길은 이같은 신비평의 개념을 한국시 분석에 적용시키고 있다. 예를 들어 그는 운율을 단순히 음절이나 액센트의 간격을 세는 것이 아니라 휴지부와 말의 의미까지를 포함한 개념으로 확장시켜서 "시에 있어서의 분행(分行) 및 분절(分節), 구두점(句讀點)의 종류 및 유무, 그리고 심지어는 우리 시에 있어서의 한글과 한자의 시각적 효과의 차이"27)까지가 포함된다고 설명한다.

이런 기준으로 서정주의 「행진곡」을 분석할 때 가장 먼저 눈에 띄는 것은 구두점의 사용 방식이다. 「행진곡」은 일반적인 시와는 다른 방식으로 구두점을 사용하고 있다. 1연 "잔치는 끝났드라. 마지막 앉아서 국밥들을 마시고/ 빠알간 불 사루고, / 재를 남기고,"에서 1행에는 마침표가 행의 중간에 오는 반면 정작 행의 끝부분에는 아무런 구두점이 없고, 2,3행에서는 나란히 쉼표를 찍어놓고 있다.

김종길은 이를 1행은 잔치의 마지막 장면의 부산함을 보여주는 기능을 하고 2,3연의 쉼표는 잔치 뒤의 허전한 여운을 효과적으로 보여주는 것이라고 해석한다. 또한 이와는 대조적으로 마지막 행의 말미를 "나의 종소리."라는 마침표를 수반한 명사로 종결지은 것은 생명에 대한 황홀과 긍정을 나타낸 것으로 읽어낸다. 이러한 분석은 김종길 스스로가 밝힌 것처럼 H. 리느의 글에 바탕을 두고 있는 것이다.28)

또한 김종길은 반복이 주는 운율적 효과에 대해서도 주목하고 있다.

드의 『영어산문 문체』, W.H. 파울러의 『현대영어 어법』, 루이 언터마이어의 『시의 형식』 등이다.

27) 김종길, 「운율의 개념」, p.85.

28) 김종길은 리드의 다음과 같은 구절을 인용해놓고 있다. "구두점은 논리적이건 기계적이건 항상 일반적인 리듬 감각에 종속되어야 하지만 또한 스스로 리듬을 결정지을 수도 있다. 그러나 구두점을 이렇게 사용하는 것은 기교적이요 드물며 그것은 의식적인 예술가의 징표가 된다……"(「운율의 개념」, p.87.)

"목아지여/목아지여/목아지여/목아지여"라는 구절을, 일부러 구두점을 찍지 않고 같은 말을 행을 달리하면서 반복함으로써 잔치를 파하고 돌아가는 사람들의 실제 모양을 묘사한 것이라고 보는 것이다. 이 시는 이 구절을 기준으로 해서 잔치가 끝난 허무함과 절망감에서 생명에 대한 긍정으로 변화되는데, 운율은 그러한 시적인 의미의 변화를 담아내고 있다는 것이다.[29]

이외에도 박두진의 「월인영가(月印靈歌)」를 호흡의 불균형에서 오는 불협화음으로 읽어내거나,[30] 박목월의 「목과수유감(木瓜樹有感)」의 띄어쓰기와 구두점 사용을 시의 어조와 관련시켜 설명하는 것[31] 역시 확대된 운율 개념을 적용한 예들이다.

또한 김종길은 하나의 시가 유기적 구조라는 전제하에 시를 분석한다. 이에 따르면 시의 단어나 구절뿐만 아니라 행과 연, 시에 나타나는 행위나 진술 등은 서로 긴밀하게 연결되어 필연적인 관계를 이루고 있어야 한다. 시가 '이성적 구조'라야 한다는 말[32]은 시는 독립된 구조이며 객관적인 분석이 가능해야 한다는 것이다. "시가 시인과 대상, 즉 주체와 객체의 상호 관계 가운데 존립하면서도 그것이 하나의 자족적

---

29) 같은 글.

30) 이 시의 2행은 긴 호흡으로 이루어져 있는 반면 그 다음 행은 짧은 호흡을 배치하고 있어서 불협화음을 이루고 있다는 것이다. – 김종길, 「실험의식과 작품의식」(1965), 『시론』, p.153.

31) 김종길은 이 시가 시인 자신과 구별되지 않는 1인칭 화자를 설정하고 있고, 형식 또한 실제 생각의 단편들을 그대로 옮겨놓은 것처럼 도치된 구절들을 짧게 끊어 배열하고 있다고 설명한다. 띄어쓰기를 무시한다거나 잦은 구두점을 사용하는 것은 모두 자연스러운 혼잣말의 어조를 만들기 위해 치밀하게 짜여진 특징이라는 것이다. – 김종길, 「향수의 미학」(1971), 『진실과 언어』, pp.171~172 참고.

32) "미국의 비평가 이보어 윈터즈의 말을 빌리지 않더라도 한 편의 시가 먼저 '이성적 구조(Rational structure)' 즉 패러프레이즈할 수 있는 내용을 가져야 한다는 것은 이 시인도 부인하지 않을 것이다" – 김종길, 「시와 지성」, 앞의 책, p.141.

인 객체로서의 구조를 가져야 한다"[33])는 발언은 이러한 생각을 단적으로 보여주고 있다.

그는 이러한 기준에 의거하여 서정주의 「외할머니댁 마당에 올라온 해일」이 구조적인 결함을 가지고 있다고 지적한다. 시의 내용이 추상적이어서 구체적인 내용이 잡히지 않을 뿐만 아니라 문장 또한 완결되지 않음으로 인해서 의미가 제대로 잡히지 않는다는 것이다. 구체적으로 이 시의 "다시 또 파 무더기 웃는 청사초롱에/ 불 밝혀선 노래하는 나무나무 잎잎에/ 주절히 주절히 매여달고 할머니는."에서 '주절히주절히 매여달고'라는 서술어의 목적어가 무엇인지는 분명하지 않다.

그러나 문제는 이러한 모호성이 단지 구절상 문법이 틀렸다는 것에 그치는 것이 아니라 시의 전체적인 분위기를 모호하게 만들고 있다는 것이다. 김종길은 서정주가 이러한 구조적인 결함을 "'해일'을 불러오고 '하늘 안 천길 깊이 묻었던 델 파내'고 하는 시적 신통력을 발휘"하는 것으로 대체해버렸다고 비판한다. 시가 갖추어야 할 이성적 구조 대신 영매의 접신술과 같은 영역으로 도피해버렸다는 것이다.

황동규의 「겨울바다」를 분석하는 기준 역시 이와 유사하다. 그는 이 시가 해변 풍경을 그리면서도 풍경이 상징으로 파악되고 그것에 시인의 의식이 투사되어 있나는 섬에서 우수하다고 평가한다. 현실을 날것으로 그리지 않고 시인이 재구성하고 있는 것이다.

그러나 이 시가 결정적으로 실패한 이유는 마지막 행의 "돈의 황반(湟盤)"이라는 말의 의미가 모호하기 때문이다. "몇 마리 게새끼가 / 매어 달리는 이 풍경(風景)/ 아 바람이, / 짧은 해안선이 미친 듯이 달리는/

---

33) 김종길, 「현대시의 난해성」, 앞의 책, pp.32~33.

돈의 황반(湟盤)이"라는 부분에서 '돈의 황반'의 의미를 파악하기 위해서는 구조적으로 대응하는 행의 단어를 찾아야 한다. 구문상으로 보면 '돈의 황반'은 전전행의 '바람'과 동격관계를 이루고 있어서 바람에 대한 비유로 보이지만 그렇다고 해도 비유의 의미는 분명하지 않다.[34] 이 한 부분의 구조적 미흡함은 시 전체의 의미를 불명료하게 한다. 이러한 분석은 시를 하나의 잘 짜여진 구조라고 전제하고 각각의 단어나 구절들이 유기적인 관계로 연결되어 있다고 보는 데서 오는 것이다.

그러나 김종길을 단순히 신비평가라고 규정지을 수 없는 이유는, 이 같은 작품 분석이 그것으로 그치는 것이 아니라 시인의 개인적 사회적 삶이나 역사적 상황을 지시하는 방식으로 진행되고 있기 때문이다. 예컨대 위에서 설명한 박목월의 「목과수유감」의 형식적 특징은 박목월 시의 변화를 보여주는 동시에 시인의 자전적인 삶의 상황과 밀접하게 연결되어 있는 것으로 설명된다.

박목월의 시는 초기에는 자연을 대상으로 하면서 그것에 순응하고 동화된 인간을 그렸지만, 후기시인 시집 『난・기타(蘭・其他)』에서부터는 실제 생활에서 살아가는 인간이 주가 된다. 「목과수유감」의 형태는 일상적인 말을 그대로 사용함으로써 시와 생활을 일원화시키려는 시인의 의도에 따른 것이다. 김종길은 "참나무 껍질 같은 촉감을 가진 투박하고 단단한 말"로 시를 쓴다는 박목월의 시론을 덧붙임으로써 작품 분석의 근거를 더하고 있다.

이는 작품을 비평하는 데 원전(原典)이나 언어, 전기(傳記), 명성, 영향, 문화, 관습 등을 참고하는 역사・전기적인 비평 방식을 보여주는 것이

---

34) 김종길, 「시인과 현실」(1972), 『진실과 언어』, pp.186~187 참고.

다. 여기서 하나의 작품은 작가의 인생과 환경뿐만 아니라 문학적 관례나 전통에 의해서 영향을 받는 것으로 설명된다. 김종길은 작품 분석을 토대로 하고 여기에 시인의 전기적인 특징을 결합하여 완결된 시인론을 추구하고 있는데, 이는 신비평적 분석과 역사 전기적 비평을 통합한 형태이다.

이러한 비평적 입장은 같은 영문학자이면서 신비평을 소개하고 비평에 적용했던 송욱과 비교해보면 좀더 분명하게 드러난다. 김종길과 송욱은 영문학 전공이면서 한국시를 비평하는 비평가이고 그 자신이 창작과 비평을 병행했다는 공통점이 있다. 영문학적 지식에 바탕을 두고 신비평적인 작품 분석을 하고 있다는 것도 공통점이다.

그러나 영문학의 전통이나 비평 이론을 실제 비평과 연결시키는 데 있어서 두 사람은 차이를 보인다. 송욱은 신비평 이론을 중심에 두고 서양의 시와 한국시를 비교하는 반면, 김종길은 동일한 한국시 텍스트를 놓고 각각 다른 비평 방식을 적용한다.

송욱이 신비평과 한국시를 본격적으로 연결시켜 분석한 것은 『시학평전』의 5장. '미국 신비평과 한국의 시전통'이다. 여기서 송욱은 클리언스 브룩스의 '역설'의 개념을 설명한 후 황진이의 시조를 이에 의거해서 분석하고 있다.[35]

그러나 김종길은 이와 반대로 비평 대상이 되는 텍스트를 동일하게 놓고 그것에 각각 다른 비평 방식을 적용한다. 예를 들어 육사의 시를 놓고 육사의 가계적 환경과 독립운동 등 전기적인 분석을 바탕으로 한 후 작품 비평에서는 신비평적인 분석을 시도하는 것이다.

---

35) 송욱, 『시학평전』, 일조각, 1963.

김종길이 송욱의 『시학평전』에 대해 신랄한 비판을 가하고 있다는 점은 인상적이다. 그는 『시학평전』이 "내용의 태반이 저술이라기보다는 해설이며 구성을 가진 이론이라기보다는 단편적인 자료의 나열"[36]이라고 말하고 이론적인 정합성을 갖추기 이전의 사사로운 노트북에 불과하다고 혹평한다.

특히 김종길은 동서양의 시론을 개략적으로 비교한 『시학평전』 1장을 집중적으로 비판하고 있다. 예를 들어 송욱은 발레리의 엄밀성과 공자의 사무사(思無邪)를 비교하고 있는데, '사무사'라는 어구 하나만 가지고 공자를 논할 수는 없고 엘리어트의 역사의식과 중국의 상고주의(尚古主義)를 비교하는 것 또한 온고지신이라는 상식적인 모토만으로 그 전통관을 설파할 수 없다는 것이다. 김종길의 비판은 구체적인 작품 해석의 오류나 차이보다는 비평의 방법과 태도에 초점이 맞춰져 있다.

송욱이 작품에 대한 신비평적 분석을 중시한 것에 비해 김종길은 그러한 분석을 바탕으로 하여 한 시인의 작품 세계 전반을 그리는 것을 목표로 한다. 송욱이 서구의 시론을 전달하고 소개하는데 치중한 반면 김종길이 동양의 시론을 연구하는 것으로 방향을 돌리게 되는 것은 이 같은 차이에 기인한 것이기도 하다.

역사전기적인 비평 방식과 신비평적 분석이 조화를 이룬 가장 뛰어난 김종길의 비평문은 이육사의 시를 분석한 것이다. 육사의 시는 고전주의적인 것과 낭만주의적인 것, 동양적인 것과 서양적인 것이 통합된 텍스트로서, 김종길의 통합적인 시각이 가장 잘 적용될 수 있는 시이기도 하다. 그는 육사가 외부적 상황이 험난하고 불안정한 가운데서

---

36) 김종길, 「아카데미시즘과 나르시시즘 – 송욱 저 『시학평전』을 두고」(1963. 9), 『시에 대하여』, p.359.

도 시작(詩作)을 할 수 있었던 것은 '초강(楚剛)한 기질' 덕분이었다고 해석하고[37] '초강과 풍류'는 전형적인 한국 선비의 기질이라고 설명한다. 육사 시의 근본적인 동인을 유교적인 전통을 중시했던 가계의 특징에서 찾는 것이다.

또 육사의 시가 낭만주의적인 특징을 나타내는 것은, 육사가 유가(儒家)에 태어났으면서도 북경대학에서 근대적인 지식과 학문을 습득한 과도기적 지식인으로서 동양적인 것과 근대적인 감수성을 동시에 가지고 있었기 때문이라고 설명한다. 전기적인 사실에서 추출된 이러한 특징은 실제 작품을 분석하는 데 활용된다. 이같은 전기적인 환경 덕분에 육사의 시는 동양적인 풍격을 갖추고 있으면서도 이국정서와 결부된 낭만성을 드러내기도 하고, 동양적인 상상력과 서양적인 상상력을 함께 보여주게 된다는 것이다.

> 육사의 시가 형식적으로 보여주는 이와 같은 균형과 절제는 그의 시에 고전주의적인 격을 부여하고 있다. 그러나 그의 시적 체질이나 상념은 대부분 서정적이거나 열정적인 것이기 때문에 오히려 낭만주의적이다. 그러므로 그의 시는 또한 이 점에 있어서도 균형을 이루고 있어, 「광야」에 있어서의 승화된 혁명적 염원이나 「절정」에 있어서의 매서운 한계 상황에의 도취나 「꽃」에 있어서의 삭박한 목숨의 응시를 무절제한 자기표현이나 공허한 울부짖음으로 떨어지지 않게 하고 있는 것이다. 그뿐만 아니라 이러한 작품에 있어서 육사는 또한 고대와 근대 내지는 동양과 서양의 균형 있는 융합에 성공하고 있다. 예를 들어 「광야」에 있어서의 공간과 시간의 설정이 근대적이요 서양적인 상상력을 보여주

---

37) "시작(詩作)을 계속한 기간에도 그가 부단한 감시와 검속(檢束)을 겪고 있었다는 사실을 생각할 때 그것은 그가 남달리 초강한 기질을 타고난 사람임을 절감하게 한다. 왜냐하면 시작이라는 정신 활동은 심리적인 불안이나 불안정 가운데서는 극난한 일이기 때문이다." – 김종길, 「육사의 시」(1974), 『진실과 언어』, p.100.

면서도 '닭 우는 소리' 및 '매화향기' 등은 고대적 내지는 동양적인 상
상력을 나타내는 것이며, '백마 타고 오는 초인'은 고대와 근대, 동양과
서양이 하나로 통합된 이미지가 되고 있는 것이다."[38]

인용된 부분에 의하면, 「광야」가 동양적인 상상력과 서양적인 상상
력을 결합시킨 것이라고 보는 근거는 '매화향기'나 '백마' 등 단어에서
연상되는 이미지가 동양적인 것과 서양적인 것이 통합되어 있기 때문
이다.

이것이 단어나 이미지 차원의 소재적인 분석이라면, 신비평적 분석
의 핵심을 보여주는 것은 전체적인 시적 맥락에 근거하여 세부적인 구
절 분석을 시도하는 부분이다. 그는 「광야」의 1연의 "어데 닭 우는 소
리 들렸으랴"라는 구절을 '닭 우는 소리가 들렸으리라'라고 해석함으
로써 기존의 해석과는 전혀 다른 해석을 제시하는데, 그 근거는 다음
과 같다.

이 행은 의문문이 아니라 추리 내지 상상을 나타내는 문장으로 닭
우는 소리가 들리지 않았다는 것이 아니라 '들렸을 것이다'라는 뜻으로,
'들렸으랴'는 '들렸으리라'가 축약된 어형인 것이다. 이와 비슷한 축약
은 같은 작품의 다음과 같은 네째 부분의 끝에서도 나타나 있다.

지금 눈 내리고
매화향기 홀로 아득하니
내 여기 가난한 노래의 씨를 뿌려라

즉 이 부분의 끝에 보이는 '뿌려라'는 그 자체 명령형이지만, 문장의

---

38) 위의 글. p.106.

> 전후관계로 보아 이른바 의지 미래를 나타내는 '뿌리리라'의 축약인 것
> 이다. 그러면 왜 육사는 말의 뜻을 위태롭게 하거나 애매하게 만드는
> 것을 무릅쓰고 이러한 축약형을 사용했는가? 그 이유가 되는 것이 다름
> 아닌 그의 운율에 대한 배려인 것이다.[39]

그가 '들렸으랴'를 '들렸을 것이다'라고 해석하는 것은 같은 시 4연
의 해석에 근거한 것이다. "내 여기 가난한 노래의 씨를 뿌려라"에서
'뿌려라'가 표면상 명령형이지만 문장의 전후관계로 보아 '뿌리리라'의
축약형인 것을 알 수 있는 것처럼, '들렸으랴' 역시 '들렸으리라'를 축
약해놓은 운율의식의 결과라는 것이다.

이같은 해석은 시 한 편이 완결된 유기적 구조라는 것을 전제로 한
다. 실제로 김종길은 신비평의 대표적 개념인 '느낌의 오류/의도의 오
류'를 설명하는 글에서 이 구절에 대한 해석을 다시 한번 강조하고 있
다. 그는 '의도의 오류/느낌의 오류'에 대한 데이처스의 비판을 소개하
고, 그럼에도 불구하고 작품의 의미의 실마리는 "작품 자체, 즉 그것을
담고 있는 말들과 그것들의 구문"에서 찾을 수밖에 없다고 말하고 있
다.[40]

이육사의 경우처럼 통상적인 어법이나 문법에 어긋나는 경우 그것
을 해식하는 근거는 "시적 통찰력과 더불어 추리와 상상 등을 포함한
시에 있어서의 논리적 사고력의 정밀하고도 타당한 적용"이다. 즉 시
의 전체적인 구조와 논리에 의거하여 시의 각 부분들을 해석해야 하는
것이다. "이것(들렸으랴-인용자)이 축약된 어형임을 알게 하는 것은 시에
있어서의 상상의 논리에 대한 통찰"이라고 말한 것은 시의 전체적인

---

39) 같은 글, pp.105~106.
40) 김종길, 「시의 해석」(1974), 『시에 대하여』, p.102.

구조의 중요성을 다시 한번 강조한 것이다. 이처럼 그의 비평은 시인의 전기적인 측면을 중시하면서 동시에 작품에 대한 치밀한 분석을 시도하고 있다.

4. 작가와 작품, 내용과 형식을 통합한 풍격론

전체적으로 볼 때 김종길의 비평은 초기에는 신비평적인 요소가 상대적으로 강했다가 점차 동양의 시론과 정신사를 탐구하는 방향으로 변화하는 것이 사실이다.[41] 그의 비평의 통합지향적인 성격은 동양의 시론에 바탕을 둔 글에서도 여전히 지속된다.

초기 비평에서 그는 신비평적인 분석 방식으로 해결되지 않는 몇 가지 예외를 인정하고 있는데 대표적인 것이 유치환의 경우이다. 그는 유치환의 시가 특별히 시적인 태도나 프로그램 없이 인생을 살면서 마음먹은 바가 곧 시를 쓰는 데 있어서 마음먹은 바가 되는 경우라고 말

---

41) 이러한 변화는 각각의 시론집의 목차만 보아도 확인할 수 있다. 첫 번째 시론집인 『시론』에는 한국시에 대한 비평 외에 현대영시론, T·S 엘리어트, 영시와 그 고장 등이 포함되어 있고, 두 번째 시론집 『진실과 언어』에는 '시의 언어'라는 장 아래 운율, 이미지 등 신비평의 개념들을 소개하고, '현대시의 운명'이라는 장 아래 예이츠, 엘리어트, 앨런 긴즈버그 등의 영시가 소개되어 있다. 세 번째 시론집인 『시에 대하여』는 분량상 절반 정도가 기존 시론집의 내용을 재수록한 것이다. 주목할 점은 「우리에게 시란 무엇인가」, 「풍격과 수사」, 「동양시와 서양시」, 「현대시에 있어서의 동양과 서양」 등 동양적인 것에 대한 글들이 새롭게 추가되고 있다는 것이다. 이것은 첫 번째와 두 번째 시론집에 실려 있는 유치환이나 조지훈의 시에 대한 해석을 뒷받침할만한 이론적 근거를 찾으려는 노력으로 해석된다. 이러한 변화를 거친 후 네 번째 시론집 『시와 시인들』에는 본격적으로 한시에 대한 연구가 포함되어 있다. 따라서 김종길의 비평은 세 번째 시론집인 『시에 대하여』를 분기로 하여 서구지향적인 것에서 동양지향적인 것으로 강조점이 바뀐다고 볼 수 있다.

한다. 즉 시적인 것을 고려하거나 의도하지 않고 살아가는 일상의 이야기를 그대로 진술하고 있다는 것이다. 유치환이 그나마 자신의 시가 허무의지를 바탕으로 하고 있다는 것을 인식한 것은 한국 전쟁 이후의 일이다.

유치환의 시는 "시적인 기교를 따로 가지지 않고도 관점과 직관과 논리만으로써 시를 쓰고 문맥에만 의존"[42]한다는 점에서 현대 시의 특징과는 거리가 있다. 그럼에도 불구하고 그의 시는 "열렬하게 인생과 우주를 탐구하고 그 결과를 기록함으로써 크고 힘찬 시를 쓰고 있으며 철학과 풍격을 갖추고 있다." 이러한 평가는 구조적으로 잘 짜여져 있는 시를 우수한 것으로 평가하는 김종길의 비평 기준으로 볼 때 예외적인 것으로서, 이질적인 평가 기준이 함께 하고 있었다는 것을 말해 준다.

유치환의 시에 대한 비평에서 주목되는 것은 '풍격'이라는 단어가 처음 등장하고 있다는 점이다. 그는 유치환을 '대가(大家)'라고 표현하면서 '대가'의 조건으로 시력이 길고 작품의 양이 많아야 하며, 작품의 수준이 지속되어야 하고, 아울러 시에 풍격이 있어야 한다는 점을 꼽는다. 이 조건들 중 앞부분의 요건은 예이츠의 시를 기준으로 한 것들이고, 풍격은 선동석인 농양 시이론을 고려한 것이다.[43] 이 때 김종길이 생각하는 동양 시이론은 '언지'라는 말로 요약된다.

가장 오래된 중국에 있어서의 시의 정의는 '마음 속에 있는 바의 발언' 즉 '언지(言志)'이다. 이러한 뜻에 있어서의 시는 작품과 시인 사이

---

42) 김종길, 「비정의 철학(1964)」, 『시론』, p.63.
43) 김종길, 「풍격과 수사」(1977), 『시에 대하여』, p.376.

의 구별을 용납하지 않는 개인적이며 서정적인 시이다. 허구로서의 '포에씨스(시·문학)'의 개념과는 정반대로 동양에 있어서의 시는 이리하여 시인 자신의 삶과 하나가 되어 있었다. 그것은 전통적으로 수양의 일부이며 내면 생활의 직접적인 음성으로 생각되었다.[44]

시를 '언지'라고 보는 견해는 공자에서부터 비롯된 것인데, '언지'는 말 그대로 마음 속에 있는 바를 발언하는 것이므로 작품과 시인을 구별할 수 없다. 따라서 이것은 시와 시인을 분리하여 작품을 평가하는 서구적인 전통과는 근본적으로 다른 것이다. 동양시에 나타나는 비극이 허구가 아니라 '시인 자신이 주인공이 되는 비극'이 될 수밖에 없는 이유는 이 때문이다. 시가 곧 서정시인 동양의 경우 그것은 시인 자신과 분리될 수 없으며 따라서 비극성 또한 시인이 주인공이 될 수밖에 없기 때문이다.

김종길은 이를 바탕으로 하여 황매천과 이육사, 윤동주의 시에 나타나는 비극성을 설명한다. 이 때 작품 평가의 기준은 시와 시인을 아울러 평가하는 동양적인 시이론에 근거한 것이다. 그의 비평이 작품 분석과 전기적 해설을 결합하는 형태로 이루어지는 것은 이러한 측면이 중요하게 작용하고 있는 것이기도 하다.

김종길은 여기서 더 나아가 동양의 시이론에 대한 본격적인 연구를 진행하고 있는데, 그것이 바로 '격' 이론이다. 그는 동양시에 특유한 시적 기호가 '격' 내지 '풍격'이라고 보는데, 이 때 '격'은 '시의 느껴지는 최종적인 느낌'이다.

'격'에 대한 김종길의 연구는 「중국 시이론에 있어서의 격의 개념」

---

44) 김종길, 「한국시에 있어서의 비극적 황홀」, 앞의 책, p.207.

에 집약되어 있다. 김종길은 이 글에서 격과 관련된 중국의 다양한 시 이론들을 설명하고 있다. 그는 우선 『대한화사전(大漢和辭典)』에 제시된 40종에 가까운 격의 정의 중에서 (18), (19), (20)번째 항목을 작품과 관련된 설명으로 꼽고 있는데, 그것은 각각 법칙, 품등(品等) 혹은 차질(差秩) 자형(姿形)이다. 그는 이러한 설명을 바탕으로 하여 시격(詩格)이란 "시의 자형(姿形)에 들어나며 시의 품등과 그것을 결정하는 시의 법칙 내지 표준을 암시하는 시적 특질"이라고 규정한다.

여기서 알 수 있는 것은, ① 격은 시의 내용만이 아니라 형태에서도 드러난다는 것, ② 격이 시의 품질과 등급을 결정한다는 것, ③ 격은 자의적인 것이 아니라 법칙과 표준을 가지고 있다는 것이다. 이것이 격의 특징을 말하는 것이라면, 이에 앞서 '격이란 무엇인가'에 대한 개념 정의가 먼저 이루어져야 할 것이다.

김종길은 격의 개념을 설명하기 위해서 중국 시이론의 바탕을 이루고 있는 '시언지(詩言志)'로부터 출발한다. 『대한화사전』에 따르면 지(志)는 의향(意向) 내지 의사(意思), 소원 내지 희망, 본심(本心), 의지, 감정이라는 다섯 가지 뜻을 가지고 있어서, 이를 정의(情意) 일반이라고 말할 수 있다. 지는 마음의 어떤 방향으로의 움직임이라는 특징을 가지며, 지가 움지일 때는 빈드시 징(情)이 따라서 움직인다.

한편 지는 정의 개념으로 특수화되는 동시에 의(意)의 개념으로 특수화되기도 한다.[45] 김종길은 정을 지가 움직일 때 수반되는 동적인 심적 현상, 의를 정적인 의미 내용이라고 설명하고 있다.

---

45) 남조(南朝)의 범엽(范曄)은 "常謂情志所託, 故當以意爲主, 以文傳意, 以意爲主…"라 하여 문(文)에서 의(意)가 주가 되어야 함을 강조하고 있다. ─ 김종길, 「중국 시이론에 있어서의 격의 개념」, 『아세아연구』 41호, 1971. 3, p.93.

중국 시이론에서 의는 종종 흥(興)이나 취(趣)와 밀접한 관련을 가진 것으로 설명되는데,46) 조(調) 또한 홍취와 비슷한 말로 사용되기도 한다. 조는 홍취라는 의미 외에 '일정한 경향 내지 특징'을 뜻하기도 하는데, '고조(古調)' 혹은 '당조(唐調)'라고 할 때의 의미가 그것이다. 그러나 고조나 당조라는 시대적인 시의 경향이나 특질도 결국은 그 시대의 일반적인 홍취를 말하는 것이고 보면 두 가지는 큰 차이가 없다고 할 수 있다.

김종길은 명의 이몽양(李夢陽)의 "高古者, 格, 宛亮者, 調, 沈着雄麗閑雅者, 才之類也…"을 근거로 하여 지와 의의 개념과 격을 연결시키고 있다. 이 구절에서 이몽양은 고고(高古)를 격, 완량(宛亮)을 조, 침착(沈着)이나 웅려(雄麗), 한아(閑雅)를 재(才)라고 구별하고 있지만, 사실은 이것들이 모두 조 내지 홍취의 문제이며 동시에 격의 문제라고 볼 수 있다는 것이다. 따라서 "격이란 조 내지 홍취와 밀접히 관련된 의취라는 뜻에 있어서의 의와 나아가서는 지에 근원을 두며 그것들로부터 파생된 개념"47)이라고 요약될 수 있다.

격을 설명할 때 중요한 또 하나의 개념은 기(氣)이다. 기가 격에서 중요한 이유는 그것이 지에 동력을 불어넣어 시를 발생하게 하는 힘이기 때문이다.48) 그는 유협(劉勰)의 『문심조룡(文心雕龍)』 체성편(體性篇)의 "氣

---

46) 문에서 의를 중시하는 이의위주설(以意爲主說)은 범엽 이후에도 시대를 달리하면서 여러 학자들에 의해 강조된다. 김종길은 그 중에서도 남송의 엄우(嚴羽)의 "詩有詞理意興, 南朝人尙詞, 而病於理, 本朝人尙理, 而病於意興…"이라는 구절에 착안하여 의와 흥이 밀접한 관계에 있으며 이와는 대립되는 요소라고 밝히고 있다. ─ 위의 글, p.94.

47) 위의 글, p.95.

48) "격은 지 내지 의에서 파생됨과 동시에 '기격(氣格)'이라는 개념에 있어서처럼 기에서도 파생되고 있거나 적어도 그것과 밀접히 관련되어 있다. 격이 지 내지 의에서 파생하는 것은 우리가 앞에서 보았듯이 격이 풍정 내지 홍취의 문제요, 풍

以實志 志以定言 吐納英華 莫非情性"이라는 구절을 근거로 들어서 "기는 지를 알찬 것으로 만들어 그것으로 하여금 '정언' 즉 의미의 방향을 정하게 하는 힘을 제공한다"고 설명한다. 즉 격의 근원은 지와 의이며 여기에 기가 추가됨으로써 비로소 격이 나타난다고 보는 것이다.

이상은 '격'의 개념에 대한 김종길의 생각을 분석한 것이다. 그렇다면 이것은 앞에서 말한 격의 특징과는 어떤 관련을 맺고 있는 것일까?

그 중 ① '격은 시의 내용만이 아니라 형태에서도 드러난다'는 것은 기 자체의 특징을 살펴봄으로써 자연스럽게 설명된다. 김종길은 지를 움직이게 하는 힘인 기 또한 풍(風)과 골(骨)의 두 가지로 나뉜다고 생각한다.

그는 『문심조룡』 풍골편(風骨篇)의 "詩總六義, 風冠其首, 斯乃和感之本源, 志氣之符契也. 是以怊悵述情, 必始乎風, 沈吟鋪辭, 莫先於骨, 故辭之待骨, 如體之樹骸, 情之含風, 猶形之包氣. 結言端直, 則文骨成焉 : 意氣駿爽, 則文風淸焉."을 들고 유협이 풍의 근거를 서정의 한 양식으로 생각하고 있었다고 본다. 즉 풍이 준상(駿爽)한 서정으로서 작품의 내용에 나타나는 것이라면, 골은 조사(措辭)의 골격(骨格)을 말하는 것으로서 작품의 형태에 나타나는 것을 의미한다는 것이다. 그렇다고 해서 김종길이 풍과 골을 이분법적으로 나누고 있는 것은 아니다.[49] 다만 격이 내용적인

정 내지 흥취는 시에 있어서의 의미 지향 즉 지 내지 의의 최종적인 국면이기 때문이다. 그러나 시에 있어서의 의미 지향은 기에 의해서 비로소 가능해진다. 따라서 격은 논리적으로 기에서 파생되거나 그것과 밀접히 관련되는 개념이라 할 수 있는 것이다." - 위의 글, p.98.

49) 유협의 글에서 풍은 작가의 사상과 감정의 기세에 대한 구체적인 표현이다("風冠其首, 斯乃化感之本源, 志氣之符契也"). 즉 기 아래 풍과 골이 이분법적으로 나뉘어 작품의 내용과 형식을 보여주는 것이 아니라 풍은 그 자체가 작가의 사상과 감정[志]을 표현하는 것이다. 이는 간접적으로는 재기 즉 작가풍격과도 연결되어 있다. 따라서 지와 의, 기간의 관계는 명확한 층위 개념으로 나누어져 있기보다는

측면만이 아니라 형태적인 측면에서도 나타남을 강조하는 것이다.

　② '격이 시의 품질과 등급을 결정한다'고 할 때 여기에는 작가풍격과 작품풍격이 모두 해당된다. 이는 기 자체가 작가의 측면과 작품의 측면을 포함하고 있기 때문이기도 하다. 기는 지, 의와 더불어 중국 시문에서 가장 중요한 개념이다. 위문제(魏文帝)의 조비(曹丕)는 문(文)이 기를 가장 중요한 요소로 삼으며 기는 천품(天稟)에 의존한다고 보았다. 곽소호(郭紹虞)는 조비의 "徐幹時有齋氣"와 "公幹有逸氣, 但未遒耳"라는 구절을 대비시켜 전자는 재기(才氣)이고 후자는 어기(語氣)이지만 둘은 같은 것이라고 설명한 바 있다.

　김종길은 재기를 작자의 자질(資質), 어기를 작품의 기세(氣勢)라고 부연 설명하고 있다. 즉 기는 작자의 자질과 작품의 기세 즉 미학적 측면이 결합되어 있는 것이다. 이를 앞서 말한 격의 성질 ②와 연관시켜 보면, 시의 품질과 등급을 결정하는 데는 작가의 인간적인 측면과 작품의 미학적 측면 즉 작가풍격과 작품풍격이 모두 작용하고 있음을 알 수 있다.

　김종길은 실제 비평에서도 작가풍격과 작품풍격을 함께 적용하고 있다. 예컨대 「조지훈론」에서 지훈의 인간적인 성격을 설명하는 단어들은 그 자체가 시의 격에 해당하는 것이다.

　　한편 그의 성격은 호방한가 하면 치밀하고, 멋있는가 하면 또한 부지런하며, 초강한가 하면 온아(溫雅)하고, 집요한가 하면 또한 관대하였다. 이와 같이 융통무애라는 말에 어울리는 성격이었으면서도 그는 결코 이른바 팔방미인은 아니었다. 무한히 소탈하고 천진스럽고 휴머러스한

―――――――――

통합적으로 얽혀있는 개념이라고 볼 수 있다. 김종길의 시각 또한 이와 다르지 않다.

면을 가졌으면서도 그는 근엄하고 위엄이 있었다.[50] (중략 – 인용자)

그의 기질은 일견 낭만적이면서도 한편 냉철할 수 있었고, 그의 서정시는 화사하고 멋지고 분방한 경우에도 전아(典雅)한 고전미를 잃지 않았으며 격동하는 역사와 현실 속에서도 그의 판단이 정곡을 얻어 그의 위신에 요동이 없었음은 그의 뛰어난 지성의 소치였다.[51]

인용된 부분에서 지훈의 인간적인 성격을 설명하는 수사와 시를 설명하는 수사는 거의 비슷하다. "호방한가 하면 치밀하고, 멋있는가 하면 또한 부지런하며, 초강한가 하면 온아하고, 집요한가 하면 또한 관대"하다는 인간적인 평가는 "화사하고 멋지고 분방한 경우에도 전아한 고전미를 잃지 않았"다는 작품의 평가 내용과 흡사하다. 작가 풍격과 작품 풍격을 연결하여 설명하고 있는 것이다.[52] 이것은 역사전기비평과 신비평적 분석을 결합하는 김종길의 비평적 지향을 설명하는 이론적 근거가 되기도 한다.

③ '격은 자의적인 것이 아니라 법칙과 표준을 가지고 있다'는 것은, 작품을 평가하는 다양한 풍격들이 있어왔다는 것을 설명하는 것으로

---

50) 김종길 「조지훈론」, 앞의 책, p.142

51) 위의 글, p.151.

52) 중국의 풍격론에서 '풍격'에 대한 개념은 크게 두 가지로 나뉜다. 풍격을 작가의 개성이라고 보는 경우와 작품 자체의 미적 특성이라고 보는 경우이다. 작가의 개성이 곧 풍격이라고 생각하는 중국학자들의 생각은 '문체는 곧 사람이다'라는 뷔퐁의 말에 큰 영향을 받은 것으로 추정된다. 그러나 이는 작품의 특색과 작가의 개성이 완전히 일치한다는 말은 아니다. 실제 한 작가의 작품들은 서로 다른 풍격을 지닐 수도 있고, 작가의 개성과 시의 풍격이 다를 수도 있기 때문이다. 현대에 와서 '풍격'은 "작가의 개성과 인격의 내용과 형식에 있어서의 일종의 종합적인 표현"을 가리킨다. 즉 작품의 미학적인 격만을 지칭하거나 반대로 작가의 인간적인 격만을 지칭하는 배타적인 개념이 아니라 작가풍격과 작품풍격을 함께 포함하고 있는 것이다. – 팽철호, 『중국고전문학풍격론』, 사람과책, 2000 참고

충분하다.

김종길은 육기(陸機)에서 양재(楊載)에 이르는 여덟 명의 시론가의 풍격 구분을 소개하고 있다. 그 중 고(高), 고고(高古), 창고(蒼古)가 가장 많이 언급되고 있고, 두 번째로는 비(悲), 비장(悲壯), 비개(悲慨) 세 번째는 웅혼(雄渾), 전아(典雅) 내지 한아(閑雅) 및 원(遠) 내지 원오(遠奧)이다. 이외에 함축(含蓄), 표일(飄逸), 평담(平淡) 내지 충담(沖淡), 기려(綺麗)가 있다. 각각의 격은 작품의 미학적인 특징과 작가의 인간적인 면모를 함께 평가할 수 있는 기준들이다. 그는 시의 격의 예로서 고고, 창고, 한아, 충담, 기려, 기경(奇驚) 등을 들고, 동양시는 그 중에서도 고고, 창고라는 격이 가장 숭상되었고 한아 혹은 충담이라는 시격이 기려나 기경과 같은 것보다 존중되어 왔다고 설명한다.[53] 고고, 창고, 한아, 충담 등이 작품 전체에서 느껴지는 분위기가 고상하거나 담백하고 맑은 것을 말한다면, 기려와 기경은 세부적인 기예에서 오는 화려한 테크닉이나 놀라운 재주를 말한다. 김종길은 이를 각각 동양시와 서양시의 특징으로 설명하고 있다. 그 차이점은 전자(고고, 창고, 한아, 충담)가 작가와 작품의 풍격을 동시에 평가할 수 있는 기준인 반면 후자(기려, 기경)는 작품의 미학적 특징을 평가하는 기준에 가깝다는 것이다. 동양과 서양은 각각의 특성에 맞는 작품 평가의 기준을 가지고 있으며, 각각의 격들은 그러한 법칙과 표준의 예시라고 할 수 있는 것이다. 동서양의 시론의 차이는 결국 미학적인 법칙과 표준의 차이라고 설명할 수도 있는 것이다.

이상에서 살펴본 바와 같이, 풍격론은 김종길 비평의 통합지향적인 성격을 다시 한번 강조한 것이다.[54] 그것은 동양의 '시언지'라는 개념

---

53) 김종길, 「동양시와 서양시」(1973), 『시에 대하여』, pp.482~483 참고.
54) 또한 그는 '격'이라는 개념이 동양시의 특질을 설명하는 중요한 평가기준이지만,

을 바탕으로 한 것으로서, 작가와 작품을 함께 평가할 뿐만 아니라 작품의 미학적 특성을 내용과 형식의 측면에서 동시에 평가하는 기준이다. 따라서 그것은 김종길이 초기부터 추구해온 통합의 비평의 최종적인 귀결점을 이룬다고 할 수 있다.

김종길의 비평은 언지를 바탕으로 하는 동양적 문학관을 주체적으로 재해석하여 결합한 것이다. 그는 신비평적 방법을 사용하여 시작품을 객관적으로 분석하고 역사전기적인 측면의 연구를 결합함으로써 통합적인 시 비평을 시도하고 있다. 동시대의 비평들이 서구의 이론을 소개하는 데 치중했던 것에 비추어볼 때, 그의 비평은 서구 이론의 소개 차원을 넘어서 주체적인 한국 비평 이론을 정립하려 했다는 데서 문학사적 의의를 갖는다.

●「김종길의 통합의 비평 연구」, 『한국언어문학』 77집, 2011. 6.

서양 시 이론에도 이와 흡사한 것이 있다고 말하고, 그 예로 롱기누스의 숭고론이나 매튜 아놀드의 시금석 이론을 들고 있다. 이에 대한 논의는 더 이상 진전되고 있지 않아서 구체적인 상관관계는 나타나 있지 않지만, 이는 김종길이 풍격론을 주장하면서 한편으로 동서양 시론의 통합을 의식하고 있었음을 알게 한다.

이미지를 통한 사고와 중층묘사

1. 주지시론의 성립과 전개

문덕수의 시론은 지성과 조형적인 이미지를 강조한다는 면에서 주지적인 성격을 강하게 드러내는데, 이것은 1930년대 주지주의 문학의 연장선상에 있으면서 그것을 심화하고 발전시킨 것으로 평가된다. 시와 관련된 그의 저작은 첫 번째 평론집인 『현대문학의 모색』(1969)부터 『모더니즘을 넘어서』(2003)까지 단행본만 총 아홉 권이고, 그 외 문예사조나 문학 일반론에 관한 글, 공저까지를 포함하면 이십여 권에 이른다. 이 중에서 시론의 텍스트가 되는 것은 『현대문학의 모색』, 『현대한국시론』, 『오늘의 시작법』, 『한국 모더니즘시 연구』, 『시론』 등 다섯 권이다. 나머지 책들은 사회적인 이슈에 대한 시평이나 문학 일반론을 내용으로 하고 있어서 전문적인 시론의 범주에 포함시키기에는 무리가 있다. 또 텍스트라고 할 만한 다섯 권의 책에도 소설론이나 문예사조론과 같은 내용이 포함되어 있어서 선별을 요한다.

  그의 시론은 다양한 관심을 가지고 있고 시론적인 입장 또한 착종되어 나타나는 경우가 종종 있다. 예를 들어 그는 『오늘의 시작법』에서 시 창작과정을 설명하면서 유기체론적인 입장을 취하는가 하면,[1] 시를 세계에 대한 인식이라고 설명하기도 한다.[2] 주제상으로 볼 때도 그의 시론은 다양한 관심사들을 보여주고 있다. 『현대문학의 모색』과 『현대한국시론』에서는 전통의 문제에 꾸준한 관심을 보이는 한편, 『한국모더니즘시연구』는 식민지 시대의 모더니즘 시를 연구 대상으로 하고 있다. 특히 유치환을 중심으로 한 생명의식과 허무의지에 대한 관심은 초기 평론의 중요한 주제로서[3] 『니힐리즘을 넘어서』, 『청마 유치환 평

---

1) 여기서 문덕수는 시를 창작하는 과정을 생명이 탄생하는 과정에 비유하고 있다. 즉 시상은 하나의 종자이고 그것이 영감의 상태로 와서 있다가 상상력의 개입을 거쳐서 시의 형태를 이룬다는 것이다. 시는 그 과정을 거쳐서 산모가 아이를 낳듯이 탄생되는 것이라고 설명된다(문덕수, 『오늘의 시작법』, 시문학사, 2004, pp.50~52). 이것은 1930년대의 박용철의 유기체론과 거의 흡사하다. —졸고, 「낭만주의 시론의 형성과 특징」, 『한국근현대시론사』, 역락, 2007, pp.63~80 참고.

2) "세계의 발견은 곧 '나' 자신의 발견이며, 세계의 인식은 '나'의 존재의 인식이며, 그 창조활동은 '나'자신을 만들어나가는 활동으로 통하는 것이다. 근래에 와서 "시야말로 가장 완전한 지식 체계이다"라고 말하는 이도 있고, "인식으로서의 시"를 말하는 사람도 있다. 흔히 시는 감정이나 사상을 나타낸다고 하지만, 그러한 감정이나 사상 이전에 세계를 발견하고 그것을 인식하고 창조하려고 하는 측면이 있음을 알 수 있다." —『오늘의 시작법』, p.17.

3) 김윤식은 「청마론을 통해 본 문덕수의 세계」(『시문학』, 2001. 5)에서, 청마의 농양적 범신론을 지지하던 문덕수가 『한국모더니즘시연구』에서 모더니즘에 대한 탐구로 집중하게 된 이유를, 문덕수의 시집 『선·공간』을 끌어들여 설명한다. 시집에 나타나는 기하학적 추상적 사고는 추상이 지닌 세계에 대한 탐구의 열망을 보여주고, 추상은 본질적으로 보면 절대와 궁극적인 것의 다른 명칭이다. 그러므로 허무의지나 생명의지, 절대적 부정자인 죽음의 탐구와 '선·공간'은 같은 범주라는 것이다. 서구에서의 신 혹은 허무의지로서의 신은 결국 피안에 놓인 절대로서의 추상이며, 그런 면에서 『선·공간』은 또 다른 절대의지를 보여준다는 것이다. 그러나 이같은 해석은 청마론에 초점을 맞춘 억지스러운 부분이 없지 않다. 문덕수의 초기 시론은 일관된 입장을 드러내지 않고 주제별로 각각 쓰여졌다고 보는 것이 옳다. 산발적인 시론들은 『한국모더니즘시 연구』를 경계로 해서 하나의 통일된 입장으로 모아지기 시작한다.

전』에서 결실을 맺고 있다.

내용상으로 볼 때 그의 시론은 시에 대한 원론적인 관심과 사회 현실에 대한 대응이 병행되고 있다는 것이 특징이다. 구체적인 시 작품평이나 시론적인 주제로 쓰여진 글이 전자에 속한다면, 전후의 실존적 인식이나 휴머니즘적인 태도, 전통에 대한 관심, 시대 상황과 이슈에 대한 발언을 보여주는 글은 후자에 속한다. 텍스트가 되는 다섯 권의 시론집의 내용을 구체적으로 살펴보면 이러한 특징이 잘 드러난다.

『현대문학의 모색』은 1장. 이미지의 시대(시론), 2장. 전통과 문학(전통론), 3장. 현대의 뮤즈들(시인론), 4장. 픽션과 이해(소설론), 5장. 비평·철학·인생, 6장. 문학과 문예사조(사조론)로 나뉘어 있다. 구성상으로 알 수 있는 것처럼, 이 책은 체계화된 이론서라기보다는 잡지에 발표한 평론과 문학 일반에 관한 개론서적인 성격을 띠고 있다. 이 중 시에 관한 내용은 1장과 3장으로서, 1장은 장시와 단시, 시의 구조, 리듬의 분석 등 시에 대한 전반적인 내용을 싣고 있고 특히 이미지를 중요한 주제로 삼고 있다. 3장은 김소월과 유치환, 박목월, 조병화 등 개별 시인에 대한 시인론이다. 4, 5, 6장은 시와는 무관하게 소설, 비평, 문예사조에 대한 글이다. 사회 현실에 대한 관심은 2장에서 나타나는데, 여기서 문덕수는 엘리엇의 견해에 바탕해서 현대사회에서 전통의 중요성을 강조하고 있다. 그리고 전통이 잘 드러난 예로 ‘신라정신’을 설명하고 있다.

『현대한국시론』은 1장. 시작과 시론, 2장. 전통과 문학, 3장. 시론의 주변, 4장. 현대의 오르페우스, 5장. 연평과 월평, 6장. 현대시란 무엇인가(번역), 7장. 한국현대시사연구로 나뉘어 있다. 대부분의 내용이 시에 대한 작품평이고, 2, 6, 7장은 이질적인 성격을 가진 글들을 싣고 있다.

2장의 전통에 관한 내용은 첫 번째 평론집에서부터 그가 관심을 보인 주제이다. 6장은 H. Read의 글을 번역한 것이고 7장은 문학사의 시대 구분부터 시작해서 근대시를 사조적인 측면에서 고찰한 것이다. 『현대 문학의 모색』에는 서문이라고 할 만한 특별한 글이 없었던 것에 비해, 이 책의 서문에서 특기할만한 사항은 사회와 현실을 강조하고 있다는 점이다. 이는 그 스스로 밝힌 것처럼 70년대 들어서 리얼리즘이 중요한 이슈로 등장한 데 영향을 받은 것이라고 짐작된다. 그러나 실제 내용상에서는 이전의 평론집과 달라진 것이 거의 없고 오히려 시론적인 주제가 더욱 강화되어 있다.

『한국모더니즘시 연구』는 문덕수의 박사학위 논문으로서 1926년 이후의 한국 모더니즘시에 대한 본격적인 연구서이다. 모더니즘과 이미지즘, 주지주의의 개념을 정리하여 관계를 규명하고, 대표적인 모더니즘 시인인 정지용, 김기림, 김광균의 시를 집중적으로 분석하고 있다. 대상이 된 시인들의 면면에서 알 수 있듯이, 당시 모더니즘 경향 중에서 이미지즘과 주지주의에 초점을 맞추고 있다. 이는 그의 시론의 주안점이 결국 이미지론을 바탕으로 한 주지시론의 정착에 있다는 것을 뒷받침해준다. 문덕수의 시론은 이 책의 발간을 전환점으로 해서 현실에 대한 부재 의식에서 자유로와지고, 시론의 내용 또한 주지시론으로 구체화되면서 심화된다.

『오늘의 시작법』은 시란 무엇인가, 시상의 성장과정, 제목 붙이기, 시행과 리듬, 언어와 소재, 이미지와 심상, 비유의 방법, 상징과 알레고리, 감정과 지성, 기법의 여러 가지 등 총 10개의 장으로 구성되어 있다. 각 장의 제목에서 알 수 있듯이, 이 책은 시의 일반 원론적인 성격과 창작법의 성격을 동시에 가지고 있다. 시상의 성장과정이나 제목

붙이기, 기법의 여러 가지 등은 창작의 ABC를 가르치는 것처럼 보이지만, '이미지와 심상' 부분은 그가 생각하는 주지시론의 구체적인 내용을 담고 있다.

『시론』은 시 원론에 해당하는 내용만으로 구성된 본격적인 시 원론서라고 할 수 있다. 1장. 정의, 2장. 시작품, 3장. 시학, 4장. 언어, 5장. 운율, 6장. 비유, 7장. 상징, 8장. 심상, 9장. 아이러니, 10장. 화자, 11장. 텍스트 등 총 11개의 장으로 되어 있다. 시에 관한 일반론을 내용으로 하고 있는 책으로서, 그 중 8장. 심상 부분에서 주지시론의 구체적인 예를 보여주고 있다.

이상에서 살펴본 바와 같이 문덕수의 시론적 관심은 다양한 영역에 걸쳐져 있다. 그러나 논의의 질과 양적인 측면을 기준으로 할 때, 그의 시론은 이미지론에 바탕을 둔 주지시론과 청마시를 중심으로 한 허무주의론으로 대별될 수 있다. 이 글은 그 중에서 주지시론을 연구의 대상으로 한다.

주지시에 대한 관심은 그의 초기 시론에서부터 나타나는데,[4] 초기에 그것은 흄이나 파운드, 엘리엇 등의 영미 주지주의와 동일한 것으로 인식되고 있다. 그는 주지시의 '지성'이 사상과 감정의 조절과 통합 기능을 하는 것이라고 본다. "시에서의 지성은 감정이나 상상력을 통제하고 그것의 방향을 잡아주며, 시의 내용보다는 방법 문제를 더욱 더 중요시"[5]하는 것이다. 또한 그는 지성의 중요한 역할로서 "사물이나

---

4) "한국의 주지시는 성공한 것이라고 할 수 없다. 반 낭만주의적 처지에서 '방법의 지각'을 가졌다는 것은 시사상의 획기적인 일이다. 그러나 방법의 기초가 되는 인생관과 세계관에 대한 고전적 인식이 없었다. 즉 고전주의적인 생의 자각이 없었다. 방법의 발견과 생의 자각은 별개의 것이 아니라 동일한 것이다"─문덕수,『현대문학의 모색』, 수학사, 1969, p.26.

5)『오늘의 시작법』, p.248.

관념에 대해 그것들을 일단 사상으로 파악하고 난 뒤에, 그 사상을 다시 구체적 이미지로 재창조하는 일"[6]이라고 지적하고 있다. 즉 "사상을 일단 파악하고 그 사상에서 객관적 거리를 두고 다시 그 사상을 구체적 감각적 이미지로 표현하도록 하는 것"이며 이것이 주지시의 방법이라는 것이다. 이를 정리하면, 그의 시론에서 '지성'은 세계를 인식하는 측면과 그것을 재창조하는 측면을 동시에 가지고 있다고 할 수 있다.[7] 문덕수는 대상을 어떻게 인식하는가 하는 것과 인식된 내용을 어떻게 표현해내는가 하는 두 가지 측면에 초점을 맞추는데, 이미지는 그 구체적인 방법으로 선택된 것이다. 그의 시론에서 이미지는 대상을 인식하는 하나의 방법이면서 궁극적으로는 그 인식을 구체화하는 표현 수단이 된다. 이것이 문덕수의 주지시론의 골자이다.

이같은 변화의 과정을 보여주는 그의 시론은 다양한 주제를 섭렵하는 과정에서 하나의 주제를 발견하고 그것을 체계화하는 과정을 드러냄으로써, 비평의식의 발전과 체계화 과정을 보여주는 좋은 예이다.

2. 사물 인식 방법으로서의 이미지와 상상력의 기능

문덕수는 『현대문학의 모색』 첫머리에서 현대를 이미지의 시대라고 단언하고 있다.[8] 그는 이미지를 대상을 객관적으로 묘사하는 것과 대

---

6) 위의 책, p.251.
7) 이러한 생각은 1930년대 주지주의 시론의 특징과 거의 동일한 것이다. ─졸고, 「1930년대 주지주의 시론의 특징」, 앞의 책, pp.89~90 참고.
8) 그는 역사적으로 시의 특징을 고찰하면서, 고대와 중세의 시를 소리의 시, 근대의 시를 의미의 시, 현대시를 이미지의 시라고 구분하고 있다. 이는 시어에 소리, 의

상과 무관하게 내면세계를 드러내는 것으로 나누어 생각한다. ‘객관적 순수시’와 ‘주관적 순수시’의 구별이 그것이다.

> 참여시와는 대극에 서는 것이 순수시다. 이에는 객관적 순수시와 내면적 순수시가 있다. 김광림의 「주일(主日)」은 전자에 속하고, 「선(線)에 관한 소묘(素描)」는 후자의 예이다. 객관적 순수시는 낭만적 주정(主情)을 배제하고, 참신하고 선명한 이미지를 중시한다. 1934년부터 일어난 이 땅의 주지주의를 계승한 것이다. 주관적 순수시는 심층 심리의 이미지를 포착하는데 주력한다. 이상 이후의 새로운 내면세계의 미학이 대두된 것이다. 객관적 공간과 객관적인 시간의 질서를 뒤엎고 내면세계의 질서를 창조하는 것이다. 목적의식이나 개념을 배제하려고 하는 점에서 객관적 순수시와 같다.[9]

위의 설명에 따르면, 객관적 순수시와 주관적 순수시(내면적 순수시)는 목적의식이나 개념을 배제하려고 했다는 점에서 공통점을 가지고 있다. 그러나 객관적 순수시가 객관적인 시공간의 질서를 전제로 하고 있는 반면, 주관적 순수시는 내면세계의 심층 심리를 포착하는 것이다.

미, 이미지의 세 국면이 있다는 것을 전제로 하고 시대적인 변천을 각각의 국면에 대응시킨 것이다(『현대문학의 모색, p.8). 그러나 이같은 분류는 기준상에 혼란이 있다. 그는 근대의 시를 의미의 시라고 규정하면서, 그 예로 근대 낭만주의시가 감정과 상상의 세계를 요구하여 형식보다는 내용 편중의 방향으로 갔다고 말한다. 그러나 그가 지적한 세 가지의 국면 중 소리와 이미지는 시의 내용을 전달하는 수단이고, 의미는 시의 형식에 대응되는 시적인 내용에 해당한다. 말하자면, 내용에 해당하는 의미가 소리와 이미지 중 어느 것을 통해 전달되는가 하는 것에 따라 구분되어야 하는 것이다. 이렇게 볼 때 낭만주의시는 의미를 소리 즉 운율이라는 청각적인 표현 매체에 의해 표현한 것이라고 설명할 수 있다. 따라서 낭만주의시를 예로 들어 근대시가 의미의 시라고 보는 문덕수의 견해는 분류 기준상의 착오에 의한 것이라고 볼 수 있다. 시의 내용을 전달하는 수단이 소리(음악적인 측면, 청각적인 측면)에서 이미지(시각적인 측면, 회화적인 측면)으로 변화했다는 것은 맞는 말이지만, 그것이 소리에서 의미, 이미지로 변화해온 것은 아니다.

9)『현대문학의 모색』, p.31.

전자에서 이미지는 정서가 그대로 노출되는 것을 방지하고 통제하는 역할을 하지만, 후자에서 이미지는 내면의 심리를 그대로 드러내는 데 기여한다. 이미지의 기능으로 보면 두 가지는 정반대의 방향으로 작용한다. 객관적 순수시에서의 이미지가 통제와 조절의 역할을 하는 반면, 주관적 순수시에서 이미지는 표현과 해방의 역할을 하기 때문이다. 이때 주관적 순수시란 대상과 단절된 순수 이미지를 말하는 것으로서, 초현실주의의 이미지를 염두에 둔 것이다. 기존의 주지주의 관점에서 이미지가 객관적인 묘사의 역할을 하고 있었다면, 초현실주의에서 이미지는 주관적인 표현의 측면에 주목한다.

그가 초현실주의적인 이미지에 주목하는 이유는, 현대시가 내면화되면서 심리 세계를 중요한 대상으로 하고 있고 비논리적인 경향을 띠고 있기 때문이다. 그는 한국의 현대시에서 내면성을 추구한 예로서 김춘수의 「처용단장」, 정한모의 「아가의 방」, 자신의 「선에 관한 소묘」 등을 예로 들고 있다. 그러나 이러한 시들은 유럽의 초현실주의에서 나타나는 자동기술이나 의식의 흐름 단계에는 이르지 못하고 심리 분석 혹은 논리성이 있는 심리 세계를 보여준 정도라고 평가된다. 따라서 유럽에서는 초현실주의의 비논리성, 무분별함 등을 비판하며 시적 논리의 회복을 요구하고 있으나 한국의 경우는 오히려 초현실주의에 더 집중해야 한다고 본다.[10] 이같은 생각은 이미지의 표현적인 기능을 강조함으로써 이미지에 적극성을 부여했다는 의미가 있다.

---

10) "우리의 경우에는 차라리 잠재의식의 세계로 더욱 심화하고, 이미지 상호간의 논리성이 배제된 비논리적 순수시 추구를 게을리 하지 말도록 해야 하겠다. (…) 우리 시가 시의 내면성을 추구하면서도 시인의 인식의 천박으로 내면세계의 해저에까지 잠입하지 못하고, 그 논리적 수면에 머무르고 있다는 사실은 불행한 일이다." —문덕수, 『현대한국시론』, 선명문화사, 1974, p.88.

　여기서 한 단계 더 나아가 이미지는 사물을 인식하는 방법이라고 설명된다. 이미지는 사물의 감각적 성질을 제시하여 그 사물을 인식할 수 있게 한다. 물론 이 감각적 성질은 언어의 개입 없이 사물에서 직접 자극을 받는 실제의 감각과는 다른 것으로서, 상상적으로 체험하는 것일 뿐이다. 감각의 레벨로 내려갈수록 사물은 구체성을 띠게 된다. 따라서 이미지에 의하여 사물을 인식하는 것은 그 사물을 보다 구체적으로 지시하는 효과를 얻게 된다. 이처럼 이미지에 의하여 사물을 인식하는 것이 '심상사고(image thinking)'이다.

> 깊은 잠 속에서
> 영혼의 아이는 깨어 울고
> 추운 울음은
> 여름 꽃나무 가지에 매달린다.
> 봄철로 돋아나는
> 나뭇잎의 예감,
> 여름 내내 숨어 살던
> 눈송이가 떨어진다.
>
> － 신세훈의 「역학(力學)」, 『시문학』, 1972. 2

　(중략－인용자)

　이 작품은 이미지에 의한 인식, 즉 심상사고(image thinking)의 산물이다. 처음에서 끝까지 이미지를 소재로 계절의 순환 내지 생명의 윤회라는 인식이 진행되고 있다. 모든 외부의 활동이 정지된 겨울의 정적 상태를 '깊은 잠'이라는 한 이미지로 요약하고 있다. 봄과 여름으로 바뀔 계절의 신비한 생명감을 '영혼의 아이는 깨어서 울고'라는 이미지로 구상화했다. 그리하여 '깊은 잠'이라는 이미지와 '영혼의 아이'라는 이미지가 적절한 관계를 맺고 연결되어 있다. '눈송이가 떨어진다'라는 종행(終行)에 이르기까지 이 시는 이미지와 이미지를 관련시키는 상상으로 형상화되어 있다. 개념으로 인식을 진행시키는 무심상사고(imageless thinking)를 볼 수 없다.[11]

문덕수는 인용된 시가 계절의 순환이라는 주제를 '깊은 잠'이나 '깨어서 우는 아이' 등의 이미지로 바꾸어 표현하고 있으므로 심상사고를 잘 보여준다고 설명하고 있다. 계절은 순환한다는 것을 개념으로 말하지 않고, 아이가 깨어나서 우는 것을 봄에, 그 울음소리를 여름에 대응시키는 방식으로 구체화하고 있다는 것이다. 이런 맥락에서 본다면 "추운 울음은 여름 꽃나무 가지에 매달린다"라는 표현은, 겨울 눈송이와 여름의 신록이 무관한 것이 아니라 순환의 법칙에 의거해서 돌고 도는 것이라는 점을 이미지로 구상화한 것이라고 설명될 수 있을 것이다. 심상사고란 이처럼 어떠한 개념이나 사물을 감각할 수 있는 이미지로 전환하여 표현하는 것을 말한다.

이와는 반대로 '무심상사고(imageless thinking)'는 개념에 의지해서 사물을 인식하는 것이다. 그것은 아이디어와 아이디어, 추상과 추상을 연결하는 것으로서, 그 연결을 가능하게 하는 것은 추상적 추리이다. 무심상사고는 그만큼 사물에서 멀어져 있기 때문에 바람직한 것은 못된다. 그럼에도 불구하고 시에서 종종 무심상사고가 나타나는 것은 언어의 속성 때문이다. 언어는 그것 자체가 의미 기능을 본질로 하기 때문에, 시에서 사상을 완전히 배제한다는 것은 불가능한 것이다. 사상을 배제할 수 없다면, 문제는 그것을 어떻게 구체화하는가 하는 방법이다. 문

---

11) 위의 책, pp.13~14.

덕수는 1910년대 영미 이미지즘 운동이 주지주의로 바뀌게 된 이유를 이 때문이라고 설명하고 있다.12) 이것은 그의 시론이 사상을 구체화하는 방법을 모색하는 방향으로 나아갈 것이며, 그것이 주지주의와 연결될 것임을 암시한다.

심상사고가 이미지에 의한 사고라고 할 때, 이미지를 따라 대상을 인식할 수 있게 하는 힘은 바로 '상상력'이다. 시인이 사물을 인식하는 것은 상상력을 통해서만 가능하므로, 상상력은 시를 만드는 근원적인 힘이라고 할 수 있다. 이 때 상상력이란 낭만주의적인 환상이나 이상, 꿈과는 구별되는 것으로서 지각 작용을 통하여 사물을 인지하는 것이다.

상상력의 방향은 시작(詩作)의 습관이나 의도에 따라 관념을 구상화하는 것과 사물을 관념화하는 것 두 가지로 나누어진다. 관념을 구상화한다고 할 때, '관념'이란 이념, 철학, 신념, 의견, 인생에 대한 의미 등을 포함하고, 구상화한다는 것은 "유형적이며 감각적인 사물이나 사건으로 형상화하는 것을 의미"13)한다. 이것은 시인이 자신의 이념이나 신념 등을 시로 만들려는 의도에서 그것을 감각적인 이미지로 형상화하는 것을 말한다. 예를 들어 인간 존재의 불완전성을 "마음속에 패인 굴형"(박제천, 「굴형」)으로 표현하거나 만물을 소생하게 하는 힘을 "빗물 같은 향유(香油)"(홍윤숙, 「시간은 빗물같이」)로 표현하는 것이 그 예이다.

---

12) "심상에서 사상을 배제하려고 해도, 심상의 사물성, 정확성, 그리고 견고성(dry hardness)을 극력 주장했던 1910년대의 영미 이미지즘 운동이 10년 남짓 계속되다가는, 결국 주지주의가 그 뒤를 계승한 사실을 생각해보면, 오랫동안 계속될 수 없다는 점을 알게 된다. 심상에서 사상을 완전히 배제한다는 것은 언어 자체가 의미 기능을 본질로 하고 있는 점에서 불가능한 일로 보인다."-문덕수, 『시론』, 시문학사, 1993, pp.245~246. 그에 의하면 "1920년대의 영미 주지주의시는 어떠한 종류의 사상을 시에 담느냐 하는 것이 아니라 어떠한 사상이든 상관없이 그것을 어떻게 심상화하느냐 하는 데 초점을 둔 시운동"이다.

13) 『현대한국시론』, p.31.

이와는 반대로 사물을 관념화하는 것은 시인이 의견이나 신념을 먼저 가지고 있는 것이 아니라 감각적인 사건이나 사물을 발견하고 그것에서 어떤 관념을 찾아내어 이미지로 형상화하는 것이다. 이 경우는 어떤 신념이나 이념이 먼저 주어지는 것이 아니므로 사물을 객관적인 태도에서 바라보고 그것에서 귀납적인 결과를 얻어야 한다. 예를 들어 부엉이의 울음소리에서 발상을 시작해서 왜 우는지 해답을 얻어가는 방식이다(서정주, 「부흥이」).[14]

이상에서 상상력은 극도로 제한되고 억제된 것이다. 그것은 어디까지나 "사물에 즉응(卽應)하여 붙어있고, 그 사물의 안팎을 뛰어넘어 깊이 또는 멀리 달아나는 일이 없"[15]어야 한다. 그것은 사물 자체에서 분리되지 않고 모든 시력을 사물에 집중시키며 방자한 감정의 격동과 비상을 억제하고 조절해야 한다. 이런 면에서 그것은 코울릿지가 말한 공상(fancy)에 가깝다.[16]

실제로 문덕수는 『오늘의 시작법』에서 상상력과 공상을 구별하고 있다. 여기서 상상력은 대상을 인식하는 일차적인 능력이라는 개념을 벗어나서 낭만주의의 중요한 속성이라고 설명된다. 상상력이 서로 반대되거나 불일치한 성질들을 균형하거나 타협시키는 힘인 것에 비해 공상은 인간적인 감정이나 판단이 배제된 상태에서 객관적으로 사물을 그리는 것이다. 상상력이 모순, 반대, 불일치하는 이미지들을 융합시키는 능력이라면 공상은 사물을 객관적으로 관조하고 건조하게 표현하는 능력이다. 그는 한 예로 김기림의 시 「조수(潮水)」를 예로 들고,

---

14) 위의 책, pp.31~38.
15) 위의 책, p.26.
16) 코울릿지는 시적 상상력을 공상과 상상력으로 나누고 있다. 공상이 연상의 법칙에 의한 과정이라면 상상력은 창조의 과정이다. ─코울릿지, 『문학평전』, 18장 참고

"꿈이나 주관적인 무한의 세계를 좋아하는 상상력이 아니라, 사물이나 사실을 있는 그대로 그리려고 하는 팬시로 형상화한 이미지즘 시"[17]라고 설명하고 있다. 또한 정지용의 「바다」와 김종길의 「춘니(春泥)」에 대해서도 다음과 같이 평가하고 있다.

> 이상 두 편의 시는 모두 공상(fancy)으로 만들어진 작품이라 할 수 있다. 사물의 이미지를 객관적으로 명확하게 조형하는 데 주력한, 단지 감각적 기억이나 사물의 나열이라고 할 만큼, 상상의 즉물적, 가시적 한계를 잘 지키고 있다. 깊은 사상이나 무한한 이상과 꿈, 격렬하고도 심각한 정서 등과 결부된 상상력의 활동이 배제되어 있다. 영국의 시인인 T.E.흄이 말하는 사물 관조의 한계성과 고정성, 이미지의 메마르고 단단한 성질, 곧 드라이 하드니스(dry-hardness)를 잘 지킨 그런 작품이며, 흔히 말하는 이미지즘의 시라고 할 수 있다.[18]

위에서 추출할 수 있는 공상의 성격은 꿈이나 이상과 같은 강렬한 상상력의 활동이 배제된, 즉물적이고 명확한 것이다. 이같은 견해는 T.E.흄의 「낭만주의와 고전주의」에 바탕을 둔 것으로서, 흄의 입장에서 보면 상상력은 낭만주의의 기본 정신과 가깝고 공상은 고전주의에 가깝다. 문덕수는 이에 근거를 두고 20세기 초의 이미지즘 시가 공상을 중시하고 있으며, 그것은 인간의 한계선과 불완전성을 기본 정신으로 하는 고전주의 정신과 일치하는 것이라고 본다.

이 단계에서 문덕수가 중요시하는 것은 상상력에 균형을 잡는 것이다. 상상력은 관념으로 깊이 빠져들어도 안 되고 정서적으로 넘쳐흘러도 안 된다. 이는 사실상 '공상'을 강조한 것으로서, 흄의 말을 빌리자

---

17) 『오늘의 시작법』, pp.137~138.
18) 위의 책, p.141.

면 주지시가 가져야 하는 덕목이기도 하다. 이 때 상상력에 균형을 잡아주는 것이 바로 지성의 역할이다.[19] 이 때 지성은 상상력에 균형을 제공하는 도구적인 것으로 파악되고 있다.

요약해서 말하면, 이미지로 사물을 인식할 때 그 과정에 작용하는 것은 상상력이고, 그 상상력은 지성에 의해 잘 통제되고 균형을 이루어야 한다는 것이다. 균형 잡힌 상상력이란 결국 '공상'을 말하는 것으로서, 이것은 주지시의 가장 큰 특징이다. 따라서 문덕수의 이미지론은 주지시론으로 자연스럽게 연결된다.

3. 형이상적 인식과 중층묘사가 결합된 주지시

이미지와 관념이라는 상반된 요소는 객관적인 사물 자체를 드러내는 시와 사상이나 관념을 내포한 시의 대비로 이어진다. 이것이 각각 극단으로 치우칠 때 사물시와 관념시가 발생한다. 사물시(physical poetry)가 "사상이나 어떤 의지를 배제하고 사물의 이미지를 중시하는" 시라면, 관념시(platonic poetry)는 "사물의 이미지보다 어떤 관념이나 사상을 드러내어 독자를 설득시키려는" 시이다. 문덕수는 전자의 예로 이미지즘시를, 후자의 예로는 개화가사, 낭만주의시, 카프의 시를 들고 있다.[20] 2장에서 살핀 바와 같이, 문덕수는 사물을 있는 그대로 묘사하는 '공상'을 중시했고, 실제 작품평에서도 관념과 사상을 배제한 사물시를 긍정적

---

19) "지성은 시의 심원한 사상과 지식을 담는 역할을 하는 것이 아니라 상상과 정서에 일정한 한계를 부여하는 제동역할을 한다" -『현대한국시론』, p.27.
20) 『오늘의 시작법』, pp.145~146.

으로 평가한다. 그러나 그는 시에서 사상이 완전히 배제될 수 없다는 것을 인정하고 사물시와 관념시의 조화를 꾀하게 된다. 여기서 중요한 모델이 되는 것이 J.C.랜섬의 '형이상시(metaphysical poetry)'이다. 형이상시는 사물시와 관념시의 편협성을 극복한 시로서, 사물과 관념, 감각과 사상의 통합을 보여주는 예이다.

> '형이상'이란 형식이 없는 무형적인 것, 추상적인 것을 의미하기도 하고, 시간 및 공간 속에서 경험적 현상으로 존재하는 것이 아니라 다만 이성적 사유나 독특한 직관에 의해서만 인식될 수 있는 초자연적·초월적인 존재를 의미한다. 이를테면, 우리의 감각적인 눈으로는 볼 수 없는 신이나 절대자의 존재를 의미하는 것이다. 신이나 절대자의 존재 원리를 탐구하는 철학을 형이상학이라고도 한다. 형이상시는 일차적으로 '형이상성' 곧 신이나 절대자의 존재 인식과 관련이 있는 시다.[21]

'형이상'의 개념은 무형적이거나 추상적인 것, 경험이 아닌 이성적 사유나 직관에 의해서만 인식할 수 있는 초자연적이거나 초월적인 존재라고 설명되고 있다. 따라서 형이상적 인식은 철학적·종교적인 경향을 가지는 것이라고 설명될 수 있다. 여기에서 주목할 점은 사상이나 관념이 사회적인 주제가 아니라 철학적이거나 종교적인 것으로 한정되고 있다는 점이다. 이는 관념시의 예로 사회적 메시지를 담은 개화가사나 카프시를 들었던 것과는 차이가 있다. 즉 문덕수가 생각하는 형이상시에는 사회적인 주제를 담은 시는 제외되고 있는 것이다.

문덕수는 형이상시의 특성으로 형이상적 인식이 있고, 시인이 분열된 사상과 감각을 통합하려고 하는 의지가 있는 것을 들고 있다. 형이

---

21) 위의 책, p.168.

상적 인식이 필요한 것은 신을 상실한 현대 문명의 허무주의에 대처하고, 신과 인간과의 관계의 연속성을 회복하기 위해서이다. 이를 위해서 시인은 편협적인 감정적 이미지보다는 형이상적·상상적 기상(奇想)을 중시하고, 정열과 사상, 감정과 추론의 독특한 융합 즉 사상의 감각화를 추구한다. 이것은 인간과 인간, 시간과 공간, 인간과 세계 등 현대의 심각한 단절 상황에 대한 대응의 의미를 담고 있다.[22]

형이상적 인식이 시의 내용상 종교적인 인식 혹은 종교성이 있어야 한다는 것을 뜻한다면, 사상과 감각의 통합은 이러한 내용을 감각적인 것으로 바꾸어 표현하는 것을 말한다. 문덕수는 형이상시에서 사상과 감각을 통합하는 구체적인 방법으로서 '기상(奇想, conceit)'을 들고 있다. '기상'은 형이상학파 시인들이 쓴 메타퍼로서, 동떨어진 이미지끼리 결합하여 놀랍고, 충격적이고, 우스울 정도의 효과를 나타내는 기발한 비유이다. 예를 들어 J. 던의 시 「작별(A Valediction : Forbidding Mournig)」에서 사랑하는 두 사람의 마음을 컴퍼스의 두 다리에 비유하거나, 「유물(The Relique)」에서 '백골'과 '금발 팔찌'를 연결하는 것처럼, 전혀 이질적인 두 개의 사물을 폭력적으로 연결하는 것이다.[23] T.S. 엘리엇은 일반인의 시각으로 보면 아무 관계가 없는 스피노자와 연애, 타이프라이터 소리와 요리 냄새처럼 선혀 관계 없는 분산된 경험들을 통합하는 것을 '기상'이라고 말한다.[24]

형이상학파 시인의 시에서 기상이 중요한 요소로 주목받는 것은, 그들이 대상을 바라보는 태도 자체가 이원적이기 때문이다.[25] 이질적이

---

22) 『시론』, p.235 참고.
23) 이창배, 『20세기 영미시의 형성』, 민음사, 1979, pp.140~141 참고.
24) 『시론』, p.235.
25) 이것은 형이상학파 시의 일반적인 특징과는 차이점이 있다. 형이상시의 중요한

고 낯선 것들을 결합하는 '기상'은 이원적인 것을 전제하고 그것을 기발하게 연결하는 것이다. 따라서 엄밀하게 말하면 관념을 구체화하려는 문덕수의 이론과는 차이가 있다. 그가 '기상'을 형이상시의 중요한 방법으로 인정하면서도 실제 작품 분석에 적용하지 못하고 있는 것은 이 때문이다. 따라서 그는 관념을 구체화하는 다른 방법을 모색하게 되는데, 그것이 바로 '중층묘사'이다.

그가 생각하는 형이상시의 방법은 사상을 감각화하는 것이다. 이것은 그의 이미지론이 부딪친 한계이기도 하다. 그는 이미지에 의한 사고인 '심상사고'가 시에 적절한 방법이기는 하지만, 무심상 사고를 완전히 배제할 수는 없다는 생각을 밝힌 바 있다. 그는 관념이나 사상을 어떻게 구체화할 것인가에 대한 해결책으로 '중층묘사(multiple description)'를 제안하고, 그것이 사상과 감각을 통합하려고 하는 형이상시의 중요한 방법[26]이라고 말하고 있다.

'중층묘사'는 무심상사고와 심상사고를 같이 사용하여 '관념서술과 구체적 묘사의 이중적 서술'을 보여주는 방법이다. 문덕수는 박남수의 시 「무제」를 심상사고와 무심상사고가 결합된 예로 제시하고 있다.

닫힌 창고가 열리고,

특징으로는 "사물을 보는 이원적인 태도와 동떨어진 것을 연결시켜 비유하는 컨시이트, 기지(機知), 구어체적 용어, 의미의 논리적인 전개" 등이 있다(이창배, 앞의 책, p.140). 이와 비교했을 때 문덕수는 상대적으로 형이상적 인식을 강조하고 그것을 종교적이거나 철학적인 주제로 한정하고 있다. 그러나 형이상학파 시는 주제 자체를 종교적이거나 철학적인 것으로 제한하는 것이 아니라, 대상을 바라보는 태도에서 이원성을 가지고 있고, 그것을 컨시트라는 방법을 통해 표현하는 것이다. 따라서 형이상학파 시의 주제는 철학적이고 종교적인 것에서부터 남녀 간의 사랑까지 다양하게 열려 있다고 할 수 있다.

26) 『시론』, pp.236~237.

하나의 현실을 세우기 위하여
굳은 열매가 쪼개지고, 지금
아직도 이루지 못한 통일을 위하여
철조망의 가시가 붉게붉게 녹이 슬고 있다.
열두 시가 되기 위하여, 시계는
열 시를 지나 열한 시로 가고,
우리는 죽음의 자유를 위하여
건강한 육체를 키운다.

—박남수의 「무제」, 『문학사상』 1

자유에 의한 조국통일의 염원이 이 시의 주제인 듯하다. 이 시는 심상사고와 무심상사고, 이미지와 추상이 뒤섞여 있다. '닫힌 창고가 열리고'는 이미지에 의한 인식이지만, 그 다음의 '하나의 현실을 세우기 위하여'는 추상서술이다. 즉 추리에 의한 관념작용의 산물이다. '닫힌 창고가 열리고'에서는 감각적으로 그 이미지를 볼 수 있으나, '현실'이라는 말은 추상개념어이어서 그 개념은 추리할 수 있으나, 즉 '자유에 의거한 통일된 조국'이라는 개념은 추리할 수 있으나 감각적 이미지를 볼 수는 없다.

'굳은 열매가 쪼개지고'는 남북회담의 상징인 듯하나, 이것의 본의(원관념)가 무엇이든 간에 이미지에 의거한 사고 즉 심상사고를 볼 수 있고, 그 다음의 '아직도 이루지 못한 통일을 위하여'는 무심상사고의 서술이다. 그리고 그 다음의 '철조망의 가시가 붉게붉게 녹이 슬고 있다'는 심상사고에 의한 감각적 이미지의 제시다. '열두 시가 되기 위하여'는 추상서술인 '하나의 현실을 세우기 위하여'와 '아직도 이루지 못한 통일을 위하여'의 구체적 이미지로서, 현실과 통일을 이루기 위한 그 시기를 비유적으로 형상화한 것이다. 심상사고는 비유이며 감각적이라는 것이 그 특징이다.[27]

---

27) 『현대한국시론』, pp.15~16.

이 글로 미루어보면, '중층묘사'는 두 가지로 이해된다. 인용된 첫 문단("자유에 의한 ~볼 수는 없다")에서, 중층묘사는 심상사고와 무심상사고가 뒤섞여서 서술되는 것 즉 '닫힌 창고가 열린다'는 구체적인 묘사와 '하나의 현실을 세운다'라는 관념적인 서술이 나란히 등장하는 것이다. 심상사고와 무심상사고가 번갈아가며 사용되기는 하지만, 그것이 같은 대상을 다르게 표현하는 것은 아니다. 즉 심상사고와 무심상사고 사이에 별다른 관계가 없고 다만 나란히 사용된다는 것뿐이다. 그러나 두 번째 문단("'굳은 열매가'~'그 특징이다'")에서, 중층묘사는 같은 내용을 구체적인 이미지와 추상서술로 번갈아 표현하는 것을 뜻한다. '열두 시가 되기 위하여'라는 구체적인 이미지는 '하나의 현실을 세우기 위하여'와 '아직도 이루지 못한 통일을 위하여'라는 추상적 서술을 감각적으로 표현한 것이라고 설명된다. 정확하게 말하면 이것은 '열두 시'가 '하나의 현실', '통일'이라는 것을 상징한다고 해석되어야 한다. 즉 '열두 시'는 '통일'을 상징하고, 시계바늘이 열 시와 열한 시를 넘어 열두시를 향하여 가는 것은 결국 통일을 위하여 가는 것이라고 말할 수 있다는 것이다. 그렇다면 여기서 중층묘사의 의미는 동일한 내용을 구체적인 묘사와 추상적인 서술로 재진술하는 것이 된다. 따라서 '중층묘사'가 심상사고와 무심상사고가 같이 사용되기만 하는 것인지 아니면 동일한 내용을 심상사고와 무심상사고로 번갈아 진술하는 것인지가 모호해진다.

이러한 혼선은 『오늘의 시작법』에서 분명하게 정리된다. 그는 여기서 중층묘사가 "한 가지 대상이나 사상에 대한 구체적 표현(감각적 표현)과 추상적 표현(관념적 표현)을 엇갈리게, 즉 교차시켜 서술하는 방법이다. 말하자면, 감각적 레벨에서 묘사한 것을 다시 추상적 레벨에서 관넘적으로 서술하는 것이다. 이렇게 표현하면, 한 가지 대상이나 사상이 감각적 이미지와 관념으로서 서로 교차되어 입체적으로 드러나게 마련이다."28)라고 하여, 중층묘사가 동일한 내용을 심상사고와 무심상사고를 번갈아 사용하여 나타내는 것이라고 규정하고 있다. 예를 들어 김기림의 「기상도」에서 "찢어지는 휘장 저편에서 갑자기 유리창이 투덜거린다"는 표현은 "<대중화민국의 분열을 위하여>"라는 추상적인 내용을 감각적이고 구체적으로 표현한 것이라고 보는 것이다.

그러므로 그것은 형이상시의 '기상'과는 다른 것이다. '기상'은 감각적인 것보다는 지적인 것에 기원을 두고 있으며, 어떤 요소들을 상식적으로 거의 혹은 전혀 관련이 없는 것들에 비유하거나 분위기상 두드러진 불일치를 만드는 이미지들을 병치하는 것이다.29) 즉 서로 무관한 사물이나 이질적인 이미지 등을 결합시켜 표현하는 방법을 말한다. 이와 비교하면 문덕수의 '중층묘사'는 같은 대상을 구체적인 묘사와 추상적인 서술로 교차해서 표현하는 것30)으로서, 그것 자체가 이질적인 이미지의 충돌이나 기발한 착상을 필수 조건으로 하는 것은 아니다.

그는 이러한 조건을 만족하는 시인으로서 김현승을 들고 있는데, 그 이유는 자연과 역사적 현실을 결합시킴으로서 두 개의 사실을 보는 이

---

28) 『오늘의 시작법』, pp.279~280.

29) Alex Preminger ed., *Princeton Encyclopedia of Poetry & Poetics*, Princeton Univ.Press, 1974, p.148.

30) 중층묘사는 문덕수 자신의 시 「선에 관한 소묘 1」에서도 찾아볼 수 있다. 이것은 우주의 탄생 과정을 구체적인 이미지로 표현한 것이다. "거미줄처럼 짜인/ 무변(無邊)의 망사(網紗), / 찬란한 꽃 망사(網紗) 위에/ 동그만 우주가 / 달걀처럼 / 고요히 내려앉다"라는 구절은 우주의 탄생이라는 추상적인 내용을 '거미줄처럼 짜여진 망사 위에 달걀처럼 내려앉다'라는 감각적인 표현으로 바꾸어놓은 것이기 때문이다. 선이 망사처럼 얽히며 꽃과 같은 모양을 만들어내는 것은 탄생의 신비를 눈에 보이는 선과 원 등의 이미지로 구체화한 것이다. 유성호 역시 이 작품을 "우주의 탄생 과정을 추상적으로 재구성한 일종의 형이상시"(「이미지의 조형성과 내면 탐색을 통한 모더니즘 시학의 구현」, 『시문학』 372, 2002. 7)라고 설명한 바 있다.

종(二種)의 눈과 두 개의 사실을 결합할 수 있는 지적 상상력을 보여주기 때문이다.31) 이는 김현승 시의 고전주의적인 특징을 높이 산 것이기도 하지만, 서로 다른 두 가지의 사실들을 결합했다는 것에 초점을 맞춘 것이다. 즉 자연과 현실, 인간과 우주 등 모순된 요소들 사이에서 조화를 발견했다는 점에 주목하고 있는 것이다. 이는 이질적인 것들의 결합을 특징으로 하는 형이상시와도 유사한 측면이다. 실제로 문덕수는 김현승의 「마음의 집」이라는 시를 들고, 김현승의 시가 한국시에서 보기 드물게 형이상시의 가능성을 보여준다고 평가한다.32) 이외에도 「희망이라는 것」, 「순수」, 「양심의 금속성」 등이 예로 제시되고 있다.

김현승의 시는 우선 형이상적 인식 즉 종교적인 인식을 내용으로 한다는 면에서 형이상시의 내용적인 측면을 충족시킨다. 거기에다가 대상에 대한 중층묘사를 보여줌으로써 형이상시의 방법적인 측면까지를 만족시키고 있는 것이다. 이러한 김현승 시의 특징이 가장 잘 드러나는 것이 「양심의 금속성」이다.

> 모든 것은 나의 안에서
> 물과 피로 육체를 이루어 가도,
>
> 너의 밝은 은빛은 모나고 분쇄되지 않아,
>
> 드디어는 무형하리만큼 부드러운
> 나의 꿈과 사랑과 나의 비밀을,

---

31) "그의 비유의 견고성, 전체의 구조가 갖는 탄력성과 중후감은 우리 시의 고전적인 기초를 닦고 있다. 유럽적인 개념에서 본 고전주의의 역사가 빈약한 우리 시사의 열망을 그가 한 몸에 지니고 있는 듯하다."─『현대문학의 모색』, p.157.
32) 『오늘의 시작법』, p.168.

살에 박힌 파편처럼 쉬지 않고 찌른다.

모든 것은 연소되고 취하여 등불을 향하여도,
너만은 물러나와 호흘로 눈물을 맺는 달밤……

너의 차거운 금속성으로
오늘의 무기를 다져가도 좋을,

그것은 가장 동지적이고 격렬한 싸움!

–「양심의 금속성」의 전문

　　‘양심’이라는 추상적 관념을 즉물적 등가물로 표현한 것이다. 모든 것은 변하여도 양심은 은빛으로 모나고 분쇄되지 않으며, 자신의 꿈과 사랑과 비밀을 언제나 파편처럼 찌르고, 모든 것은 연소하고 취하고 등불을 향하여도 양심은 홀로 물러나 회환의 눈물을 흘리며, 오늘의 부조리하고 혼란한 시대를 살아갈 금속성의 무기라는 것이다. 결국 이 시는 양심이라는 초자아(Super Ego)의 불변성, 그것이 주는 기능의 고통과 회오(悔悟), 그것의 금속성 무기, 그러한 양심의 강화-이러한 양심의 관념적 속성을 미리 파악하여 그것을 구체적, 감각적 이미지(모나고 분쇄되지 않는 은빛, 파편처럼 쉬지 않고 찌름, 눈물을 맺는 달밤, 금속성의 무기)로 표현한 것이다. 또 이 시는 각 연마다 모순 상반되는 이미지를 병치하는 지적 방법두 보여준다. 즉 변회의 불변, 무형의 부느러움과 파편의 찌름, 뜨거운 본능과 고독한 회한의 눈물, 혼란한 오늘의 상황과 차가운 금속성의 무기-이러한 모순 구조는 분명히 지적, 논리적 구성이라고 하겠다.[33]

　　이 시는 ‘양심’이라는 추상적 관념을 분쇄되지 않는 은빛, 파편처럼 찌름, 달밤에 맺히는 눈물 등 구체적이고 즉물적인 이미지로 표현했다

---

33) 문덕수, 「김현승시 연구」, 『홍대논총』 16, 1985. 1, pp.194~195.

고 설명된다. 이것은 관념을 구체적으로 형상화한 것으로서, 무심상사고와 심상사고가 교차하는 중층묘사를 성공적으로 보여준 예라고 할 수 있다. 뿐만 아니라 여기에는 모순된 이미지 자체가 병치하고 있어서 형이상시의 통합적인 특징을 보여주기도 한다. 부드러움과 찌름, 변화와 불변 등이 그것이다. 이런 면에서 김현승의 이 시는 형이상시의 바람직한 모델을 제시한 것으로 평가된다.34)

김현승의 시 「순수」 역시 중층묘사의 예로 제시되고 있다. 그는 『오늘의 시작법』에서 「순수」의 4연 "가치란 무엇인가/ 결핍에서 오는 것들인가?"라는 서술이 1연~3연까지의 구체적인 이미지를 추상적으로 요약한 것으로 보인다고 말한 바 있다.35) 이러한 설명은 「김현승 시 연구」36)에서 보다 구체적이고 선명하게 제시된다. 그는 「순수」의 주제를 "'순수가치'라는 추상적 개념은 무엇인가에 대한 사고, 그 관념을 역설적 논리로 해설한 것, 즉 물질 만능으로 파괴된 오늘의 반윤리적, 반도덕적 문명 상황을 비판한 것"이라고 설명한 후, 4연은 그러한 내용을 추상적 관념으로 제시한 것이고 1~3연은 구체적 묘사로 표현한

---

34) 문덕수가 김현승을 형이상시의 대표시로 꼽게 된 또다른 이유는, 김현승의 산문에 바탕한 것이기도 하다. 김현승은 「김광섭의 시와 지성」에서 김광섭의 「성북동 비둘기」를 "이러한 시에서는 그의 정신의 특질인 근원에의 향수와 사회비평 의식 같은 것이 역력히 맥동하면서도, 그리하여 현대적 의미의 관념을 간직하면서도, 관념어의 구사나 표현의 추상적인 부분은 말끔히 가시어 구체적인 표현의 미를 세련된 솜씨로 나타내고 있다"고 평하고 있다. 문덕수는 이 부분을 들고 "근원에의 향수"는 형이상적 인식이고, "관념을 간직하면서도~나타내고 있다"는 관념을 감각으로 파악하여 표현했다는 뜻이라고 해석한다. 즉 김현승 자신이 형이상시의 개념을 염두에 두고 있었다고 보는 것이다.
35) 『오늘의 시작법』, pp.282~283.
36) 이 논문은 그동안 그가 쓴 김현승시에 대한 연구를 체계화하고 논리화한 것으로서, 그의 비평의 발전과정을 잘 보여준다. 「순수」에 대한 심화된 분석은 발전의 양상을 잘 보여주는 예이다.

것이라고 설명한다. 즉 같은 주제를 금은보석, 흙, 궁전, 오막살이, 별, 지구 등 구체적인 이미지들을 사용하여 표현하고, 그것을 다시 추상적인 질문으로 바꾸어 던짐으로써 "동일한 사상, 동일한 사물을 감각적 차원과 추상적 차원의 양면을 왕래하면서 입체적으로 표현한 것"이라는 것이다. 또 이 시가 이성적 사고에 입각하여 상상의 세계를 현실과 관련짓고 있으며, 문명비평이라는 주지시의 중요한 주제를 담고 있다는 면에서 형이상시적 방법의 가능성을 제시하고 있다고 평가한다. 이것은 '형이상시'의 개념을 종교적인 인식과 중층묘사라는 방법 외에 현실인식과 세계관까지 확장시키고 있다는 점에서 주목을 요한다. 이러한 면에서 김현승의 시는 문덕수가 생각하는 형이상시의 모델을 보여준다.

이는 문덕수의 주지시론이 형이상적인 인식과 방법을 바탕으로 해서 문명비판이라는 작품외적인 주제까지를 지향하고 있다는 것을 암시한다. 그러나 문명비판을 포함한 사회 현실에 대한 관심은 그의 글 곳곳에서 단편적으로 드러나기는 하지만 체계적이고 논리적인 형태를 갖추고 있는 것은 아니기 때문에 미완의 가능성으로 열려 있다고 할 것이다.

• 「문덕수의 주지시론 연구」, 『한국시학연구』 24, 2008. 4.

2부
한국 현대시의 구조 읽기

이장희 시에 나타나는 이미지의 특징과 기능

1. 이장희 시와 이미지즘

고월 이장희는 감각적인 이미지를 구사한 시인으로 널리 알려져 있다. 그가 활동했던 1920년대 초반은 문예동인지 시대로서, 서구의 문예사조가 한꺼번에 밀려들어오는 실험적인 시기였다. 시에서도 주요한의 「불노리」가 『창조』에 실린 이후 김형원, 김동환, 변영로, 남궁 벽, 이상화, 박영희, 홍사용 등 경향이 다른 시인들이 문예동인지를 중심으로 등장했다. 이와는 별도로 특정 문예지에 소속되어 있지 않으면서 활발한 작품 활동을 했던 김소월과 한용운까지를 포함한다면, 1920년대 초반의 시단은 질적·양적인 측면 모두에서 풍성한 시기였다고 할 수 있을 것이다.

이 시기의 특징은 무엇보다도 서구의 시들로부터 영향을 받은 새로운 감수성의 시들이 나타난다는 것이다. 1910년대 말부터 김억, 황석우 등에 의해 베를렌느를 비롯한 서구의 시들이 번역, 소개되면서 자유시에 대한 개념이 싹텄고, 이는 주요한의 「불노리」를 필두로 해서 시적인 형태의 변화를 불러온다. 계몽적인 내용을 주로 했던 개화기 시가와 달리 자유시는 개인적인 감정과 개성을 표출하는 것을 중시한다. 그러나 이 시기의 작품들은 짧은 기간에 여러 가지 사조들이 쏟아져 들어옴으로 인해서 하나의 사조가 체계적으로 자리를 잡지 못하고 일시적인 유행으로 끝나버리는 한계를 드러내기도 한다. 당시의 시들은 전반적으로 낭만적이고 센티멘탈한 경향이 두드러지는 것이 특징이었다. 여기에는 3·1 운동의 실패에서 오는 우울한 사회적 분위기가 큰 영향을 미치고 있다.

전체적으로 볼 때 이장희 시의 바탕을 이루는 정서 또한 상실과 비탄에 가깝다. 이장희의 시가 당시의 여타 시들과 구별되는 것은 정서나 분위기 면에서가 아니라 그 정서를 어떻게 시적으로 표현하는가 하는 방법의 차이 때문이다. 그의 시는 눈물과 영탄, 한숨, 죽음 등을 과도하게 표출하고 있는 다른 시들과는 달리 감정을 절제하고 대상을 있는 그대로 묘사하고 있다.[1] 이장희의 시가 이미지즘적이며, 1930년대 모더니즘의 전사라고 평가되는 것은 이 때문이다.[2]

---

1) 이장희 시를 1920년대 당시 시인든이 시의 비교에서 실명하는 성우는 많다. 한영옥은 이장희 시의 감각적 표현미가 상징주의로부터 퇴폐적 영탄만을 배운 감상주의 시인들과는 달리, 시어에 대한 인식을 구비하고 있다고 본다(「고월 이장희 시의 방법적 특성 소고」, 『인문과학연구』 11집, 1991. 12, p.12) 또한 이형기는 이장희의 시가 고독과 우울이라는 측면에서는 당시의 일반적인 경향을 따르고 있으나, 이미지즘의 방법론을 사용하여 주관적인 감정 토로에서 벗어났다고 설명하고 있다(「이장희론」, 『건국대학교 대학원 논문집』 제27집, 1988. 7, pp.47~48).

2) 이장희를 30년대 모더니즘을 이끌어낸 선구적인 시인으로 보는 견해는 많다. 정태용은 이장희의 시를 "뒷날의 지용 광균의 선구가 되었다고도 할 것"(『한국현대시인연구』, 어문각, 1976, p.75)이라고 했고, 김재홍은 "그는 1920년대 한국 시단의 주정적인 내용 편중의 시를 1930년대의 감각적 모더니즘으로 연계시키는데 암시적 역할을 담당한 시인이다"(「고월의 시세계」, 『이장희전집』, p.94)라고 말하고 있다.

그러나 그의 시를 이미지즘적이라고 할 때, 그것은 대상을 실재에 가깝게 베껴낸다는 기교의 차원을 의미하는 것은 아니다. 그것은 '시'에 대한 인식의 전환을 담보하고 있는 것이다. 즉 시의 포인트가 시인에서 대상으로, 감정에서 이지(理智)로 변하는 것이다. 한국시는 그의 시에 이르러서야 비로소, 시가 주관적인 감정과 정서를 직접 토로하는 것이 아니라 매개를 통해 그것을 다듬고 전달하는 것이라는 의식을 가지게 된다. 그 매개의 기능을 하는 것이 '이미지'이다. 이미지란 자신의 감정을 나오는 대로 쏟아 붓는 것이 아니라 언어를 통해서 그려내려고 하는 것이다. 이는 이미지즘의 근본정신에 충실한 것이다. 이미지즘이란 보이는 사물을 정확하게 서술한다기보다 사물을 볼 때 시인의 마음에 떠오른 이미지를 얼마나 그것에 가깝게 전달하는가에 초점을 맞춘다. 즉 이미지즘이 추구하는 적확한 언어라는 것은, "사물 그 자체를 적확하게 서술한다는 말이 아니고 시작(詩作) 당시에 시인의 마음에 나타난 물체의 Image(영상)를 독자 안전(眼前)에 **하는 뜻을 말한 것"3)이다. 이장희의 시가 이미지즘적이라는 것은, 이러한 시적인 인식의 변화까지를 포함한 의미에서 그렇다.

이장희 시에서 이미지는 대상에 대한 인상을 적확하게 표현하는 것뿐만 아니라 당시 유행하던 센티멘탈리즘과 거리를 두게 하는 역할을 한다. 이미지를 다듬고 만들어내는 과정에서 자연스럽게 자신의 감정과 거리를 두고 그것을 객관화하는 것이 가능해진다. 그럼으로써 상실

오탁번 역시 이장희를 새로운 모더니즘의 암시자라고 보고 있다(『현대문학산책』, 고려대학교출판부, 1976, p.150)

3) 이하윤, 「현대시인연구 ─ 사상파(寫象派) 시인들」, 『동아일보』, 1930. 11. 30. 이는 이미지스트들이 1916년도에 발간된 시집 서문에서, 자신들의 입장을 보다 명확하게 하기 위해 밝힌 내용이기도 하다.

과 비탄, 체념 같은 감정들이 전면적으로 노출되는 것을 방지할 수 있는 것이다. 이런 면에서 이미지는 감정의 과도한 방출을 제어하는 기능을 함으로써, 시의 균형을 유지하게 한다.

2. 대상의 묘사와 이미지 창출

1) 대상의 객관적 묘사

이장희 시에서 먼저 눈에 뜨이는 특징은 당시 시로서는 찾아보기 힘든 참신한 감각과 표현법이다. 그는 오감을 통해 대상을 인지하고 그것을 다시 감각적인 이미지로 재현해낸다. 이것은 자신의 주관적인 감정이나 정서를 표출하는 데 주력했던 당시의 여타 서정시들과 달리, 대상을 객관적으로 묘사하는 것에서부터 시작된다.

운모(雲母)가티 빗나는 서늘한 테―블.
부드러운 얼음, 설당, 牛乳
피보다 무르녹은 짤기를 담은 유리잔.
얄븐 옷을 입은 저윽히 고달핀 새악시는
길음한 속눈섭을 짜라매치며
간열핀 손에 들은 은사실로
유리잔의 살찐 짤기를 쑤시노라면
담홍색의 청량제가 쏫물가티 흔들닌다.
은사실에 옴기인 쏫물은
새악시의 고요한 입살을 앵도보다 곱게도 물들인다.
새악시는 달콤한 꿈을 마시는듯

> 그얼골은 푸른 입사귀가티 빗나고
> 코ㅅ마루의 수은가튼 쌤은 발서 사라젓다.
> 그것은 밝은 한울을 비최인 적은 못가운대서
> 거울가티 피여난 연꽃의 이슬을
> 휘염치는 백조가 삼키는듯하다.
>
> −「하일소경(夏日小景)」(『신민』 16호, 1926. 8) 전문[4]

이 시에는 시인의 주관적인 정서나 감정이 개입되어 있지 않다. 시적 화자는 대상을 묘사하는 진술자로서만 기능한다. 진술자가 얼굴을 보이는 것은, 마지막 부분의 "그것은 밝은~삼키는 듯하다"에서이다. 이 부분은 대상을 묘사하고 난 후, '그 모양이 마치~같다'라는 평가를 내리는 부분이다. 비록 대상을 묘사하는 객관적인 거리가 사라지고 시인의 직접적인 목소리가 노출되기는 하지만, 이 부분 역시 주관적인 감정 표현은 나타나지 않는다. 이런 면에서 이 시는 대상을 '묘사'하려 했다는 면에서 중요한 의의를 갖는다. 이는 '시'의 개념 자체에 대한 변화를 보여주는 것이다. 여기서 시는 자신의 감정을 노래하거나 읊조리는 것이 아니라 대상을 관찰하고 그려내는 것으로서, 자연스럽게 시각적이고 회화적인 요소를 포함하게 된다.

딸기의 붉은 빛과 푸른 잎사귀, 우유의 흰 빛 등 색깔의 대조가 선명한 이 시는 특히 시각적 이미지가 두드러진다. 여기에 '피보다 무르녹은', '얇은 옷을 입은' 등의 구절에는 촉각적인 이미지가 숨겨져 있다. 이러한 이미지들이 결합되면서 관능적인 분위기를 만들어낸다. 얇은 옷을 입고 유리잔의 딸기를 부수는 여인의 긴 속눈썹, 딸기의 붉은

---

4) 이하에서 인용되는 작품은 김재홍 편저, 『이장희』, 문학세계사, 1993에서 인용한 것이다.

물이 묻은 입술 등은 관능성이 두드러지는 대목이다. 그러나 이 관능성이 육체의 한 부분을 묘사하는 데서 발생하는 것이 아니라 전체적인 장면 속에서 연출된다는 것에 주목할 필요가 있다.

비슷한 시기에 쓰여진 이상화의 「나의 침실로」와 비교해본다면 분명한 차이점을 발견하게 된다. 「나의 침실로」의 관능성은 '수밀도의 네 가슴'이나 침실과 밤, 부활의 동굴 같은 소재 자체의 관능성에 의지하고 있다. '마돈나'를 부르는 숨 가쁜 목소리와 청유형으로 반복되는 강렬한 어조가 관능적인 분위기를 배가하는 역할을 한다. 이에 비해 「하일소경」의 관능성은 구체적인 육체 자체를 보여줌으로써 나타나기 보다는 전체적인 장면 속에서 형성된다. '딸기 물이 든 입술', '가냘픈 손', '긴 속눈썹'은 운모처럼 빛이 나는 테이블의 반짝임과 서늘함, 그 위에 놓인 유리잔의 딸기, 은사실, 딸기를 부수는 행위 등과 어우러져 전체적으로 관능적인 분위기를 만들어낸다. 시각적 이미지와 촉각적인 이미지가 어우러지면서 관능적인 분위기를 연출해내는 것이다.

2) 묘사와 경험적인 판단의 결합

「하일소경」이 대상에 대한 객관적인 관찰의 시선을 잘 보여준다면, 「봄은 고양이로다」는 이장희의 시가 대상을 단순히 묘사하는 차원을 넘어서, 대상에 대한 시인의 이해와 감정을 표현하는 단계까지 이르렀음을 보여준다. 지금까지 이 시는 대상에 대한 시각적인 묘사가 두드러지는 시로 평가되어왔고, 이장희의 시를 이미지즘적이라고 평가하는 근거로 사용되어 왔다. 이 시가 이미지즘적이라는 것은 분명한 사실이

지만, 그것이 대상을 선명하게 베껴내는 기교 차원의 것이 아님을 지
적할 필요가 있다.

> 꽃가루와가티 부드러운 고양이의털에
> 고흔봄의 향기가 어리우도다.
>
> 금방울과가티 호동그란 고양이의눈에
> 밋친봄의 불길이 흐르도다.
>
> 고요히 다물은 고양이의 입술에
> 폭은한 봄졸음이 쩌돌아라.
>
> 날카롭게 쑥쎄든 고양이의수염에
> 푸른봄의 생기가 쒸놀아라.
>
> ―「봄은 고양이로다」(『금성』 3호, 1924. 5) 전문

시각적 이미지와 촉각적 이미지가 두드러지는 이 시는, 봄이라는 계
절의 다양한 속성을 고양이[5]에 빗대어 표현하고 있다. 고양이의 몸의
각 부분은 그것에 어울리는 봄의 이미지와 연결된다. 고양이의 털은
봄의 고운 향기를 느끼게 하고, 동그란 고양이의 눈은 봄의 광기, 고양
이의 입술은 봄의 포근함, 수염은 봄의 생기를 느끼게 한다. 이장희는
봄의 속성들이 마치 고양이의 몸의 각 부분에 머물러 있는 것처럼 표
현하고 있다. 이 시가 감각적이라고 평가받는 이유는, 이처럼 '봄'의

---

5) '고양이'는 이장희의 시를 설명하는데 빠뜨릴 수 없는 중요한 소재이다. 고양이에
  대한 연구의 예로는 제해만, 「고월시연구」, 단국대 석사논문, 1980 ; 이기철, 「이장
  희 연구(1)」, 『인문연구』 6, 1984. 9 ; 박호영, 『한국현대시인론고』, 민지사, 1995 등을
  들 수 있다.

계절적 이미지를 고양이라는 구체적인 대상을 빌려 시각화하고 있기 때문이다. 그런 면에서 이 시는 다분히 상징적이다. 상징이란 보이지 않는 추상적인 관념의 세계를 가시적인 세계의 사물로 대체하여 표현하는 것이다. 구원이나 희생처럼 형체가 없고 설명할 수 없는 관념을 '십자가'라는 보이는 사물로 대체하여 나타내는 것이 예이다.[6]

그렇다면 위의 시는 '봄'이라는 추상적인 계절을 '고양이'라는 실재의 사물로 대체하여 나타낸 것이라고 볼 수 있다. 고양이는 봄의 상징인 것이다.

여기에 덧붙여서 주목해야 할 것은 이 '고양이'가 눈앞에 실재하는 고양이가 아니라 고양이에 대한 경험이 집적된 관념의 산물이라는 점이다. 고양이는 현실에 존재하는 구체적인 대상임에는 틀림이 없지만, 그것이 곧 시인의 눈앞에 현존하는 대상이라는 말은 아니다. 이 시는 마치 실제 눈앞에 있는 고양이를 객관적으로 묘사하고 있는 듯하지만, 자세히 보면 4개의 연의 내용이 동일한 시간과 장소에서 쓰여진 것이 아님을 알 수 있다. 2연의 '미친 봄의 불길'은 고양이의 눈에서 볼 수 있는 기괴함 혹은 광기 같은 것이다. "금방울과 같이 호동그란"이나 "흐르도다"라는 현재적인 의미를 내포한 서술어를 보면, 고양이와 화지기 실제로 마주하고 있고 그 상태에서 고양이의 눈이 주는 인상을 묘사한 것으로 생각해볼 수 있다. 그러나 3연에서 고양이는 졸고 있거나 졸음에 겨운 상태이다. "고요히 다물은", "포근한 봄졸음이 떠돌아라"라는 표현은 졸음에 겨운 고양이의 상태를 표현한 것이다. 그렇다면, 2연과 3연의 고양이는 같은 시간에 관찰된 고양이라고 볼 수 없다.

---

6) 김용직, 『현대시원론』, 학연사, 1988, 138~139쪽 참고.

설령 같은 장소에서 관찰된 것이라고 하더라도, 거기에는 고양이가 깨어서 화자를 보는 시간부터 졸기까지의 시간적인 흐름이 개입되어 있다. 시 전체로 보면, 1,3,4연에서 고양이는 잠이 든 상태라고 짐작되고, 2연에서만 깨어있는 상태라고 볼 수 있다. 즉 각각의 연들은 현재의 시점에서 보이는 대상을 객관적으로 묘사한 것이 아니라, 고양이에 대한 직·간접적인 경험들을 4개의 연으로 나누어 배치한 것이다. 각각의 연은 고양이에 대한 서로 다른 시기의 관찰 내용을 독립적으로 나열하고, 이를 동일한 형태로 만든 것이다.

구조상 이 시는 고양이에 대한 묘사와 봄에 대한 시인의 경험적인 판단을 각각 1행과 2행으로 결합시켜 놓고 있다. 실제 묘사에 해당하는 부분은 각 연의 1행 '꽃가루와 같이 부드러운 털', '금방울과 같이 호동그란 눈', '고요히 다문 입술', '날카롭게 쭉 뻗은 수염'이다. 각 연의 2행에 있는 고운 향기, 미친 불길, 포근한 졸음, 푸른 생기는 시인이 정의하는 봄의 속성일 뿐이다. 1연이 객관적인 묘사에 해당한다면 2연은 시인의 경험적인 판단을 근거로 한 표현이다. 묘사의 감각성은 사실 각 연의 1행에 집중되어 있다. 따라서 이 시는 눈앞에 보이는 대상을 실재와 똑같이 베껴낸 것이 아니라, 봄에 대한 시인의 판단에 고양이에 대해 시인이 가지고 있는 이미지를 결합시켜 표현한 것이다.[7]

---

7) 김인환은 이 시가 "시인의 순수 지각에 드러난 사물의 본질"을 드러낸 것이라고 설명하고, 고양이와 봄이라는 전혀 다른 세계가 결합한 결과라고 말하고 있다(김인환, 「주관의 명증성」, 『문학사상』 10, 1973. 7).

3. 이미지의 복합성

1) 시각의 촉각화

이장희 시에 사용되는 이미지의 중요한 특징은 복합적이라는 것이다. 그의 시에서 한 가지 이미지만을 사용하는 경우는 실상 드물다. 특히 이장희 시에는 촉각적 이미지가 두드러지는데, 그는 기존의 시에서 시각적으로 표현된 것들을 촉각화하는 데 남다른 재주를 보여준다.

여린 안개속에 눅아든
쓸쓸하고도 낡은 저녁이
어듸선지 물가티 긔어와서
회색의 꿈노래를 알외이며
갈대가티 간열핀 팔로
씃업시 나의 몸을 둘너주도다

−「동경」(『신여성』 2권 12호, 1924. 12) 부분

저녁이 오는 풍경을 시각과 청각, 촉각을 동원해서 표현한 대목이다. '쓸쓸하고도 낡은 저녁'이라는 주관적인 인상은 '긔어와서', '꿈노래를 알외이며', '간열핀 팔로 나의 몸을 둘너주도다'라는 서로 다른 이미지들로 구체화된다. 저녁이 오는 모양은 한꺼번에 확 다가오는 것이 아니라 주변의 것들을 회색으로 물들이며 천천히 온다. '기어오다'는 '느리다'는 시각적인 판단을 불러옴과 동시에, 직접 바닥을 기는 것 같은 촉각적인 느낌을 불러일으킨다. 회색의 저녁 빛깔은 '노래'로 들리는 것처럼 청각화되고, 주변에 어둠이 깔리는 시각적인 변화는 '안개가

가냘픈 팔로 나의 몸은 두른다’는 촉각적인 표현으로 형상화된다. 이
‘가냘프다’는 단어8)는 ‘가늘다’라는 시각적인 판단 외에 촉각으로 느껴
지는 부피감까지를 내포하고 있다. ‘가냘픈 팔로 나를 감싸다’라고 할
때 느껴지는 촉각적인 부피감이 그러한 경우이다. 위의 시에서 안개는
눈에 보이는 것이 아니라 내 몸에 닿아 감촉되는 것이다.

> 아, 그러나 향로의연긔는 가늘게떠올나라.
> 조요한촉불은 눈물을흘니며 써지려하는것을.
>
> 보아라, 푸른달빗과가튼 애처러은꿈이아니뇨.
>
> 오, 춤추는사람들의 애젊은환상이어.
> 눈물짓는촉불의 간엷힌숨결이어.
>
> －「무대」(『금성』 3호, 1924. 5) 부분

이러한 특징은 「무대」에서도 반복되어 나타난다. 위의 시에 나오는
‘가늘게’와 ‘간엷힌’ 즉 ‘가늘다’와 ‘가냘프다’는 의미상으로는 비슷한
뜻을 가지고 있는 단어들이다. 그러나 ‘향로의 연기가 가늘게 떠오른
다’고 할 때, ‘가늘다’는 시각적으로 굵지 않다는 것을 의미한다. 이에
비해 ‘눈물짓는 촛불의 간엷힌 숨결’이라고 할 때, ‘간엷힌’은 촛불의
연기가 가느다랗게 보인다는 시각적인 판단과 ‘가냘픈 숨결’이라고 할

---

8) 이장희 시에 자주 나타나는 ‘가냘프다’는 표현은 이미지의 측면에서 보면 시각과
  촉각이 결합된 복합적인 이미지를 보여주지만, 의미상으로는 애상과 비탄의 정조
  를 자아내는 타성적인 장치처럼 사용된다. 이 때 ‘가냘프다’는 표현은 ‘시들은’(「실
  바람지나간뒤」, 「동경」), ‘사그라진’(「실바람지나간뒤」), ‘여윈’(「불노리」), ‘애처로
  운’(「무대」), ‘쓸쓸한’(「동경」, 「석양구(夕陽丘)」, 「비오는 날」, 「사상(沙上)」) ‘실낱같
  은’(「석양구」) 등의 단어들과 유사한 성격을 갖는다.

때 느껴지는 촉각 혹은 기관감각이 접합된 것이다.

2) 후각의 시각화

이처럼 이장희의 시에서 이미지들은 두 가지 이상의 서로 다른 감각이 겹치거나 전이되면서 복합적인 느낌을 전달한다. 시각과 촉각의 결합 외에 후각과 시각이 결합되는 경우도 마찬가지다.

> 님이시여
> 모르시나닛가?
>
> 지금은
> 그리운 녯날생각만이,
> 시들은 꼿
> 싸늘한 몬지
> 사그라진 촉불이
> 깃들인 제단을
> 고이고이 감돌면서
> 울음석거 속색임니다.

―「실바람지나간뒤」 부분

화자는 낡은 제단을 바라보며 자신의 서글픈 심회를 토로하고 있다. 제단이 놓인 주변의 모양은, 이곳이 사람이 잘 오지 않는 동떨어진 장소라는 것을 보여준다. 시들어버린 꽃, 싸늘한 먼지, 사그라진 촛불 등이 그러한 상황을 잘 설명해준다. 화자는 그렇게 낡은 장소를 찾아서 '그리운 옛날 생각'을 떠올리고 있다. 먼지 없이 깨끗하게 정리된 제단과 활짝 핀 꽃, 타오르는 촛불이 있는 공간이 '그 옛날'에 해당할 것이다. 그러나 현재 화자는 이러한 상황과는 정반대의 고적하고 쓸쓸한 상황에 놓여있다. 그 고적감과 상실감이 울음 섞인 속삭임을 낳는다.

이 시에서 우선 두드러지는 것은 시든 꽃, 먼지, 사그라든 촛불 같은 시각적 이미지이다. 그러나 '시든 꽃'은 '시들어있는 모양'이라는 시각적인 이미지를 환기시키는 동시에, '향기가 없다'는 후각적 이미지를 숨기고 있다. 시든 꽃은 향기는 없는 상태로써 자신의 존재를 알린다. 즉 부재로 존재를 알리는 것이다. 감추어져 있는 후각적 이미지는 '고이고이 감돌면서'라는 구절과 만남으로써 분명해진다. 고이고이 감도는 것은 옛날 생각만이 아니라 시들어버린 꽃의 향기(부재로서만 존재하는)이기도 한 것이다. 따라서 이 시는 시각적 이미지와 후각적 이미지가 결합된 형태인 것이다.

「비인 집」이나 「달밤모래우에서」 역시 유사한 방식의 이미지 결합을 보여준다. "좀먹은 비단의 냄새"(「비인 집」)는 좀이 슬고 바랜 비단을 연상시킴과 동시에 좀먹은 옷감에서 나는 냄새를 환기시키고, "자빠진 청개고리의 불룩하고 하이얀 배"와 "야릇하고 은은한 죽음의 비린내"(「달밤모래우에서」)는 시각과 후각을 직접적으로 연결시킨 것이다.

4. 이미지의 시적 기능

1) 감상성의 극복

이장희 시에 나타나는 이미지들은 근본적으로 대상에 대한 인상을 정확하게 재현하는 것을 목표로 한다. 앞에서 말한 「하일소경」이나 「봄은 고양이로다」가 대표적인 예이다. 이 시들은 대상을 객관적으로 묘사하는데 치중하고 있다. 그러나 이장희의 시 전체에서 이처럼 대상의 묘사만으로 이루어진 시는 드물다. 대부분의 시들은 대상의 묘사와 시인 자신의 정황이 결합되어 있다. 이 때 감각적 이미지들은 단순히 묘사의 테크닉으로 끝나는 것이 아니라 시 전체의 분위기가 감상적인 것으로 흐르는 것을 방지한다.

> 갈대 그림자 고요히 흐터진 물가의 모래를
> 사박 사박 사박 사박 건일다가
> 나는 보앗슴니다 아아 모래우에
> 잣버진 청개고리의 불눅하고 하이안 배를
> 그와함씌 나는 맛텃슴니다
> 야릇하고 은은한 죽음의 비린내를
>
> 슬퍼하는 이마는 하눌을 우르르고
> 푸른 달의 속색임을 들으랴는듯
> 나는 모래우에 말업시 섯더이다

—「달밤모래우에서」(『신민』 6호, 1925. 10) 전문

　　시의 계기는 모래 위를 지나가다가 죽어있는 청개구리를 발견한 것이다. 이것은 누구나 흔히 겪는 평범한 일이다. 그러나 시인은 거기서 죽음의 냄새를 감지하고 있다. 갈대 그림자가 고요한 물가의 모래밭, 그것을 비추고 있는 푸른 달빛, 혼자 거닐고 있는 시인 등은 그 자체만으로 고요하고 적막한 느낌을 불러일으킨다. 그런 상황에서 불룩하고 하얀 배를 뒤집고 죽은 청개구리는 쓸쓸하고 허무한 심경을 더욱 부추

긴다. 그러나 시인은 이를 "야릇하고 은은한 죽음의 비린내"가 난다고 표현함으로써, 청개구리의 주검을 슬픔과 동정이 아닌 객관적인 묘사로 표현하고 있다.

'죽음의 비린내'는 죽은 청개구리와 살아있는 화자 사이에 선명한 경계를 만든다. 죽은 청개구리는 비린내를 풍기고, '나'는 그 비린내를 감각할 수 있는 삶의 영역에 있는 것이다. 이러한 깨달음은 죽음에 대한 감상적인 접근을 차단함으로써, 이 시가 센티멘탈리즘으로 흐르는 것을 막는다. 이러한 과정을 거쳐 2연에서 '나'는 슬픔을 배제하고 대상에 대한 감정이입과 그에서 오는 과장된 반응 없이 말없이 서있게 되는 것이다.

이미지가 외부적인 대상을 묘사하는 것을 넘어서 자신의 심적인 정황을 그려내는 경우도 마찬가지다. 이장희는 슬픔이나 기쁨 같은 내면의 감정들을 언어로써 그려내고자 한다.

날마다 밤마다
내가삼에 품겨서
압흐다 압흐다고 발버둥치는
가엽슨 새한머리.

나는 자장가를 부르며
잠재이랴하지만
그저 압흐다 압흐다고
울기만함니다.

어늬듯 자장가도
눈물에 떨구요.

−「새한머리」(『금성』 3호, 1924. 5) 전문

시 전체에 나타나는 정서는 슬픔과 그것으로 인한 고통이다. '나'의 슬픔은 너무 깊어서 아무리 마음을 다잡고 달래려고 해도 줄어들지 않는다. 그 슬픔을 시인은 '날마다 밤마다 내 가슴에 안겨서 아프다 아프다고 발버둥치는 가엾은 새 한 마리'라고 표현하고 있다. 새 한 마리가 아프다 아프다고 발버둥치는 것은 슬픔의 정도가 덜해지지 않고 현재적이라는 것을 말하고, 그것이 '날마다 밤마다' 반복된다는 것은 모든 시간 동안 즉 항상 그 슬픔이 함께 한다는 것이다. 이장희는 이러한 심적인 고통을 발버둥치는 새 한 마리로 이미지화하면서 그것으로부터 한 발 물러서 거리를 둔다. 1연이 슬픔에 빠져있는 '나'의 모습이라면, 2연에서 '나'는 자장가를 부르며 그 슬픔을 잠재우려 한다. 슬픔에 빠진 '나'와 그것을 바라보는 '나'가 분리되면서 보다 더 객관적인 거리를 확보하게 된다. 3연에서는 슬픔에 빠진 '나'와 그것을 달래려는 '나' 사이의 균형이 깨어지면서, 슬픔에 젖어드는 모양을 그려내고 있다. 상대방을 달래려다 결국 자신도 같이 울어버리는 심사 같은 것이다. 이 시에서는 우는 주체와 달래는 주체가 사실상 동일한 '나'이다. 그러나 울고 있는 자아를 분리하고 그것을 작은 새의 이미지에 비유하면서 객관적인 거리를 확보한 결과, 3연에서는 슬픔이 한결 절제되어 나타난다. 낮이나 밤이나 떠나지 않는 고통을 '울음 섞인 자장가'로 표현함으로써 감정이 직접 노출되는 것을 방지하고 있는 것이다. 이 경우 이미지들은 이장희의 시가 센티멘탈리즘으로 떨어지는 것을 방지함으로써 절제와 균형을 잃지 않도록 해준다.

2) 시어의 경제성 확보

감각적 이미지는 감정의 과잉 노출을 방지할 뿐만 아니라 주관적인 감정이나 정서를 대변하고 시간의 경과나 장면의 전환 등을 포함함으로써 시의 함축성을 높인다.

저녁째개고리 울더니
마츰내 밤을타서비가나리네

녀름이 와도 오히려쓸쓸한
우리집 뜰우에소리도 그윽하게 비가 나리네.

그러나 이것은 또 어인일가 어대선지

한 마리 버레 소리 잇다금 들리누나.

지금은 안이우는 개고리가치

내마음 그지업시 그윽하여라 고적하여라.

–「어느밤」(『신민』 28호, 1927. 8)

시간적 배경은 저녁부터 밤까지이다. 저녁에 개구리가 울더니, 밤이 되자 비가 내린다. 그 소리가 마치 귀에 실제로 들리는 듯이 청각적 이미지가 선명하다. 개구리 소리나 비 오는 소리가 또렷이 들리는 것은, 집이 비어 있어서 적막하기 때문이다. 비가 오는 소리도 그윽하게 느껴질 만큼 주변이 고요한 가운데, 어디선지 '한 마리 벌레 우는 소리'가 들린다. 그만큼 조용하고 적막한 풍경이다.

　그러나 이 시는 외부 풍경만을 묘사하는 것이 아니라, 풍경을 빌려 시인 자신의 심회를 드러내고 있다. 시인의 정황을 알려주는 것은 마지막 연 "내마음 ~ 고적하여라" 뿐인데, 그마저도 별다른 감정이나 느낌 없이 건조하게 상황을 전달할 뿐이다. 그럼에도 불구하고 시를 읽고 나면 시인의 고독감이 강하게 느껴진다. 그 이유는 시 전체의 고독감이 곧 시인의 내면적 심회를 드러내기 때문이다. 그윽하고 고요한 풍경은 외부적인 환경의 묘사인 동시에, 시인의 고적하고 쓸쓸한 마음을 나타내는 장면이다. 고요 속에 우는 '한 마리 벌레'는 사실 시인 자신인 것이다. 감정을 설명하는 말들을 늘어놓지 않고도 시인의 감정 상태가 선명하고 인상적으로 드러난다. 언어의 경제적인 운용이 돋보이는 시이다.

불노리를
실음업시 질기다가

앗불사! 부르지즐때
벌서 내손가락은
밝아케 되엿더라.

봄날
비오는 봄날
파라케 여윈 손가락을
고요히 바라보고
남모르는 한숨을 짓는다.

　　　　　　　　　　　　　　　　－「불노리」(『금성』 3호, 1924. 5) 전문

이 시는 시간의 흐름을 이미지가 대신함으로써 불필요한 언어의 사용을 막고 시어의 밀도를 높이고 있다. 3연으로 이루어져 있는 이 시는 1연과 2연, 3연 사이에 각각 시간의 비약을 함축하고 있다. 1연에서 화자는 불놀이를 '실음업시' 즐기고 있다. '실음업시'라는 말은 '맥없이' 혹은 '생각 없이'의 뜻이다. 즉 화자는 별다른 생각 없이 불놀이를 하고 있다. 2연의 '아뿔사!'라는 표현은 1연의 행위가 별다른 생각 없이 이루어졌음을 반증하는 동시에, 2연의 상황이 화자 자신도 예측하지 못한 것이라는 점을 알게 한다. 아무 생각 없이 불놀이를 하다가 자신도 모르는 사이에 손가락을 덴 것이다. 그러나 3연에서는 발갛게 덴 손가락이 파랗게 여위어 있다. 화자는 그 여윈 손가락을 보며 한숨을 쉬고 있다. 2연과 3연의 사이에는 발갛게 덴 손가락이 파랗게 변하고 여윌 만큼의 시간이 개입되어 있는 것이다.

'불놀이'는 사실상 사랑이라고 볼 수 있다. 1연이 '불놀이'로 상징되는 사랑의 시작이라면, 2연은 자신도 모르게 사랑에 빠진 상태를 보여준다. 아뿔사! 하는 사이에 손을 데었다는 것은, 별다른 생각 없이 시작한 사랑에 자신도 모르게 깊이 빠져들어 있음을 의미한다. 3연은 그 사랑이 이미 떠나버렸음을 보여준다. 발갛던 손가락이 파랗게 여윈 것은 사랑이 다했고, 사랑의 시간이 이미 과거의 일이 되어버렸다는 것이다.

이 시는 이렇게 짧은 3연의 시 안에 사랑의 시작과 진행, 이별 후까지를 담아내고 있다. 시적 화자의 심경 상태와 사랑의 진행과정을 같이 살펴보면, 무관심 혹은 담담함/ 유희적인 사랑의 시작(1연) → 열정과 정념/사랑에 몰입(2연) → 쓸쓸함과 회한/ 이별(3연)의 과정으로 바뀌고 있다. 이장희는 이러한 시간의 흐름을 '발갛게 된 손가락'과 '파랗게 여윈 손가락'이라는 시각적인 대조를 통해 나타내고 있다. 즉 발갛고 파란 색깔의 대조는 단지 색깔의 이미지만이 아니라 사랑의 과거와 현재를 한꺼번에 표현하고 있는 것이다. 그럼으로써 이 시는 긴 설명 없이 사랑의 기쁨과 슬픔을 몇 줄의 언어로 포착해내는 데 성공하고 있다. 이 경우 시각적인 이미지는 설명에 필요한 언어를 최소화하는 효과를 낸다. 그만큼 시어의 함량은 높아진다.

이장희 시에는 이처럼 이미지를 사용하여 대상을 묘사함으로써 감정의 과잉 노출을 막는 시가 있는가 하면, 현실과 환상의 경계가 불분명한 시도 있다. 대상을 객관적으로 묘사하는 것과 환상을 이용하는 것은 창작의 방식 면에서는 상반된 것이지만, 센티멘탈리즘을 극복하는 방법으로 선택된 것이라는 공통점을 가지고 있다. 따라서 이장희 시에 나타나는 이미지의 기능과 의의는 이장희 시의 환상성에 대한 연구가 뒷받침될 때 보다 잘 설명될 수 있을 것이다.

●발표 제목 동일, 『국어국문학』 146, 2007. 9.

이장희 시에 나타나는 환상성의 특징 연구

1. 한국 근대시와 환상

일반적으로 환상은 사실적 재현이 아닌 것, 비현실적인 것 혹은 실체가 없는 것 등을 지칭한다. 문학에서 환상은 종종 현실세계와는 무관한 허구적 상상 세계에 불과하거나 현실성의 검증을 필요로 하지 않는 동화적 퇴행의 세계, 기괴하고 장난스러운 문학적 치기, 미학적으로 조율되지 못한 황당무계한 상상력의 출구인 것처럼 간주됨으로써, 문학의 중심부에서 소외되어온 경향이 있다.[1] 그러나 최근 들어 환상에 대한 연구가 활발해지면서, 환상은 현실에 대한 전복[2]이나 문학의 근본적인 충동[3] 등으로 새롭게 정의되고 있다.

환상성은 1920년대 초기 이장희, 이상화, 박영희, 박종화 등의 시에 공통적으로 나타나는 특징이다. 이들의 시에서 환상은 부정적인 현실

---

1) 최기숙, 『환상』, 연세대학교출판부, 2003, p.1.
2) 로즈마리 잭슨, 『환상성』, 서강문학연구회 역, 문학동네, 2001.
3) 캐서린 흄, 『환상과 미메시스』, 한창엽 역, 푸른나무, 2000.

에서 벗어나고자 하는 욕구에서부터 비롯된다. 이 때 부정적인 현실은 식민지 상황이라는 시대적인 요인 외에 개인의 개성을 억압하는 관습이나 도덕, 일상생활까지를 포함한다.[4] 이는 당시 발간된 최초의 시전문지로서 황석우, 변영로, 노자영, 박종화, 박영희, 오상순 등이 참여했던 『장미촌』의 "우리들은 인간으로의 참된 고뇌의 촌에 들어왔고, 그곳을 개척하여 영(靈)의 영원한 평화와 안식을 얻을 촌, 장미의 훈향 높은 신과 인간과의 경하(慶賀)로운 화혼(花婚)의 향연에 얽히는 촌을 세우려 한다"라는 선언에 상징적으로 표현되어 있다. 여기서 주목할 것은 이들이 인간으로서의 고뇌를 '영의 평화와 안식'을 구하는 것에 두고 신과 인간의 조우를 꿈꾸고 있다는 점이다. 그것은 이들이 사회적인 현실이 아닌 정신이나 영과같은 불가시의 영역을 지향하고 있었다는 것을 말해준다. 『장미촌』의 동인으로 참가했던 황석우나 박종화, 박영희의 시에 나타나는 환상적인 요소는 이러한 맥락에서 해석될 수 있다. 즉 개인의 생명을 억압하는 모든 요인들을 '현실'과 동일시하고 이것에서의 탈출구로서 환상을 끌어들이고 있는 것이다. 그리고 그것은 새로운 세계 특히 정신적이고 영적인 세계에 대한 지향을 공통적인 특징으로 한다.

---

4) 이것은 1920년대 초기 낭만주의 시들의 공통적인 특징이기도 하다. 이에 대해서는 다음의 글을 참고할 수 있다. "이와 같은 자아·개성론의 절대화에 뿌리를 둔 절망과 영탄이 1920년대 초기시의 기본적 주제를 형성한다. 그것은 극단화된 개인주의의 주제이며 또한 현실세계의 과정과 결합하거나 타협할 수 없는 절대적 가치의 장엄함 앞에 모든 일상적 가치를 포기하고 이상화된 다른 세계를 추구하기로 한 낭만주의의 주제이다."－김흥규, 「1920년대 초기시와 어두운 낭만주의」, 『이상화 박종화』, 지식산업사, 1984, pp.252~253.
물론 이러한 특징이 당대 시인들의 시에서 동일한 정도로 나타나는 것은 아니다. 박종화의 시가 관습과 도덕을 억압이라고 보고 현실에 대한 부정과 죽음에의 찬미를 보여주는 반면, 이상화의 시에 나타나는 절망감은 식민지 상황이라는 사회적 요인에 더 큰 비중을 두고 있다.

환상이 종종 죽음에 대한 욕구와 연결되는 것은 이런 맥락에서 보면 자연스러운 것이다. 이들의 시에서 죽음은 새로운 세계로 건너가기 위한 통과제의와도 같은 것이다. 현실의 삶은 허무한 꿈과 같은 거짓이고, 죽음을 통해서만 부정적인 현실의 삶에서 벗어나 참 생명의 세계로 들어갈 수 있다. 그러므로 죽음은 감상벽의 소산이 아니라 새로운 세계로 건너가는 적극적인 과정이다.[5] 이상화의 「나의 침실로」, 박종화의 「사의 예찬」 등에 나타나는 죽음에 대한 찬미는 이렇게 해석될 수 있다.

그러나 이들의 시에서 새로운 세계는 구체적으로 재현되지 않는다. 즉 현실을 벗어나 새롭게 창조되는 2차세계[6]가 구체적으로 제시되지 않는다는 것이다. 소설에서는 1차세계의 줄거리와 별개로 2차세계에서의 이야기가 전개된다. 거울을 열고 들어가거나(『이상한 나라의 앨리스』) 옷장 속으로 들어가는 순간(『나니아 연대기』) 환상이 시작되고, 2차세계인 환상세계는 그곳만의 질서와 논리에 의해 전개된다. 시에서의 환상 역시 현실이 아닌 새로운 세계로 건너가기 위한 수단적인 것으로 선택되

---

5) 이 때 환상은 현실의 억압적 질서를 무너뜨리고 새로운 세계를 지향하는 유토피아적 성격을 가지고 있다. 그것은 로즈마리 잭슨의 말처럼 궁극적으로는 현실의 질서를 전복하려는 의도를 품고 있다. 그러나 1920년대 초기시에 나타나는 환상은 구체적인 전망을 지닌 새로운 세계에 대한 지향이라기보다는 현실을 벗어난 세계에 대한 막연한 동경에 가깝다. 그들의 시가 종종 퇴폐적 낭만주의라고 비판받는 것은 이 때문이다. 그러나 그들이 지향하는 세계가 얼마나 구체적인 것인가와는 별개로, 이들의 시에 나타나는 환상이 새로운 세계에 대한 적극적인 욕망의 표출이라는 것을 주목할 필요가 있다.

6) 톨킨은 환상문학을 설명하면서 경험적 세계를 '1차 세계(Primary World)', 상상에 의해 창조된 세계를 '2차 세계(Secondary World)'라고 구별했다. 1차 세계가 우리가 알고 있는 현실이라면, 2차 세계는 만들어진 환상 세계를 의미한다. ─J.R.R.Tolkien, The Tolkien Reader, New York:Ballantine, 1974 참고. 이 글에서는 황병하, 「환상문학과 한국문학」, 『메타비평을 위하여』, 민음사, 1997, p.373을 참고했다.

는 것은 동일하다. 그러나 일반적인 경우 시에서 환상은 현실과 나란히 병행하는 사건이나 상황으로 제시되기는 어렵다. 이는 시가 기본적으로 재현을 목표로 하는 장르가 아니기 때문이다. 시는 인과관계나 시간의 경과에 따라 세계를 재현하는 것이 아니라 그 세계에 대한 주체의 정서적 반응을 표출하는 것을 목적으로 한다. 시에서 표현되는 것은 세계에 대한 주체의 집중된 감정의 표현이다. 재현이 아니라 재현된 세계에 대한 감정의 표현인 시에서는, 2차세계는 물론 1차세계까지도 구체적인 시공간의 맥락에서 재현해내기는 어렵다는 것이다.[7] 새로운 세계는 환상을 통해서 환기될 뿐 구체성을 가지고 현현되지 못한다. 새로운 세계를 갈망하는 욕구는 드러나지만, 그것은 현실과 다른 신비에 휩싸인 어떤 것으로만 제시될 뿐이다. 시는 소설에 비해 상대적으로 짧은 분량이라는 점 또한 환상세계를 구체적으로 재현하는 데 제약조건이 된다. 따라서 시에서 환상은 신비로운 분위기, 비현실적인 존재의 출현이나 상황의 연출 등 부분적인 특징으로 나타나는 것이 일반적이다.[8] 환상세계의 이야기가 주를 이루는 것이 아니라, 비현실적인 장치들이 불러오는 시적인 효과를 중시하는 것이다.

이상과 같은 특징은 이상화, 박영희, 박종화, 이장희 등 1920년대 초기시에서 공통적으로 추출되는 것이다. 이 글에서는 그 중에서 이장희

---

7) 토도로프는 장르적인 특성상 환상은 시에는 해당하지 않는다고 말한 바 있다 (Tzvetan Todorov, 『환상문학서설』, 이기우 역, 한국문화사, 1996 참고). 토도로프의 주장과 이에 대한 비판은 황병하의 위의 글에 자세히 소개되어 있다.

8) 김동환의 「국경의 밤」과 같이 스토리를 갖추고 있는 장시인 경우에는, 환상이 새로운 사건을 만들거나 시의 전개를 이끌어가는 요소로 작용할 수 있다. 「국경의 밤」에서 아내가 밀수꾼 남편을 보내고 나서 꾸는 꿈이 이에 해당한다. 이 때 환상은 소설과 마찬가지로 앞으로 다가올 사건을 예고하는 기능을 한다. 그러나 이 때 환상의 기능은 서사장르적인 특징 때문에 가능한 것이며, 따라서 그것을 서정시 일반에서 나타나는 특성이라고 할 수는 없다.

시에 나타나는 환상성9)을 집중적으로 검토하고자 한다. 특히 이장희 시에 주목하는 이유는, 그의 시가 이상과 같은 특징을 모두 가지고 있으면서 다른 시인들의 시와 구별되는 점을 가지고 있기 때문이다. 그의 시에서 환상은 우선 신비스러운 분위기 혹은 몽환이나 꿈같은 분위기라는 시에서 나타나는 환상성의 일반적 특징을 가지고 있다. 그러나 다른 시인들의 시에서 환상이 현실에서 벗어난 다른 세계에 대한 지향으로 끝나는 반면, 이장희의 시는 환상세계 자체를 단편적으로 보여준다. 즉 현실과는 다른 논리와 질서를 가진 새로운 세계를 이미지화하여 표현하는 것이다. 또한 다른 시인들의 시에서 환상이 현실의 억압을 벗어나 새로운 세계를 지향하는 과정에서 발생하는 자연적이고 즉흥적인 성격이 강하다면, 이장희의 시에서 환상은 치밀한 구성 방식을

---

9) 기존 연구에서 이장희 시의 환상적인 특징은 작가론적인 연구를 중심으로 해서 단편적으로 지적되어 왔다. 대표적인 예로 백기만, 「상화와 고월의 회상」, 『상화와 고월』, 청구출판사, 1951 ; 김재홍, 「고월 이장희 평전」, 『이장희』, 문학세계사, 1993 ; 권도현, 「이장희론」, 『현대문학』, 1976. 11 ; 김학동, 「사계의 감각과 그 회화성」, 『한국근대시인연구(1)』, 일조각, 1974를 들 수 있다. 여기서 환상은 이장희의 불우한 가정환경에 기인한 심리적인 억압과 결핍을 반영한 것으로 설명된다. 이 연구들은 환상이 시에 나타나는 구체적인 양상을 연구하기보다는 그것이 발현되는 동인을 추적하는 데 초점을 맞추고 있다.
이에 비해 환상성 자체에 주목한 연구로는 오탁번과 이창민의 연구를 들 수 있다. 오탁번(「고월시의 양면」, 『어문논집』 14~15합집, 1973. 3)은 「고양이의 꿈」이 환상적이고 초현실적인 성격을 가지고 있다고 지적함으로써, 환상을 작품 분석의 틀로 사용할 수 있는 가능성을 암시하고 있다. 그러나 지적에 그칠 뿐 구체적인 작품 분석으로 연결되지는 않고 있다. 이창민(「이장희 시의 낭만성과 환상성」, 『우리어문연구』 23집, 2004. 12)은 이러한 기존 연구의 의의와 한계를 동시에 지적하면서, 이장희의 시를 '낭만성'과 '환상성'이라는 주제로 나누고, 환상성을 '본능적 욕망 표출로서의 환상'과 '순수 심상 구성으로서의 환상'으로 나누어 설명하고 있다. 이는 환상을 구체적인 작품 분석과 연결시키고 있다는 점에서, 이장희 시의 환상성에 대한 본격적인 연구라 할 수 있다. 그러나 환상 자체보다는 이장희 시의 일반적인 특징을 설명하는 데 주력하고 있고, 환상이 욕망의 표출이며 언어유희의 형태로 나타난다는 일반론에 초점을 맞추고 있어서, 실제 작품에 대한 분석은 상대적으로 미흡하다.

통해 만들어진 것이다. 이장희 시의 환상성을 당시 시인들의 그것과 비교해서 검토하고 그 구성 방식을 분석함으로써, 환상이 창작 기법으로서 사용되고 있음을 살펴보고자 한다.

2. 1920년대 시에서의 환상의 발생 요건

1920년대 초기 시인들의 시에 나타나는 환상은 공통적인 발생 요건을 가지고 있다. 우선 그것은 닫혀있는 특정한 공간에서 발생한다. 이상화의 '침실'(「나의 침실로」)이나 박영희의 '폐원'(「그림자를 나는 좇이다」), 박종화의 '밀실'(「밀실로 돌아가다」) 등은 시적 주체의 환상이 이루어지는 특별한 공간이다. 이 공간은 고립성과 무용성을 조건으로 한다. 혼자만의 공간(침실, 밀실)이거나 지금은 사용하지 않는 공간(폐원, 빈 집)이어서 현실적으로는 사용 가치가 없는 곳이라는 것이다. 그곳은 일반적인 생활공간과는 동떨어진 외진 공간으로서, 현실적인 유용성이 없음으로 해서 환상이 발생할 수 있는 가능성을 확보한다. 그곳은 현실의 억압에서 자유로울 수 있으며, 휴식을 거쳐 새로운 세계로 이행하는, 부활을 약속하는 공간이다.

이장희의 시에서 환상은 '빈 집'(「비인 집」)처럼 구체적인 공간에서 발생하기도 하지만, 대부분은 모래언덕이나 시냇가, 바닷가처럼 특정 조건하에서 발생한다. 「동경(憧憬)」이나 「사상(沙上)」에서 화자는 모래언덕에서 환상을 보고 있고("아, 이러할 째/ 무덤가티 잠잠한 모래두던우에/ 무릅을 쪄안고 실음업시 안즌/ 이나의 거츠른 머리칼은/ 나무입을 스치는 바람결에/ 갈갈이 나붓기어라."—「동경」, "사상(沙上)의바람은끈치지안코/ 멀니로서해조(海潮)의울음소리

들니어라"-「사상」10)), 「고양이의 꿈」에는 환상 속의 공간이긴 하지만 시
냇가가 등장한다("시내우에 돌다리, / 달아래 버드나무. / 봄안개 어리인 시내ㅅ가
에, 푸른 고양이/ 곱다랏케 단장하고 빗겨잇소, 울고잇소, / 기름진 꼬리를 치들고").
환상의 공간적 배경이 구체적인 장소로 한정되는 것이 아니라 모래와
물이라는 여건이 만족되는 장소 일반으로 확대되고 있는 것이다. 이는
모래의 물질적인 속성과도 긴밀하게 연결되어 있다. 모래는 그것 자체
로는 특정한 형태가 없고 담기는 그릇에 따라 모양이 변한다. 시냇가
나 바다, 강가처럼 물이 있는 곳에서는 물의 흐름에 따라 모양이 바뀌
고, 사막에서는 바람이 부는 방향에 따라 여러 가지 형상으로 변화되
기도 한다. 또한 손 안을 빠져나가는 모래 알갱이가 상징하듯이, 있는
것 같지만 실체가 없는 것을 상징하기도 한다. 그것은 현실의 단단한
고정성을 깨고 환상이 열릴 수 있는 여지를 제공하는 배경이다.11)

　시간적으로 볼 때 대부분의 환상은 밤에 발생한다. 박영희의 「그림
자를 좇이다」, 「월광으로 짠 병실」, 이상화의 「나의 침실로」, 박종화의
「밀실로 돌아가다」, 「폐원에 누워서」 등은 공통적으로 밤을 시간적 배
경으로 하고 있다. 환상성이 드러나는 이장희의 시들에서 역시 밤은
중요한 시간적 배경이다. 그 예로 「무대(舞臺)」("아, 그러나 향로의연긔는 가
늘게떠올나라. / 조요한촉불은 눈물을흘니며 쩌지려하는 것을. //보아라, 푸른달빗과가
튼 애처로은쑴이아니뇨.")와 「고양이의 꿈」("시내우에 돌다리, / 달아래 버드나무.
/ 봄안개 어리인 시내ㅅ가에, 푸른 고양이/ 곱다랏케 단장하고 빗겨잇소, 울고잇소, /

---

10) 이 글에서 인용된 시는 김재홍 편저, 『이장희』, 문학세계사, 1993에서 인용한 것이다.
11) 한영옥은 이장희의 시에 나타나는 모래의 이미지에 주목하고, "모래의 삭막하고
　쓸쓸하며 또한 어슴푸레한 이미지가 환상적 구도를 짜올리기에 합당"한 것이라
　고 설명하고 있다. ─한영옥, 「고월 이장희 시의 방법적 특성 소고」, 『인문과학연
　구』 제11집, 1991.

기름진 꼬리를 치들고”), 「사상(沙上)」(“아아어스름달아래/ 그는쓸쓸한光影의물결이런가/ 물결은물결을쪼츠잇업시움직이도다”)의 시간적 배경은 달이 뜬 밤이다.

이장희의 시에서는 밤 외에 저물 무렵이 중요한 시간적 배경으로 첨가되는 것이 특징이다. 「동경」(“여린 안개속에 눅아든/ 쓸쓸하고도 낡은 저녁이/ 어듸선지 물가티 기어와서”), 「비인 집」(“언재든지모색(暮色)을씌인숩속에/ 코기리가 튼고풍(古風)의비인집이잇다”), 「겨울의 모경(暮景)」(“큰 거리는 저물은 연긔에 저저 동정(動靜)이 몽롱하고/ 녹설은 무쇠가튼 둔중(鈍重)한 냄새가 잠겨 흐른다”)이 그 예이다. 그의 시에서 저물 무렵이 중요한 이유는, 그것 자체가 낮과 밤의 경계에 있는 시간으로서 몽롱한 느낌을 주기 때문이다. 그것은 육체의 눈[目]이 감지하는 가시 영역이 축소되는 대신 은폐되거나 숨겨진 것들을 볼 수 있는 새로운 ‘눈’[12]이 열리는 시간이다.

여기에 연기(“향로의 연기”–「무대」)나 안개(“봄안개”–「고양이의 꿈」)처럼 몽롱함을 불러오는 부수적인 환경이 결합된다. 안개, 연기, 향기, 냄새, 가느다란 소리 등은 주체가 환상으로 빠져들게 하는 정황적 요인으로 작용한다. 이들은 하나같이 분명하거나 고정된 것들을 깨고 허물어뜨리는 요인들이다. 환상은 이처럼 현실의 구속력이 희미해지는 지점에서 발생한다.

이같은 시공간적 배경 하에 환상이 전개되면서 이따금 비현실적인 존재들이 출현하는 것 또한 1920년대 초기시들의 공통적인 특징이다. 시적 주체는 달밤에 ‘어여쁜 세 처녀’의 환영을 보기도 하고(박영희, 「월

---

12) 이것은 귀신을 ‘본다’고 할 때, 그것을 보는 ‘눈[目]’을 말한다. 이 때 ‘보는’ 통로 혹은 수단은 신체 기관의 일부로서의 ‘눈[目]’이다. 그러나 이 때 ‘눈’이 보는 것은 실재가 아니라 허상이다. 그러므로 신체 기관으로서의 ‘눈’인 것은 동일하지만, 그것이 바라보는 대상은 달라진다는 면에서 새로운 ‘눈’이라는 표현을 사용했다. 앞에서 말한 「겨울의 모경」에서 ‘재비의 유령’을 보는 눈 또한 이 새로운 ‘눈’이다.

광으로 짠 병실」), 폐원에서 춤추는 유령을 보기도 한다(박종화, 「폐원에 누워서」). 이장희의 시 역시 유령의 존재가 나타난다는 것은 공통점이지만, 그것이 비유적인 옷을 입고 이미지화되어 있다는 것이 차이점이다.

> 큰 거리는 저물은 연긔에 저저 동정(動靜)이 몽롱하고
> 녹설은 무쇠가튼 둔중한 냄새가 잠겨 흐른다
> 그러나 가다가는 알는 소리 은은한 전차가 물오른 풀입가튼 쑈죽한
> 신경을 들어내고
> 째안인푸른꼿을 허공에 날니기도한다
> 길바닥은 얼어서 죽은 구렁이가티 쩌드러젓고
> 그우를 새찬 바람이 돗을달고 다르나면
> 야릇한 군소리가 눈물에 쩔어 그윽히 들닌다
> 잘 지절대고 하이카라인 재비의 유령이
> 불눅한 검정 외투를 휘감고 비털거리는 사이에 잇서서
> 흐린 은ㅅ결가티 희수름한 옷 그림자가 고요히 움즉인다
> 구름인지 안개인지 넘으로 피ㅅ줄 선 눈알가티 붉으레함은
> 마즈막으로 넘어가는 날볏의 얼굴이 숨어 잇슴이라
> 이들 눈에 모든것이 저마다 김을 쑴어서
> 그는 환등의 영사막이며 침울한 쎄ㅅ산을 보는듯하다
>
> ―「겨울의 모경」 전문

> 눈 비는 개였으나
> 흰 바람은 보이듯하고
> 싸늘한 등불은 거리에 흘러
> 거리는 푸르른 유리창
> 검은 예각이 미끄러 간다.
>
> 고드름 매달린
> 저기 저 처마 밑에

서울의 망령이 떨고 있다.
풍지같이 떨고 있다.

-「겨울밤」 전문

「겨울의 모경」에서 '검은 외투를 휘감고 있는 재비의 유령'은 「겨울밤」의 '서울의 망령'에 대응된다. '서울의 망령'은 '서울이라는 망령' 혹은 '서울을 상징하는 망령', '서울에 있는 망령' 등의 의미들을 복합적으로 포함하고 있다. 이로 미루어 볼 때, 「겨울의 모경」에서 '재비의 유령'은 어두워지는 도시 풍경을 마치 형체가 있는 것처럼 표현한 것이고, '희수름한 옷 그림자'는 어슴푸레한 저녁 기운, 혹은 저문 연기를 표현한 것이라고 추정할 수 있다. 이 대목은 풍경에 형체 아닌 형체를 부여함으로써 환상성을 증폭시키는 효과를 내고 있다.

이와 같이, 이장희 시에서 환상은 일차적으로는 당대의 다른 시인들의 시와 공통점을 가지고 있다. 그러나 공간적 배경을 한정된 구체적 공간에서 특정한 여건을 갖춘 일반적인 공간으로 확대하고. 시간적으로는 저물 무렵까지를 포함함으로써 현실과 비현실의 경계 가 모호해지는 특징을 더욱 실감나게 포착하고 있다. 어둠이 개입되는 시간, 모래가 있는 장수, 연기나 안개와 같은 정황적 요인들은, 시로 다른 시에서 비슷한 이미지로 반복되면서 환상을 만들어낸다.13)

---

13) 이런 측면에서 볼 때 예외적인 시가 「청천의 유방」이다. 이 시의 배경은 푸른 하늘이 있는 따스한 봄날이다. 다른 시들이 환상이 발생하는 배경을 어느 정도 공유하고 있다면, 「청천의 유방」은 대낮에 바닷가나 모래언덕이 아닌 곳에서 전개되는 이질적인 환상이다.

3. 이장희 시의 환상의 구성 방식

이장희의 시에서 환상은 일차적으로는 현실의 어떤 계기에서 촉발되어 발생해서 전개된다. 예를 들면 저물 무렵의 도시 풍경(「겨울의 모경」)이나 푸른 봄 하늘(「청천의 유방」)이 환상을 촉발시키는 계기로 작용하는 것이다. 이러한 시들은 현실과 환상의 경계가 비교적 뚜렷하다는 것이 특징이다. 환상이 발생하는 정황을 어렵지 않게 추적할 수 있다는 것이다. 이와는 달리, 현실 자체가 지워져 있어서 현실과 환상의 경계를 구분할 수 없는 경우도 있다. 이 때 시는 환상 자체 즉 2차세계를 이미지화하여 표현한다. 환상세계는 재현되는 것이 아니라, 비현실적인 존재를 이미지화하거나 비현실적인 장면 등을 통해 단편적으로 그려진다. 전자가 현실과 환상이 병치된 경우라면, 후자는 환상만 있는 경우로서 서로 다른 환상이 중첩되어 나타난다.[14)

1) 현실과 환상의 병치

현실과 환상이 나란히 놓여있는 경우, 환상은 대부분 현실적인 시공간을 바탕으로 하고 어떤 계기에 의해 촉발된다. 현실에서 환상으로 넘어가는 지점이 선명하고 내용 또한 현실과 환상으로 나뉘어 있어서

---

14) 김태환은 환상소설을 현실과 환상이 맺는 관계에 따라 '열린 환상'과 '닫힌 환상'으로 구분한다. '열린 환상'이 환상계와 현실계를 접촉시키고, 교류하게 하고, 심지어 완전히 뒤죽박죽 섞어버리는 것이라면, '닫힌 환상'은 환상계와 현실계의 절대적인 분리를 지향하는 것이다. (김태환, 「환상성의 구조에 관한 몇 가지 단상들」, 『문학 판』, 2002. 가을) 현실과 환상이 분리되며 병치되는 첫 번째 경우가 열린 환상에 해당한다면, 환상이 중첩되는 두 번째 경우는 닫힌 환상이라고 할 수 있을 것이다.

시를 이해하기가 비교적 용이하다. 이 유형은 현실과 환상이 결합되는 순서에 따라 다시 두 가지로 나누어진다.

(1) 순차적인 환상

이 유형에서 시는 현실 상황을 먼저 그리고 순차적으로 환상으로 나아간다. 때문에 현실에서 환상으로 넘어가는 경계가 선명하게 드러나는 것이 특징이다. 「동경(憧憬)」은 현실에서 환상이 어떻게 촉발되는가를 잘 보여주고 있다.

여린 안개속에 눅아든
쓸쓸하고도 낡은 저녁이
어듸선지 물가티 긔어와서
회색의 꿈노래를 알외이며
갈대가티 간열핀 팔로
싯업시 나의 몸을 둘너주도다

야릇도하여라
나의 가삼속 깁히도 가란저
가늘게 고달핀 숨을 수이고잇든
햘푸른 넷생각은
다시금 꾸물거리며 늣겨울다.
　　(중략)

반원을 크다란케 그리는
동녁 한울갓에
조고만 샛별이 쩌잇서
성자가티 느러선 숩넘으로

언제보아도 혼자일러라.
선잠에서 눈뜬 샛별은
싸늘한 나의 쌤가티 썰며
은빗진 미소를 보내나니.

외쩌러진 샛별이어,
내리봄이 어듸런가,
남빗에 흔들리는 바다런가,
바다이면 아마도 섬이잇고
섬이면은 고은 꼿피는 수국(水國)이리라,
오, 이질수업는 머나먼 동경이어.

─「동경」 부분

1,2연에서 화자는 저녁 무렵 홀로 나와 앉아 옛 생각에 잠겨 있다. 바람이 불고, 초저녁의 동쪽 하늘 끝에는 별 하나가 보인다. 중략된 부분의 아래 연에서, 화자는 그 별을 바라보며 생각을 전개시키고 있다. 동쪽 하늘에 뜬 샛별은 언제 보아도 혼자인 모양이 화자와 닮았다고 판단된다. 화자는 그 별에게 '외떨어진 샛별이여 어디를 내려다보고 있는가'라고 묻고, 아마도 그 별이 '꽃피는 수국'을 보고 있을 것이라고 추정한다. 그 '수국'은 '바다에 있는 고운 꽃이 피는', '그리운 옛 님'이 있는 곳이다. 임은 그 '수국의 꽃숲'에 있다.

그러나 이 '수국'은 실제로 존재하는 특정 공간이 아니라 화자의 환상이 만들어낸 비현실적인 공간이다.[15] 현실적인 상황에서 화자는 모

---

15) 양주동의 「낙월애상(落月哀想)」에 따르면, 이 시는 동경에 있는 M이라는 여성을 그리워하며 쓴 것이라고 한다. ("언젠가 군의 서신 가운데 동경에 있는 M이란 여성을 그리워하노라 하면서 '나의 M! 나의 M이 있는 동경! 나는 그곳을 최근에 한 번 가보려 한다.' 이런 의미의 일절이 있었던 것을 생각한다. 군의 시 「동경(憧憬)」

래언덕 위에 있고, '수국'은 환상의 세계에 속한다. 화자는 현실에 있으면서 '샛별'이라는 매개체를 통해 환상의 영역으로 넘어가는 것이다. 현실의 공간이 상실과 이별, 외로움과 회한의 공간이라면, '수국'은 임과의 만남, 충만함, 기쁨의 공간이다. 그러나 임과의 만남은 현실에서는 불가능하고 오직 환상을 통해서만 꿈꾸어볼 수 있는 것이다. 현실과 환상이 명확하게 나뉘어 있고, 현실에서 출발해서 환상으로 옮겨가는 순서를 따르고 있다.

널리 알려진 「청천(靑天)의 유방(乳房)」 또한 현실과 환상의 분리가 선명하게 드러난다. 이 시는 푸른 하늘에서 촉발되는 환상을 보여준다. 환상이 발생하는 시간은 하늘이 보이는 낮이고, 공간 역시 모래나 물과 무관하다. 이런 면에서 이 시는 이장희 시에 나타나는 환상의 일반적인 공식을 깨뜨리는 예외적인 시라고 하겠다.

> 어머니 어머니라고
> 어린마음으로가만히부르고십흔
> 푸른하눌에
> 다스한봄이흐르고
> 쏘 흰볏을노으며
> 불눅한乳房이달녀잇서
> 이슬매친포도송이보다더아름다워라

(『시인선집』 소재) 가운데 '오 잊을 수 없는 동경이여' 한 것은 실로 동경(憧憬)과 동경(東京)의 동음(同音)을 취한 것이다. 이것은 직접 군에게 들었던 말이다."—양주동, 「낙월애상」, 『이장희』, 김재홍 편저, 문학세계사, 1993, p.128) 그렇다면 이 시에서 화자가 샛별이 바라보는 곳이라고 추정하는 '수국'은 실제의 섬나라인 일본을 지칭하는 것으로 읽을 수도 있다. 그러나 이것은 지나치게 즉자적이고 기계적인 해석이다. 양주동도 밝힌 것처럼, 이 시를 구체적인 한 여성과 연결된 것만으로 읽어내는 것은 온당한 해석이 아니다. 옛날에 대한 그리움, 현실의 상실감, 쓸쓸함과 동경 등은 시 장르의 기본적인 정조에 해당한다.

> 탐스러운유방을볼지어다
> 아아 유방으로서달콤한젓이방울지려하누나
> 이째야말노애구(哀求)의정이눈물겨우고
> 주린식욕이입을벌이도다
> 이무심한식욕
> 이복스러운유방……
> 쓸쓸한심령이여 쏜살가티날러지이다
> 푸른하눌에날러지이다.

화자는 푸른 봄 하늘을 보며 환상에 접어들고 있다. '불룩한 유방'이 무엇인지 정확하게 말하기는 어렵지만,[16] 그것이 실제의 하늘에 있는 것임은 분명하다. 화자는 하늘을 올려다보고 거기에 있는 어떤 것에서 어머니의 유방을 유추해내는 것이다. 1행에서 7행까지가 현실에 바탕한 발언이라면, "탐스러운 유방을 볼지어다/ 아아 유방으로서 달콤한 젓이 방울지려 하누나"라는 대목은 유방과 관련된 환상이다. 현실의 대상에서 연상된 환상이 마치 현실의 상황인 것처럼 처리되어 있다. 그러한 상황에 근거해서 '애구의 정이 눈물겹고 주린 식욕이 입을 벌린다'는 말이 가능해진다. "이째야말로~복스러운 유방"까지는 환상이 먼저 전제된 뒤, 이에 대한 편집자적인 서술을 첨가하는 형식으로 이루어져 있다. 따라서 이 부분은 환상에서 다시 현실로 돌아오는 지점을 보여주고 있는 것이다. 그 후에 나오는 "쓸쓸한 심령이여~날러지이다"는 현실로 돌아온 화자의 독백에 해당한다. 이 시는 이처럼 환상이 일어나는 지점과 환상에서 빠져나오는 지점을 선명하게 보여주고 있다.

---

16) 이 부분에 대한 해석은 여러 논자에 의해서 이루어져 왔다. 대표적으로 제해만은 '푸른 하늘'을 어머니, '태양'은 유방, 거기서 방울지는 것은 '모정'이라고 해석하고 있고(제해만, 「고월시 연구」), 이창민 역시 이에 동의하고 있다.

(2) 역전적인 환상

「동경」과 「청천의 유방」이 현실에서 출발하여 환상으로 들어가는 경계를 순차적으로 보여주고 있다면, 「사상」이나 「무대」는 이와는 정반대로 환상이 먼저 나타난 후, 그것이 환상임을 말해주는 현실적인 단서들이 뒷받침된다.

> 끔직한행렬이로다
> 군대도안이오 여상(旅商)도안이오 코기리도안이오
> 꿈가티솟구은피라밋트넘으로
> 기달은형상이움직이도다
> 아아어스름달아래
> 그는쓸쓸한광영의물결이런가
> 물결은물결을쏘츠며끗업시움직이도다
> 이전경에흐르는정조
> 야릇한정조에잠기게하여라
> 환상의범선을씌우게하여라
> 사상(沙上)의바람은끈치지안코
> 멀니로서해조의울음소리들니어라

－「사상(沙上)」 전문

시의 앞부분에 나오는 '군대', '여상(旅商)', '코끼리', '피라밋' 같은 단어들은 사막을 연상시키고, '기달은 형상'은 마치 사막의 모래바람이 만들어놓은 흔적처럼 여겨진다. 그러나 "아아어스름달아래" 이하를 보면, 이 형상은 달빛이 만든 그림자를 지칭하는 것이고 '물결' 역시 그림자들의 움직임을 표현한 것임을 알 수 있다. 실제로 화자는 작은 모래언덕 위에 앉아 흐린 달빛이 만든 그림자를 바라보고 있다. 바람 때문에 그림자가 흔들리는 모습을 물결이 물결을 좇으며 움직인다고 표현하고 있는 것이다.17) '환상의 범선'이나 '해조의 울음소리'는 '물결'이라는 단어와 연결된 구절들이다. 실제로 바다가 있고 배가 있는 것이 아니라, 모래언덕 위를 바다라고 생각하고 그림자들을 물결이라고 가정한 후, 그 위를 떠가는 배를 떠올리고 파도 소리를 듣는 것이다. 이 시의 현실적인 배경은 달빛이 비치는 모래 언덕이고, 물결이나 사막, 범선과 같은 이미지들은 그것에 연결된 환상이라는 것을 알 수 있다. 시의 앞부분에 환상 속의 사물을 먼저 등장시킴으로 해서 전체적으로 환상과 현실의 경계가 모호한 것처럼 여겨지지만, 환상이 발생하는 지점은 분명하게 포착된다.

거미줄로짠 회색옷을입은 젊은사나희.
흰배암문의로 몸을꾸민 어엽분새악시.

젊문이들은 철업시반기며 묘한춤을추도다.

아, 그러나 향로의 연긔는 가늘게떠올나라.
조요한촉불은 눈물을흘니며 써지려하는것을.

보아라, 푸른달빗과가튼 애처러은꿈이아니뇨.

오, 춤추는 사람들의 애젊은 환상이어.
눈물짓는촉불의 간엷힌숨결이어.

−「무대」 전문

---

17) 상식적으로 생각할 때, 으스름달이 뜬 때처럼 달빛이 희미할 때 생기는 그림자가 군대나 여상, 코끼리에 비유될 만큼 거대하다는 것은 틀린 말이다. 이것들은 실재에서 추출해온 이미지가 아니라 시인의 환상이 결합되어 만들어진 것이라고 보아야 한다.

젊은 남녀가 묘한 춤을 추는 장면을 그린 1,2연은 환상 속의 일이다. 제목이 '무대'인 만큼, 실제 무용이나 연극을 보고 쓴 것이라고 추정할 수도 있겠지만, 5연의 "춤추는 사람들의 애젊은 환상"이라는 구절은, 결국 이 상황이 환상이었음을 말해준다. 3,4연은 춤추는 젊은이들의 환상이 어떻게 촉발되었는지를 보여주는 부분이다. 3연의 '향로의 연기', '조요한 촛불' 등으로 미루어 볼 때, 이 환상은 향로에 켜져 있는 촛불을 매개로 한 것임을 짐작할 수 있다. 그렇다면 1,2연의 춤을 추는 장면은 연기의 흔들림을 묘사한 것이라고 추정해볼 수 있다. 촛불이 꺼지면 당연히 환상도 사라져버린다. 그것은 현실에는 없는, '푸른 달빛과 같은 애처로운 꿈'인 것이다.[18] 이 시 또한 환상과 현실이 결합되는 부분이 선명하고 그것들이 나란히 놓여있다는 점은 동일하지만, 환상이 먼저 전개되고 그것을 설명하는 부분이 뒤에 배치되어 있다는 면에서 구성방식에는 차이가 있다.

2) 환상의 중첩

현실과 환상이 병치되어 있는 위의 시들과는 달리, 시가 환상만으로 이루어져 있는 경우도 있다. 여기서 환상성은 현실과 분리되어 그 자체가 독립된 세계로 나타난다. 말하자면 환상은 현실의 그 어떤 것도

---

18) 환상 속에는 거미줄로 짠 옷을 입은 젊은 남자와 뱀 무늬의 옷을 입은 여자가 묘한 춤을 춘다. 거미줄로 짠 옷, 뱀 무늬, 젊은 사내와 어여쁜 색시는 그것 자체가 관능적인 분위기를 형성하고, 그 관능성은 그들이 '묘한' 춤을 춘다는 표현에서 극대화된다. 여기서 암시되는 젊은 남녀의 난교(亂交)의 이미지는 억눌린 성욕을 반영하는 것이다. 그러나 촛불이 꺼지면서 환상은 사라지고, 화자는 더욱 큰 상실감에 빠지게 된다. '애처러은꿈' 혹은 '애젊은 환상'은 환상이 깨진 후 화자의 마음 상태를 표현하는 것이다.

지시하지 않으며 오직 환상 자체만을 지시하고 있다. 즉 시적이거나 우의적인 해석은 불가능하고 오직 이미지 자체만 남는 것이다.[19] 현실과 환상의 접점은 보이지 않으며, 환상은 또다른 환상과 중첩된다.

실내를쩌도는그윽한냄새

좀먹은비단의쓸쓸한냄새

눈물에더럽힌몽환의침대

낡은벽을의지한피아노

크달은말러버린짜리아

파랏게숭업게여윈고양이

언재든지모색(暮色)을씌인숩속에

코기리가튼고풍의비인집이잇다

–「비인 집」 전문[20]

---

19) "이때, 합리화의 실패는 시적인 읽기나 우의적인 읽기가 불가능하다는 것을 의미한다. 다시 말해, 텍스트의 초자연적인 사건을 지시적으로 읽는 것 이외에는 텍스트를 읽는 다른 방법이 없을 때 초현실적이고 비일상적인 풍경이 그 자체로 유지되는 것이다."–윤지영, 「'환상적인 시'와 '환상시'의 가능성」, 『한국문학과 환상성』, 예림기획, 2001, p.181.

20) 이창민은 「비인 집」과 「사상」을 '순수 심상 구성으로서의 환상'으로 분류하고 있다. 그는 두 시가 순수 심상인 이유를, "「비인 집」은 묘사의 의도를 밝히지 않은 상태에서 적막과 비통과 퇴락과 공허의 느낌을 자아내는 심상을 나열함으로써 대상을 비현실적으로 만들고, 「사상」은 대상의 정체를 숨긴 채 부정과 긍정, 감상과 묘사, 의문과 명령의 서술을 병치함으로써 초현실적 분위기를 조성"(앞의 논문, p.548)하기 때문이라고 설명하고 있다. 그러나 묘사시는 대상에 대한 주체의 해석을 최소화하는 것이므로 묘사의 의도가 나타나지 않는 것은 당연한 것이다. 「비인 집」을 일반적인 묘사시와 동일하다고 할 수는 없지만, 그 내용이 현실이든 혹은 환상이든, 묘사가 중요한 테크닉으로 사용되고 있다는 점은 부정될 수 없다. 「비인 집」을 '환상성'으로 설명할 때 포인트가 되는 것은, 묘사되고 있는 공간적 상황이 환상인가 현실인가 하는 것이다. 즉 묘사의 의도가 나타나지 않으므로 환상인 것이 아니라 현실과의 접점이 불확실하다는 의미에서 환상성을 가지고 있다고 보아야 하는 것이다. 또한 이창민은 「사상」이 '대상의 정체를 숨기고 있다'고 했으나, 시를 자세히 보면 이것이 모래위에 달빛이 비치는 모양을 표현한 것임을 어렵지 않게 찾을 수 있다. 오히려 대상을 비유적인 차원에서 그려내

우선 "실내를쩌도는~ 말러버린따리아"까지는 마치 눈앞에 있는 풍경을 객관적으로 묘사하고 있는 것처럼 보인다. 오래 비어있는 집의 풍경은 '좀먹은 비단의 냄새'로 이미지화되어 있고, 침대와 낡은 벽과 피아노, 말라버린 다알리아가 놓여있다. 그러나 다음 행에 나오는 '파랏케숭업게여윈고양이'에 이르면, 이것이 현실의 상황이 아니라는 것이 드러난다. 이 고양이는 실재하는 고양이가 아니라 이장희 시에 자주 등장하는 환상 속의 고양이다. 파랗게 여윈 고양이는 그것 자체가 환상을 유도하는 역할을 한다.

앞부분의 묘사가 실제 현실의 묘사가 아니라는 것은 "언재든지모색을찍인숩속"이라는 구절에서도 알 수 있다. 숲은 일상적인 시간의 영역에 있지 않고 '언제든지' 모색을 띠고 있다. 숲이 늘 저녁 무렵이라는 것은 그것이 실제 배경이 아니라 화자의 기억 속에 각인되거나 혹은 화자가 편애하는 하나의 이미지라는 것을 알게 한다. '모색'은 환상이 발생하는 환경이며 또한 환상의 색깔이다. 좀먹은 비단과 낡은 벽, 말라버린 다알리아의 추억에 걸맞는 '저물 무렵'인 것이다.

"코기리가튼고풍의비인집" 또한 환상이 결합된 표현이다. 파란 고양이나 코끼리 등은 이장희의 시가 환상과 연결될 때 자주 등장하는 소재들이다. 객관적인 묘사처럼 보이는 빈 집 내부의 풍경 또한 실재하는 것이 아니라, 시인의 기억 속에 각인되어 있는 것이거나 혹은 전적으로 환상의 세계에 속할 가능성이 높다. 대상을 마치 눈앞에 보이는 것처럼 묘사한 앞부분과는 달리, "언재든지모색을찍인숩속에/ 코기리가튼고풍의비인집이잇다"라는 마지막 부분은 묘사 대상에서 한걸음

고 있는 것이다.

물러난 주체의 회고 섞인 서술로 이루어져 있다. 그러나 이것이 실제 기억 속의 일인지 아니면 다른 환상인지 또한 확실치 않다. '빈집' 자체가 실재했던 것인지가 분명하지 않다는 것이다. 따라서 빈집의 내부 풍경을 묘사한 앞부분 역시 환상일 가능성이 높다. 그렇게 본다면 이 시는 서로 다른 시점의 환상이 중첩되는 형태를 가지고 있다. 빈집 내부의 풍경이 환상이고, 그것을 '모색을 띤 숲속에 빈집이 있다'고 말하는 것 역시 환상인 것이다.

> 시내우에 돌다리,
> 달아래 버드나무.
> 봄안개 어리인 시내ㅅ가에, 푸른 고양이
> 곱다라케 단장하고 빗겨잇소, 울고잇소,
> 기름진 꼬리를 치들고
>
> 밝은 애닯은 노래를부르지요.
> 푸른 고양이는 물올은 버드나무에 스르를 올나가
> 버들가지를 안고 버들가지를 흔들며
> 쏘 목노아 움니다, 노래를 불음니다.
>
> 멀니서 검은 그림자가 움즉이고,
> 칼날이 은가티 번쩍이더니,
> 푸른 고양이도 볼수업고,
> 꼿다운 소리도 들을수업고,
> 그저 쓸쓸한 모래우에 선혈이 흘러잇소.

－「고양이의 꿈」 전문[21]

---

21) 「고양이의 꿈」은 환상성이 드러나는 이장희의 시 중에서도 가장 설명하기 어려운, 즉 가장 순수한 환상의 상태를 보여준다. 필자는 이러한 환상의 발생 근거로 독일 표현주의 영화 「칼리가리박사의 밀실」과의 상관 가능성에 대해 언급한 바 있

달 아래 버드나무가 있고 시냇가에는 봄 안개가 어리어 있다. 곱다랗게 단장을 한 푸른 고양이가 꼬리를 쳐들고 버들가지를 흔들면서 울고 있다. 갑자기 어디선가 검은 그림자가 움직이고 칼날이 번쩍이더니, 푸른 고양이의 모습도 울음소리도 사라져 버리고 모래 위에는 핏자국만 남아있다. 이 시 역시 1연은 마치 실제 현실을 묘사하고 있는 듯하다. '푸른 고양이'는 환상일 수도 있지만, 달빛에 비친 실제 고양이에 대한 주관적인 묘사일 수도 있기 때문이다. 1연의 풍경을 형성하고 있는 시내, 돌다리, 달, 버드나무 등은 현실에 존재할 수 있는 대상들이고, 2연 또한 고양이가 실제 버드나무 가지에서 노래를 한다고 볼 수도 있다.

그러나 3연은 이러한 상황이 사실이 아님을 보여준다. '푸른 고양이도 볼 수 없고 울음소리도 들을 수 없다'는 구절은, 그때까지의 내용이 환상이라는 것을 단적으로 말해주고 있다. 사실상 푸른 고양이는 존재하지 않았던 것이다.[22] 1,2연에 나온 환상 속의 고양이는 3연에서 칼날이 번뜩임과 함께 사라진다. 순간 화자는 '고양이도 볼 수 없고 소리도 들리지 않는다'는 생각을 하지만, 그 생각의 시점 또한 환상 속에 있다. 왜냐하면 '쓸쓸한 모래 우에 선혈이 흘러있다'는 상황 역시 현실의 것이 아니기 때문이다. 모래 위에 남은 핏자국은 사실상 환상 속에서

___

다. ―졸고, 「한국 근대시의 시적 전환과 영화 체험」, 『한국언어문학』 65집, 2008. 6.
22) 윤지영은 환상시의 특징을 구체적이고 물질적인 대상을 지니는 이미지를 구성의 기본 단위로 하되, 그 이미지들이 탈현실화 혹은 탈맥락화되는 것이라고 설명하고 있다.(윤지영, 위의 글, p.183) 이장희의 「비인 집」이나 「고양이의 꿈」에 나타나는 '고양이'는 구체적이고 물질적인 대상이지만, 그 이미지가 현실의 맥락과 동떨어져 있다는 점에서 환상시의 전형을 보여준다. 이는 고양이가 등장하는 이장희의 또 다른 시 「봄은 고양이로다」에 등장하는 고양이가 가장 구체적이고 물질적인 대상인 것과 대비된다.

보이는 것이다. 앞에서 보여준 환상의 연속이거나 환상 위에 또다른 환상이 전개되고 있는 것이다. 이런 면에서 이 시는 앞에서 말한 「비인 집」과 동일한 구조로 이루어져 있다. 현실과의 접점은 드러나지 않으며, 시의 내용이 환상임을 암시하는 부분조차도 또 다른 환상으로 이루어져서, 환상의 중첩 현상을 보여주고 있는 것이다.

4. 창작 방법으로서의 환상

이장희의 시에서 환상은 일정한 요건들에 의해 연출된 것이다. 시간적으로는 저물 무렵이나 밤이고, 공간적으로는 주로 모래가 있는 곳에서 발생하며, 여기에 안개나 연기, 촛불 과 같은 부수적인 요소들이 가미된다. 이러한 요건의 공통점은 불확정적이며 경계를 희석시키는 것들이라는 점이다. 시간상 밤이나 저물 무렵은 실재하는 사물의 외형이 흐려지고 대신 선명하게 형태를 드러내지 않았던 것들이 드러나는 때이다. 또 모래는 확정된 형태가 없어서 수시로 형태를 바꾸고, 만들어낸 형상 역시 물이나 바람에 의해 흔적도 없이 사라져버린다는 특징을 가지고 있다. 이는 환상의 불확정성과 비연속성, 순간성과 유사한 속성이다. 모래가 환상의 중요한 배경으로 선택된 것은 이같은 속성의 유사성에 기반한 것이다. 안개와 연기, 촛불 등은 현실의 분명한 경계를 지움으로써 화자와 독자를 환상으로 이끄는 장치로 기능한다. 이장희의 시에서 환상은 이처럼 특정한 장치들을 사용하여 만들어진 것이다.

환상이 창작 방법이라고 할 때, 중요한 것은 환상을 사용해서 시를 어떻게 만들어내는가 하는 것이다. 즉 환상을 시적인 요소로 결합하는 구체적인 방식을 묻는 것이다. 이런 면에서 이장희의 시는 환상의 서로 다른 구성 방식을 보여주고 있다. 현실과 환상을 병치하는 것과 현실을 숨긴 채 환상을 중첩시키는 방식이 그것이다. 현실과 환상의 병치는 현실적인 상황이 전제가 된 상태에서 어떤 계기를 통해 환상이 전개되는 것을 보여주는 것이다. 현실과 환상은 명확하게 구별되며 환상이 발생하는 지점도 비교적 선명하다. 여기에는 현실적인 상황이 먼저 제시되고 환상으로 옮겨가는 순차적인 구성을 보여주는 시가 있고, 반대로 환상을 먼저 제시한 후 그것이 환상임을 말해주는 현실적인 상황을 배치하는 역전적인 구성을 보여주는 시가 있다.

환상의 중첩은 표면상 시에 현실적인 어떤 요소들이 발견되지 않거나 현실인지 환상인지 분간할 수 없는 경우이다. 시의 일부분이 환상이라는 것은 시 자체에서 드러나지만 그것이 환상임을 암시하는 부분조차도 현실인지 환상인지 뚜렷하지 않다. 환상과 그것이 환상임을 말해주는 부분의 차이는 서술의 시점 혹은 서술자의 위치의 차이일 뿐이다. 즉 환상이 있고 그것에서 한걸음 물러서서 그것이 환상임을 말해주는 목소리가 있다. 그러나 그 목소리가 있는 자리 또한 현실이 아니라 환상 속이다. 서로 다른 시점의 환상이 중첩되면서 시 전체가 환상만으로 이루어진 구조를 취하는 것이다.

이장희의 시는 이처럼 환상을 구체적인 시의 창작 방법으로 사용하고 있다는 면에서 중요한 의의가 있다. 여기서 환상은 한 편의 시를 구성하는 요소로서 기능하고 있다. 이는 한국 시의 창작 방식에 새로운 전기를 마련한 것이라고 평가될 수 있다.

●발표 제목 동일, 『한중인문학연구』 26, 2009. 4.

한국 근대시의 시적 전환과 영화 체험의 상관성

1. 영화 체험과 근대 문학

　조선에서 영화가 대중 앞에서 상영된 것이 공식적으로 확인되는 것
은 1903년의 일이다. 이는 현재까지 발굴된 가장 오래된 사료인『황성
신문』(1903. 6. 23~30)의 광고를 근거로 한 것이다.[1] 이후 서울에서는 활

---

[1] 이영일,『한국영화전사』, 도서출판 소도, 2004, pp.38~39 참고. 영화가 대중에 상영
된 시기에 대해서는 어느 정도 의견의 일치를 보는 것과는 달리, 조선에 영화가
처음 전래되었는지에 대해서는 여전히 다양한 의견이 있다. 영화의 전래 시기를
가장 앞당겨 잡고 있는 것은 김종원으로, 그는『런던타임즈』1897년 10월 19일자
기사를 근거로 1897년에 에스터하우스라는 영국인이 충무로 진고개에 있는 중국
인 소유의 가건물에서 프랑스 파테사의 단편 실사 필름을 상영했다고 주장했다(김
종원·정중헌,『우리 영화 100년』, 현암사, 2001). 그러나 조희문은 당시 '런던타임
즈'라는 제호를 내세운 신문이 없었고, 에스턴하우스 역시 사람 이름이 아니라 호
텔의 이름이라고 반박하고, 미국인 여행가 버튼 홈스의 기록을 근거로 해서 1899
년으로 추정하고 있다(조희문,『한국영화의 쟁점 1』, 집문당, 2002). 이에 대해 김려
실은 버턴 홈스의 원전을 확인한 결과, 홈스가 1899년부터 영화를 찍기 시작했고,
그의 트래블로그 <서울, 한국의 수도>가 1901년부터 1902년 사이에 공개되었으므
로, 황실이 어람한 홈스의 영화 상영은 1901년 무렵이었을 것으로 추정하고 있다
(김려실,『투사하는 제국, 투영하는 식민지, 삼인, 2006).

동사진을 비정기적으로 상영하는 활동사진소가 새로운 오락공간으로 자리잡아갔다. 영화가 도래한 후 약 10년간은 단발적인 판촉 영화 상영이나 활동사진소, 활동사진회가 일시적으로 활동사진을 상영하는 형태가 이어졌다. 영화를 상시 상영하는 활동사진관 시대가 열린 것은 1910년 2월 일본인 거류지 황금정에 경성고등연예관이 개관하면서부터였다. 일본인이 거주하던 남촌 지역에는 일본인 거류민을 위한 본정좌, 수좌 등의 극장이 있었고, 조선인 거주지역인 북촌에는 1907년에 생긴 단성사를 비롯해서 단성사, 연흥사 등의 극장에서 활동사진을 상영하기 시작하면서, 영화는 새로운 오락물로 자리잡기 시작했다.[2]

1920년경을 지나면서 서울 외의 각 지방에도 극장이 연달아 생겨나고, 그 수효는 빠르게 증가해서 1925년에는 극장 수가 27관, 1935년에는 90여관으로 늘어났다. 참고로 1926년 조선에는 전국에 50개 극장이 있었고 연 200만 명 정도가 영화를 관람했을 것으로 추정된다. 당시 조선의 인구가 1,900여 만 명이었던 것에 비추어볼 때 산술적으로는 10% 가까운 사람이 영화를 관람한 것이고, 특히 경성을 포함한 경기도에서는 190여 만 명 중 절반이 영화를 본 것이라고 결론내릴 수 있다.[3]

이처럼 영화가 붐을 이루게 된 것은 당시의 사회적 분위기와도 연관이 있다. 1920년대 조선은 3·1운동의 실패로 인해 사회 전반적으로 우울하고 침체된 분위기가 조성되었다. 동시에 한편으로는 근대적인 문화생활이 이상적인 모델로 생각되었고, 일반 대중들 역시 그것에 대한 선망의 마음을 가지고 있었다.[4] 3·1운동 후 일제가 조선에 대한 통치

---

2) 김려실, 위의 책, pp.35~47 참고.
3) 주훈, 「1920~30년대 한국의 영화 관객성 연구」, 서울대 석사논문, 2005, pp.18~19 참고
4) 위의 책, p.16.

방식을 문화 통치로 바꾸면서, 서민들이 문화적인 경험을 할 수 있는 기회가 상대적으로 많아졌다는 것도 영화가 흥행하게 된 요건 중의 하나이다. 영화는 이러한 상황에서 수입되어 대중들에게 가장 어필했던 문화 장르이다.5)

이러한 정황으로 볼 때, 지식인들 사이에 영화 관람이 필수적인 문화적 경험이었다는 것은 충분히 짐작할 수 있는 일이다. 1926년에 발표된 이장희의 「가을 밤」에는 "활동사진관에서 아까 구경한 피에로의 슬업은 신세를 생각하며"라는 구절이 시의 말미에 붙어 있다. 이는 당시 지식인들에게 영화 관람이 익숙한 중요한 문화 체험이었으며, 그만큼 강렬한 인상을 주었다는 것을 보여주는 것이다. 이장희의 또 다른 시 「겨울의 모경(暮景)」은 겨울날 도시 풍경을 묘사한 것으로서, 저물어가는 거리의 흐릿한 풍경을 녹슨 무쇠 같은 냄새, 허공에 번져가는 푸른 연기, 세찬 바람에 실려 오는 가느다란 여운, 막 지평선을 넘어가는 햇빛 등으로 표현하고 있다. 이장희는 이러한 느낌을 마치 '환등의 영사막'에 비친 장면 같다고 표현하고 있다("이들 눈에 모든것이 저마다 김을 쑴어서/ 그는 환등의 영사막이며 침울한 쩨ㅅ산을 보는듯하다.") 풍경을 보며 환등의 영사막을 떠올린다는 것은 그만큼 영화체험이 자연스럽고 잦았다는 것을 의미한다. 이는 이장희의 시를 비롯한 당시의 시들이 직·간접적으로 영화의 영향을 받았을 것이라는 추정을 가능하게 한다.

1930년대에 이르면, 영화 관람 체험은 문화 향유의 차원을 넘어서

---

5) "영화소설이 발표되기 시작했을 당시 영화적 표현은 이미 대중적인 문화 양식의 일부가 되었다. 사람들은 신문과 잡지에 실린 광고 사진을 통해 카메라 앵글을 접할 수 있었으며, 기차나 전차를 타고 움직이는 차창을 통해 펼쳐지는 풍경에서 스크린에 펼쳐지는 쇼트를 확인할 수 있었다." – 전우형, 「1920~30년대 영화소설 연구」, 서울대 박사논문, 2006, p.121.

문학 작품 속에 변형된 형태로 나타난다. 영화를 문학과 결합하려는 시도가 이루어지는 것이다. 1926년부터 1939년에 거쳐 집중적으로 창작되는 영화소설이 그 대표적인 예이다.[6] 박완식은 '영화시'의 창작을 제안하기도 했다.[7] 구체적으로는 영화 기법 중에서도 몽타주가 중요한 기법으로 수용되었다. 몽타주는 1920년을 전후해서 그리피스의 영화가 일본에서 개봉되면서 영화의 새로운 서술형식으로 학습되었고, 일본의 송죽촬영소(松竹攝影所)에서 유학중이던 이필우가 1923년 관동대지진으로 인해 조선으로 돌아올 때 그리피스의 <동도(東道)>(1920)를 복사하여 가지고 옴으로써 조선에 소개되었다. 그러나 이후 조선에서 중요하게 소개되고 학습된 몽타주 기법은 에이젠슈테인이나 푸도프킨 등 러시아의 영화 이론이었다. 서광제는 「토키에 관한 선언」(동아일보, 1930. 10. 2)에서 에이젠슈테인의 「사운드 영화 선언」을 소개했고, 연이어 에이젠슈테인이 1930년 2월 17일에 파리 소르본느 대학 초청으로 강연한 '러시아 영화의 원칙'이라는 강연문을 「노서아 명감독 에젠슈테인의 강연」(동아일보, 1930. 9. 7~23)이라는 글로 번역했다. 오덕순의 「영화몬타주론」(동아일보, 1931. 10. 1~27) 역시 몽타주의 어원과 이론의 전개 양상, 종류를 설명하고, 에이젠슈테인과 푸도프킨의 이론을 간략하게 소개하고 있다. 리시아의 몽타주 이론은 수로 좌익 영화인들에 의해 계몽적인 효과를 위한 방법으로 설명되고 있다[8]는 점이 특징적이다. 그러나 영화 체험

---

6) 위의 글, p.8.

7) 박완식, 「금후 영화운동의 원칙적 중심과제」, 『신계단』, 1933. 5.

8) 조선영화사에서 중요한 하나의 계기는 좌파 영화인들의 활약이다. 1927년 김기진, 고한승, 안석영 등에 의해 조선영화예술협회가 발족되고 거기에서 배출된 김유영, 임화, 서광제 등이 본격적인 영화 장르에 뛰어드는 것이다. 이들은 몽타주를 중요한 영화의 기법으로 생각했는데, 그것은 에이젠슈테인이나 푸도프킨의 입장을 받아들인 것이었다.

이 보편화되면서, 몽타쥬는 실제 창작에서는 좌익과 우익에 상관없이 영화 제작의 한 기법으로 사용되었다.[9]

이와 더불어 몽타쥬 수법을 문학 작품에 변용시켜 차용하는 경우도 생겨났다. 동일한 정서를 불러일으키는 장면들을 각각의 씬으로 하여 시 한 편을 만들어 내거나, 정반대로 서로 무관한 장면들을 병치시켜 그 사이에서 발생하는 극적 효과를 노리는 경우가 그 예이다. 이는 각각 푸도프킨과 에이젠슈테인의 몽타주 원리로 설명할 수 있다.[10] 또한 소설에서는 장면의 갑작스러운 이동을 보이거나 시공간을 넘나드는 장면을 연출할 때 몽타주 기법이 사용되기도 했다.[11] 이처럼 조선에서 영화가 문학에 미친 영향은, 초기에는 교양인의 필수적인 문화 체험이었다가 점차 작품을 창작하는 기법에까지 응용되었다.

2. 카메라적인 시선과 이미지즘 시

영화가 한국 근대시에 미친 가장 큰 영향은, 대상을 바라보는 주체의 시선을 변화시켰다는 점이다. 영화의 카메라적 시선은 주체와 대상

---

9) "'몬타쥬'에 있어서도 2,3개소 나운규씨의 고심한 자취가 나타났다. 예를 들면 주인공인 처녀가 팔려갈 때 그의 애인인 청년과 이별하는 장면에 있어서 새끼줄이 끊어지는 것이라든지 동리 사람들이 모여서 주인공인 여자의 집에 험담을 하는 장면에 있어 벌[蜂]의 집에 모여드는 벌떼들을 넣어서 동리사람들이 모여드는 표현을 고조한 것 등은 '몬타쥬'에 많은 유의를 둔 것이라고 본다 ─ 신경균, 「금년도 조선영화 개평」, 『조광』, 1935. 12.

10) 졸고, 「1930년대의 모더니즘 문학에 나타난 영화적 요소에 대하여」, 『한국 현대시와 모더니즘』, 신구문화사, 1996, pp.188~198 참고.

11) 전우형, 앞의 글, pp.142~154 참고.

사이에 또 하나의 시선을 설정하는 것이다. 시에서 이 시선은 대상과 그것을 바라보는 주체 사이에 제3의 시선을 가정하게 함으로써, 대상에 대한 주체의 심리적 거리감을 확보할 수 있도록 한다. 이것은 주체의 감정을 대상에 덧입혀서 대상을 자아와 동일시하는 기존 서정시의 창작 방식과는 구별된다.[12] 1920~30년대 이미지즘시들은 카메라적 시선을 이용해서 대상을 포착한 예들이다.

> 꽃가루와 같이 부드러운 고양이의 털에
> 고운 봄의 향기가 어리우도다.
>
> 금방울과 같이 호동그란 고양이의 눈에
> 미친 봄의 불길이 흐르도다.
>
> 고요히 다물은 고양이의 입술에
> 포근한 봄졸음이 떠돌아라.
>
> 날카롭게 쭉 뻗은 고양이의 수염에
> 푸른 봄의 생기가 뛰놀아라.
>
> —이장희, 「봄은 고양이로다」 전문

---

12) 1920년대 무렵 조선의 시의 일반적인 특징은, 주체의 정서나 감성을 표출하는 것 자체를 중시하는 것이었다. 시는 주체의 감정이나 정서가 자연스럽게 표출된 산물이고, 시적인 대상은 객관적으로 존재하는 것이 아니라 주체의 정황이나 생각에 따라 의미를 부여받는 수동적인 것으로 인식된다. 하나의 예로, 김소월의 「진달래꽃」을 들 수 있다. 이 시에서 '진달래꽃'은 님에 대한 사랑과 이별의 아픔이라는 주체(시적 화자)의 심정을 상징하는 것으로 기능할 뿐, 그것 자체의 속성이나 존재 양태는 드러나지 않는다. 설령 진달래꽃이 아닌 다른 꽃이나 사물이라고 하더라도, 주체의 심정을 대변한다는 기능에는 별다른 차이가 없다. 이러한 특징은 비단 김소월에게서만 나타나는 것이 아니라, 김억, 주요한, 홍사용, 이상화 등 당시 시인들의 시에 공통적으로 나타나는 특징이었다. 이에 비할 때 이미지즘시는 대상의 특징을 객관적으로 묘사함으로써, 시의 초점을 주체에서 대상으로 이동시키고 대상을 어떻게 포착할 것인가 하는 방법의 문제로 눈을 돌리게 한다.

각 연의 1행에 있는 '꽃가루와 같이 부드러운 털', '금방울과 같이 호동그란 눈', '고요히 다문 입술', '날카롭게 쭉 뻗은 수염'은 고양이의 신체의 부분-고양이의 털, 눈, 입술, 수염-을 클로즈업시켜 포착하고 있다. 여기서 시선은 대상에 대한 주관적인 해석을 철저히 배제하고 단지 대상을 포착하는 것으로만 기능한다는 면에서 카메라적 시선을 유지하고 있다.

여기에 봄의 성질에 대한 해석을 보여주는 2행이 각각 결합되어 병치되어 있다.[13] 2행의 고운 향기, 미친 불길, 포근한 졸음, 푸른 생기는 시인이 정의하는 봄의 속성이다. 즉 시인이 생각하는 봄은 곱고 포근하고 생기가 넘치며, 때로 광기가 발동하는 복합적인 속성을 가진 계절이라는 것이다. 이것은 봄에 대한 시인의 주관적 해석이므로, 1행의 객관적인 카메라의 시선과는 구별된다.

1행이 객관적인 묘사에 해당한다면 2행은 시인의 경험적인 판단을 근거로 한 표현이다.[14] 'A는 B이다'라는 은유의 기본적인 형식에서, 시

---

13) 이 시에 대한 자세한 해석은, 졸고, 「이장희 시에 나타나는 이미지의 특징과 기능」, 『국어국문학』 146호, 2007 참고.

14) 루돌프 아른하임은, 이미지의 제작이란 재현 대상에서 본질적인 특징을 포착하여 예술가의 매체에 적합한 형식으로 번역하는 것이며, 이 때 형식은 물리적인 현상과 정신적인 활동 간의 유비를 가정한 동형설에 의거하여 그것이 전달하는 의미와 구조적으로 유사하다고 설명하고 있다. (윤혜경, 「영화예술에 관한 형태심리학적 접근」, 서울대 석사논문, 2002, p.5) 이러한 생각은 이미지즘의 본래적 입장을 연상시킨다. 엄밀하게 말하면 이미지즘은 대상을 그대로 베끼는 것이 아니라 대상에서 받은 인상을 충실하게 재현하고자 하는 것이다. 이미지즘의 경우 그 적확성은 사물 자체의 본질을 향하고 있는 것이 아니라 시인의 마음에 떠오른 이미지를 얼마나 그것에 가깝게 전달하는가에 맞추어져 있다. 즉 대상을 포착하고 나열하는 데서 그치는 것이 아니라 포착된 대상에 대한 주체의 인상과 해석을 이미지로 재현해내는 것이다. 이는 이미지스트들이 1916년도에 발간된 시집 서문에서, 자신들의 입장을 보다 명확하게 하기 위해 밝힌 내용이기도 하다. 여기서는 김재근의 『이미지즘 연구』에 소개되어 있는 내용을 인용한다. "이미지즘의 시는 주제에 대해서보다는 표현 양식에 중점을 둔다. 작자가 전달하려고 하는 것은

인이 표현하고자 하는 원관념은 'A'이다. 이 원관념 'A'를 더 잘 설명하기 위해 보조관념인 'B'를 끌어들이는 것이다. 그러므로 사실상 이 시가 표현하고자 하는 것은 고양이가 아니라 그에 빗댄 봄이다. 가시화될 수 없는 봄의 속성들은 고양이의 신체적 특징을 빌려 표현되고 있다. 따라서 이 시는 추상적인 대상과 그에 대한 해석을 가시화화는 과정에서 카메라적인 수법을 사용하고 있는 경우라고 할 것이다.

카메라가 어떠한 대상을 포착한다고 할 때, 시선은 특정 위치에서만 작용하며 시각장의 일부만을 볼 수 있다. 마찬가지로, 표면상 눈에 보이는 대상들을 무차별하게 열거하는 것처럼 보이는 시들 역시 실제로는 선택과 배제의 과정을 거친 결과물이다. 주체는 풍경을 그대로 베껴내는 것 같지만, 사실은 평면적으로 전개된 풍경 중에서 인상적인 장면을 선택하고 묘사하는 것이다. 나열된 대상들은 시인의 주관적인 기준에 의해 선택되고 재배열된다. 카메라의 렌즈는 그것을 작동하는 사람의 의지에 따라 대상을 선택하고 클로즈업한다.

시인들이 선택과 배제의 원리를 의식하고 있었다는 것은, 이미 1920년대의 시에서부터 발견된다. 1926년에 쓰여진 정지용의 「슬픈 인상화」

무엇이든지 명백하게 표현함 것은 이미하는 것이다. 확실하지 않은 징조를 선날하기를 바랄 때는 그러한 분위기 아래서는 그 시는 정확한 것이 못된다. 시인이 끊임없이 움직이고 변하는 광선과 풍경을 독자 앞에 보이려 하고, 강렬한 감동을 느낀 사람의 변하는 마음의 태도를 표현하려고 할 때는 그의 시도 이것을 명백히 표현하는 데 움직이고 변하여 가게 된다. 정확하다는 말은 본질적으로 대상을 정확하게 서술한다는 말을 의미하는 것이 아니다. 그 말은 대상물이 시인이 시를 쓸 때 시인의 마음에 그 자체를 보여준 대로 독자에게 그 대상물의 효과를 가져오는 정확이라는 말을 의미하는 것이다." (김재근, 『이미지즘 연구』, 정음사, 1973, pp.39~40) 이는 대상의 인상을 조합해놓은 이장희의 「봄은 고양이로다」를 설명하는 데도 유효하다. 재현 대상을 봄이라고 한다면, 이장희는 봄의 본질적인 특징 ―부드러움, 광기(설레임), 포근함, 생동감-을 포착해서 고양이라는 구체적인 사물의 모습을 빌려 이미지화한 것이다.

에서, 화자는 항구 근처의 다방이나 카페로 짐작되는 공간에 위치한 채로 바깥 풍경을 포착하고 있다. 6연으로 이루어진 이 시는 1연에서 6연으로 갈수록 원경(遠景)에서 출발하여 근경(近景)으로 가까워지는 카메라의 렌즈를 뚜렷이 의식할 수 있다.15) 그만큼 시인이 대상을 바라보는 시선을 의식하고 조절하고 있다는 것을 의미한다.

1930년대에 많이 쓰여진 기행시들 역시 시인이 카메라적인 시선을 의식하고 있음을 보여준다. 기차의 유리창은 카메라의 렌즈를 대신하고, 시인은 풍경을 의식적으로 바라보며 그것을 필름으로 찍듯이 문자로 받아 적는다. 이 때 대상은 그것을 바라보는 주체의 해석과는 분리되어 그것 자체가 독립적인 의미를 가진 것으로서 인식된다.16) 대상을 마치 그림을 그린 듯이 베껴내고 있는 시각적인 이미지가 두드러지는 시들이 그 예라고 할 수 있다.

---

15) 졸고, 「정지용 시의 모더니즘적 특질」, 『한국 현대시와 모더니즘』, 신구문화사, 1996 참고.

16) 전우형은 카메라의 시각과 관련된 영상-미디어 미학의 특징이 '보이는 대상의 주관적 성격과 시야의 분열'에 있다고 본다. 카메라의 시선은 관찰자의 시선이고, 이러한 지각 방식은 소설을 보이는 대상에서 보는 관찰자로 강조점을 바꾸게 한다는 것이다. 또한 시야 자체가 연속적이고 개방적인 일반적인 소설 형식과 달리 불연속적이고 파편적이며 유폐적인 것으로 변한다는 것이다. (전우형, 앞의 글, pp.15~16) 이는 영화소설의 특징으로서, 소설이 영화로 만들어질 것을 전제로 하기 때문에 애초부터 카메라의 시선을 의식하고 있기 때문이다. 즉 처음부터 카메라 앵글에 담을 장면을 상상하면서 보이는 풍경들을 재단하는 것이다. 이에 비하면, 시에서 카메라적 시선을 의식하는 것은, 오히려 대상과 주체를 분리하고 그 대상을 객관적으로 바라보게 하는 거리를 확보함을 의미한다. 시는 장르의 속성상 그 자체가 주관적인 관찰과 해석을 특징으로 한다. 외부 사물이나 사건을 보더라도 객관적인 대상이 중요한 것이 아니라 시인의 주관적인 해석이 우선시되는 것이다. 카메라적 시선은 대상과 시인 사이에 거리를 두게 함으로써 주체와 대상의 동일화를 차단하고 주관적인 해석을 배제하도록 하는 기능을 한다. 소설이 카메라적 시선을 의식하면서 주관적인 성격을 가지게 되는 것에 반해, 시는 정반대로 카메라를 의식하면서 객관성을 확보하게 되는 것이 특징이다.

하이한 모색(暮色)속에 피어 있는
산협촌의 고독한 그림 속으로
파-란 역등을 달은 마차가 한대 잠기어 가고
바다를 향한 산마룻길에
우두커니 서 있는 전신주 위엔
지나가던 구름이 하나 새빨간 노을에 젖어 있었다.

바람에 불리우는 작은 집들이 창을 내리고
갈대밭에 묻히인 돌다리 아래선
작은 시내가 물방울을 굴리고

안개 자욱-한 화원지의 벤치 위엔
한낮에 소녀들이 남기고 간
가벼운 웃음과 시들은 꽃다발이 흩어져 있다.

외인묘지의 어두운 수풀 뒤엔
밤새도록 가느란 별빛이 내리고.

공백한 하늘에 걸려 있는 촌락의 시계가
여윈 손길을 저어 열시를 가리키면
날카로운 고탑같이 언덕 위에 솟아 있는
퇴색한 성교당(聖敎堂)의 지붕 위에선
분수처럼 흩어지는 푸른 종소리.

- 김광균, 「외인촌(外人村)」 전문

이 시는 발표 당시 '속 함경선의 점묘'라는 부제가 붙어있었던 것으로서, 함경선을 타고 가는 길에 본 마을의 풍경을 묘사한 것이다. 저물 무렵 차창 너머로 보이는 산골짜기 마을에 마차가 지나가고 전신주 위에 구름이 떠 있다. 창문을 닫은 집들과 갈대밭, 작은 시내가 눈에 들어오고, 시든 꽃다발도 보인다. 주체는 눈앞에 펼쳐지는 풍경을 객관적으로 그리고 있을 뿐, 대상에 대한 감정 이입이나 주관적인 해석을 가하지 않는다. 그런 면에서 카메라적인 시선을 유지하고 있는 것이다.

이 때 주체와 대상(풍경) 사이에 놓여있는 기차의 유리창은 카메라의 렌즈처럼 대상과의 일차적인 거리를 확보하는 역할을 한다. 즉 '나'와 풍경 사이에 물리적인 거리가 존재한다는 것을 인식하게 하고, 그럼으로써 풍경에 관여하지 않고 그것을 단지 바라보기만 할 수 있도록 하는 것이다. 여기에 '여행'이라는 행위가 가지는 무관심성이 이차적인 거리감을 만들어낸다. 여행이란 자신이 생활하고 있는 시공간에서 벗어남으로써 일상성에서 탈피하는 방식이다. 여행객은 여행지의 모든 사물이나 사람, 사건과 무관한, 자유로운 존재인 것이다. 그러므로 그의 시선은 무심하고 자유로울 수밖에 없다.

그런데 이 시는 영화의 영향을 직접 받아서 제작된 것이기도 하다. 위의 시의 마지막 연에 등장하는 언덕 위에 있는 고탑 같은 교당과 종소리는 그가 영화 <백(白)ㅋ처녀지(處女地)>에서 본 장면에서 얻은 이미지이다.

> 영화 <백(白)ㅋ처녀지(處女地)>에서 본 카나다의 수도 도시에 서 있던 가톨릭 교회의 첨탑은 훌륭한 시였다. 언제 서 있었는지 동본정 초가지붕 위에도 소박한 의상을 한 교당이 하나 우뚝 서 있다. 겨울 가까운 흐린 하늘을 날카롭게 찌르고 서 있는 빼빼 마른 종루에서 황혼이면 늦은 종소리가 분수같이 퍼진다.[17]

마지막 연은 위의 산문에 나오는 영화 속 교회의 이미지에서 촉발되

---

17) 김광균, 『김광균 문집 와우산』, 범양사 출판부, 1985, p.43.

어 만들어진 것이라는 점을 알 수 있다. 영화에서 받은 강렬한 인상에 동본정에 있는 교당의 이미지가 겹쳐진 것이다. 시의 배경이 되는 시간이 저물 무렵이었다가 후반부에서 갑자기 밤으로 바뀌는 것 또한 이러한 영향과 무관하지 않다. 즉 이 시는 여행을 하는 과정에서 직접 쓴 것이 아니라 여행의 기억을 되살려 써낸 것이고, 그 과정에서 시인의 기억 속에 축적된 몇 가지 인상들을 결합한 것일 가능성이 크다.[18]

영화가 기본적으로 시각예술이라는 점을 감안하면, 영화적 체험이 시에서 시각적 이미지의 나열과 포착으로 나타난다는 것은 당연한 일이다. 이와 더불어, 영향을 미친 영화가 무성영화였다는 점도 중요한 요인이다. 한국영화사에서 발성영화가 등장하는 것은 1935년에 만들어진 <춘향전>에서부터이다. 따라서 1935년 이전의 영화 체험은 무성영화에서 얻어진 것이었다. 발성영화와 비교할 때, 무성영화는 장면 전체를 보여주는 미장센과 일부를 보여주는 클로즈업 또는 편집에 의한 몽타주 등의 사진의 기법을 통해 주로 표현된다. 배우의 연기력이 문제가 아니라 화면 전체의 이미지와 사진적인 평면성이 강조되는 것이다.[19] 따라서 무성영화가 시와 접목될 수 있는 부분은 서사적인 구성이나 배우의 흡인력보다는 움직이는 이미지 형태로 각인되었을 가능성이 크다. 이것은 우리 시가 리듬을 바탕으로 한 음악과의 친연성에서 벗어나 이미지를 중심으로 한 회화나 영화와 같은 시각 예술과의 긴밀한 관련 속에 놓이게 되었음을 의미한다.

---

18) 서준섭은 김광균의 시에서 영화와 관련이 있는 예로 「환등」, 「장곡천정에 오는 눈」, 「눈오는 밤의 시」 등을 들고 있다. ―서준섭, 『한국 모더니즘 문학 연구』, 일지사, 1988, p.155.
19) 이정배, 「1930년대 한국문학과 영화의 상관성 연구」, 강원대 석사논문, 2003, p.3.

3. 영화의 기법과 시의 환상성

이미지즘시에서 영화의 영향은 카메라적 시선을 경험함으로써 주체와 대상 사이에 객관적인 거리를 확보하게 하는 간접적인 방식으로 나타난다. 대상을 선택하고 배제하는 것 역시 카메라적인 시선과 연관이 있다. 이것은 시를 창작하는 태도와 시각에 전반적인 변화를 불러일으켰다. 시가 진솔한 감정을 표출하는 데서 그치는 것이 아니라 제작 과정을 거쳐야 하며, 시를 창작하는 데도 지적인 판단과 해석이 필요하다는 것을 인식시키는 계기를 제공한 것이다. 이것은 영화 체험이 시에 미친 소극적인 영향이라고 할 수 있다.

이와 비교해볼 때, 몽타주나 파노라마 수법은 영화적인 기법이 창작 방법으로 적극적으로 활용된 것이다. 실재와 환영이 겹칠 때 오버랩을 사용하는 것은 당시 유행했던 영화소설 전반에 걸쳐 폭넓게 사용되었던 것이다. 오버랩은 환영 장면 묘사에서 자주 활용된 영상 편집 기술이었다.[20] 이러한 상황으로 보아 시에서 이러한 기법들이 사용되었을 가능성 역시 높다. 특히 환상성이 발현되는 시들에서 이러한 기법이 사용되고 있다.

> 시내우에 돌다리,
> 달아래 버드나무.
> 봄안개 어리인 시내ㅅ가에, 푸른 고양이
> 곱다라케 단장하고 빗겨잇소, 울고잇소,
> 기름진 꼬리를 치들고

---

20) 전우형, 앞의 글, pp.86~88 참고.

밝은 애닯은 노래를부르지요.
푸른 고양이는 물올은 버드나무에 스르를 올나가
버들가지를 안고 버들가지를 흔들며
쏘 목노아 웁니다, 노래를 불읍니다.

멀니서 검은 그림자가 움즉이고,
칼날이 은가티 번쩍이더니,
푸른 고양이도 볼수업고,
꼿다운 소리도 들을수업고,
그저 쓸쓸한 모래우에 선혈이 흘러잇소.

―이장희, 「고양이의 꿈」 전문

‘푸른 고양이’는 황석우의 「벽모(碧毛)의 묘(猫)」에서부터 등장하는 환상적인 상징이다. 시의 시공간적 배경은 달이 뜬 날, 돌다리가 있는 시냇가이다. 버드나무가 있고, 그 버드나무에 고양이 한 마리가 올라가 있다. 그러다가 어느 순간, 검은 그림자가 움직이고 칼날이 번뜩이더니 고양이의 모습도 울음소리도 사라져버리고, 모래 위에는 선혈이 남아 있다. 마치 괴기영화의 한 장면을 보는 듯한 이 시는, 어디까지가 현실이고 어디까지가 환상인지를 구별하기 어렵다. 3연이 환상이라는 것은 분녕해보이시반, 1,2연은 현실인지 환상인지를 확실하게 구별하기 어렵다. 3연을 환상이라고 한다면 1,2연 역시 굳이 현실이라고 판단할 만한 근거가 따로 설정되어 있지 않다. 화자가 1연에 나오는 실제의 시냇가에 앉아 일으킨 환상이라고 볼 수도 있지만, 1연의 배경 자체가 아예 환상이라고 볼 수도 있는 것이다.

이 시에서 특히 주목해볼 만한 부분은 3연이다. 현실적인 시공간의 배경에 갑자기 검은 그림자가 등장하고 칼날이 번뜩이는 것은 환상임에 분명하다. 느닷없이 전개되는 이 환상 부분은 독일 표현주의 영화인 <칼리가리 박사의 밀실>의 한 장면을 연상시킨다. 로베르트 비네의 <칼리가리 박사의 밀실>은 독일 표현주의 영화에 속하는 작품[21]으로서, 조선에는 서울에서 1922년에 개봉되었다. 영화는 칼리가리 박사를 둘러싼 의문의 살인 사건을 추적해가는 내용으로 이루어져 있다. 칼리가리 박사가 몽유병자인 세자르를 깨운 후 의문의 살인 사건들이 계속 일어난다. 프랜시스의 친구인 알렌 역시 박람회장에서 내일 새벽에 죽을 것이라는 세자르의 예언을 듣게 되고, 다음날 아침 시체로 발견된다. 프랜시스는 추적 끝에 칼리가리 박사가 살인을 했다는 것을 밝혀낸다. 그러나 실제 이 모든 것은 정신이상자 프랜시스의 과대망상임이 밝혀지며 영화는 끝난다.

주목할 부분은 영화에서 살인이 일어나는 장면이다. 알렌이 살해되는 장면은, 실제 범인의 얼굴은 보이지 않고, 갑자기 검은 그림자가 나타나서 칼을 휘두르는 것으로 처리된다. 위의 시에서 검은 그림자가 갑자기 나타나고 칼날이 번뜩이는 부분은, 이 장면과 상당히 유사하다. 환상 속에서 발생한 죽음이라는 모티프가 유사하고, 그것이 검은 그림자와 번뜩이는 칼날로 상징적으로 처리되는 것이 그렇다.[22]

이러한 추정이 가능한 것은 「고양이의 꿈」 외에도 이장희의 적지 않

---

21) 1920년대에는 미국 영화 외에 프랑스나 이탈리아, 독일 영화들 역시 소개되었다 (이영일, 앞의 책, pp.52~53 참고). 비록 일반 대중들에게 미국영화가 많이 보급된 것이 사실이긴 하지만, 지식인들의 경우 비단 계몽적인 것에 한정되지 않고 다양한 경향의 영화를 접했으며, 그것이 직간접적으로 문학에 영향을 미쳤을 것이라고 짐작할 수 있다.

22) 이영일은 정신병자가 몽환 속에서 살인을 저지르는 이 영화의 내용이 훗날 나운규의 <아리랑>에서 영진이 환상 속에서 살인을 하는 장면에 영향을 주었을 것이라고 해석하고 있다 - 위의 책, p.106.

은 시에서 영화와의 관련성을 짐작하게 하는 단서들이 발견되기 때문이다. 앞부분에서 밝힌 것처럼, 그의 시에는 영화를 보고 나서 썼다는 말이 직접 기록되어 있기도 하고, '환등', '영사막' 등의 단어가 자연스럽게 포함되어 있기도 하다. 시의 내용만으로는 잘 설명되지 않는 「무대」, 「사상(沙上)」 등의 시들 역시 영화와 관련이 있을 가능성이 커 보인다. 「무대」는 촛불이 흔들리는 것을 보고 쓴 것이라고 해석할 수 있지만 실제 상영된 영화를 내용으로 했을 가능성을 배제할 수 없고, 「사상」에 나타나는 사막 이미지는 영화의 장면에서 빌려 왔을 가능성이 크다.

또한 환상성은 초현실적인 경향을 드러내는 시들에서 중요한 기능을 한다.

그사기컵은내骸骨과흡사하다. 내가그컵을손으로꼭쥐었을때내팔에서는난데없는팔하나가接木처럼돋히더니그팔에달린손은그사기컵을번쩍들어마룻바닥에메어부딪는다. 내팔은그사기컵을死守하고있으니散散이깨어진것은그럼그사기컵과흡사한내骸이다. 가지났던팔은배암과같이내팔로기어들기前에내팔이或움직였던들洪水를막은白紙는찢어졌으리라. 그러나내팔은如前히그사기컵을死守한다.

－이상, 「烏瞰圖詩第十一號」 전문

이 시에는 컵을 손에 쥐고 있는 현실의 팔과 그 컵을 깨뜨리는 환상 속의 팔이 있다. 현실에서 팔은 그 사기컵을 꼭 쥐고 있고 그러므로 컵 안의 물은 깨어지지 않았다. 그러나 환상 속에서 돋아난 팔은 사기컵을 바닥에 내동댕이치고, 깨어진 사기컵은 곧 나의 해골과 오버랩된다. 시가 그리고 있는 장면을 상상해본다면, 사기컵을 들고 있는 사람의 모양이 보이고 그 팔에서 또 다른 팔이 돋아나오는 장면이 연출되고 이윽고 그 팔이 컵을 내동댕이친다. 내동댕이쳐진 것은 실상 컵이 아니라 나의 해골이다. 바닥에는 산산조각난 사기컵 아니 나의 해골이 굴러다니고 있다. 그러나 환상 속에서 돋아난 팔이 사라지면, 내 팔은 여전히 컵을 쥐고 있고, 아무 일도 일어나지 않았다. 현실과 환상이 오버랩되면서 하나의 시가 만들어진 것이다. 환상은 현실의 한 끄트머리에서 자유롭게 발생한다. 그럼으로써 시적 상상력의 영역을 초현실의 영역까지 확대시키는 것이다.

이 시는 장 콕토의 영화 <시인의 피>의 장면을 연상시킨다. 화가가 그린 초상화에서 입이 빠져나와 화가의 손바닥에 붙는다. 입을 떼어내기 위해 전전긍긍하던 화가는 석고로 만든 조각에 입을 옮겨 놓는데, 그 후 석고 조각이 지시하는 대로 여러 가지 경험을 하게 된다. 화가가 거울로 뛰어드는 순간 거울은 물로 바뀌고, 화가는 거울 속의 세계에서 열쇠 구멍을 통해 나란히 늘어선 방들의 안쪽 풍경을 들여다보게 된다. 총을 맞고 쓰러졌다가 다시 제자리로 돌아가기를 반복하는 그림 속 인물이 있는가 하면, 채찍질을 피해 천장에 붙어있는 소녀가 있고, 남성과 여성이 섞여 양성애자가 탄생한다. 방이 끝나는 지점에서 조각은 화가에게 권총으로 자살할 것을 명령하고, 화가는 자신의 머리에 총을 겨누고 죽는다. 그리고 나서 거울 밖으로 뛰쳐나온 화가는 자신에게 명령을 내리는 석고 조각을 망치로 깨부순다. 그러나 다음 장면에서, 깨져나간 것은 화가의 머리에 쓰고 있던 석고조각이었음이 밝혀진다.

이상의 시에서 사기컵의 형상은 <시인의 피>의 석고 조각과 닮았고, 사기컵을 바닥에 내팽개치는 장면은 석고조각을 깨뜨리는 장면과 흡사하다. 그러나 무언가를 깨뜨리는 것은 환상일 뿐 실제로는 아무런 일도 일어나지 않았다는 것도 공통점이다. 이상 시의 화자는 컵을 들고 환상에 빠져들고, 영화 속의 화가는 석고 조각을 보며 환상에 빠져든다. 두 작품 모두 실제와 환상이 자유롭게 교차하며 상상력의 범위를 넓히고 있다.

일본에서 이상과 같이 하숙을 했던 김소동 감독의 회고에 따르면, 이상은 당시 일본에서 새롭게 출간되던 『시와 시론』을 읽었고, 그것에 영향을 많이 받은 것으로 되어 있다.[23] 실제로 이상은 영화 감상을 즐겼을 뿐만 아니라, 영화의 현대 예술적인 지위를 인정하고 그 중요성을 간파하고 있었다.[24] 그의 시 「二人……1……」이나 「二人……2……」에는 영화 <스카페이스>의 실제 주인공인 알 카포네가 등장하고,[25] 산문에서는 파라마운트 영화사나 세실 B. 데밀의 영화가 자연스럽게 인용된다.[26] 그는 성천의 풍경을 보면서 "나의 동글납짝한 머리가 그

---

23) "당시 일본문단에는 새로운 현대시를 주제로 하는 『시와 시론』이라는 책이 월간으로 나왔다. 장 콕토를 필두로 프랑스 문인들이 내세우는 신불란서문학 즉 초현실파의 표현방식을 연구하는 출판물이다. 하루야마(春山行夫), 기다가와(北川冬彦), 안자이(安西東衛) 들이 모여서 새로운 시론을 주장한 책이다. 에세이와 시와 프랑스시의 번역이 실려서 새로운 사조와 새로운 시의 세계를 주창하던 하나의 시대적 것말이었다. 이상은 그러한 시와 문상을 신시하게 수승하며 글을 썼다."-김소동, 「나의 이력서」, 『한국일보』, 1982. 3. 12.

24) "활동사진? 세기의 총아-온갖 예술 위에 군림하는 '넘버' 제8예술의 승리. 그 고답적이고도 탕아적인 매력을 무엇에다 비하겠습니까."-이상, 「산촌여정」, 『이상 문학전집 3』, 문학사상사, 1993, p.111.

25) "基督은襤褸한行色으로說敎를시작했다./아아르·카아보네는橄欖山을산채로拉撮해갔다.// 一九三〇年以後의 일一. / 네온싸인으로裝飾된어느敎會入口에서는뚱뚱보카아보네가볼의傷痕을伸縮시켜가면서入場券을팔고있었다." (「二人……1……」 전문) "아아르·카아보네의貨幣는참으로光이나고메달로하여도좋을만하나基督의貨幣는기숭할지경으로貧弱하고해서아뭏든돈이라는資格에서는一步도벗어나지못하고 있다./ 카아보네가프렛상으로보내어준프록·코오트를基督은最後까지拒絶하고말았다는것은有名한이야기거니와宜當한일이아니겠는가." (「二人……2……」 전문)

대로 카메라가 되어 피곤한 따불렌즈로나마 몇 번이나 이 옥수수 무르익어가는 초추의 정경을 촬영하였으며 영사하였던가 - 후래슈빽으로 흐르는 엷은 애수 - 도회에 남아있는 몇 고독한 팬에게 보내는 단장의 스틸이다"[27]라고 말할 만큼 영화에 심취해있었다.[28] 따라서 영화는 이상의 시를 설명할 수 있는 중요한 단서라고 볼 수 있다. 이상의 시 이외에도 환상성이 발현되는 시들을 설명할 때, 영화와의 관련성을 추적해보는 것은 새로운 접근 방식을 제공해줄 수 있을 것이다.

근대시와 관련시켜 볼 때 영화가 미친 가장 큰 영향은 시선의 변화이다. 영화의 카메라적 시선은 시가 제작되는 것이라는 인식을 보다 공고하게 하는 역할을 했다. 1920~30년대의 이미지즘 시들에 나타나는 시선은 다분히 카메라적인 시선을 담고 있다. 뿐만 아니라 영화와의 관련성은 환상이 결합되는 시들을 설명하는 데도 중요한 해석의 근거가 된다. 영화 관람이 당시의 문인들에게 보편적인 경험이었음을 생각할 때, 영화와의 관련성은 근대시 연구에 중요한 키워드가 될 것이다.

●발표 제목 동일, 『한국언어문학』 65, 2008. 6.

---

26) "수수깡 울타리에 오렌지빛 여주가 열렸습니다. 당콩넝쿨과 어우러져서 세피아빛을 배경으로 하는 일폭의 병풍입니다. 이 끝으로는 호박넝쿨 그 소박하면서도 대담한 호박꽃에 스파르타식 꿀벌이 한 마리 앉아 있습니다. 농황색에 반영되어 세실·B·데밀의 영화처럼 화려하며 황금색으로 치사(侈奢)합니다. 귀를 기울이면 르넷산스 응접실에서 들리는 선풍기 소리가 납니다" - 이상, 「산촌여정」, 앞의 책.

27) 위의 책.

28) 이상의 산문에는 영화 <지킬박사와 하이드 씨>, <죄와 벌>, <후랑켄슈타인>, <FUA薔薇新房> 등을 보았다는 내용이 실려있다. 또한 조용만의 「이상 시대, 젊은 예술가들의 초상」에는 이상이 르네 클레르의 영화를 좋아해서 박태원, 조용만 등과 함께 <최후의 억만장자>를 관람했고, <유령, 서쪽으로 가다>를 보고 싶어 했다는 기록이 있다.

문맥적 읽기와 장면적 읽기

－이상, 「오감도시제십일호」 해석 －

1. 나란히 있는 사기컵과 해골

> 1.그사기컵은내骸骨과흡사하다. 2.내가그컵을손으로꼭쥐었을때내팔에서는난데없는팔하나가接木처럼돋히더니그팔에달린손은그사기컵을번쩍들어마룻바닥에메어부딪는다. 3.내팔은그사기컵을死守하고있으니散散이깨어진것은그럼그사기컵과흡사한내骸다.   4.가지났던팔은배암과같이내팔로기어들기前에내팔이或움직였던들洪水를막은白紙는찢어졌으리라. 5.그러나내팔은如前히그사기컵을死守한다.
>
> －「烏瞰圖詩第十一號」 전문

「오감도시제십일호」는 1934년 8월 4일 『조선중앙일보』에 발표된 작품으로서, 현실과 환상이 교차하며 시를 이루고 있다. 이 시는 현실에서 환상으로 연결되는 근거가 분명하고("그사기컵은내해골과흡사하다") 환상에서 깨어나는 과정 또한 명료해서("가지났던팔은배암과같이내팔로기어들기전에내팔이혹움직였던들홍수를막은백지는찢어졌으리라") 시의 내용을 이해하는 데는 큰 어려움이 없다. 이승훈은 이 시를 '사기컵'과 '화자의 해골'을 시각적 유사성에 의해 동일시함으로써 현실과 환상 혹은 의식과 무의식의 변증법적 종합을 성취하려는 초현실주의적인 기법의 전형이 드러난다고 보았다.[1] 이 시에서 해석이 모호한 부분은 "홍수를막은백지"의 의미가 무엇인가 하는 것이다. '홍수', '백지' 등의 이미지가 느닷없기는 하지만, 전체 맥락으로 볼 때 이것을 각각 '유리컵의 물', '물을 담고 있는 유리(컵)'으로 본 이어령의 해석[2]에 큰 무리가 없어 보인다.

최근의 연구는 시에 투영된 시인 혹은 시적 주체의 심리적 정신적 상태를 설명하는 데 초점을 맞추고 있다. 함돈균은 이 시에 나타나는 환상[3]이 시적 주체의 내부에서 충돌하는 에너지들 간의 운동과 긴장 즉 죽음을 향한 충동과 그것을 억제하려는 충동 사이의 갈등을 표현한다고 해석한다. '백지'는 그러한 긴장 상태에서 하얗게 질린 시적 주체의 무의식을 드러내는 기표라고 해석된다. 이 또한 이 시가 현실과 환상이 교차한다는 것을 전제로 하고, 시의 발생론적인 근거와 의미를 밝히는 데 집중하고 있는 것이다.

---

[1] 이승훈 편, 『이상 문학전집 1』, 문학사상사, 1989, p.45.

[2] 이어령 교주, 『이상시전작집』, 갑인출판사, 1977, p.27. 이승훈 또한 '홍수를막은백지'를 '사기컵'의 비유라고 보고 있다. (위의 책, p.44) 조해옥은 이 부분을 각혈의 이미지로 보고(조해옥, 『이상 시의 근대성 연구』, 소명출판, 2001, p.61), 함돈균은 표면상 '사기컵'의 은유이지만 무의식의 차원에서는 깨지기 쉬운 '내 해골'과 거기서 쏟아질지 모르는 '뇌수'가 이미지화되어 있다고 해석한다(함돈균, 『시는 아무것도 모른다』, 수류산방, 2012, p.179)

[3] 함돈균은 '환상'이 상징계의 근본적 결여를 봉합하고 은폐하는 주체의 상상적 운동 방식임에 비해 '환각'은 '나'와 타자의 상상적 동일시에 의해 성립하는 주체의 변증법을 모르고, 상징계의 질서를 이루는 기본적 금지를 모른다는 점에서 실재계의 영역에 속한다고 하여 양자를 구별하고 있다. 이에 따르면 「시제십일호」에 나타나는 절단된 신체의 이미지는 환각에 해당한다. —위의 책, pp.179~182 참고.

그러나 현실과 환상이 교차한다는 것은 표면에 서술된 내용을 반복해서 말하는 것일 뿐 시 자체에 대한 분석으로는 미흡하다. 이 시에 나타나는 환상은 '나'에 의해서 관찰되고 논평되고 있다. '나'는 환상의 발생과 소멸 과정을 서술하고 환상을 보는 동안에도 현실 상황을 놓치지 않는다. 그런데 환상이라고 설명되는 내용들 중 일부는 사실상 화자의 논평에 해당하는 부분으로서 실제로 환상과 현실이 교차된다고 설명하기 어렵다. 예를 들어 시의 언어적 맥락만을 따른다면 '산산이 깨진 해골'은 단지 '나'의 추측일 뿐이다. 그럼에도 불구하고 이 시에서 '깨진 해골'이라는 환상을 읽어내는 것은, 이 시를 문맥적으로 이해하는 것이 아니라 장면적으로 이해하기 때문이다. 즉 시를 읽어가는 동안 머릿속에서 내용에 따른 장면들을 상상하고 그 과정에서 '깨진 해골'을 연상하는 것이다. 이 시는 이처럼 문맥적 읽기와 장면적 읽기가 동시에 가능한 것이 특징이다.

언뜻 보기에 두 가지는 유사해보이지만, 문맥적 읽기에서 환상은 환상일 뿐 현실과는 별개의 것이다. 시적 주체는 현실에서 환상에 이르는 과정을 명확하게 지켜보고 있으며 이것이 현실과 구별되는 것임을 뚜렷이 인지하고 있다. 그러나 이를 영화의 장면으로 읽으면 환상과 현실은 나란히 병치된다. 문맥적 상황에서 환상은 현실에서 파생되는 것이지만, 장면적 상황에서는 환상과 현실 사이에 시간적인 순서가 없다.

언어적 맥락에서 본다면 사기컵과 해골, 백지는 색깔이나 모양과 같은 시각적 유사성에 근거한 비유 관계에 놓여 있다. '나'는 내 해골과 비슷한 사기컵을 쥐고 있다. 그런데 컵을 쥐고 있는 손이 달린 팔에 갑자기 팔 하나가 더 돋히더니 사기컵을 마룻바닥에 던져 깨뜨린다. 깨진 것은 내 해골이다. 그러나 이것은 환상이다. 돋았던 팔은 사라지고 '나'는 여전히 사기컵을 쥐고 있다. 현실과 환상이 병치되고 있지만, 시각적인 유사성이라는 비유의 근거를 가지고 있기 때문에 현실에서 환상으로 이행하는 과정을 이해하는 것은 어렵지 않다.

실제로 이 시는 종종 환상에 초점이 맞춰져 설명되지만, 문맥상으로는 이성적인 논평이 포함된 논리적인 언술로 이루어져 있다. 문장 순서대로 본다면, 이 시는 1−현실, 2−현실+환상, 3−현실+환상(논평), 4−환상+현실(논평), 5−현실로 이루어져 있다. 1과 5는 현실 상황으로서 시 전체를 감싸고 있는 액자와 같은 구실을 한다. 그 내용은 '나는 내 해골과 흡사한 사기컵을 손으로 꼭 쥐고 있다'는 것이다. 2~4에서는 현실과 환상이 교차한다. 2는 내가 컵을 손으로 쥐고 있는 현실의 상황에 팔 하나가 돋아나서 사기컵을 깨는 환상이 겹치고, 3은 여전히 사기컵을 쥐고 있는 현실의 상황에 산산조각난 해골의 환상이 오버랩된다. 4는 돋아났던 팔이 현실의 팔속으로 들어가는 환상과 컵이 깨어지지 않은 현실 상황이 나란히 있다.

재미있는 것은 '나'가 이것이 환상임을 명확하게 알고 있다는 것이다. '나'는 또 다른 팔이 돋아나서 컵을 깨고 다시 사라지는 과정을 모두 시켜보고 있다(2). 그리고 실제 팔이 움직였다면 컵이 깨졌을 것이지만 내가 컵을 쥐고 있으므로("내팔은그사기컵을사수하고있으니") 환상 속에서 깨진 것은 컵이 아니라 해골이라야 맞다는 논평까지 덧붙이고 있다("산산이깨진것은그럼그사기컵과흡사한내해이다")(3). 문맥상으로 본다면 3의 산산조각난 해골은 실제 상황이 아니라 논리적인 추론이다. '나'가 깨진 해골을 직접 보았다는 내용은 없다. 컵을 바닥에 던졌지만 내 손에 컵이 여전히 남아있으니 깨진 것은 해골일 것이라는 추론만 있을 뿐이다. 그러므로 3은 논리적인 추론에 해당하는 논평에 해당한다.

4에서는 환상이 소멸하고 그에 대한 '나'의 논평이 다시 개입된다. 가지났던 팔은 슬그머니 사라지고 '나'는 현실로 돌아온다. 그리고 만약 현실의 '나'가 환상에 영향을 받아 팔을 움직였다면 '홍수를 막은 백지'는 찢어졌을 것이라고 논평한다. 이 부분 역시 '나'의 논리적 추론이다. '나'는 환상과 현실을 구별했고 '홍수를 막은 백지'는 찢어지지 않았으므로 실제로는 아무 일도 일어나지 않은 것이다.

그러나 실제 이 시를 감상할 때 우리는 위에서 분석된 문맥의 논리를 짚어가는 것이 아니라 자연스럽게 영화적인 장면을 연상한다. 즉 실제의 팔에서 또 다른 팔 하나가 생기고 사라지는 모양, 해골이 깨지는 모습 등을 머릿속에 그리게 되는 것이다.[4] 이 연상은 대상을 포착하는 카메라의 시선과 유사하다. 먼저 사기컵을 들고 있는 사람이 클로즈업된다. 컵을 바라보고 있는 사람의 팔에서 슬그머니 또 다른 팔이 돋아나오고, 돋아난 팔은 컵을 내동댕이친다. 내동댕이쳐지는 컵을 따라 바닥을 비추면, 거기에는 컵 대신 해골이 산산조각 나 있다. 그러나 다시 시선을 위쪽으로 이동하면 그 사람은 여전히 사기컵을 그대로 쥐고 있다. 돋아났던 팔 역시 슬그머니 사라진다.

전체적인 내용만으로 본다면, 문맥적인 읽기나 장면적인 읽기 사이에는 커다란 차이가 없다. 그러나 시의 각 구절들을 영화의 장면으로 만들 때 사용되는 쇼트들은 원래의 시와는 차이가 있다. 여기에 필요

---

4) 「오감도」는 시각적인 연상을 불러일으키는 경우가 많다. 시 자체가 시각적인 형태로 이루어져 있는 「시제사호」, 「시제오호」 외에도 「시제일호」, 「시제십호 나비」, 「시제십이호」, 「시제십삼호」, 「시제십사호」 등이 모두 시각적인 연상을 불러일으킨다. 「시제십일호」 또한 자연스럽게 시각적인 연상을 불러오며 영화의 장면을 연상시킨다.

한 쇼트들은 사기컵을 쥐고 있는 사람, 사기컵을 쥔 팔, 실제 팔에서 돋아나오는 팔, 사기컵을 바닥에 던지는 팔, 깨진 해골, 돋아났다가 사라지는 팔, 홍수에 찢어지는 백지, 여전히 사기컵을 쥐고 있는 팔 등이다. 이 중에서 '깨진 해골'과 '홍수에 찢어지는 백지'는 원래 시의 문맥에서는 추론에 포함된 내용일 뿐 실제로 있다고 볼 수 없다. 그러나 영화 장면에서 '메어 부딪힌 사기컵'(2)과 '산산이 깨진 해골'(3), '홍수를 막은 백지'(4)는 각각 독립된 세 개의 쇼트로 처리될 것이다. 영화 장면에서 자막에 의존하지 않고 문맥상의 논평이나 추론 형식을 살려내기는 어렵기 때문이다. 예를 들어 "홍수를막은백지는찢어졌으리라"라에서 문맥상 가정법인 "찢어졌으리라"라는 추론은 영화 장면으로는 그대로 표현되기 어렵다. 시에서는 백지가 홍수를 막았다고 되어 있지만, 이를 영화 장면으로 처리하면 한꺼번에 터져 나오는 물로 인해 백지가 찢어지는 쇼트를 만들고, 이것을 깨어지지 않고 그대로 있는 사기컵의 쇼트와 병치해서 보여주어야 한다. 원래 시의 문맥에 있는 환상들은 영화 장면에서는 각각 독립된 쇼트를 이루면서 현실의 상황을 보여주는 쇼트와 디졸브되어야 한다. 사기컵이 부서지고 해골이 깨지고 백지가 찢어지는 장면들을 현실의 상황과 몽타주 방식으로 병치하는 것이다.5)

---

5) ① 조선에서는 이미 1930년에 에이젠쉬타인의 몽타주 이론이 소개된 바 있다. ─ 서광제, 「토키에 관한 선언」, 『동아일보』, 1930. 10. 2. ; 「노서아 명감독 에젠슈테인의 강연」, 『동아일보』, 1930. 9. 7.~9. 23), 이에 대한 자세한 내용은 졸고, 「1930년대의 모더니즘 문학에 나타난 영화적 요소에 대하여」, 『한국현대시와 모더니즘』, 신구문화사, 1996 참고.
② 김지미는 박태원과 이상의 소설을 각각 푸도프킨식 몽타주와 아이젠쉬타인식 몽타주로 구별하고 있다. ─ 김지미, 「구인회와 영화」, 『민족문학사연구』 42, 2010, pp.267~268.

문맥상으로 볼 때 사기컵과 해골, 백지는 유사성을 근거로 한 비유이지만, 이것을 영화의 장면으로 해석한다면 각각은 독립된 쇼트들이다. 이 시에서 가장 낯선 구절인 "홍수를막은백지는찢어졌으리라"를 문맥적으로 이해하기 위해서는 '홍수'와 '백지'가 무엇이며 '해골'이나 '백지'와는 무슨 관계인지를 필수적으로 규명해야 하지만, 장면적 이해에서 각각은 독립된 쇼트들이므로 어느 하나가 나머지를 지시하거나 은유하지 않는다. '홍수를막은백지'가 무엇을 비유한 것인지를 밝히는 것은 별다른 의미가 없는 것이다. 따라서 이 시의 장면적 읽기는 문맥만을 따라갈 때 생겨나는 기계적인 해석을 줄이고 시를 보다 입체적으로 해석하게 하는 장점이 있다.

2. 나비와 절단된 팔의 환상

현실과 환상이 교차하는 「오감도시제십호 나비」, 「오감도시제십삼호」 역시 문맥적 읽기와 동시에 장면적 읽기가 가능하다. 「시제십일호」에서 현실의 사기컵과 환상 속 해골이 연결되었다면, 「시제십호 나비」에서는 현실의 찢어진 벽지와 '나'의 얼굴이 환상 속에서 '나비'의 이미지와 연결된다.

    1.찢어진壁紙에죽어가는나비를본다. 2.그것은幽界에絡繹되는秘密한通話口다. 3.어느날거울가운데의鬚髥에죽어가는나비를본다. 4.날개축처어진나비는입김에어리는가난한이슬을먹는다. 5.通話口를손바닥으로꼭막으면서내가죽으면앉았다일어서드키나비도날라가리라. 6.이런말이決코밖

으로새어나가지는않게한다.

-「詩第十號 나비」 전문

이 시 역시 시적 상황에 대한 화자의 논평이 곁들여 있다. 1,3,4는 전체적인 시적 상황을 구성하는 언술로서 현실과 환상이 교차되고 있다. '나'는 찢어진 벽지를 보면서 죽어가는 '나비'를 연상한다. 그리고 거울에 비친 수염 난 '나'의 모습에서 또한 죽어가는 나비를 떠올린다. 문맥상 실제 있는 내용은 찢어진 벽지와 거울을 바라보고 있는 수염난 '나'의 얼굴뿐이다. 나머지 2, 5, 6은 그러한 상황에 대한 화자의 논평이다.

1과 3은 표면상 동일한 구조로 이루어져 있다. 이 문장들에 나오는 '~에'는 공간을 지시하는 조사가 아니라 '그것으로부터' 혹은 '그것에서'라고 해석해야 옳다. 즉 벽지에 죽어가는 나비가 붙어있는 것이 아니라 찢어진 벽지로부터(벽지에서) 나비를 연상하고 있는 것이다.[6] 마찬가지로 3 또한 거울 속에 비친 '나'의 모습에서 죽어가는 나비를 보고 있는 것이다.

그러나 1의 '나비'가 벽지와의 형태상 유사성에서 연상된 것이라면, 3의 '나비'는 거울을 들여다보고 있는 '나'의 환상이다. 1에서 '벽지=나비'이지만 3에서 '수염=나비'라는 등식은 성립하지 않는다. '수염'은 '나'의 수척한 이미지를 강화하는 역할을 하긴 하지만 그것 자체가 시각적으로 나비를 연상시키지는 않는다.[7] 3에서 '나'와 '죽어가는 나비'

---

6) 이승훈 역시 이 부분을 "찢어진 벽지와 죽어가는 나비가 시각적 유사성을 토대로 동일시"되고 있다고 해석하고 있다. -이승훈, 앞의 책, p.41.
7) 이승훈은 '입김에 어리는 가난한 이슬'을 입 언저리의 침을 비유한 것이라고 해석하고 '나비가 가난한 이슬을 먹는다'를 수염이 입 언저리의 침에 젖는다고 해석하

의 환상이 겹치는 이유는 문맥적으로는 2. 나비가 죽음의 세계와 연결되어 있다는 논평에 근거를 두고 있다.

죽음은 시 전반을 이끌고 있는 분위기이면서 주제이다. 3에서 '수염'으로 대표된 '나'의 초췌함, 병약한 이미지는 4.“날개축처어진나비는입김에어리는가난한이슬을먹는다.”에서 보다 자세하게 표현된다. 3에 근거할 때 '날개축처어진나비'는 '나'를 의미한다. 그 '나'가 '입김에어리는가난한이슬을 먹는다'는 것은, '나'가 거울을 바라보고 있고 그 거울이 '나'의 입김으로 인해 흐려졌다 맑아졌다 하는 것을 의미한다.[8] '가난한이슬을먹는다'는 '나'의 호흡이 가느다랗기 때문에 그것으로 인해 흐려지는 면적 또한 좁고 흐리다는 것이다. '날개축처어진나비'라는 표현은 호흡의 활기 없음과 연결되는 것이기도 하다.

이러한 해석은 바로 이어지는 5.“통화구를손바닥으로꼭막으면서내가죽으면앉았다일어서드키나비도날라가리라”와 자연스럽게 연결된다. '나'가 숨구멍을 막아 죽어버리면[9] 호흡으로 인해 거울이 흐려지는 일 또한 없어질 것이므로 나비 모양 또한 사라질 것이다. 6.“이런말이결코밖으로새어나가지는않게한다.”는 앞에서 이야기한 모든 것들 특히 죽고자 하는 충동을 들키지 않으려는 것을 의미한다.

고 있으나 해석의 특별한 근거가 없다.

8) 이 부분은 유리창에 어리는 자신의 호흡을 “열없이 붙어서서 입김을 흐리우니 길들은 양 언날개를 파다거린다”라고 표현한 정지용의 「유리창」(『조선지광』, 1930. 1)을 연상시킨다. 이상은 자신의 작품만이 아니라 다른 사람의 작품을 차용해서 상호텍스트적인 작품을 만들었다. 이상의 소설 「실화(失花)」에 정지용의 시 「해협」, 「카페 프랑스」, 「말」 등이 차용된 것이 그 예이다. 이런 정황으로 보아 이 부분은 정지용의 수사를 차용했을 가능성이 있다.

9) 2에서 '통화구'가 '나비'를 지칭하는 것이었음에 근거하면, 통화구를 꼭 막는다는 것은 나비를 눌러 죽이는 것으로 해석할 수도 있다. 3 이하에서 '나'는 곧 '나비'이므로 나비를 죽이는 것은 곧 나를 죽이는 일과 같다.

이 시를 영화의 장면으로 생각하면, 거울을 바라보고 있는 '나'와 찢어진 벽지, 죽어가는 나비가 각각의 쇼트를 이루고, 이외에도 저승을 나타내는 쇼트, 자살을 시도하는 '나'의 쇼트가 필요할 것이다. 문맥상의 내용으로는 벽지와 '나'만이 실재하는 것이지만, 이 두 가지를 한데 묶는 '나비'와 그것이 함축하고 있는 죽음의 이미지들을 살려내기 위해서는 논평에 해당하는 2와 5를 독립된 쇼트로 만들고 환상과 현실의 쇼트들을 디졸브시켜야 하는 것이다. 「시제십일호」에서는 팔이 돋아나고 해골이 깨지고 백지가 찢어지는 환상이 순차적으로 나와있는 것에 비해, 「시제십호 나비」에서는 '나비'가 주된 환상으로서 처음부터 끝까지 시를 지배하고 있다. 따라서 장면적 이해 또한 '나비'와 '나'의 이미지가 긴밀하게 대응되면서 이루어진다.

> 1.내팔이면도칼을든채로끊어져떨어졌다. 2.자세히보면무엇에몹시威脅당하는것처럼새파랗다. 3.이렇게하여잃어버린내두개팔을나는燭臺세움으로내방안에裝飾하여놓았다. 4.팔은죽어서도오히려나에게怯을내이는것만같다. 5.나는이런얇다란禮儀를花草盆보다도사랑스레여긴다.

—「詩第十三號」 전문

「시제십삼호」에서는 절단된 팔과 촉대가 연결된다. 이 시는 환상 속의 팔이 등장한다는 면에서 「시제십일호」와도 긴밀한 연관성을 갖는다. 그러나 이 시는 5의 논평을 제외하면 전체가 환상으로 이루어져 있다는 점에서 「시제십일호」, 「시제십호 나비」와는 다르게 구성되어 있다. 2, 4 또한 논평 형식을 취하고는 있지만 그것 자체가 환상의 연장이라는 면에서, 환상과 현실을 명백하게 구분하고 환상에 대해 논평하는 「시제십일호」와는 다르다. 즉 2,4는 '나'가 아예 환상 속으로 들어가서 그것에 대해 말하는, 환상 속의 논평인 셈이다.

문맥상 시의 내용은 이렇다. '내팔'이 끊어져서 떨어졌고, 그 팔은 몹시 창백하다. '나'는 끊어진 두 개 팔을 촉대처럼 방안에 장식해놓고 그것을 사랑스럽게 여긴다. 그러나 떨어진 팔을 방안에 촉대로 장식해놓은 것은 '나'(의 실제 팔)이므로, 끊어져 떨어진 것은 실제 두 팔이 아님을 알 수 있다.[10] 결국 1에서 끊어져 떨어진 것은 「시제십일호」를 연상시키는 환상 속의 팔인 것이다.

'끊어진 팔'이 '면도칼을 든 채'로 떨어져 있다는 것은 그 팔이 죽고 싶은 충동을 가지고 있었음을 의미한다. 이상(李箱)의 시들은 서로가 상호텍스트의 관계에 놓여있는 경우가 많은데, '면도칼을 든 팔'의 이미지는 「침몰(沈歿)」의 "죽고싶은마음이칼을찾는다. 칼은날이접혀서펴지지않으니날을노호(怒號)하는초조(焦燥)가절벽(絶壁)에끊치려든다."에서도 반복적으로 나타난다. 이는 「시제십호 나비」에서 통화구를 손바닥으로 막아 죽음을 시도하는 행위 그리고 「시제십일호」에서 사기컵을 깨는 즉 해골을 깨뜨리는 행위와 비슷하다.

3."이렇게하여잃어버린내두개팔을나는촉대세움으로내방안에장식하여놓았다"에서 '나'는 끊어진 팔을 촉대처럼 세워놓았다. 물론 이것 역시 환상이지만, 이 때 비로소 '나'가 자신의 환상을 바라보고 있다는 사실에 주목할 필요가 있다. 「시제십일호」에서는 환상 속에서 생겨난

---

10) 이승훈은 이 부분을 "면도칼로 화자가 자신의 팔을 끊고, 그 떨어져 나간 팔에는 면도칼이 쥐어져 있음을 뜻한다"라고 해석하고 있다.(이승훈, 앞의 책, p.46) 그러나 면도칼로 팔을 자른다는 것 자체가 상식에 맞지 않고, 떨어져 있는 팔이 두 개라는 것으로 보아 화자 스스로 자신의 팔을 잘랐다는 것은 앞뒤가 맞지 않는 설명이다. 함돈균 역시 이를 지적하고 있다. (함돈균, 앞의 책, p.201)

팔이 다시 사라지면서 현실로 돌아왔다면, 이 시에서 돋아난 팔은 아예 잘려져 떨어져 있고 '나'는 그것을 촉대처럼 꽂아놓고 바라보고 있다. 이것은 '나'가 스스로의 환상을 객관적으로 바라보고 있음을 의미한다.

　이런 맥락에서 2와 4의 논평이 가능해진다. 2.“자세히보면무엇에몹시위협당하는것처럼새파랗다.”와　4.“팔은죽어서도오히려나에게겁을내이는것만같다.”는 유사한 내용이 반복되고 있다. 2의 '새파랗다'는 끊어져 핏기 잃은 팔을 묘사하는 동시에 이것이 환상임을 암시한다. 4에서 파란색은 2의 '위협'과 연결되면서 공포와 겁에 질린 상태를 묘사하는 것으로 읽힌다. 그러나 끊어진 팔이 겁을 낸다는 것은 “그보다 더한 행위가 자신에게 또 생길지도 모른다는 위구감”11) 때문에 팔이 무서워하는 것이 아니라, 그것을 바라보는 '나'의 눈에 그렇게 비치는 것이다. 이것은 '나'가 환상 속의 팔에 대해 논평할 만한 거리를 확보했음을 의미한다. '끊어진 팔'이 죽고자 하는 충동을 의미한다면 그것을 보고 있는 '나'는 그러한 충동을 억누르는 또 다른 '나'(「시제십호」에서 이러한 말들이 밖으로 새어나가지 않게 하려는 '나', 「시제십일호」에서 사기컵을 사수하고 있는 '나')이다. '끊어진 팔'이 '나'를 두려워한다는 것은 죽고자 하는 충동과 이를 막고자 하는 충동 사이에 긴장이 유지되고 있음을 상징한다.　5.“나는이런얇다란예의를화초분보다도사랑스레여긴다.”에서 '이런얇다란예의'는 끊어진 팔을 촉대처럼 세워놓는 행위 혹은 촉대처럼 꽂혀있는 팔이라고 해석될 수 있다. 이것들을 화초가 꽂혀있는 실제 화분보다도 사랑스럽게 여긴다는 것은, '나'가 환상을 객관적으로 바라보며 논평하고 있음을 보여준다.

---

11) 이승훈, 위의 책, p.46.

이 시를 영화의 장면으로 본다면 면도날을 든 채 끊어진 두 팔과 촉대가 있는 방, 촉대처럼 세워진 두 팔, 그것을 바라보는 '나', 화초분 등을 각각의 쇼트로 처리하여 구성할 수 있을 것이다. 문맥상 이 시는 5를 제외한 시 전체가 환상으로 이루어져 있지만, 영화의 장면에서는 현실과 환상이 교차된다. 촉대, 방, 화초분이 현실의 쇼트라면 잘려서 떨어져 있는 팔, 촉대처럼 세워진 팔 등은 환상의 쇼트이다. 시의 문맥에서 '화초분'은 단지 비교의 대상일 뿐 실재하는 것이 아니지만, 영화 장면에서는 촉대와 잘린 팔, 화초분은 나란히 병치된다. 또한 푸르스름한 촉대와 잘려진 팔이 나란히 병치될 수도 있다. 즉 장면적으로 이해하면 이 시는 거꾸로 촉대, 화초분 같은 현실의 사물에서 파생되는 환상으로 이해할 수도 있다.

3. 석고조각과 해골의 상관성

이처럼 이상(李箱)의 시는 문맥을 따라가면서 동시에 장면적으로 이해를 하는 과정이 진행된다는 것이 특징이다. 이것은 그의 시가 그만큼 영화적인 요소가 강하다는 것을 보여주는 것이다. 실제로 「시제십일호」는 장 콕토의 영화 <시인의 피>와 유사한 모티프를 가지고 있기도 하다.12)

<시인의 피>에서는 화가가 그린 초상화에서 입이 빠져나와 화가의 손바닥에 붙는다. 입을 떼어내기 위해 전전긍긍하던 화가는 석고로 만

---

12) 「오감도제 11호」와 영화 <시인의 피>의 유사성은 졸고, 「한국 근대시의 시적 전환과 영화 체험의 상관성」, 『한국언어문학』 65집, 2008에서 논의한 바 있다.

든 조각에 입을 옮겨 놓는데, 그 후 석고 조각이 지시하는 대로 여러 가지 경험을 하게 된다. 화가가 거울로 뛰어드는 순간 거울은 물로 바뀌고, 화가는 거울 속의 세계에서 열쇠 구멍을 통해 나란히 늘어선 방들의 안쪽 풍경을 들여다보게 된다. 총을 맞고 쓰러졌다가 다시 제자리로 돌아가기를 반복하는 그림 속 인물이 있는가 하면, 채찍질을 피해 천장에 붙어있는 소녀가 있고, 남성과 여성이 섞여 양성애자가 탄생한다. 방이 끝나는 지점에서 조각은 화가에게 권총으로 자살할 것을 명령하고, 화가는 자신의 머리에 총을 겨누고 죽는다. 그리고 나서 거울 밖으로 뛰쳐나온 화가는 자신에게 명령을 내리는 석고 조각을 망치로 깨부순다. 그러나 다음 장면에서, 깨져나간 것은 화가의 머리에 쓰고 있던 석고조각이었음이 밝혀진다.

「시제십일호」의 사기컵의 형상은 <시인의 피>의 석고 조각과 닮았고, 사기컵을 바닥에 내팽개치는 장면은 석고조각을 깨뜨리는 장면과 흡사하다. 「시제십일호」에서는 결국 컵이 깨지지 않고 <시인의 피>에서는 석고조각이 깨진다는 차이는 있으나, 머리모양과 비슷한 형상을 깨뜨리고, 깨부순 것과 실제 깨진 것이 다르다는 것이 밝혀지면서 환상이 끝나는 방식은 동일하다. 시와 영화라는 장르의 차이로 인해 환상 속에서 전개되는 사건들의 내용이나 분량은 다르지만, 환상을 불러온 주체(「시제십일호」의 ‘나’와 <시인의 피>의 화가)가 환상이 발생하고 소멸되는 전 과정을 관찰하고 있다는 점, 환상 속에서 자신을 죽이는 행위를 한다는 점(「시제십일호」에서 해골을 깨뜨리는 것과 <시인의 피>에서 권총으로 자신의 머리를 쏘는 것)도 동일한 점이다.

영화가 이상의 창작 과정 전반에 영향을 미쳤을 것이라는 점은 그의 전기적인 사실이나 작품에서 어렵지 않게 추정되는 일이다. 영화적 요소들은 그의 작품을 다양한 각도로 감상할 수 있게 하는 근거가 된다. 「오감도시제십일호」를 비롯하여 「시제십호 나비」, 「시제십삼호」와 같이 환상이 개입되는 시들은 문맥적 읽기와 더불어 장면적 이해를 덧붙일 때 훨씬 더 풍부하고 입체적인 해석이 가능해진다. 이에 대한 분석은 언어와 영상이라는 매체에 따른 표현 방식의 차이를 설명할 수 있는 좋은 예시가 될 것이다.

● 미발표

1960년대 여성시의 도약과 전환

1. 한국 여성시사의 성립

한국 근대시사에서 여성 시인의 숫자는 열 손가락으로 꼽을 수 있을 만큼 적다. 1920년대의 김명순, 나혜석, 김일엽에서 시작된 여성시는 1930년대의 노천명, 모윤숙으로 이어진다. 이외에 장정심, 김오남, 오신혜, 주수원, 이영도 등이 있지만, 오신혜, 백국희, 주수원은 작품 활동이 극히 미미했고 장정심, 김오남, 이영도가 시조시인임을 감안한다면, 실제로 시 창작을 한 여성시인은 극히 한정된다. 또한 내용의 면에서 볼 때, 김명순, 나혜석, 김일엽 등 초창기 여성시인들의 시에는 여성으로서의 자각이 드러나긴 하지만, 본격적인 의미의 근대시라고 하기에는 미흡한 면이 많다. 식민지 시대의 여성시인으로 노천명과 모윤숙만이 종종 거론되는 것은 그 때문이다.

해방 후 전개되는 1950년대 여성시는 김남조와 홍윤숙으로 대표된다. 김남조의 시가 전통적인 감수성에 바탕을 둔 곱고 섬세한 여성적인 감각을 보여주고 있는데 비해, 홍윤숙의 시는 이성적이며 객관적인 어조로 대상을 관찰하고 있다. 1960년대의 여성시는 이처럼 서로 다른 두 경향을 모방하며 성립된다. 당시 발간된 동인지인 『청미』와 『여류시』는 각각의 경향을 대표한다. 『청미』의 시인들이 주로 서정적이고 전통적인 감수성을 잇고 있다면, 『여류시』의 시인들은 지적이고 모던한 스타일을 추구하면서 전통적인 여성의 정체성에 대해 의문을 던지고 있다. 특히 이 시기에는 여성시인들의 숫자가 갑자기 증가하는데, 여기에는 '전쟁'이 중요한 계기로 작용하고 있다.

전쟁으로 인해 남성들이 죽거나 사라진 자리는 여성으로 대체될 수밖에 없었다. 그 결과 전쟁은 부재한 남성 대신 여성을 생활전선에 나서게 함으로써 그들에게 잠재해있던 능력을 증명해주는 역할을 했다.[1] 또한 전쟁의 폭력성으로 인한 상처를 치유하기 위해서는 그것을 감싸 안을 수 있는 모성적인 상징이 필요하기도 했다.[2] 이러한 환경의 변화

---

[1] 김우정은 이를 '전쟁으로 인해 무력해진 남성들은 여성의 안온한 가슴에 기대고 싶어함으로써, 남녀평등이라는 개념이 비로소 우리의 실생활에 들어왔다'고 말하고 있다.(김우정, 「한국 여류시의 발상의 근저」, 『한국여류문학전집』 6권, 삼성출판사, 1967) 그러나 이때의 '남녀평등'은 남성인 가장이 하던 일들을 여성이 대신하는, 의무만을 강조한 것이다. 이들은 남성이 누렸던 권리는 가지지 못하고 남성에게 주어지는 가족 부양과 생활 운용이라는 의무를 짐 지우고 있을 뿐이다. 그것은 또 다른 의미에서 여성에게 헌신과 희생을 강요하는 것이었다. 가부장제의 억압 하에서 가사노동에 혹사당했던 여성들이 생활의 현장으로 내몰린 것일 뿐, 여성을 바라보는 시각 자체가 바뀌는 것은 아니기 때문이다.

[2] 왕수영의 시 「여인의 역사」에서, 전쟁의 비극성은 남녀 사이의 역할 전도, 문란하게 이루어지는 성행위와 그로 인한 임신과 낙태 등 서사적인 줄거리로 나타나 있다. '용감한 남성 대 나약한 여성'이라는 전통적인 관계는 전쟁을 계기로 해서 역전된다. "큰 남자들이 주먹을 쥐고/ 소리내어 울어쌓는 밤 전장/ 차라리 열여섯 내 처녀는/ 그들의 어머니처럼 훌륭했다/ 보름달이 보일까봐/ 어금니를 악물고 신음하는/ 골짜기에 노래를 뿌렸고// 영영 눈감아버린 그의 가슴에/ 내 가장 소중히 속마음의/ 끄나풀을 끌러놓았다". 그러나 이 때 여성은 전쟁에 지친 남성을 위무하는 육체적인 도구로 전락할 위험이 크다. 즉 여성은 남성의 폭력성을 대체하는 새로운 대안으로서가 아니라, 남성에게 쾌락과 위안을 제공하는 부드러운 육체를 가

는 여성의 사회 진출을 확장하는 계기가 된다. 보다 많은 여성들이 자의반 타의반으로 생활 전선에 뛰어듦으로써 여성의 목소리가 좀 더 커지는 것이다. 1960년대의 여성시는 이러한 사회적 변화를 반영하고 있는 것이다.

1960년대 여성시에 나타나는 정체성에 대한 인식은 가부장제의 불합리성을 인식하고 그것에서의 일탈을 꿈꾸는 형태로 나타난다. 이것은 근대 초기의 나혜석, 김일엽의 시에서도 이미 나타나는 것이다. 그러나 나혜석, 김일엽의 시는 극히 예외적인 개인의 목소리에 불과했다. 이에 비할 때 1960년대의 여성시는 사회제도적인 억압을 여성 일반이 가지고 있는 보편적인 문제로 인식하기 시작했다는 것을 보여준다. 또한 여성화자의 내부에 있는 또 다른 목소리를 감지함으로써, 여성 고유의 '목소리'에 주목하기 시작하는 것을 알 수 있다. 이런 면에서 1960년대 여성시는 한국 여성시가 독립적인 맥락을 형성하는 가장 중요한 시점에 있다고 할 수 있다.[3]

진 도구로 취급되는 것이다. 여성에게 구원의 상징을 덮어씌우는 것 또한 뿌리 깊은 남성중심적 이데올로기의 소산이다. 왕수영의 시는 이처럼 가부장제에 대한 저항과 과감한 성의식을 보여주는 한편으로 극단적인 보수 이데올로기를 내장하고 있다.

[3] 시사적인 입장에서 여성시를 연구하고 있는 대표적인 글로는, 김정란, 「서있는 성모들. 스타바트 마테르」,『페미니즘과 문학비평』, 고려원, 1994 ; 김지향,『한국현대여성시인연구』, 형설출판사, 1996 ; 정영자,『한국여성시인연구』, 평민사, 1996 ; 김현자,「한국 여성시의 계보」,『한국시의 감각과 미적 거리』, 문학과지성사, 1997 등을 들 수 있다. 이들의 연구를 포함한 대부분의 여성시 연구에서 공통적으로 거론되는 여성시인들은 나혜석, 김일엽, 김명순(20년대), 노천명, 모윤숙(30~40년대), 김남조, 홍윤숙(50~60년대), 강은교, 김혜순, 김승희(70년대), 최승자, 고정희(80년대) 등이다. 여성시에 대한 본격적인 연구는 그 중에서도 특히 70년대 이후의 김승희, 김혜순, 최승자, 고정희의 시에 집중되어 있다. 이는 여성으로서의 정체성에 대한 인식 정도와 그것을 형상화한 작품의 질을 고려한 결과 나타나는 현상이다. 그러나 70년대 이후 활기차게 전개되는 여성시는 갑자기 나타난 것이 아니라 오랜 세월 동안 차근차근 발전해온 결과라고 보아야 옳을 것이다. 이 글은 이러한 전제에

2. 닫힌 공간에서의 탈출, 여행과 외출

여성이 가부장 제도에서 벗어나는 첫 번째 방법은 가족의 울타리에서 벗어나는 것이다. 가족은 여성을 가부장제의 일원으로 인정하는 중요한 근거이면서 동시에 여성을 구속하는 이중적인 장치이다. 결혼을 한 후 여성은 한 집안의 며느리로서 가문의 규범과 문화를 익히고 일정한 필요 조건을 갖춘 후 비로소 그 집안의 일원으로 인정받는다. 그 조건에서 가장 우선시되는 것이 자녀의 출산 특히 대를 이을 남자 아이의 출산이다. 출산과 양육을 통해 여성은 비로소 집안의 안주인으로서의 의무이자 권리―가정 살림과 자녀 교육, 남편의 뒷바라지 등 가정 내부의 일―를 정식으로 인정받게 된다.

그러나 여성을 가부장제의 일원이 되게 하는 출산과 양육은, 한편으로 여성을 가부장제의 틀에 얽어매는 가장 중요한 기제로 작용한다. 출산은 가부장제 하에서 여성의 지위를 보장하는 요건이지만, 동시에 제도의 폭력을 합법화하는 가장 큰 수단이 되기도 했다. 대를 이을 자손을 출산하지 못하는 것은 칠거지악[4] 중에서도 가장 큰 죄악이었으므로, 출산을 하지 못하는 여성이 축출되는 것은 당연한 것으로 받아들여졌다. 또한 출산을 하면서 여성은 자연스럽게 양육의 의무까지를 지게 된다. 아이가 태어나면 양육은 일차적으로 어머니의 몫이 되고, 여성은 자연스럽게 사회로부터 차단되고 도태된다. 갈등이 더욱 심화되

서 본격적인 여성시가 나오기까지의 과정을 살펴보고자 하는데 목적을 두고 있다.
4) 여성이 성이 다른 집안의 안주인이 되기 위해서는 '귀머거리 삼년, 벙어리 삼년, 봉사 삼년'으로 상징되는 무조건적 인내와 헌신, 봉사, 순종이 요구되었다. 칠거지악은 가부장제에 위해를 끼칠 수 있는 모든 위험요소들을 금기시함으로써, 여성의 대항 의지를 처음부터 차단하고자 하는 것이다.

는 이유는, 모성성이 가지고 있는 양가성 때문이다. 모성성은 여성에게 질곡이 될 뿐만 아니라 창조와 양육의 기쁨 또한 안겨주기 때문이다. 자신이 낳은 생명에 대한 보호 본능과 어머니로서의 의무감이 겹쳐지면서, 여성은 어느 누구도 모성에서 자유롭지 못한 것이다.[5]

1960년대 여성시에는 가족이라는 관계 속에 놓여있는 여성의 지위에 대한 불만이 은연중에 암시되어 있다. 식민지 시대의 여성시인들이 느꼈던 억압이 막연하고 추상적인 것이었던데 반해, 60년대의 여성시에서 억압의 요인은 가족이라는 구체적인 형태로 나타난다. 예를 들어 "하루의 시작은/ 끓는 냄비의/ 냄새로부터/ 텔레비전의/ 일기예보로부터/ 아 아찔한/ 이 무한대의/ 반복되는/ 자제(自制)로부터/ 열려지거니"(박현령, 「여인 (I)」)라는 구절에는, 가정의 테두리 안에서 가족을 위해 봉사하고 헌신해야 하는 여성의 일방적인 위치에 대한 회의가 나타나 있다. 그것은 여성에게 반복되는 일상사의 불합리함과 권태를 표현하고 있다.

당시의 여성시가 일상생활과는 동떨어진 듯한 인상을 주는 것은 이같은 맥락에서 이해될 수 있다. 화자는 풍경을 바라보거나 혼자만의 생각 속에 빠져있다. 울적하거나 심심할 때 지도를 펴놓고 여행을 생각하고, 다른 지방 다른 풍물을 상상하며 현실의 답답함을 달래어본다.[6] 바다를 소재로 하는 최선영의 「오후의 한때는」, 「해변착상」, 박현

---

5) 김현자는 이를 '모성성과 자아 정체성의 갈등'이라고 표현하고 있다.(김현자, 「적극적·창조적 모성과 삶 본능의 에너지」, 『한국여성시학』, 깊은샘, 1997) 이는 모성으로서의 여성이 공통적으로 경험하게 되는 애증을 잘 설명하고 있는 것이다. 그러나 모성성과 자아정체성을 대립되는 개념으로 설정한 것은 현상추수적인 인상이 짙다. 여성의 '자아정체성'은 모성성을 배제하거나 모성성과 대척적인 것이 아니라, 모성성까지를 포용했을 때 완전한 형태를 갖출 수 있는 것이기 때문이다.
6) 김하림, 「여담」, 『여류시』 제1집, 1964.

령의 「바다의 연가」 역시 이와 유사하다. 바다는 폐쇄된 공간에 있는 여성화자의 답답함을 해소해주는 상상의 공간이고, 자유와 평등의 공간으로 설정되고 있다. 여성은 이제 주부, 아내, 어머니, 며느리라는 가족 내에서의 관계적 자아가 아니라 오직 ‘나’만의 독립된 개인으로 인정받기를 원하는 것이다.

외출이나 여행은 현실의 닫힌 공간에서 탈출하고자 하는 여성의 심리를 간접적으로 반영하고 있다.

시청앞에서 남산아래까지
걸어가는 동안에
나는
한조각의 샐러드 빵과
한컵의 우유를 마셨다.

여자들은 먼 곳에서 온
그림 엽서와 같이
언제나 신기하고 또 아름다웠지만
주위는 너무나 조용하였다.

어물시장 입구에서
양철통 가득히 담긴
강물과 넘실거리는 붕어새끼를
보았는데
고놈들이
얼마에 팔리는지 궁금했으나
드라마 쎈타에서는
곧 연극이 상연될 시간이었다.

―김하림, 「어떤 개인날」 부분

돌아다니고 있는
바람들의
거리

무념히
광화문에서 종로로
종로에서 을지로
로 걷고 있는 내
옆에

소리 죽여
다가와서 같이
걸어주는
내음
나의

— 김윤희, 「실종」 부분

두 시에서 모두 화자는 집을 나와 거리를 걷고 있다. 이 외출은 특별한 목적이 있어서라기보다는 그냥 걸어 다니는 산책길이다. 김하림의 시에서 화자는 드라마를 보기 위해 시청 앞에서 남산 아래까지의 길을 걷고 있고, 김윤희의 시에서 역시 화자는 '무념히' 광화문에서 종로, 을지로를 배회한다. 화자는 그 길에서 다른 사람들이 하는 일을 바라보거나 차를 마시고 드라마를 보며 시간을 소비한다. ("내가 건느는 충장로의/ 카랑카랑한 일상에/ 아득한 미로, 독한/ 안개라도 끼어라/ 짧은 가을날의 저녁때/ 차 한잔이 놓여있는/ 나의 외출"—김하림, 「서정 삼점(三點)」)

그러나 외출이나 여행은 그 자체가 남성과 여성에게서 다른 의미를 부여받는다. 남성의 방랑벽은 운명적인 것으로 인정되고 방랑하는 남성은 비극성을 가진 매력적이고 예외적인 인물로 표현되지만, 여성의 방랑은 방종이나 타락과 동일시되며 그러한 행위를 하는 여성은 성적으로 헤픈 여자와 동일시된다. 또한 남성의 외출이 주체의 의지에 따라 시간과 공간이 얼마든지 허용되는 것이라면, 여성의 외출은 그 자체가 한정된 시간과 공간 안에서 이루어진다. 그러므로 그것은 현실의 불합리와 제도의 억압에서 잠시 도피하는 일회적이고 소모적인 것으로 끝나버린다. 아버지/오빠/남편으로부터 허락받은 잠시 동안의 자유이고, 일상으로의 회귀가 예약되어 있는 제한적인 것에 불과하다. 그러나 이 과정을 통해 해결되는 것은 아무 것도 없다. 오히려 여성은 자신에게 허여된 잠시 동안의 자유로 인하여 자의반 타의반으로 기꺼이 가족이라는 '관계속의 자아'로 회귀한다.[7]

외출이나 여행을 하는 시적인 화자는 일상에서 탈출을 감행하고 싶어하지만, 그 욕구의 근본적인 원인을 규명하려는 데까지는 이르지 못하고 있다. 화자는 "불멸의 슬픔 하나 만나기 위하여 소음의 거리로"

---

7) 이은정은 70년대 이후의 여성시에 나타나는 외출의 모티프를 분석하면서, 외출이 '자기만의 방'을 가지고자 하는 여성들의 욕망을 나타내는 것이라고 지적하고 있다.(이은정, 「외출, 부재하는 공간을 찾아가는 기호」, 『한국여성시학』, 깊은샘, 1997) 그러나 이 글은 '집에서 벗어남'이라는 외출의 동기에만 초점을 맞춘 결과, 외출이 가지고 있는 허위의식의 측면을 지적하지는 못하고 있다. 특히 외출을 통해 여성들이 "일상적 삶의 격랑에서 잠시 물러나 자신을 응시하고 또 진실한 삶의 비의한 끝을 엿본 것으로 그 일상에 저항하고 또 일상을 헤쳐나갈 힘을 얻었"(p.234)다고 보는 것은 여성의 외출이 가지는 한계를 간과하고 있는 것이다.
또한, 그녀는 외출을 금 밖으로의 탈출, 전화나 편지, 미궁과 미로 속에서의 배회, 유년이나 신화적 시간, 꿈 혹은 잠, 산책 등의 유형으로 분류하고 있다. 그러나 이 유형들 중 여성시인의 경우로 한정되는 것은 첫 번째 유형인 '금 밖으로의 탈출', '전화나 편지' 정도이다. 다른 유형은 비단 여성시인만이 아니라 내면세계를 시세계로 하는 대부분의 남성 시인들의 시에서도 공통적으로 나타나는 현상이다. 그러므로 외출은 '갇힌 자아의 일탈의 욕망'이라는 보다 넓은 범주에서 분석된 후, 성별에 따라 그 특징이 다시 분석되어야 할 것이다.

나온다. 즉 화자는 슬픔이나 우울, 권태에 미리 사로잡혀 있고, 외출은 그러한 화자의 심리 상태를 더욱 확고히 해주는 역할을 할 뿐이다. 거리에서 행해지는 무수한 사건들은 "잠간 살갗의 충격"(김윤희, 「연비가(連悲歌)」)으로 끝나버린다. 따라서 외출은 시적인 화자가 자신의 정체성을 찾는데 발전적인 도움을 주지 못한다. 화자는 '언제나 신기하고 아름다운 여자'(김하림, 「어떤 개인 날」)라는 환상을 벗어나고 싶어하지만, 그것을 대체하는 새로운 여성성의 모델은 아직 발견되지 않고 있다. 제도의 불합리함과 여성이 겪는 불평등에 대한 깨달음은 일탈의 욕망으로 나타나기는 하지만, 대부분 우울과 슬픔, 권태 등의 감정적인 토로로 끝나버린다. 외출을 소재로 하는 시들이 현실에 대한 진지한 고민에서 비롯된 것이라기보다는 유한부인들의 산보와 같은 인상이 짙은 이유는 그 때문이다.

3. 여성 성욕의 과감한 표출

일탈의 욕망이 가장 구체적이고 직접적으로 표출되는 것은 '성'의 문제이다. 근대의 이성은 인간의 정신적인 측면을 강조한 대신, 몸, 본능, 감정을 이성의 합리성에 반대되는 부정저인 것으로 평가해왔다. 그 중에서도 성은 가장 비합리적이고 부정적이며 죄스러운 것으로 치부되어 왔다. 자유분방한 성이 자주 예술적 모티프가 되는 것은, 그것이 억압과 구속으로부터의 해방이라는 상징성을 가지고 있기 때문이다.

여성의 성은 그 중에서도 가장 부정적이고 금기시되는 것이었다. 성

적인 역할에서 적극적인 것은 어디까지나 남성이었으며 여성은 그에
순종하는 수동적인 존재로 여겨졌다. 남성의 성 역할이 적극적이고 능
동적이며 공격적인 것임에 반해, 여성의 성 역할은 소극적이고 수동적
이며 방어적인 것으로 인식되어왔다. 이러한 사회적인 분위기 속에서,
성에 대한 관심을 표출하거나 성적인 욕망을 솔직하게 표현한 여성들
은 기생이나 매춘부, 화냥년, 요부 등 극히 부정적인 명칭으로 지칭되
며 다른 여성들과 분리되었다. 비단 남성뿐만이 아니라, 대부분의 여성
들은 '방종하고 문란한' 여성과 자신을 구별 지음으로써 스스로의 순
결함과 품위를 돋보이게 할 수 있다고 믿었다. '요조숙녀' 혹은 '현모
양처'는 남성적인 기준과 가치를 내재화한 '제도에 길들여진' 여성상
을 보여준다.8)

60년대 여성시에는 이처럼 강요되고 은폐된 성에 대한 불만이 간접
적으로 드러난다. 예를 들어 신동춘은 여성에게 강조되어 온 성 역할
이 가부장제를 유지하기 위한 수단임을 폭로한다.

> 유목민의 피를 받은 혈관이
> 이내 닳아오른다.
> 그래 끓는 피를 식히라고.
> 우리네 조상은
> 내게 긴 치마를 입혔나 보다.
> 긴 긴 비단치마 휘감고 앉아

---

8) 게다가 남성들은 여성에게서 성녀와 창녀의 이중적인 이미지를 갈구한다. 자신의
아내, 연인, 누이 등의 여성은 요조숙녀가 되길 바라지만, 가정 밖에서 그들이 욕
망하는 대상은 육감적이고 요염한 여성이다. 이 이중성을 자신의 아내 혹은 애인
에게 투사할 때, 그들은 한 여성에게서 '낮에는 성녀, 밤에는 창녀'라는 파탄된 이
미지를 원한다.

> 먹을 갈고 주사(朱砂)를 풀어
> 황진이 하던 양으로
> 글도 짓고 난초도 그리라고
> 설날엔 비단치마 입혔나 보다
> 때에 따라 긴 치마 입혔나 보다.
>
> 　　　　　　－신동춘, 「비단치마」 부분

고갱과 고야, 보들레르는 모두 육체의 욕망을 진솔하게 표현할 줄 알았던 예술가들이다. 화자는 자신의 내부에도 그러한 욕망이 잠재되어 있음을 깨닫고 있다. 그러나 '비단치마'로 상징되는 가부장적인 제도와 관습은 한 인간으로서의 여성의 진솔한 욕망을 억압한다. 아무리 재능이 있고 똑똑하다 하더라도, 전통 사회에서 여성이 할 수 있는 일은 극히 제한되어 있었다. '황진이'는 뛰어난 재주를 지니고도 제도의 굴레 속에 갇혀있을 수밖에 없었던 여성예술가의 표상이다. 그들이 자신을 표출할 수 있는 방법은 시서화나 가무라는 소극적이고 제한된 방법밖에 없었다. '비단치마'는 여성의 '끓는 피'를 스스로 감추고 제도에 순종하도록 하는 가부장제의 상징인 것이다.

고정된 성 모델을 벗어나고자 하는 시도는, 우선 남성과 여성 사이의 관계를 새롭게 정립하는 것에서부터 시작된다. 박현령은 "그리하여 언제까지고/ 네 팔다리와 두 뺨과/ 눈언저리에까지도/ 샛빨가니 흐르고 있을/ 짙-은 핏방울 그것처럼/ 나는 네 살갗 속을/너는 내 살갗 속을/ 뜨겁게 뜨겁게/ 흐르지도 못하고"(「재회의 날에」)라고 표현하고 있다. 너와의 관계는 일방적인 기다림이 아니라, 하나가 되고 싶은 욕망을 솔직하고 적극적으로 표현하는 것으로 변화되고 있다. 이는 인종을 미덕으로 삼아온 전통적인 여성의 이미지와는 전혀 다른 것이다. 또 김윤희는 자신의 억눌린 충동을 '항상 명랑하게 웃으며 자기 상하지 않고 연애도 잘 할 줄 알던 여자'인 '미쓰 조'에게 투영한다(「미쓰 조」). 자유롭게 살다가 역시 자유를 찾아 이 땅을 떠난 미쓰 조는, 화자의 감추어진 욕망을 대리만족시켜주는 존재이다. 이같은 시들은 순응적인 여성상에서 탈피하고 싶어하는 여성 시인들의 욕구를 간접적으로 표출한 것이다.

왕수영은 욕망으로 들끓는 여성의 심리를 직설적으로 고백하고 있다. 등단작인 「불을 지르리」, 「밤의 혈맥」 등은 실체가 뚜렷하지 않은 욕망의 들끓음을 불명료하고 들뜬 언어들로 표현하고 있다. 그녀의 시에 드러나는 갈등과 욕망이 어느 정도 구체화된 형상을 얻어 나타나는 것은 시 「언어이전」에서이다.

나에게 내려진 가장/큰 형벌은 정적

그것은/벌겋게 달아오른/조용한 손짓의 함정인데

채찍질에 꿈틀 대며/눈이 빛나는 내 미소가/태양에 앗아져가는 대낮

모두를 8 서히고픈/그 분홍빛 계곡에/복숭아꽃으로 피어난 징조

전신의 세포에 꽂혀지는/화살 차라리 사형보다/몸서리치는 침묵이

회색으로 변해가는 피부에/낡은 시계의 지친 소리가/숨막히게 엄습해
온다

이성의 계단에서 만난 언어/외면하고 돌아서면 아 붉게/타오르는 노을

식어버린 잿더미에 수북히/쌓여있는 정적의 몸부림

아득히서 미친 듯 불러대는/내 혼을 빨아당겨 끌어가는/착각이 깃발로 나부끼는

닫혀진 방 귀를 막아도/무너져내리는 정적의 아우성/쓰디쓴 허공의 언어이전

―「언어이전」

내용은 여전히 불명료하지만 '언어＝이성(정적)'와 '언어이전＝본능(몸부림)'을 상반된 구도로 배치하고 있는 것이 인상적이다. "이성의 계단에서 만난 언어"는 '나'에게 정적과 침묵을 강요한다. '나'의 본래 모습은 '눈이 빛나는 미소'와 '복숭아꽃으로 피어난 정조'를 가진 생동하는 존재이다. 그러나 정적의 함정에 갇히면서 '나'의 피부는 회색으로 변하고 '나'의 생명의 표지들은 사라져간다. 시인은 억압적인 언어에 갇히면서도 '미친 듯 불러대는', '혼을 빨아당기고 끌어가는' 내면의 들끓음을 감지하고 그것을 '언어이전'의 것이라고 표현하고 있다. 침묵을 견디는 것은 사형보다도 몸서리쳐지는 일이다. 한눈에도 자유분방하고 정리되지 않는 욕망이 들끓고 있음을 알 수 있다.

이러한 욕망이 다분히 성적이라는 점에 주목할 필요가 있다. "모두를 용서하고픈/그 분홍빛 계곡에/복숭아꽃으로 피어난 정조"라는 구절은 여성의 순결을 의미하고, 이를 억압하는 이성과 정적은 여성의 내면의 성적인 욕망을 억누르는 제도와 관념이다. 이 시는 한편으로 이성의 이름으로 포장된 제도가 여성의 본능적인 성욕을 억누르고 있음을 비판하는 것이기도 한 셈이다.

　여성시인이 이처럼 성적인 욕망을 직접적으로 표현하는 경우는 드물다. 남성의 성욕은 인간의 원초적인 욕망으로서 당연한 것으로 받아들여지는 것에 반해, 여성의 성욕은 남성의 성욕을 자극하는 수단 혹은 남성 성욕의 대상으로서만 의미있는 것으로 간주되어 왔다. 대표적인 예로 서정주의 「화사」는 성적인 욕망으로 달뜬 화자의 심리를 잘 표현하고 있지만, 욕망의 주체는 어디까지나 남성이다. 여성('스물 난 색시인 우리 순네')은 남성의 성적인 욕망을 자극하는 대상으로서 존재할 뿐이다.

　왕수영은 여성에게 부여된 기존의 왜곡된 성역할을 부정하고 여성의 성욕을 직접적으로 표출한다. 「에덴의 반역」의 "새파랗게 허벅지는 기어오르는/현란한 잎사귀의 물거품은 애무/훌훌 옷을 벗고/사랑을 잉태한 나부는/혈관으로 마음껏 청자빛/희열을 빨아들여 칭칭/달빛을 감으며 춤을 춘다"와 같은 부분은 성행위를 직접적으로 묘사하고 있는 것으로서 현재의 여성시와 비교해도 파격적이다. 「생태」는 성욕의 표출이 언어에 대한 의식과 연결되며 시적 형상을 얻고 있는 시이다.

인간의 속기에 찬 찌들은/언어를 갈기갈기 찢어버리고
성혼의 내밀한 울림을 들려줄/배암이여

태고의 언덕에서/활활 오욕의 옷을 벗어던지고
꽃심장을 찔러 흘린/뜨거운 피바다에

기름진 율동으로 찬란한 피부로/아 배암이여/내 허리를 감아다오
내 목덜미를 내 가슴을/나의 전부의 속 안을/칭칭 휘감아 묶어 안아다오

절대의 희열이 광란하여/응결지는 너의 살찐 피로
내 심장 깊이/승리의 화문을 새겨다오

우리는 순화된 형상의/영원한 포옹으로 다시는/헤어짐없이 조용히 죽
어가자

―「생태」

의도적인 것인지는 알 수 없으나, 이 시는 서정주의 「화사」에 정면
적으로 도전하는 것처럼 보인다. 「화사」가 욕망에의 이끌림과 혐오(돌
팔매를 쏘며 뱀을 따르는 것)라는 양가적인 감정을 보여주는 것에 반해, 이
시는 욕망에의 이끌림을 전적으로 인정하고 있다. 「화사」에서 뱀은 성
경에 바탕을 둔 원죄의 상징이자 저주받은 성욕의 상징이지만, 이 시
에서 뱀은 '나'의 성적인 욕망에 부응하는 상징이다. '나'는 뱀과 합일
됨으로써 절대의 희열을 맛보고, 죽을 때까지 다시는 헤어지지 말자고
말하고 있다. 이는 이브를 원죄, 죄의식과 동일시해온 남성 중심의 사
고를 비판하는 동시에, 여성의 덕목으로 칭송되어온 정절 콤플렉스를
정면으로 거부하는 것이다. 그녀는 성적인 억압을 폭로하며, 노라가 되
기를 자청한다. ("금반지를 팔고/ 돌아오는 길에/ 여자는 집이 있는 골목을 잊어버
렸다"―여자」) 그 앞에서 남자는 여자를 지배하는 존재가 아니라 조롱의
대상으로 전락한다. ("사내의/ 가소로운 무기는/ 오늘/ 비맞은 쑤세미를 닮겠고, //
턱 밑의 무성한 권태는/ 시장끼에 밀려/ 에스키모의 털모자를 닮겠다"―「여자」) 그럼
으로써 왕수영은 여성과 남성 사이에 존재해온 성에 대한 기성 관념을
전복시킨다.

4. 환상의 교직과 내면의 발견

　60년대 여성시의 또 다른 특징은 독립된 자아의 내면을 들여다보기 시작한다는 점이다. 그것은 끊임없이 분열되는 자아의 이미지로 표상된다. 노영란은 1953년 첫 시집 『화려한 좌표』를 출간한 여성시인으로서 김남조, 홍윤숙의 시와는 구별되는 독특한 개성을 보여준 시인이다. 그녀의 시는 감정이 아닌 이성에 호소한다는 측면에서는 홍윤숙의 시와 비슷하지만, 이질적인 언어와 환상의 교직을 통해서 실험적인 경향을 강하게 드러낸다는 점에서 홍윤숙과 구별된다. 그녀의 시는 현대문명을 비판하고 문명으로 인해 분열되는 개인의 심리를 주로 다루고 있다. 문명 비판이나 현대인의 분열을 시적인 소재로 한다는 면에서 그녀의 시는 당시의 김종문, 박인환, 김수영 등의 모더니즘 시와 비슷한 주제를 가지고 있다.

　시적 배경은 대부분 도시이고, 시적 화자 역시 도회적인 감수성을 가지고 있다. 또한 외출이나 여행을 하는 화자는 모더니즘 문학의 중요한 모티프 중의 하나인 '산책자'에 비유될 수 있다. 화자가 부분적으로 문명비판적인 시각을 보여주는 것 또한 모더니즘적인 특징이다. 특히 노영란의 시에는 문명과 마주한 화자의 이질감이 자주 나타난다.

　　　네온은
　　　문명의 금빛 잇발!
　　　비상하는 밤의 오선에 명멸하는
　　　차고 요연(妖姸)한 날개.

　　　검은 군상은

서약을 파이프에 날리는 유령들과 함께
즐비하는 암흑계에
판화를 장식한다.

오늘의 절정을 배앵도는
우연한 생과 죽음의 해후는
장미같은 미소를 뿌리고.

-노영란, 「나의 증인은 임종을 꽃처럼 웃었다」 부분

이 시에서 화자는 네온사인으로 상징되는 문명과 거리를 두고 그것을 비판적으로 바라보고 있다. 검은 군상, 암흑계, 유령 등의 단어들은 이러한 부정적인 시선을 상징한다. 그녀의 시에 자주 등장하는 죽음과 장미, 신, 악령 등 퇴폐적이고 유미적인 소재들은 문명의 부정적인 측면을 강조하는 단어들이다.

노영란은 감각을 포착하고 표현하는 데 능통하다거나(「커어피」) 초현실주의적인 수법을 즐겨 사용한다는 면에서도 모더니즘적인 특징을 갖는다. "심장이 흉곽을 튀어나와 나의 눈앞에서 날고 있다"(「탄생할 제는」)와 같은 표현은 마치 르네 마그리뜨의 그림을 연상시키는 이미지의 병치로 이루어져 있다. 또한 백혈구와 적혈구를 "심구(心球)는 백과 적의 이열(二列)로 통기(通氣)를 파수하고"라고 표현하는 부분은 30년대의 이상을 연상시키기도 한다. 이런 면에서 그녀의 시는 문제의식이나 표현면에서 특별히 새롭다고 할 수는 없다.

그러나 남성 모더니스트들과 구별되는 노영란의 특징은 문명에 대한 비판이 자각적이거나 논리적인 것이 아니라 본능적으로 감지되는 것이라는 점이다. 현대는 기존의 대립적 가치들의 경계가 흐려지고 옳고 그름이 선명하지 않은 혼란스러운 시대이다. 그녀는 선과 악, 신과

인간, 삶과 죽음 같은 기존의 대립적 가치들이 한꺼번에 무너지는 것
을 몸으로 직감한다.

> 영혼이 부엉이눈처럼 하고 있을제 신들은 요사한 사람들과 동서(同
> 棲)하기 시작한다. 꼭 궤짝같은 방안에서 작곡을 늘어놓고 훈장을 가슴
> 에 단 신들과 죄 저울을 손에 든 사람들이 동서하는 방안에 나는 옴싹
> 못할 그 방의 문풍지가 된다. 그 문풍지, 내게 신이 송가를 강요하고 또
> 하나의 다른 내게 광란하는 무녀(舞女)가 되란다.
>
> 그건 천국의 문이겠다? 한짝에 새겨진 맹포한 스핑크스의 조상(彫像)
> 과 한짝에 새겨진 우미(優美)한 천사가 고즈너기 나의 눈속으로 행진해
> 오는 오후, 그렇지, 죄저울이 자꾸만 치우치는 오후에 신과 사람이 동서
> 하는 방안에 나는 그방의 문풍지. 나가지도 들어오지도 못하는— 나는
> 연달아 장미같은 변명을 작곡해야만 된다. 그때 죽음의 그림자는 마치
> 나를 무서워하는것같다. 나는 죽음의 그림자에 승리한다고 미소해본다.
>
> —「작곡」

‘나’가 느끼는 혼란은 기존의 가치 질서들이 붕괴되고 섞이는 데서
온다. 훈장과 죄가 같이 있고, 신과 인간이 한 방에 있는가 하면 스핑
크스와 천사가 나란히 있다. 그것들은 각각 ‘나’에게 자신을 믿을 것을
명하는데(“신이 송가를 강요하고 또 하나의 다른 내게 광란히는 무녀기 되란다.”),
그 사이에 끼어있는 ‘나’는 어떤 선택도 하기 어렵다. 그런 의미에서
‘나’는 곧 ‘문풍지’와도 같은 존재인 것이다.

노영란은 이런 혼란과 분열을 자신의 내면에서 발견하고 있다는 점
이다. 위에서 인용한 「작곡」에서 송가를 강요당하고 광란하는 무녀가
되기를 강요당하는 ‘나’는 각각 다른 ‘나’(“또 하나의 다른 나”)이다. 즉
‘나’는 대립하는 것들 사이에 문풍지처럼 끼어 있지만, 실상은 ‘나 ’또
한 내면에 이질적인 자아를 가지고 있는 것이다. ‘나’는 “내 안에 사는

몇 사람의 나”(「다시 그 반추를 기도(企圖)하는 겁니까」)를 거느리고 있다. 즉 오직 외부의 영향만으로 통일된 ‘나’가 분열을 겪는 것이 아니라 ‘나’ 자체가 이미 복수의 ‘나’로 이루어져 있는 것이다. 이것은 현대 여성시에서 종종 발견되는 ‘분열되는 나’ 혹은 ‘나 안의 타자’의 개념과 상통하는 면이 있다.

노영란의 시는 시인이 내면의 다중적인 자아를 의식하고 있음을 보여준다. 그녀는 ‘나의 발자취 안에 또 여러 발자취’가 있음을 감지하고, ‘내안에 사는 몇 사람의 나와 더불어’(「다시 그 반추를 기도하는 겁니까」) 사는 자신을 느낀다.

동공속 밤에 뜬
까만 낙서는
푸른 사상보다 짙다.

반작 반작,
침묵의 광도안에
사물거리는
자아해방.

시와 공이 결정하는
고요.

타는 고요.
타는 침묵.

─노영란, 「흑보석」 전문

이 시는 조용한 가운데 싹트고 있는 여성의 자기 인식 혹은 자아 찾기의 태동을 주제로 하고 있다. '타는 고요', '타는 침묵'으로 표현되는 여성의 현재의 모습은 그 안에 '사물거리는 자아 해방'의 욕망을 감추고 있는 것이다. 흑보석에 비유되는 검은 눈동자 안의 '까만 낙서'는 지금까지 감추어온 여성의 욕망과 본능을 상징한다. 그것의 뿌리는 남성적이고 이성적인 산물인 '푸른 사상'보다도 더 깊게 자리잡고 있다. 이러한 욕망을 감추고 있는 화자는 천사와 악마, 선과 악, 이성과 본능, 절제와 분출의 이중적인 가치 속에서 갈등하고 방황한다.("나의 근골은 제신과 악령의 도박장을 둘러싼 병풍"-「현대의 아르만」) '맹포한 스핑크스의 조상'이 야성을 그대로 간직한 본능적인 성향이라면, '우미한 천사'(「작곡」)는 아름다움 혹은 선함이라는 이름으로 강요되어온 기성의 제도나 관습을 상징한다. 노영란은 예민한 감수성으로 내면의 숨어있는 자아를 발견하고, 거기서 우러나오는 또 다른 목소리를 의식하고 있다. 그것은 지금까지 억눌려온 본능과 감정의 자유로운 분출이다. 그러나 이 목소리는 다만 감지될 뿐 구체화되거나 그것에 대한 체계적인 인식을 동반하지는 못하고 있다.

이러한 한계는 비단 노영란만이 아니라 60년대 여성시 전반에 걸쳐서 나타나는데, 이는 여성시인들이 처해있던 상황의 특수성에서 연유한 것으로 추정될 수 있다. 여성의 고유한 존재 의의를 발견하고 지지하는 단계에 이르지 못하고, 스스로를 '남성적이고 현대적인 것'의 결핍 상태로 인식하고 있기 때문이다. 그럼에도 불구하고 60년대 여성시는 양적인 확대가 이루어지고 여성적 자의식의 맹아를 보여줌으로써 70년대 이후 본격화되는 여성시의 기반을 마련했다. 한국의 여성시는 이 시기에 질적·양적으로 발전을 이룸으로써 본격적인 여성시의 기틀을 마련하게 된다.

● 「1960년대 여성시에 나타나는 일탈의 욕망」, 『여성문학연구』 13, 2005, 6 (보완)

고정희 연시의 창작 방식과 시적 의미

1. 연시집 『아름다운 사람 하나』의 발행 동기

고정희의 시집 『아름다운 사람 하나』는 1990년 출판사 들꽃세상에서 출간되었다.[1] 이 시집에 실려 있는 시들 중 많은 시들이 이전 시집에 실렸던 시들을 재수록한 것이다. 수록된 시들은 사랑과 관련된 내용을 담은 것만으로 이루어져 있어서 의도적으로 '연시집'의 성격을 부각시키려 한 것으로 보인다. 때문에 이 시집은 고정희의 시집 중에서도 이질적이며 예외적인 것으로 취급되어 왔다.[2]

---

[1] 『아름다운 사람 하나』는 들꽃세상 시집 2권으로 출간되었다. 들꽃세상 시집 1권은 『제 몸속에 살고 있는 새를 꺼내주세요 : 문정희 연시집』, 3권은 『오월은 푸르고나 민자네 세상 : 송제홍 정치풍자시집』, 4권은 『이슬맺힌 노래 : 이시영 서정시집』이다. 이 중 1,2권이 1990년에 출간되었다. 따라서 이 시집은 고정희가 타계하기 이전에 기획되고 출간된 것으로서 고정희 자신의 의지와 구상에 의해 마련된 것이다. 그러므로 이것을 고정희 사후에 지인들이 묶은 선시집으로 보는 것(이경희, 「고정희 연시 연구」, 『돈암어문학』 20, 2008, pp.220~221)은 잘못된 것이다.

[2] 고정희의 연시에 대한 기존 연구로는 박혜경, 「연시와 통속성의 문제」, 『한길문학』 8, 1991. 3 ; 김영혜, 「고독과 사랑, 해방에의 절규」, 『문예중앙』, 1991 가을호 ; 이명규, 「고정희 시 연구」, 명지대 교육대학원 논문, 2000 ; 정효구, 「고정희론—살림의

시집의 특징을 연시집으로 한 것은 일차적으로 출판사 사정과 관련된 것으로 추정된다.[3] 그러나 시집의 구성이나 내용을 찬찬히 살펴보면 이것이 단순히 외부적인 요청에 의해 만들어진 것이 아님을 알 수 있다. 이 시집을 '연시집'이라고 규정하고 수록된 시들을 '연시'라고 명명한 것은 고정희 자신이었다. 그녀는 '책 뒤에'[4]에서 여기에 실린 시들을 '연시편'이라고 스스로 규정하고, 이것이 '모든 이의 고통과 슬픔을 승화시키는 노래가 되기를' 그리고 자신이 '더 큰 사랑의 광야에 이르는 길'이 되기를 바란다고 적고 있다.

여기서 두 가지 주목할 만한 사실을 추출할 수 있다. 고정희 자신이 '연시'라는 성격을 의도하고 있었다는 것과 이 시들에 나타나는 사랑이 개인적인 것이 아니라 모든 이에게로 확산되기를 바란다는 것이다. 이는 그녀가 이 연시들에 나타나는 사랑을 방법론적인 것으로 규정짓고 있다는 것을 보여주는 것이다.

시, 불의 상상력」,『현대시학』, 1991. 10 ; 서석화, 「고정희 연시 연구」, 동국대학교 문화예술대학원 논문, 2003 ; 이경희, 「고정희 연시 연구」,『돈암어문학』20, 2008 등이 있다.

3) 들꽃세상은 송기원을 담당했던 전직 형사가 설립한 출판사였다. 이를 감안할 때, 고정희가 이 출판사에서 연시집을 출간하게 된 것은 출판사의 경제적인 사정을 고려한 송기원의 요청에 의한 것이었을 가능성이 높다. 송재홍과 이시영이 '책 뒤에'에서 송기원에 대해 감사를 표하고 있는 사실에서도 이러한 상황을 추정할 수 있다.

4) '책 뒤에'의 내용은 다음과 같다. "이 시집, 사랑하고 또 사랑하는 당신께 바칩니다. 당신을 향한 나의 믿음, 신뢰, 소망, 기쁨, 고통, 노여움, 그리고 사랑과 힘이 이 시집의 기록입니다. 시 편편 글자마다 나와 이 세계의 문으로 상징되는 당신이 살아 숨쉬고 있음을 행복하게 생각합니다. 어느 한 편도 눈물없이 쓰여질 수 없었던 이 시편들, 그러나 사랑의 화두에 불과한 이 연시편이 모든 이의 고통과 슬픔을 승화시키는 노래가 되기를, 그리고 내가 더 큰 사랑의 광야에 이르는 길이 되기를 빌어봅니다." 이 글은 들꽃세상에서 출간된『아름다운 사람 하나』에서는 '책 뒤에'라는 이름으로 시집 맨 뒤에 실려 있지만, 푸른숲에서 발간한 시집에서는 '자서(自敍)'라는 이름으로 시집의 맨 앞에 놓여있다.

이것은 『아름다운 사람 하나』의 구성에서도 증명된다. 목차를 보면 이 시집은 1.다시 무정한 이여, 2.쓸쓸한 날의 연가, 3.꿈꾸는 가을 노래, 4.하늘에 쓰네, 5.사랑의 광야에 내리는 눈, 6.따뜻한 동행 이라는 6개의 부분으로 나뉘어 있다. 각 부의 제목은 사랑의 아픔과 상실(다시 무정한 이여, 쓸쓸한 날의 연가)을 그리다가 이것이 점차 극복되면서(꿈꾸는 가을 노래, 하늘에 쓰네) 더 큰 사랑의 형태(사랑의 광야에 내리는 눈, 따뜻한 동행)로 옮겨가는 내용으로 되어 있다. 즉 사랑의 상처를 극복하고 더 넓은 광야에 이르기까지 그리고 사랑하는 대상과의 동행에 이르기까지의 과정으로 이루어져 있는 것이다.

본 논문은 『아름다운 사람 하나』에 실려 있는 시들이 재수록된 것이 많다는 점에 착안하여 원래의 시와 개작된 시를 비교하고 그 차이점을 살펴볼 것이다. 이를 통해 고정희의 연시가 어떠한 방식으로 창작되었는지를 밝히고, 연시 창작이 고정희의 시 세계에서 어떤 의미를 가지는지에 대해서 고찰할 것이다.

2. 의미의 확장을 통한 일반화

『아름다운 사람 하나』에는 특히 『지리산의 봄』에서 재수록된 시가 많다.5) 그 중에는 원래 발표된 시와 재수록된 시의 제목과 내용이 동일한 것도 있지만, 제목이 변경되거나 내용에 부분적으로 수정을 가한 경우도 있다. 시인이 '연시'라는 성격을 표방했다는 점에 비추어 볼 때,

―――――――――
5) 원래 시와 개작 시의 비교 표는 논문 마지막 부분에 제시했다.

개작된 시들은 '연시'라는 형식을 염두에 두고 원래의 시를 수정한 것이라고 추측해볼 수 있다.

개작시에서 눈에 띄는 변화는 '땅의 사람들'이나 '천둥벌거숭이노래', '편지', '프라하의 봄' 등 원래 연작시에 속했던 시에서 연작의 제목을 없애고 부제를 제목으로 하거나 새로운 제목을 내세우고 있다는 점이다. 이는 연작시에 포함됨으로써 해석이 제한되는 것을 방지하고 시 한 편마다의 독립성을 살리기 위한 것이다.

이 과정에서 제목이 바뀌는 경우도 있는데, '땅의 사람들 5', '땅의 사람들 7', '천둥벌거숭이 노래 2', '천둥벌거숭이노래 6'이 각각 '그대의 시간', '지상의 양식', '그대 음성', '이별 노래'로 바뀌어 있다. 이 중 「지상의 양식」이나 「그대 음성」, 「이별 노래」는 제목만 바뀌었을 뿐 연작이었던 원래의 시와 내용상의 차이가 없고 의미의 변화 또한 거의 없다. 문제는 제목이 바뀌면서 의미에 변화가 있거나 내용이나 형태에 변화를 보이는 경우이다.

한시에는 신새벽 건너오는 바람이더니

세시에는 적막을 뒤흔드는 대숲이더니

다섯시에는 만년설봉 타오르는 햇님이더니

일곱시에는 강물 위에 어리는 들판이더니

아홉시에는 길따라 손잡는 마을이더니

열한시에는 첫눈 내린 날의 석탄불이더니

열세시에는 더운 눈물 따라붓는 술잔이더니

열다섯시에는 기다림 끌고 가는 썰물이더니

열일곱시에는 깃발 끝에 걸리는 노을이더니

열아홉시에는 어둠 속에 떠오르는 둥근 달빛이더니

스물한시에는 불바다로 달려오는 만경창파이더니

스물세시에는 빛으로 누빈 솜옷이더니

스물다섯시에는 따뜻하고 따뜻하고 따뜻한 먼 나라에서[6]

아름다운 사람 하나 잠들고 있다
              —「땅의 사람들 5 — 떠도는 자유에게」[7] (『지리산의 봄』)

한시에는 신새벽 건너오는 바람이더니

세시에는 적막을 뒤흔드는 대숲이더니

다섯시에는 만년설봉 타오르는 햇님이더니

일곱시에는 강물 위에 어리는 들판이더니

---

6) 이하, 인용 시에서 원작과 개작 사이에 변화가 있는 부분은 사선으로, 삭제된 부분
   은 밑줄로 표시한다.
7) 일반적으로 시를 감상할 때는 제목을 먼저 보고 그에 따라 시의 내용을 이해하게
   된다. 인용한 두 시는 제목에 따라 해석에 큰 차이를 보이므로, 인용문에서 제목
   을 먼저 제시했다.

아홉시에는 길따라 손잡는 마을이더니

열한시에는 첫눈 내린 날의 석탄불이더니

열세시에는 더운 눈물 따라붓는 술잔이더니

열다섯시에는 기다림 끌고 가는 썰물이더니

열일곱시에는 깃발 끝에 걸리는 노을이더니

열아홉시에는 어둠 속에 떠오르는 둥근 달빛이더니

스물한시에는 불바다로 달려오는 만경창파이더니

스물세시에는 빛으로 누빈 솜옷이더니

스물다섯시에는 따뜻하고 따뜻하고

따뜻한 먼 나라에서

아름다운 사람 하나 잠들고 있다

「그대의 시간」(『아름다운 사람 하나』)

인용된 「땅의 사람들 5 — 떠도는 자유에게」와 「그대의 시간」은 제목
이 바뀌면서 시의 의미 영역 또한 바뀐 경우이다. 마지막 부분의 행 나
눔이 약간 달라졌지만 그것이 시의 해석에 영향을 미치지는 않으므로
두 시의 내용은 동일하다고 볼 수 있다.

원래 시 「땅의 사람들 5 — 떠도는 자유에게」의 제목에는 '그대'라는

말이 없고 부제로 ‘떠도는 자유에게’라는 말이 붙어있다. 이를 감안하면 이 시의 ‘아름다운 사람’은 단순히 사랑하는 사람이 아니라 사회적이고 공적인 성격을 가지고 있음을 알 수 있다. 시각(時刻)에 따라 제시된 ‘바람’, ‘대숲’, ‘햇님’, ‘들판’ 등 다양한 상관물들은 자유를 쟁취하기 위한 투쟁의 시간 혹은 행위들을 비유한 것으로 볼 수 있다. 이러한 투쟁의 시간과 행위들이 축적되어 ‘아름다운 사람’이 ‘따뜻하고 따뜻하고 따뜻한 먼 나라’에서 잠들 수 있도록 하는 결과를 이끌어내는 것이다. ‘아름다운 사람’을 ‘자유’라고 한다면, 그가 잠드는 ‘따뜻한 먼 나라’와 ‘스물다섯시’는 완전한 자유가 있는 유토피아적인 시공간이라고 할 수 있다.

　그러나 「그대의 시간」을 원래의 시와 독립된 시로 읽으면, 이 시는 ‘그대’에 대한 개인적인 사랑을 노래한 시로 읽힌다. ‘그대의 시간’이라는 제목을 고려하면, 시각마다 달라지는 형상(바람, 대숲, 햇님 등)은 화자의 심적 정황이나 생각의 흐름에 따라 느껴지는 ‘그대’의 주관적인 인상들이다.8) 즉 ‘그대’는 신새벽을 건너오는 바람과 같은가 하면 적막을 뒤흔드는 대숲과 같고, 만년설봉에 타오르는 햇님과 같은 것이다. ‘아름다운 사람’을 ‘그대’와 동일시해서 읽어도 큰 무리가 없다. ‘스물다섯시’라는 시계 외의 시각은 그대에 대한 화자의 사랑이 영원한 것

---

8) 이는 「지울 수 없는 얼굴」에도 동일하게 나타난다. 이 시에서 당신은 화자의 정황에 따라 ‘냉정한 당신’, ‘얼음 같은 당신’이 되기도 하고 ‘부드러운 당신’, ‘따뜻한 당신’이 되기도 한다. 화자의 심리적 정황에 따라 ‘당신’의 속성이 규정된다는 것은 동일하지만, 「지울 수 없는 얼굴」에서 ‘당신’은 상반되는 성질이 공존하는 것으로 그려지는 반면 「그대의 시간」에서 ‘당신’은 긍정적인 속성만이 부각되어 있다. 「지울 수 없는 얼굴」이 화자의 주관적인 심리적 정황을 표현하는 데 초점을 맞추고 있는 반면, 「그대의 시간」은 ‘그대’를 설명하는 것에 더 집중하고 있다는 것도 다른 점이다.

이라는 점을 보여주는 장치이다. '따뜻한 먼 나라'는 그대가 있다고 추정되는 공간인 동시에 화자가 바라보는 '그대'의 성질(따뜻한 먼나라와도 같은)을 간접적으로 설명하는 수식어이다.

이러한 변화는 시의 의미 영역을 확장시키는 효과가 있다. 원래의 시는 자유를 향한 갈망을 담은 것이지만, 제목을 연시 형태로 바꾸면서 개인적인 연시로도 읽힐 수 있는 것이다. 그렇다고 해서 이 시의 원래 의미가 사라지는 것은 아니다. "신새벽 건너오는 바람", "적막을 뒤흔드는 대숲", "불바다 달려가는 만경창파", "빛으로 누빈 솜옷"이라는 표현들을 통해 '아름다운 사람' 혹은 '그대'가 단순히 개인적인 사랑의 대상이 아니라 사회적인 맥락을 거느리고 있음이 감지되기 때문이다. 사회적인 맥락으로 읽으면 "신새벽 건너오는 바람", "적막을 뒤흔드는 대숲", "불바다 달려가는 만경창파", "빛으로 누빈 솜옷" 등은 '아름다운 사람'의 행적을 적은 것으로 해석할 수도 있다. '땅의 사람들'이나 '자유'라고 했을 때 이 시의 내용은 이처럼 사회적인 의미에 한정되지만, '그대의 시간'이라고 했을 때는 사회적 의미와 더불어 개인적인 의미까지를 더하게 되는 것이다.

다음은 원래의 시가 개작되어 실린 경우이다. 「너를 내 가슴에 품고 있으면」은 원래의 시에서 부제를 빼고 제목만 남긴 경우인데 시의 내용에도 변화가 있다는 것이 특징이다.

고요하여라
너를 내 가슴에 품고 있으면
무심히 지나는 출근버스 속에서도
추운 이들 곁에
따뜻한 차 한 잔 끓는 것이 보이고

너를 내 가슴에 품고 있으면
여수 앞바다 오동도쯤에서
춘설 속의 적동백 두어 송이
툭 터지는 소리 들리고
너를 내 가슴에 품고 있으면
쓰라린 기억들
강물에 떠서 아득히 흘러가고

울렁거려라
너를 내 가슴에 품고 있으면
물구나무 서서 매달린 희망
맑디맑은 눈물로 솟아오르고
너를 내 가슴에 품고 있으면
그리운 어머니
수백 수천의 어머니 달려와
곳곳에 잠복한 오월의 칼날
새털복숭이로 휘어지는 소리 들리고

눈물겨워라
너를 내 가슴에 품고 있으면
중국 산동성에서 돌아온 제비들
쓸쓸한 처마, 폐허의 처마 밑에
자유의 둥지
사랑의 둥지
부드러운 혁명의 둥지
하나 둘 트는 것이 보이고

　　　　－「너를 내 가슴에 품고 있으면－편지 9」(『지리산의 봄』)

고요하여라
너를 내 가슴에 품고 있으면

무심히 지나는 출근버스 속에서도
추운 이들 곁에
따뜻한 차 한 잔 끓는 것이 보이고

울렁거려라
너를 내 가슴에 품고 있으면
여수 앞바다 오동도쯤에서
춘설 속의 적동백 화드득
화드득 툭 터지는 소리 들리고

눈물겨워라
너를 내 가슴에 품고 있으면
중국 산동성에서 돌아온 제비들
쓸쓸한 처마, 폐허의 처마 밑에
자유의 둥지
사랑의 둥지
부드러운 혁명의 둥지
하나 둘 트는 것이 보이고

　　　　　－「너를 내 가슴에 품고 있으면」(『아름다운 사람 하나』)

　개작된 시는 원래의 시에 비해 길이가 훨씬 짧아졌고 내용 또한 많이 변화한 것을 볼 수 있다. 원래 시에서는 '오월'이라는 단어가 표면에 드러나 있어서 이 시가 광주민주화항쟁과 연결된 내용임을 알 수 있다. 그러나 개작된 시에서는 이 부분을 삭제하고 1연의 '쓰라린 기억'이라는 구절도 삭제함으로써 사회적인 사건과 상처를 간접화하고 있다. 3연에 '자유', '혁명' 등의 단어가 나오긴 하지만 구체적인 사회역사적 사건과 직접적인 연관 관계를 맺고 있지는 않다. 그 결과 이 시는 특정한 사건과 사실만이 아니라 일반적인 자유와 혁명을 기리는 것이 되어 보다 일반적인 의미망을 확보하게 된다.

　이는 특정한 경험 내용을 일반화함으로써 독자가 공감할 수 있는 폭을 넓혀 대중성을 확보하는 효과를 가지고 있다. 일반적으로 연시는 구체적인 연관성이 제거된 추상적이고 주관적인 진술로 이루어져 있다. 이러한 추상성은 독자들의 공감의 폭을 넓히는 역할을 한다. 개작시가 특정한 사건 맥락을 삭제하고 일반적인 진술 형태를 취하는 것은 연시의 이같은 특징을 살린 것이다. 원래 시에서 '너'는 자유 혹은 타자에 대한 사랑, 희망 등 사회적인 의미를 지닌 것이 분명하지만, 개작시에서 '너'는 개인적인 사랑의 대상인 연인이라는 느낌이 강하다. 물론 이 두 가지가 합쳐져서 '너'가 개인적인 사랑의 대상이면서 뜻을 같이하는 동지일 수도 있다. 이외에도 독자는 자신의 개인적인 상황이나 조건에 따라 다양한 해석을 할 수 있다.

3. 선택과 반복을 통한 강조 효과

　「너를 내 가슴에 품고 있으면」의 형태 변화는 의미망을 확대한다는 기능 외에 선택과 반복이라는 연시 고유의 특징을 보여주기도 한다. 개작시는 원래의 시 1, 2연에서 "너를 내 가슴에 품고 있으면"이 반복되는 부분을 삭제하고, 각 연의 앞부분에 "~하여라/ 너를 내 가슴에 품고 있으면"라는 구절을 동일하게 한 번씩만 배치하고 있다. 그럼으로써 내용이 단순해지는 대신 시의 인상은 한결 선명해진다. 또한 "~하여라/ 너를 내 가슴에 품고 있으면"이라는 부분이 반복되면서 암송하기에 쉬운 형태가 되고 감상을 용이하게 한다. 이같은 과정을 통해 독자의 접근성은 훨씬 높아진다.

「네가 그리우면 나는 울었다」 역시 부제를 삭제하고 제목만 남긴 경우로서 원래의 시에서 많은 부분을 삭제하고 있다.

길을 가다가 불현듯
가슴에 잉잉하게 차오르는 사람
네가 그리우면 나는 울었다
목을 길게 뽑고
두 눈을 깊게 뜨고
저 가슴 밑바닥에 고여 있는 저음으로
첼로를 켜며
두 팔 가득 넘치는 외로움 너머로
네가 그리우면 나는 울었다

너를 향한 기다림이 불이 되는 날
나는 다시 바람으로 떠올라
그 불 다 사그러질 때까지
어두운 들과 산굽이 떠돌며
스스로 잠드는 법을 배우고
스스로 일어서는 법을 베우고
스스로 떠오르는 법을 익혔다

네가 태양으로 떠오르는 아침이면
나는 원목으로 언덕위에 쓰러져
따스한 햇빛을 덮고 누웠고
달력 속에서 뚝,뚝,
꽃잎 떨어지는 날이면
바람은 너의 숨결을 몰고와

측백의 어린 가지를 키웠다
그만큼 어디선가 희망이 자라오르고
무심히 저무는 시간 속에서
누군가 내 이름을 호명하는 밤,
나는 너에게 가까이 가기 위하여
빗장 밖으로 사다리를 내렸다
수없는 나날이 셔터 속으로 사라졌다
내가 꿈의 현상소에 당도 했을때
오오 그러나 너는
그 어느 곳에서도 부재중이었다
달빛 아래서나 가로수 밑에서
불쑥불쑥 다가 왔다가
이내 *바람*으로 흩어지는 너,
네가 그리우면 *나*는 울었다

　　　　　－「네가 그리우면 나는 울었다－편지 10」(『지리산의 봄』)

길을 가다가 불현듯
가슴에 잉잉하게 차오르는 사람
네가 그리우면 나는 울었다

너를 향한 기다림이 불이 되는 날
나는 다시 바람으로 떠올라
그 불 다 사그러질 때까지
어두운 들과 산굽이 떠돌며
스스로 잠드는 법을 배우고
스스로 일어서는 법을 배우고
스스로 떠오르는 법을 익혔다

네가 태양으로 떠오르는 아침이면
나는 원목으로 언덕위에 쓰러져

따스한 햇빛을 덮고 누웠고
누군가 내 이름을 호명하는 밤이면
나는 너에게 가까이 가기 위하여
빗장 밖으로 사다리를 내렸다

달빛 아래서나 가로수 밑에서
불쑥불쑥 다가왔다가
이내 *허공중에 흩어지는 너,*
네가 그리우면 나는 또 울 것이다

—「네가 그리우면 나는 울었다」(『아름다운 사람 하나』)

원래 시에서 삭제된 부분(밑줄 부분)은 공통적으로 '나'의 상황을 부연 설명하고 있다. '나'가 어떻게 울었는지를 설명하거나("목을 길게 뽑고~나는 울었다"), 너를 그리워하는 '나'의 시간들이 얼마나 고통스러웠는지를 설명함("달력 속에서~시간 속에서", "수없는 나날이~부재중이었다")으로써 '나'의 슬픔이 얼마나 큰 것인지를 토로하는 부분이다. 개작시는 이 부분을 삭제함으로써 울음의 상황을 담담하게 서술하고 있다. 네가 그리울 때 '나'가 한 행위들(울거나 바람으로 떠오르거나 원목으로 쓰러져 햇빛을 덮거나 사다리를 내리는 것들)은 나타나지만, 그것이 결국 '너'의 부재로 끝났다거나 그 때문에 절망했다는 내용은 나오지 않는다. 개작시에서 강조되는 것은 네가 그리워졌을 때 '나'가 하는 행위의 적극성이다. '나'는 너를 향한 기다림의 불을 스스로 잠재울 때까지 스스로 잠들고 일어서고 떠오르는 법을 익히고, '너'라는 태양을 받기 위해 원목이 되어 눕고, 빗장 밖으로 사다리를 내린다.

이러한 행위는 원래 시에서도 동일하게 나타나 있지만 행위의 시적인 의미는 다르다. 원래 시에서 그것들은 '너'를 향한 그리움의 시간들을 표현하는 것으로서만 의미를 지닌다. 즉 이러한 행위들을 하며 '너'를 기다리지만 '너'는 어느 곳에서도 부재중이었고 '나'는 다시 울게 되는 것이다. 원래의 시 3연에서 이러한 내용이 길게 서술되어 있는 것은 기다림의 행위와 좌절과 다시 기다림의 과정이 하나로 연결되어 계속 반복되고 있음을 보여주는 것이다.

이에 비해 개작시는 훨씬 안정된 형태를 갖추고 있다. 총 4연 중 1연과 4연이 '네가 그리우면 나는 울었다'는 내용을 반복함으로써 수미상관의 형식을 취한 가운데, 2, 3연에는 '너'를 그리워하는 '나'의 행위들이 나뉘어 배치되고 있다.

특별히 주목되는 점은 1연의 "네가 그리우면 나는 울었다"가 4연 마지막 부분에서는 "네가 그리우면 나는 또 울 것이다"라는 형태로 바뀌어 있다는 점이다. 즉 상황의 수동적인 수용에서 적극적인 의지로 바뀌고 있는 것이다. 유사한 진술이 전혀 다른 의미로 변화되는 근거는 2,3연에 있다. 개작시는 원래 시의 3연을 두 개의 연으로 나누고 설명 부분("달력 속에서~시간 속에서")과 부정적인 진술("수없는 나날이~부재중이었다")을 삭제한 후 3연에 '나'의 행위만을 배치하고 있다. 원래 시 3연에서는 '나'의 행위에도 불구하고 결국 '너'가 부재함으로써 행위가 무위로 끝나버리지만, 개작시 3연에서는 행위의 결과가 어떠했는지는 나와 있지 않다. '나'의 행위의 결과로 '너'가 왔는지가 중요한 것이 아니라 너에 대한 그리움을 주체적이고 적극적으로 해결해나가는 '나'의 행위 자체에 초점이 놓여 있는 것이다. 이러한 해결의 과정, 견딤의 시간을 거쳐서 '나'는 스스로 그리움에 대한 해결책을 찾아낸다. 4연의 '울음'은 그 결과물이다. 따라서 울음은 그냥 우는 것이 아니라 '울 것이다'라는 의지형으로 표현되는 것이다. 그것은 너에 대한 그리움을 견디는 방법론으로서 선택된 것이다.

'~하면 ~한다'라는 형식은 이러한 발상의 전환을 효과적으로 뒷받침하고 있다. 이 때 '~하면 ~한다'는 조건절의 형식을 취하고 있지만, 사실상 조건과 결과는 필연적인 인과 관계를 가지고 있지 않다. "그대를 만나고 돌아오다가/ 안양쯤에 와서 내가 꼭 울게 됩니다"(「다시 왼손가락으로 쓰는 편지」)의 경우도 마찬가지다. '(네가) 그리우면 (나는) 운다'나 '안양쯤에 오면 울게 된다'는 필연적 인과관계가 아니라 시인의 개인적인 습관 혹은 주관적인 인과 관계일 뿐이다.

그러나 독자들은 이러한 주관적이고 단정적인 진술에 오히려 공감하는데, 그것은 독자가 시적 상황에 자신의 경우를 대입시키기 때문이다. 독자는 '그리우면'이라는 추상적인 조건에 자신의 상황을 대입시키고 스스로 '운다'는 결론을 도출해낸다. 구체적인 그리움의 상황이나 사연, 대상은 비워져 있기 때문에 그 부분을 독자 자신의 특별한 내용으로 채우고 그 결과를 '운다'라는 시적 결론에 맞추는 것이다. 독자가 시인의 주관적 진술에 공감하는 것은 진술의 타당성 때문이 아니라 진술의 맥락 혹은 상황에 감염되기 때문이다.

이 시는 단정적인 진술 형식을 변화를 주어 반복함으로써 대중성을 확보하고 있는 것이다. 유사한 형태의 반복은 시의 내용을 단순화시키고 기억하기 쉽게 하여 독자의 접근성을 높인다. 인상적인 한 구절이 반복되면 독자들은 그 구절을 암송하게 되고 그러면서 자연스럽게 시를 기억하게 되는 것이다.

4. 공감의 확대와 타자성의 승인

이상에서는 고정희의 연시가 어떠한 방식으로 창작되었으며 그것이 어떠한 기능을 하는지를 살펴보았다. 그녀의 연시는 특정한 사건이나 감정을 삭제하여 개인적인 경험을 일반화함으로써 의미의 확장을 꾀하거나 고정된 형식을 변주 혹은 반복함으로써 기억하기 쉽게 하는 특징을 가지고 있다. 그럼으로써 독자가 공감할 수 있는 여지를 넓히고 독자의 접근성을 높이는 것이다. 이는 자신의 연시가 "모든 이의 고통과 슬픔을 승화시키는 노래가 되기를" 희망했던 고정희의 생각이 반영된 결과이다. 이 절에서는 연시 창작이 고정희 시 전체에서 볼 때 어떤 의미를 지니는지를 살펴보고자 한다.

고정희의 시에서 사랑이 중요한 주제로 등장하는 것은『이 시대의 아벨』(1983)부터이다. 그 이전에 출간된『누가 홀로 술틀을 밟고 있는가』(1976),『실락원 기행』(1981),『초혼제』(1983) 등은 대부분 죽은 자들의 원혼을 달래는 내용으로 되어 있다. 여기 실린 시들은 개인의 창작물이라기보다는 빙의한 무당의 목소리를 취하고 있다. 대상이 죽은 자일 때, 타자와의 관계는 일방적이고 완료된 것이기 때문에 관계 양상이나 대응 방식이 따로 문제가 되지 않는다. 진혼이나 추모, 기억 등의 행위는 살아있는 자의 일방적인 행위이지 상호적인 것이 아니다.

이에 비해 사랑은 현실적인 삶에서의 관계이며 '나'와 타자와의 관계가 전제된 상호적인 것이다. 그것은 남녀 간의 일상적인 사랑일 수도 있고, 동지애 혹은 자매애, 부모 자식 간의 사랑, 사회적 약자에 대한 배려, 자유에 대한 갈망 등 다양한 색깔의 감정들을 포함한다. 사회적인 상상력에 바탕한 시에서 사랑은 종종 당위적인 명제로 나타난다. 그것은 일방적인 헌신이나 믿음과 같이 자명한 것이어서 갈등을 일으키는 원인이 되지 않는다. 시인이 공공의 곡비(哭婢)임을 자처하거나 대의를 향해 나아가는 투사를 자처할 때, '나'는 타자와 동일시되며 그 대리인이 된다. 이 경우 타자와의 관계는 일방적인 것이고 사랑 또한 당연한 것이다.

그러나 시인의 사적인 얼굴이 표출되는 시에서 실제적인 타자와의 관계는 종종 부담과 혼란을 안겨주는 원인이다.

> 그러나 친구여
> 기도회가 끝난 수유리의 새벽 네시,
> 우리의 얼굴엔
> 어제보다 더 짙은 피곤이 서리고
> 반짝이던 두 눈엔 고드름이 열린 채
> 어제와 다름없는 타인으로 악수했어
>
> －「서울 사랑－말에 대하여」(『이 시대의 아벨』) 부분

억압적인 사회와 부패한 현실을 비판하는 기도회에 참석해서 밤새 야훼를 부르며 철야 기도회를 마친 후 돌아가는 길에서, 화사가 발견한 것은 너와 나의 관계가 '어제와 다름없는 타인'이라는 것이다. '우리'는 말과 분리된 '한무데기 로봇'에 불과하다는 것, 즉 내용 없는 말을 되풀이하는 공허한 관계일 뿐이라는 깨달음이 화자를 절망스럽게 한다. 이 때 '우리'는 경험에서 얻어진 믿음에 바탕한 것이 아니라 같은 이념으로 모인 관념적인 집단일 뿐이다. 개인적인 얼굴이 진솔하게 드러나는 시에서 나타나는 시인의 자화상은 외롭고 쓸쓸하다.

가끔 복도에 낭랑하게 울리는
그 가족들의 윤기 흐르는 웃음 소리,
유독 굳건한 혈연으로 뭉쳐진 듯한
그 가족들의 아름다움에 밀려
초라하게 풀이 죽곤 했는데,

그 분이 배려해 준
영양분 가득한 밥상을 대하면서
속으로 가만가만 젖곤 했는데,
파출부도 돌아간 후에
그 집의 대문을 쾅, 닫고 언덕을 내려올 땐
이유 없이 쏟아지던 눈물.

혼자서 건너는 융융한 삼십대

―「객지」(『이 시대의 아벨』) 부분

같은 길을 걷고 있는 동지로 짐작되는 '그 분'의 집에서 화자가 느끼는 것은 고독감과 쓸쓸함이다. 같은 이념을 가진 동지이지만 가족이라는 관계 앞에서 '나'는 홀로된 타인일 뿐이다. '그 분'의 배려에도 불구하고 화자는 외로움을 떨쳐버리지 못한다. 타자와 '나'사이에 놓여있는 어쩔 수 없는 거리감, 소통의 단절 거기에서 오는 절망감과 고독 등은 종종 남녀 간의 이루어지지 않는 사랑으로 표현되기도 한다.

『아름다운 사람 하나』의 시들은 애증과 기다림, 그리움, 안타까움, 원망 등 전형적인 사랑의 감정들을 주제로 하고 있다. '사랑'은 자유를 향한 열망이나 사회적 약자에 대한 배려와 연민, 같은 이념을 가지고 함께 하는 동지에 대한 믿음과 같은 공적인 것(「쓸쓸함이 따뜻함에게」, 「봄비」, 「사랑의 광야에 내리는 눈」 등)일 때도 있고, 남녀 간의 일상적인 사랑일 때도 있다(「지상의 양식」, 「그대 생각」 등). 남녀 간의 일상적인 사랑이 주제가 될 때, 그것은 여느 사람들의 것처럼 시인을 들뜨게 하고(「지상의 양식」), 상대를 소유하고 싶다는 욕망을 불러일으키기도 한다(「사랑법 여섯째」).

그러나 사랑의 대상이 공적인지 사적인지에 상관없이 공통적인 것은 '사랑'이 대부분 이루어지지 않는 것으로 그려지고 있다는 것이다. 대부분의 시에서 사랑은 '나'의 일방적인 그리움과 기다림으로 그려진다. '나'가 당신을 간절하게 사랑하는 것과 달리 당신은 '나'의 사랑에 답하지 않는다.

이것은 연시의 일반적인 특징에 부합되는 것이다. 연시의 내용은 현재 진행되고 있는 사랑의 기쁨보다 떠나간 사람에 대한 그리움이나 이별의 아픔 등을 그리는 경우가 더 많다. '나'를 돌아보지 않는 무심한 당신 그럼에도 불구하고 오직 당신만을 향해 있는 '나'의 속절없는 그리움, 끝을 알 수 없는 맹목적인 기다림 등이 연시에 자주 등장하는 주제들이다.

이는 연시가 독자의 공감을 이끌어내는 중요한 조건이기도 하다. '공감'이라는 측면에서 보면, 화자인 '나'는 일단 사랑하는 대상과의 공감에 실패한다. '나'는 일편단심 대상(당신, 그대, 님)을 바라보고 있지만 사랑하는 사람은 무정하고 무심하다. 여기서 시적 화자의 비극이 발생한다. 그러나 이루어지지 않는 사랑에 가슴 아파하는 화자를 바라보는 독자는 그 때문에 화자의 비극에 공감한다. 이루어지지 않는 사랑을 경험해보지 않은 사람은 실상 거의 없기 때문이다. 독자는 화자의 사랑의 아픔에 공감하며 스스로의 아픔을 위로받는다. 여기서 역설이 발생한다. 시적 화자(혹은 시인)가 고통스러울수록 그것을 읽는 독자는 위로받고 정화되는 것이다. 이 공감의 역설이야말로 연시가 대중성을 확보할 수 있는 가장 큰 요소인 셈이다.

또한 연시는 대부분 독백 형식으로 되어 있는데, 이것은 당신에 대한 '나'의 사랑을 더욱 지고지순하고 헌신적인 것으로 보이게 하는 효과를 가지고 있다. 이 독백은 당신을 향한 것처럼 보이지만 사실은 스스로를 위로하는 말이기도 하다.[9] 연시가 대중적으로 널리 읽히는 것은 이러한 형식적 특징과도 밀접한 관련이 있다. 독백 형식은 시적 진술이 마치 독자 자신의 상황인 것처럼 여겨지게 하는 효과가 있다. 독자는 시를 읽으면서 시적 화자의 독백을 되풀이하고, 그 과정을 통해서 자신의 아픔을 위로받는다.

고정희의 연시 또한 이러한 조건들을 만족시키고 있다. 이 시집에 실린 시들은 당신과의 사랑을 갈망한다기보다는 당신을 향한 사랑을 견디는 '나' 의 모습을 그리는 것에 초점이 맞추어져 있다. 사랑을 달성하기 위해 '나'가 하는 행위는 편지를 쓰거나 혼자 그리워하거나 울거나 견디는 소극적인 것이다. 이러한 행위들은 그 자체가 상호적인 것이 아니라 자신을 향해 있는 독백과도 같은 것이다. '나'는 항상 왼손가락으로 당신에게 편지를 쓰는데(「아파서 몸져누운 날은」, 「왼손가락으로 쓰는 편지」, 「다시 왼손가락으로 쓰는 편지」), 그것은 공적인 오른손의 것이 아닌 사적인 사랑을 상징하는 것이면서 처음부터 '나'의 사랑이 외로울 것임을 당연시하는 것이기도 하다.[10] 즉 '나'는 사랑이 당신에게 미

---

9) 서석화는 이러한 성격을 "화자의 모든 발화는 결국 화자 자신에게로 향하는 독백이라고 할 수 있으며, 그런 독백이야말로 사랑에 임하는 자신의 모습이 적나라하게 투영된 자기고백적 영상"이라고 설명한 바 있다. ─서석화, 「고정희 연시 연구」, 동국대 석사논문, 2003, p.23.
10) 서석화 역시 '왼손가락'을 '가질 수 없는 꿈', '불가능', '소통 부재', '기적을 바라는 서툰 꿈' 등을 암시한다고 보고 있다. ─위의 글, p.24 참고.

치지 못할 것이라는 사실을 이미 알고 있는 것이다. 심지어 화자는 당신과의 사랑을 일부러 억제하는 것처럼 보이기도 한다.

> 그대 향한 내 기대 높으면 높을수록 그 기대보다 더 큰 돌덩이 매달아 놓습니다 부질없는 내 기대 높이가 그대보다 높아서는 아니 되겠기에 기대 높이가 자라는 쪽으로 커다란 돌덩이 매달아놓습니다.
> 그대를 기애와 바꾸지 않기 위해서 기대 따라 행여 그대 잃지 않기 위하여 내 외롬 짓무른 밤일수록 제 설움 넘치는 밤일수록 크고 무거운 돌덩이 가슴 한복판에 매달아놓습니다
>
> —「사랑법 첫째」 전문

이 시에는 당신과의 거리감이 사실은 화자에 의해 의도된 것임이 드러나 있다. '나'는 그대를 향한 기대가 높아질수록 커다란 돌덩이를 매달아 자신을 갈무리한다. 기대가 높아질수록 그대를 향한 욕심이 커지고, 그것은 결국 그대를 그대 아닌 것으로 만들어서 잃어버리게 하는 일이기 때문이다. '나'가 경계하는 것은 '사랑'이라는 미명하에 상대방을 억압하는 사랑의 이기적이고 폭력적인 속성이다. '나'는 사랑이 나 자신을 위한 이기심이 되지 않도록, 상대를 구속하는 폭력이 되지 않도록 스스로를 디스리고 있는 깃이다.

이것이 고정희의 연시가 대중적인 다른 연시들과 구별되는 지점이다. 일반적으로 연시에서 화자는 자기 자신을 망각하고 사랑하는 대상에 몰입한다. 대상과 '나'의 가치는 사랑의 크기에 반비례한다. 즉 그대를 사랑하면 할수록 '나'의 존재 가치는 점점 작아지고, '그대'는 더욱 고귀하고 높은 존재가 된다. 화자는 당신을 향한 무조건적인 헌신과 인내, 자기비하 등 소극적이고 자기부정적인 방식으로 대상에 대한

자신의 사랑을 증명한다.[11] 상대방에 대한 헌신과 자기비하는 자신의 사랑의 순결성과 진정성을 증명하는 표지로 사용된다. 그러나 이러한 일방적인 사랑에서 '그대'는 실체가 없는 즉 그 자체의 고유성을 잃어버리고 '나'의 사랑에 의해 만들어진 허상일 뿐이다. 결국 연시에 나타나는 대상에의 몰입과 자기망각은 사실상 가장 강력한 자기 몰입과 자기애의 다른 표현일 뿐이다.

고정희는 연시의 자기부정적인 사랑의 방식 대신 '나'와 사랑하는 대상 사이의 거리를 인정하고 받아들이는 길을 택한다. '나'와 '그대'가 결코 하나가 될 수 없고, 고유한 두 사람이 각각 자신의 삶을 살아갈 수밖에 없다는 것을 인정하는 것이다. 그것은 이루어질 수 없는 사랑에 대한 합리화나 현실 도피와는 다르다. 현실적으로 사랑이 이루어지지 못했기 때문에 '나'와 '그대'가 하나가 될 수 없는 것이 아니라 열렬하게 사랑하는 관계에서조차 어쩔 수 없는 고유한 타자성을 받아들이는 것이다.

> 그대 독자적인 외로움과 추위를 마주하며
> 집으로 돌아오는 나는 처절합니다
> 되돌아나가기엔 나는 너무 멀리 와버렸고
> 앞으로 나가기엔 나는 너무 많은 것을
> 그대 땅에 뿌려놓았습니다

---

11) "너는 눈부시지만 나는 눈물겹다"(이정하, 「사랑의 이율배반」), "모자랄 것 없는 그대 곁에서/너무도 작아보이는 나이기에"(원태연, 「때로는 그대가」) 등에서 나타나는 자기부정적인 진술들이 그 예이다. 이것은 대중가요인 김수희의 「애모」의 가사 "그대 앞에만 서면 나는 왜 작아지는가"와 동일한 화법으로서, 자기를 비하함으로써 상대방을 향한 자신의 사랑이 더할 수 없이 크고 소중한 것임을 나타내는 네가티브한 진술 방식이다.

막막궁산 같은 저 어둠 어디쯤서
내 뿌린 씨앗들이 꽃피게 될른지요
간담이 서늘한 저 외롬 어디쯤서
부드러운 봄바람 나부끼게 될른지요

기우는 달님이 집 앞까지 따라와
안심하라, 안심하라, 쓰다듬는 밤
열쇠를 끄르며 나는 웃고 맙니다
눈물로 녹지 않을 설화는 없다!!
불로 녹지 않을 추위는 없다!!

-「다시 왼손가락으로 쓰는 편지」 부분

‘나’는 그대가 지닌 ‘독자적인 외로움과 추위’ 앞에서 아무 것도 해 줄 수가 없다는 사실에 절망한다. 그대의 외로움과 추위는 독자적인 것이어서 오직 그대만이 해결할 수 있는 것이다. 그대의 고독 앞에서 ‘나’는 나의 사랑이 봄바람처럼 조금이나마 그대를 위로할 수 있기를 기원할 수 있을 뿐이다.

그러나 ‘나’는 마지막 연에서 이 안타까움을 스스로 극복해낸다. ‘안심하라, 안심하라’고 쓰다듬는 것은 달님이 아니라 ‘나’의 마음속에 있는 또 나든 사아이나. ‘안심하라’에는 그대에 대한 화자의 믿음이 함축되어 있다. 화자가 다시 웃게 되는 것은 그대가 ‘눈물’과 ‘불’을 다해서 지금의 외로움과 추위를 끝내 극복할 것임을 믿기 때문이다.

진정한 사랑이란 단독자끼리의 대등한 만남이며 고유한 타자성을 인정하는 것이다. 그것은 타자를 자기 안으로 흡수하여 동일화시키는 것이 아니라 어떤 경우에도 나에게로 통합시킬 수 없는 절대적인 다름, 절대적인 타자성을 인정하는 것이다. 레비나스는 동일자에로 환원 불가능한 타자성·이질성·타자-규범을 지닌 외재적인 존재를 말한다. 타자가 동일자 안으로 내포될 수 없는 이유는 타자는 나와 절대적 다름, 무한성의 차원을 지니고 있기 때문이다.[12]

자아와 타자의 관계는 하나가 다른 하나에 종속되거나 포함되는 것이 아니라 서로 거리를 유지하면서 얼굴을 맞대고 있는 것이다. 그것은 타자의 외재성을 자아 안으로 동화하거나 통합하는 관계 또는 표상의 관계가 아니라 타자의 절대적인 다름인 타자성을 보존하는 관계이다.[13] 인간 간의 진정한 연합 또는 함께 함은 종합의 합이 아니라 마주보면서 함께 하는 것이다. 고정희의 시에서 대상에 대한 기다림이 절망으로 끝나지 않는 이유는 타자와의 관계에 대한 이러한 깨달음을 얻고 있기 때문이다.

다음 시는 이러한 관계성에 대한 생각이 직접 드러나 있는 시이다.

> 해거름녘 쓸쓸한 사람들과 흐르던
> 따뜻한 강물이 내게로 왔네
> 봄 눈 파릇파릇한 숲길을 지나
> 아득한 강물이 내게로 왔네
>
> 이십 도의 따뜻하고 해맑은 강물과
> 이십 도의 서늘하고 아득한 강물이
> 서로 겹쳐 흐르며 온누리 껴안으며
> 삼라의 뜻을 돌아 내게로 왔네
>   (중략)

---

12) 김연숙, 『타자윤리학』, 인간사랑, 2001, pp.95~96.
13) 김연숙, 위의 책 p.101.

사십 도의 따뜻하고 드맑은 강물 위에
열두 대의 가야금소리 깃들고
사십 도의 서늘하고 아득한 강물 위에
스물네 대의 바라춤이 실렸네
그 위에 우주의 동행이 겹쳤네

—「따뜻한 동행」부분

'나'와 당신의 만남은 성질이 정반대인 두 강물이 만나는 것과 같다. 이 시에서 '나'가 '강물'로 표현된 당신과의 만남에 성공할 수 있는 것은 뜨거움이 아니라 따뜻함의 의미를 파악했기 때문이다. 자아중심적인 '나'의 사랑은 뜨겁게 타오르는 사랑, 신열 등으로 묘사된다. 활활 타올라 자신을 태우고 어쩌면 당신까지 태울지 모르는 사랑. 불타오르는 사랑의 열정이 파괴적인 성질을 가지고 있는 것과 달리, '나'와 당신의 사랑은 이십 도의 사랑을 합쳐서 사십 도를 만들어내는, 그러면서도 원래의 자신의 성질을 잃지 않는 사랑이다. 이십 도와 이십 도를 합쳐서 만들어진 사십 도의 강물은 따뜻하고 드맑으면서 동시에 서늘하고 아득한 것이다. '나'와 당신 모두 단독자로서의 고유성을 잃지 않은 채 상대방과 겹쳐지며 더 뜨겁고 넓은 사랑으로 확대되는 것이다. 타자성에 대한 상호 인정이야말로 서로를 발전시키고 나아가 더 큰 사랑으로 연결되는 진정한 사랑의 조건인 것이다.

이 깨달음에 도달하면서 사랑으로 인한 갈등과 고통은 승화되고, 개인적이고 일상적인 사랑은 보다 보편적인 "더 큰 사랑의 광야"로 열리게 된다. "더 큰 사랑의 광야"는 개인 간의 성숙한 사랑을 포함하여 사회적 약자와의 공감과 연대, 자연 만물과의 공존 공생, 여성주의 연대 등 다양한 함의를 지닌다. '사랑'의 성격 또한 주제에 따라 다양화되고 심화된다. 결국 고정희의 연시는 '사랑'이라는 주제를 통하여 개인적인 고민과 갈등을 다스리고 자신이 꿈꿔온 사회적 연대를 타자성의 승인이라는 방식으로 체화해가는 중요한 실험적 장이었다고 할 수 있다. 이런 면에서 고정희의 연시는 그녀의 이념적 지향이 발전되고 체화되어 가는 과정을 '사랑'이라는 주제로 형상화한 시편들이라고 할 수 있다.

* 이 시집에 재수록된 시와 원래 발표된 시집을 비교하여 표로 만들면 아래와 같다.

『아름다운 사람 하나』의 제목	원래 발표된 제목	발표 시집	비고
사랑법 첫째	사랑법 첫째	이시대의 아벨	
관계	관계	눈물꽃	
시인	시인	눈물꽃	
묵상	묵상	눈물꽃	
프라하의 봄 −85년의 C형을 묵상함	프라하의 봄 7−C형을 묵상함	눈물꽃	
그대의 시간	땅의 사람들 5−떠도는 자유에게	지리산의 봄	제목 변경
봄비	땅의 사람들 6−봄비	지리산의 봄	
지상의 양식	땅의 사람들 7−호산나, 주의 이름으로 오시는 이여	지리산의 봄	제목 변경
사랑	땅의 사람들 9−사랑	지리산의 봄	
지리산의 봄-뱀사골에서 쓴 편지	지리산의 봄 1-뱀사골에서 쓴 편지	지리산의 봄	
그대 음성	천둥벌거숭이 노래 2	지리산의 봄	제목 변경
이별노래	천둥벌거숭이노래 6	지리산의 봄	제목 변경

『아름다운 사람 하나』의 제목	원래 발표된 제목	발표 시집	비고
부재	부재	지리산의 봄	
강물	강물 – 편지1	지리산의 봄	
편지	이별 – 편지3	지리산의 봄	
소외	소외-편지4	지리산의 봄	
고백	고백-편지6	지리산의 봄	
오늘같은 날	오늘같은날 – 편지 7	지리산의 봄	
너를 내 가슴에 품고 있으면	너를 내 가슴에 품고 있으면 – 편지9	지리산의 봄	개작
네가 그리우면 나는 울었다	네가 그리우면 나는 울었다 – 편지 10	지리산의 봄	개작

●「고정희 연시의 창작 방식과 의미」, Comparative Korean Studies 19권 2호, 2011. 8.

● 기본 자료

고정희, 『누가 홀로 술틀을 밟고 있는가』, 평민사, 1976.
고정희, 『실락원 기행』, 인문당, 1981.
고정희, 『초혼제』, 창작과비평사, 1983.
고정희, 『이 시대의 아벨』, 문학과지성사, 1983.
고정희, 『눈물꽃』, 실천문학사, 1986.
고정희, 『지리산의 봄』, 문학과지성사, 1987.
고정희, 『저 무덤 위에 푸른 잔디』, 창작과비평사, 1989.
고정희, 『광주의 눈물비』, 동아출판사, 1990.
고정희, 『여성해방출사표』, 동광출판사, 1990.
고정희, 『아름다운 사람 하나』, 들꽃세상, 1990.
김종길, 『시론』, 탐구당, 1965.
김종길, 「중국 시이론에 있어서의 격의 개념」, 『아세아연구』 41호, 1971. 3.
김종길, 『진실과 언어』, 일지사, 1974.
김종길, 『시에 대하여』, 민음사, 1986.
노영란, 『흑보석』, 금문사, 1959.
문덕수, 『현대문학의 모색』, 수학사, 1969.
문덕수, 『현대한국시론』, 선명문화사, 1974.
문덕수, 『한국모더니즘시 연구』, 시문학사, 1981.
문덕수, 『시론』, 시문학사, 1993.
문덕수, 『오늘의 시작법』(수정증보판), 시문학사, 2004.
서정주, 『한국의 현대시』, 일지사, 1969.
서정주, 『서정주 문학전집』 2, 일지사, 1972
『여류시』 1집~10집
왕수영, 『화문의 영토』, 월간문학사, 1970.
왕수영, 『당신은』, 한국문학사, 1975.
이승훈, 「부동하는 언어의 의미」, 『월간문학』, 1969. 9.

이승훈, 「목월과 춘수」, 『현대시학』, 1970. 7.

이승훈, 「이미지·시의 위대성」, 『현대시학』, 1971. 5.

이승훈, 「현실인식의 두 경향」, 『현대시학』, 1972. 2.

이승훈, 「절망의 테마 분석을 위한 시도」, 『춘천교육대학논문집』 14, 1974. 5.

이승훈, 「권태의 릴리프」, 『심상』, 1974. 9.

이승훈, 「현대시와 인식」, 『시문학』, 1976. 8.

이승훈, 「전후 모더니즘 운동의 두 흐름」, 『문학사상』, 1999. 6.

이유경, 「햄리트적 딜레마의 시」, 『아세아』, 1969. 3.

이유경, 「사물·눈·자세」, 『현대시학』, 1969. 4.

이유경, 「뽀에지의 세계와 역사의식」, 『현대시학』, 1970. 2.

이유경, 「유모어와 시」, 『현대시학』, 1970. 6.

이형기, 「정실비평론」, 『신사조』, 1963. 2.

이형기, 「우정있는 반환」, 『현대문학』, 1963. 8.

이형기 외, 「한국대표시인론」, 『현대문학』, 1968. 1.

이형기, 「두 육순 시인의 시집」, 『현대문학』, 1968. 6.

이형기, 『감성의 논리』, 문학과지성사, 1976.

이형기, 「시를 쓰는 매순간이 디데이」, 『시와 시학』, 1977. 가을.

이형기, 『한국문학의 반성』, 백미사, 1980.

이형기, 『시와 언어』, 문학과지성사, 1987.

이형기, 『당신도 시를 쓸 수 있다』, 문학사상사, 1991.

이형기, 「조연현의 감성논리」, 『한국문학연구』 15집, 1992. 12.

이형기, 「허무로 가는 꿈꾸기」, 『현대시』, 1993. 6.

이형기, 「불꽃 속의 싸락눈」, 『현대시』, 1993. 6.

이형기, 『시란 무엇인가』, 한국문연, 1993.

이형기, 「우로보로스의 시학」, 『이형기 시선』, 도서출판 선, 2003.

조지훈·서정주·박목월·강우식 공저, 『시창작법』, 예지각, 1982.

전봉건, 「시 예술, 사랑」, 『문학예술』, 1955. 8.

전봉건, 「오늘과 시인의 모습」, 『예술집단』, 1955. 12.

전봉건, 「시인과 독자의 광장」, 『자유문학』, 1957. 9.

전봉건, 『시를 찾아서』, 청운출판사, 1961.

전봉건, 「사기론」, 『세대』, 1965. 2.

전봉건, 『시와 인생의 뒤안길에서』, 중앙사, 1965.
전봉건, 「현실이란 것」, 『현대문학』, 1966. 10.
전봉건, 「꿈이라는 것」, 『현대문학』, 1966. 12.
전봉건, 「토대 없는 참여의 시」, 『세대』, 1967. 8.
전봉건, 「시와 에로스」, 『현대시학』, 1973. 9.
전봉건, 「속 시와 에로스」, 『현대시학』, 1973. 10.
『현대시』 6~26집.

● 논문

고명수, 「60년대 현대시 동인의 문학적 성격」, 『문학과 창작』 32, 1998. 4.
고형진, 「현대시의 중심 잡기와 방법적 갱신」, 『현대시학』, 1996. 6.
권도현, 「이장희론」, 『현대문학』, 1976. 11.
김경란, 「이장희의 시세계」, 『동악어문논집』 32, 1997. 12.
김동리, 「작가와 현실 참여의 문제」, 『문학춘추』, 1965.
김동리 외, 「근대소설·전통·참여문학」, 『신동아』, 1968 .6.
김동환, 「1950년대 문학의 방법적 대상으로서의 외국문학이론」, 『문학과논리』 3호,
        1993.
김세동, 「문덕수 시론 연구」, 홍익대 석사학위논문, 2005.
김소동, 「나의 이력서」, 『한국일보』, 1982. 3. 12.
김소희, 「일제 시대 영화의 수용과 전개 과정」, 서울대 석사학위논문, 1994.
김영혜, 「고독과 사랑, 해방에의 절규」, 『문예중앙』, 1991. 가을호.
김우정, 「한국 여류시의 발상의 근저」, 『한국여류문학전집』 6권, 삼성출판사, 1967.
김우창, 「감성과 비평」, 『궁핍한 시대의 시인』, 민음사, 1977.
김우창, 「염결성의 시학」, 『궁핍한 시대의 시인』, 민음사, 1977.
김윤식, 「청마론을 통해 본 문덕수의 세계」, 『시문학』, 2001. 5.
김인환, 「주관의 명증성」, 『문학사상』, 1973. 7.
김재홍, 「고월의 시세계」, 『이장희』, 문학세계사, 1993.
김정란, 「서있는 성모들, 스타바트 마테르」, 『페미니즘과 문학비평』, 고려원, 1994.
김정자, 「뉴크리티시즘과 한국적 수용 현상, 『전후문학연구』, 삼지원, 1995.

김정현, 「에로스의 유토피스틱스」, 『철학연구』 73, 2000. 2.

김종길・김흥규 대담, 「원로 김종길 시인과의 만남」, 『유심』 5호, 2001. 6.

김종길・김용직・정민 대담, 「김종길 시인 시력 50년」, 『현대시학』, 1998. 3.

김준오, 「해방 50년 한국현대시사」, 『한국현대문학 50년』, 민음사, 1995.

김지연, 「전봉건의 시론과 시에 관한 연구」, 『어문연구』 26권 4호, 1998. 12.

김학동, 「사계의 감각과 그 회화성」, 『한국근대시인연구(1)』, 일조각, 1974.

김 현, 「71년의 문학적 상황」, 『상상력과 인간/시인을 찾아서』, 문학과지성사, 1993.

김현자, 「적극적 창조적 모성과 삶 본능의 에너지」, 『한국여성시학』, 깊은샘, 1997.

김현자, 「한국 여성시의 계보」, 『한국시의 감각과 미적 거리』, 문학과지성사, 1997.

문덕수, 「비평의 수입 문제와 반항의 윤리」, 『현대문학』, 1959. 8.

문덕수, 「김현승 시 연구」, 『홍대논총』 16, 1985. 1.

문혜원, 「전후시의 실존의식 연구」, 『한국 현대시와 모더니즘』, 신구문화사, 1996.

문혜원, 「김광림의 이미지 시론 연구」, 『비교문학』 31집, 2003. 8. 31.

문혜원, 「전후 주지주의 시론의 특징」, 『한국근현대시론사』, 역락, 2007.

문혜원, 「문덕수의 주지시론 연구」, 『한국시학연구』 24호, 2009. 4. 15.

박슬기, 「전봉건 시론에 있어서 시의 현대성」, 『관악어문연구』 30, 2005. 12.

박슬기, 「1960년대 동인지의 성격과 <현대시> 동인의 이념」, 『한국시학연구』 18, 2007. 4.

박정자, 「언어의 사물성과 도구성」, 『불어불문학 연구』 28, 1993.

박혜경, 「연시와 통속성의 문제」, 『한길문학』 8, 1991. 3.

배상식, 「하이데거의 언어론」, 『철학논총』 25, 2001.

백기만, 상화와 고월의 회상, 『이장희』, 김재홍 편저, 문학세계사, 1993.

서석화, 「고정희 연시 연구」, 동국대 석사학위논문, 2003

송왕섭, 「전후 '신비평'의 수용과 그 의미」, 『성균어문연구』 32집, 1997.

신종호, 「고월 시에 나타난 에로티시즘」, 『숭실어문』 제19집, 2003. 6.

심재상, 「사르트르와 롤랑 바르트의 언어관」, 『관대논문집』 19, 1991.

심재휘, 「<현대시> 동인과 60년대적 모더니즘」, 『작가연구』 16, 2003. 10.

양주동, 「낙월애상」, 『이장희』, 김재홍 편저, 문학세계사, 1993.

오탁번, 「고월시양면」, 『어문논집』 14・15, 1973. 7.

오형엽, 「김종길 비평의 연속성 연구」, 『한국문학논총』 34집, 2003. 8.

유기환, 「에로스와 문명을 바라보는 두 시각-바타이유와 마르쿠제」, 『기호학 연구』 23,

2008.

유성호, 「이미지의 조형성과 내면 탐색을 통한 모더니즘 시학의 구현」, 『시문학』 372,
2002. 7.

유종호, 「영미 현대비평이 한국비평에 끼친 영향」, 『동시대의 시와 진실』, 민음사,
1982.

유한근, 「단독자의 사상 혹은 허무화」, 『월간문학』 169, 1983. 3.

윤재웅, 「허무에 이르는 길」, 『현대시』, 1993. 6.

윤혜경, 「영화예술에 관한 형태심리학적 접근」, 서울대 석사학위논문, 2002.

이건청, 「세계와의 불화, 혹은 파멸의 미학」, 『현대시학』, 2001. 11.

이경희, 「고정희 연시 연구」, 『돈암어문학』 20, 2008.

이계진, 「보들레르와 이장희에 나타난 고양이의 이미지 분석」, 『비교문학』 17, 1992.
12.

이기림, 「1930년대 한국영화 토키로의 전환에 관한 연구」, 동국대 석사학위논문, 2003.

이기상, 『하이데거의 실존과 언어』, 문예출판사, 1991.

이기철, 「이장희 연구(1)」, 『인문연구』 6, 1984. 9.

이기철, 「이장희 연구(2)」, 『인문연구』 7, 1985. 4.

이명규, 「고정희 시 연구」, 명지대 석사학위논문, 2000.

이보영, 「Walter Pater 연구－그의 인상비평을 중심으로」, 전북대 석사학위논문, 1975.

이 상, 「산촌여정」, 『이상문학전집 3』, 문학사상사, 1993.

이새봄, 「<현대시> 동인 시의 서정성 연구」, 『현대문학연구』 22, 2007.

이숭원, 「현대시의 상승적 국면들」, 『현대시』, 1995. 8.

이승훈, 「전봉건의 시론」, 『한국현대시론사』, 고려원, 1993.

이영철·유재익, 「형이상파 시에 관한 연구」, 『영어영문학연구』 14, 1978.

이은정, 「외출, 부재하는 공간을 찾아가는 기호」, 『한국여성시학』, 깊은샘, 1997.

이정배, 「1930년대 한국문학과 영화의 상관성 연구」, 강원대 석사학위논문, 2003.

이진우, 「하이데거와 언어의 존재론적 이해」, 『철학 연구』 29, 1991.

이창민, 「이장희 시의 낭만성과 환상성」, 『우리어문연구』 23집, 2004. 12.

이창용, 「1960년대 <현대시> 동인 연구」, 한양대 석사학위논문, 1999.

이형기, 「이장희론」, 『건국대학교 대학원 논문집』 제27집, 1988. 7.

임채광, 「마르쿠제의 '생명' 개념 연구」, 『범한철학』 41, 2006. 여름.

전기철, 「한국 전후 문예 비평의 전개양상에 대한 고찰」, 서울대 박사학위논문, 1992.

전우형, 「1920~30년대 영화소설 연구」, 서울대 박사학위논문, 2006.

정우택, 「고월 이장희 시 연구」, 『민족문학사연구』 21호, 2002. 12.

정효구, 「고정희론─살림의 시, 불의 상상력」, 『현대시학』, 1991. 10.

정효구, 「한국 1960년대 동인지 현대시 연구」, 『개신어문연구』 16집, 1999. 12.

제해만, 「고월 시 연구」, 단국대학교 석사학위논문, 1980.

주 훈, 「1920~30년대 한국의 영화 관객성 연구」, 서울대 석사학위논문, 2005.

최동호, 「심미적 이성의 견고성과 비평 의식」, 『현대비평과 이론』, 1995. 가을.

한영옥, 「고월 이장희 시의 방법적 특성 소고」, 『인문과학연구』 11, 1991. 12.

허혜정, 「60년대 현대시 동인들의 시운동과 시사적 위치」, 『현대시학』, 1996. 6.

허혜정, 「이형기 시론 연구」, 『어문논총』 42호, 2006. 6.

황종연, 「현대성, 또는 허상의 폐허」, 『현대시』, 1993. 6.

황현산, 「이장희의 푸른 하늘의 유방」, 『현대시학』, 2000. 3.

● 단행본

김광균, 『김광균 문집 와우산』, 범양사출판부, 1985.

김규동, 『현대시의 연구』, 한일출판사, 1972.

김려실, 『투사하는 제국, 투영하는 식민지』, 삼인, 2006.

김연숙, 『타자윤리학』, 인간사랑, 2001.

김영민, 『한국현대문학비평사』, 소명출판, 2002.

김윤식, 『일제 말기 한국 작가의 일본어 글쓰기론』, 서울대학교출판부, 2003.

김재근, 『이미지즘 연구』, 정음사, 1973.

김종원·정중헌, 『우리 영화 100년』, 현암사, 2001.

김지향, 『한국현대여성시인연구』, 형설출판사, 1996.

김해성, 『한국현대여류시사』, 대광문화사, 1996.

문덕수문학연구편집위원회, 『문덕수문학연구』, 시문학사, 2005.

문혜원, 『한국 현대시와 모더니즘』, 신구문화사, 1996.

문혜원, 『한국근현대시론사』, 역락, 2007.

박용철, 『박용철 전집』 2, 시문학사, 1940.

박진환, 『21세기 시학과 시법』, 조선문학사, 2005.

박호영, 『한국현대시인론고』, 민지사, 1995.

서준섭, 『한국 모더니즘 문학 연구』, 일지사, 1988.

송 욱, 『시학평전』, 일조각, 1963.

이영일, 『한국영화전사』, 소도, 2004.

이창배, 『20세기 영미시의 형성』, 민음사, 1979.

임명진·최동현 편, 『페미니즘 문학론』, 한국문화사, 1996.

정영자, 『한국여성시인연구』, 평민사, 1996.

조희문, 『한국영화의 쟁점 1』, 집문당, 2002.

최기숙, 『환상』, 연세대학교출판부, 2003.

팽철호, 『중국고전문학풍격론』, 사람과책, 2000.

한수영, 『한국현대비평의 이념과 성격』, 국학자료원, 2000.

고바야시 히데오, 『고바야시 히데오 평론집』, 소화, 2003.

마르틴 하이데거(소광희 역), 「횔더린과 시의 본질」, 『시와 철학』, 박영사, 1989.

마르틴 하이데거(전양범 역), 『존재와 시간』, 시간과공간사, 1992.

제임스 엥걸스 외 편, 『콜릿지 문학평전』, 옴니북스, 2003.

월터 페이터(이덕형 역), 『르네상스』, 문예출판사, 1982.

유협(최동호 역), 『문심조룡』, 민음사, 1994.

장 폴 사르트르(정명환 역), 『문학이란 무엇인가』, 민음사, 1998.

H. 마르쿠제(김인환 역), 『에로스와 문명』, 나남출판, 1996.

N.A. 히르슈(이영선 역), 『에로스』, 이제이북스, 2003.

L.쉬너(김정란 역), 『예술의 탄생』, 들녘, 2007.

K.K. Ruthven(김경수 역), 『페미니스트 문학비평』, 탑출판사, 1989.

Gilbert. Sandra. and Susan gubar (ed.), *The female imagination and the modernist aesthetic*, Gordon and Breach, 1986.

Preminger.Alex, *Princeton Encyclopedia of Poetry & Poetics*, Princeton Univ. Press, 1974.

Showalter. Elaine, *A Literature of their own*, Prinston Univ. Press, 1977.

Spender. Dale, *Man made language*, Pandora Press, 1998.